VANILLA BLOSSOM

DARK ROMANCE (BLÜTEN-REIHE 2)

S. H. ROXX

Vanilla Blossom: Dark Romance

Copyright: Alle Rechte sind der Autorin vorbehalten. Das Werk einschließlich aller Inhalte ist urheberrechtlich geschützt. Eine Verbreitung des Textes oder Ausschnitten des Textes ist ohne die schriftliche Genehmigung der Autorin untersagt.

© S. H. Roxx, 1. Auflage 2024, Österreich

ISBN: 978-3-7597-7562-7

Verlag: BoD • Books on Demand GmbH, In de Tarpen 42, 22848 Norderstedt
Druck: Libri Plureos GmbH, Friedensallee 273, 22763 Hamburg

Cover: © S. H. Roxx unter der Verwendung von canva.com

Korrektorat: Meike Friedrich

Sämtliche Personen und Handlungen dieser Geschichte sind frei erfunden. Jede Ähnlichkeit mit real existierenden oder verstorbenen Personen, Orten oder Ereignissen ist rein zufällig.

Kontakt: www.shroxx.com

ANMERKUNG DER AUTORIN

Es handelt sich hierbei um einen **Spin-off** des Romans *„Peach Blossom: Dark Romance"*. Beide Romane sind unabhängig voneinander lesbar und in sich abgeschlossen. Für das perfekte Lesevergnügen empfiehlt es sich jedoch, mit dem Vorgänger zu starten.
Ein persönlicher Tipp: Du solltest die Verrücktheit meines Hauptprotagonisten erst in kleinen Portionen kennenlernen, bevor du mit dem ganzen Ausmaß davon konfrontiert wirst ;) So macht es viel mehr Spaß, vertrau mir.

∼

Achtung: Dieser Roman enthält möglicherweise Inhalte, die dich triggern könnten. Hauptsächlich handelt es sich dabei um Gewalt in jeder Form.

Außerdem legen meine Protagonisten keinen Wert darauf, eine Vorbildfunktion zu sein. Deswegen nimm dir kein Beispiel an ihnen. In keinerlei Hinsicht.
Danke!
Das muss an Warnung reichen.

KLAPPENTEXT

Mein Bruder hat seine Traumfrau in Peaches gefunden und nun sind beide der Meinung, dass ich ebenfalls eine Partnerin brauche – vermutlich nur, damit sie ihre Ruhe vor mir haben.

Ich bin mir sicher, dass es auf diesem Planeten keine einzige Frau gibt, die mit meiner etwas spezielleren Persönlichkeit und meinem gewöhnungsbedürftigen Job klarkommt.

Bis ich *sie* treffe. Genevieve.

Die abgefuckteste Frau, die ich je kennengelernt habe, mit einem Temperament, das sogar mit meinem mithalten kann. Sie kämpft wie eine Maschine und kann mit bloßen Blicken töten.

Sie ist absolut perfekt für mich. Leider erkennt sie nicht auf Anhieb, dass wir füreinander geschaffen sind, aber ich habe den Plan, das zu ändern. Noch nennt sie mich einen verrückten Stalker, doch schon bald werden ihr meine besonderen Bemühungen schmeicheln. Meine Vanilleblüte gehört bereits mir.

Und für sie werde ich über Leichen gehen.

Für all meine Badass Bitches da draußen.

KAPITEL 1

DECLAN

*D*ie Bude ist wie immer brechend voll. Ich kann das Stimmengewirr der Leute bis in die Umkleidekabine hören.

Eigentlich sollte ich mich über die vielen Männer freuen, die gekommen sind, um mich heute Abend kämpfen zu sehen. Ich selbst habe schon lange auf dieses Event hingefiebert. Es hätte bereits früher stattfinden sollen, doch mein Bruder versaute alles, weil er sauer wegen eines Mädchens auf mich war.

Nachdem ich ihm verziehen hatte, mir mein hübsches Gesicht verunstaltet zu haben, hat auch er mir verziehen, dass ich sein Mädchen vor ihm versteckt habe. Nun sitzen sie beide da draußen und hoffen, dass mich der Kerl, der eigentlich vor Wochen mit mir in den Ring steigen sollte, zu Brei schlagen wird.

Das ist süß. Ich habe noch nie verstanden, warum Menschen auf etwas hoffen, von dem sie wissen, dass es nicht passieren wird. Hoffnung ist eine fiese Schlampe.

O'Sullivan, mein bester Kumpel alias treuer Handlanger, betritt die Umkleide und schenkt mir ein dümmliches Lächeln. Er schnappt sich meinen seidenen Umhang und wirft ihn mir an die Brust. »Bist du bereit, Großer?«

»Aye.« Ich schlüpfe in den Umhang und überprüfe die streng

befestigten Bandagen an meinen Händen. »Sind die Turteltäubchen da?«

Er nickt. »Sie wünschen dir Hals- und Beinbruch.«

»Wortwörtlich, nehme ich an«, sage ich amüsiert, woraufhin er grinst. »Ist dieser Cuttycup bereit für mich?«

O'Sullivan hilft mir beim Anziehen der Boxhandschuhe. »Niemand kann je bereit für dich sein, Declan. Du bist verdammt noch mal verrückt.«

Ich grinse und klopfe ihm auf die Schulter. »Ich liebe dich auch.«

Die Einlaufmusik des Amerikaners, der gegen mich antritt, ertönt, und ich mache mich innerlich kampfbereit und versuche, meine Konzentration darauf zu legen, in Einklang mit meinem Körper zu kommen, an dem noch jeder Muskel vom gestrigen Training schmerzt.

Ich liebe diese Art von Schmerz. Für mich gibt es nichts Besseres, als mich in einem Fitnessstudio oder Boxring auszupowern und an meine körperlichen Grenzen zu bringen. Ich brauche das, um ruhig zu bleiben und abzuschalten. Ich bin ein von Natur aus unruhiger und energiegeladener Mensch, der immer irgendeine Beschäftigung benötigt, um nicht durchzudrehen. Doch nichts gibt mir einen ähnlichen Kick wie ein fairer Kampf, der mich auch mental auslastet.

Denn entgegen der Annahme vieler Menschen braucht man mehr als einen guten rechten Haken, um einen Kampf wie diesen zu gewinnen. Mein Geist arbeitet währenddessen mindestens genauso hart wie mein Körper.

Der Veranstalter dieser illegalen Boxkämpfe, die im Tiefparterre eines abgefuckten Nachtclubs stattfinden, hat mir bei meiner Ankunft mitgeteilt, dass der Andrang heute Abend um einiges höher ist als üblich. Deswegen fühle ich mich aber nicht unbedingt geschmeichelt, auch wenn dem allein meinetwegen so ist. Für gewöhnlich finden hier nur Kämpfe zwischen bekannten Underground-Boxern und Frischlingen statt, die sich beweisen wollen, und ich bin weder das eine noch das andere.

Mich kann man keiner Kategorie zuordnen. Ich passe einfach in keine Schublade.

Und ich brauche diese Art von Bestätigung nicht. Ich brauche auch keinen Titel, der mir sagt, wie gut ich bin. Ich mag es nicht einmal, vor großem Publikum zu kämpfen. Mein Bruder allerdings hat mich herausgefordert und ich will ihm beweisen, dass er unrecht hat, wenn er denkt, mich könnte irgendein dahergelaufener Ex-Soldat besiegen.

Callahan hat sogar gegen mich gewettet. Ich nehme es ihm nicht übel. Wir wissen beide, dass er seine Wette verlieren wird. Das ist so ein Ding zwischen uns. Er fordert mich heraus, und ich stelle mich der Herausforderung. So ist es, seit wir kleine Hosenscheißer waren.

Ich boxe seit meinem dreizehnten Lebensjahr und bin körperlich so fit wie noch nie zuvor. Mit dreißig Jahren bin ich in meinen besten Jahren, und die letzten Jahre haben mich einiges gelehrt. Callahan und ich gehen einem dreckigen Job nach, und das Dreckige daran erledige meist ich.

Wir sind Problemlöser. Während mein Bruder dafür sorgt, dass wir von einem Auftrag profitieren und keine Gefahr laufen, erwischt zu werden, sorge ich dafür, dass das Problem behoben wird. Schnell und effizient, ohne Spuren zu hinterlassen. Manchmal nehme ich mir auch gerne die Zeit, um mich einem Problem ausführlicher zu widmen, doch ich schätze, das schadet meiner ohnehin kaputten Psyche mehr, als es ihr guttut. O'Sullivan hat recht damit, mich verrückt zu nennen.

Ich bin verdammt noch mal verrückt. In meinem Kopf herrscht ein Chaos, bei dem selbst ich keinen Durchblick mehr habe. Und noch nie wirklich hatte.

Doch in Momenten wie diesen, kurz vor einem Kampf, ist es fast schon gespenstisch still und klar darin. Ich bin fokussiert und vollkommen konzentriert, meine Sinne sind auf das Äußerste geschärft. Adrenalin rauscht durch meine Venen, während ich wie vor jedem Kampf die irische Nationalhymne aufsage. Mein Kumpel spricht sie mit mir, bevor er mir noch einmal kräftig auf die Schulter klopft, den Zahnschutz in meinen Mund schiebt und die Umkleidekabine verlässt.

Gleich werde ich angekündigt. Ich warte auf mein Lied und hüpfe dabei auf und ab, weil mein Körper in ständiger Bewegung sein muss. Ich konnte noch nie stillsitzen oder, wie in diesem Fall, stehen. Meine Fäuste bewegen sich bereits von selbst, da ich es kaum erwarten kann, sie in das Gesicht des Mannes zu schmettern, der mich immer wieder provoziert hat. Nach jedem Kampf hat er mich selbstgefällig angegrinst und den Leuten erzählt, er könne es problemlos mit mir aufnehmen, selbst als diese ihm sagten, wer ich bin.

Jaysus, er muss genauso verrückt sein wie ich, wenn er nach allem, was er über mich gehört hat, immer noch mit mir in diesen Ring steigen will.

Ich mag den Kerl. Er hat Eier.

Meine Einlaufmusik ertönt. Nun ist es so weit. Ich atme ein paar Mal tief durch, bis ich meinen Namen durch den Lautsprecher höre und die Tür für mich geöffnet wird.

Guns N' Roses' ›Welcome To The Jungle‹ begleitet mich wie früher immer, als ich an offiziellen Kämpfen teilgenommen habe, während ich durch die gefüllte Kellerhalle laufe. Ich grinse all die Männer in ihren Anzügen an, die hohe Summen auf mich gesetzt haben, und grinse noch breiter bei all jenen, bei denen ich mir sicher bin, dass sie es nicht getan haben, weil sie hoffen, mich verlieren zu sehen. Ich tanze zur Musik und amüsiere die sonst so steifen Männer. Ein paar von ihnen klopfen mir beim Vorbeilaufen auf den Rücken und rufen mir irgendetwas zu, das ich nicht wirklich beachte.

Ich könnte nicht erklären, warum ich dieses bestimmte Lied gewählt habe, sollte mich jemand danach fragen, denn es steckt wie bei so vielem anderen in meinem Leben kein bedeutender Sinn dahinter.

Nun, vielleicht doch. Diese Typen aus der Band sind genauso abgefuckt und verrückt wie ich. Vielleicht mag ich das Lied deswegen so gerne.

Meine Mutter nannte mich früher außerdem immer einen Affen, weil ich so viel herumgesprungen bin und mich nie vorbildlich benommen habe. Mein Soziopath von Vater sagte, ich müsse irgendwie zurückgeblieben sein, selbst wenn ihm kein Arzt diese kühne Theorie bestätigt hat. Daher passt das Lied perfekt.

Welcome to the Jungle, Declan.

»Ladies and Gentlemen!«, trällert der Kommentator in das Mikrofon, als ich in den Ring steige und O'Sullivan zunicke, der in der ersten Reihe mit einem Handtuch und einer Trinkflasche vor meiner Ecke steht. »We are ready to rumble!«

Der Blick meines Gegners fällt mit einem selbstsicheren Lächeln auf mich. Ich nicke ihm genauso selbstsicher zu. Der Ami ist ein groß gewachsener Kerl in meiner Gewichtsklasse. Er ist fit und muskulös, hat Tattoos auf der Brust und einen Ehrgeiz, der mit meinem konkurrieren kann. Nachdem ich mir seine vorherigen Kämpfe angesehen habe, weiß ich, dass das Selbstbewusstsein, mit dem er mir gegenübertritt, echt und begründet ist. Er hat etwas auf dem Kasten. Seine Fußarbeit ist tadellos und seine Kondition nicht zu bemängeln. Außerdem hat er einen guten rechten Haken, der all seine früheren Gegner früher oder später ausgeknockt hat.

Der ideale Gegner für mich. Einer, mit dem es mir Spaß machen wird, zu kämpfen, wenn ich es schon vor Publikum tue. Die Leute werden eine gute Show geboten bekommen.

Und Callahan wird zwanzigtausend Pfund leichter sein, aber er kam nicht mit der Erwartung hierher, Geld zu gewinnen. Eher wusste er, er würde es aus dem Fenster schmeißen.

Während der Kommentator eine riesige Sache aus der Ankündigung dieses Kampfes macht und sich der Boxrichter zu uns in den Ring gesellt, suchen meine Augen automatisch nach meinem Bruder und seiner Freundin. *Pfirsichblüte* nennt er sie. Ich gebe ihr welchen Namen auch immer, von dem ich glaube, dass er sie nerven könnte.

Jaysus, wegen dieses Mädchens habe ich einiges durchgemacht. Ich musste akzeptieren, dass mein Bruder nun zu der schwulen

Sorte Mann gehört, die jeden Abend mit derselben Frau einschläft und all diesen Höhlenmenschscheiß von sich gibt. Ich komme immer noch nicht darauf klar, dass er eine Frau gefunden hat. Und dass diese es mit uns beiden aushält, denn uns gibt es nur im Doppelpack, dafür sorge ich stets.

Ich finde Callahan und Peaches, wie sie in Wahrheit heißt, an einem Stehtisch in der Ecke, von welchem aus sie einen perfekten Blick in den Ring haben. Als Peaches alias Pfirsichblüte ihren Daumen in die Höhe hält und drückt, zwinkere ich ihr zu.

Ich mag sie – selbst, wenn sie insgeheim darauf hofft, ich würde ein paar üble Schläge abbekommen, damit sie endlich Ruhe vor mir hat. Das kann ich ihr nicht unbedingt verübeln, so häufig wie ich ihr und meinem Bruder auf die Nerven gehe. Ich hänge ständig bei ihnen herum, aber was soll ich sagen? Es macht mir einfach Spaß, Leute zu nerven. Die beiden ganz besonders. Außerdem ist es ja nicht so, als hielte ich sie von etwas Wichtigem ab. Rammeln wie die Karnickel ist das Einzige, das sie den guten langen Tag tun.

Nun wollen sie mir sogar eine Frau finden, um mich loszuwerden. Jaysus. Bei dem Gedanken muss ich lachen. Peaches sucht seit Wochen das perfekte Gegenstück zu mir, wobei sie ganz genau weiß, dass es dieses nicht gibt. Dafür bin ich zu speziell und meine Hobbys sind neben einem Boxkampf wie diesem zu gewöhnungsbedürftig. Sie sollte es außerdem besser wissen, als mir eine Daisy zu suchen.

Ich runzele bei dem Gedanken die Stirn und mustere sie grüblerisch, während der Kommentator immer noch damit beschäftigt ist, irgendeine Scheiße von sich zu geben, um das Publikum anzuheizen.

Nein, ganz bestimmt kennt die Kleine den Film ›Der große Gatsby‹ nicht. Sie ist eine furchtbare Niete, was Filmklassiker anbelangt. Ich setze den Film gedanklich auf meine »Filme für kuschelige Abende zu dritt«-Liste.

»Seid ihr bereit?«, fragt der Kommentator ins Mikrofon, woraufhin sich meine Aufmerksamkeit wieder auf mein Gegenüber richtet. Der Ami fixiert mich mit den Augen eines Löwen. Lauernd, kalkulierend, wachsam.

Er wirkt nicht, als hätte er Angst, diesen Kampf zu verlieren, aber die wenigsten Männer, die in diesen Ring steigen, gehen davon aus, zu verlieren. Sie alle sind überzeugt von sich und ihren Fähigkeiten. Denken, sie seien die Stärksten und Härtesten und könnten es mit jedem aufnehmen. Unzerstörbar.

Bis einer kommt, der sie eines Besseren belehrt.

Und ich würde mit jedem dieser Motherfucker den Boden aufwischen.

Deswegen grinse ich dümmlich, als der Amerikaner auf mich zukommt, um seinen Handschuh gegen meinen zu stoßen. Das übliche Prozedere. Die Lichter werden im Zuschauerbereich gedimmt und die grellen Scheinwerfer richten sich auf uns, während wir unsere Umhänge ablegen und uns in Position bringen.

Der Boxrichter gibt uns ein Zeichen und wir nicken ihm zu.

Dann geht die Action auch schon los.

Der Gong der ersten Runde ertönt und der Amerikaner bewegt sich sofort auf mich zu, was mich belustigt. Er ist ungeduldig und fast so unruhig wie ich, doch momentan bin ich zutiefst entspannt und vollkommen im Einklang mit mir selbst.

Deswegen habe ich keine Probleme damit, seinen Uppercut abzublocken, und sehe auch den folgenden fiesen Rippenschlag rechtzeitig kommen. Ich blocke ihn mit dem Unterarm ab und teile einen leichten rechten Haken aus, der ihn genau so trifft, wie er es sollte. Oder eher streichelt. Es war ein neckischer Schlag, eher eine Provokation als gezielte Schmerzzufuhr. Der Ami weiß es und verzieht gereizt das Gesicht, als das Publikum deswegen lacht.

Die nächsten Schläge seinerseits landen entweder in der Luft oder nicht dort, wo er es wollte, denn meine Verteidigung ist erstklassig und meine Bewegungen sind flinker als seine. Ich überlasse ihm ein wenig die Show, damit er die wenigen Minuten bis zu seiner Niederlage genießen kann. Gleichzeitig lasse ich immer wieder meine Deckung fallen, um ihn zu provozieren. Ein

Zeichen, dass ich ihn für ungefährlich halte und keine Angst vor seinen Angriffen habe. Das amüsiert die schaulustige Menge noch mehr.

Dann greife ich aus dem Nichts an und teile eine gekonnte Schlagkombination aus, die er nicht kommen sieht. Er strauchelt und weicht zurück.

Das ist das Schöne am Boxen. Es gibt eine technische Vielfalt der Angriffshandlungen. Die fließenden Übergänge von Ausklang- und Auftaktbewegung, die Koordination von Körper-, Arm- und Beinbewegungen sowie die damit verbundene Gewichtsverlagerung stellen eine hohe Anforderung an den Kämpfer und bedürfen jahrelangen Trainings. Macht man das eine falsch, klappt das andere nicht.

Ich überbrücke unsere Distanz und lasse ihn glauben, ich ginge wieder zum Nahkampf über, doch ich warte bloß darauf, dass er es tut, weil er mir zuvorkommen will, und nutze seine fehlende Deckung, als er einen Takedown versucht, den ich gekonnt abwenden kann. Ein Angriff stellt gleichzeitig auch immer eine Angriffsfläche dar.

Ich entscheide mich für eine kurze Schlagfolge, kombiniert aus einer harten Geraden und einem fiesen Kinnhaken, danach ein harter Lowkick. Grinsend weiche ich zurück, als er erneut fluchend strauchelt und sich zurückzieht. Er hat Schmerzen im Bein, sein Gesicht krampft für den Bruchteil einer Sekunde.

Mein Blick zuckt zur Ecke des Raumes und ich fühle ein wenig Stolz in meiner Brust aufkeimen, als ich meinen Bruder lächeln sehe. Es ist ein amüsiertes Lächeln. Er weiß, dass ich gerade noch mit meinem Gegner spiele, denn wenn ich erst einmal anfange, richtig zu kämpfen, ist der Spaß schnell vorbei. Ich würde andere Schläge wählen, läge es in meiner Absicht, diesen Kampf schnell zu beenden.

Wie meinen bekannten Leberhaken, bei dem neunzig Prozent aller Männer keuchend zusammenbrechen. Eine wirklich gemeine Stelle – erst recht, wenn man kraftvoll zuschlägt. Falls dieser nicht ausreichen würde, würde ich ihn zu Boden bringen – meinem

Takedown könnte er nie entkommen – und eine perfekte Position finden, um ihn in den Schwitzkasten zu nehmen, bis er abklopft.

Aber erst will ich noch meinen Spaß mit ihm haben.

Meine Aufmerksamkeit wird durch die überraschten und aufgeregten Rufe der Männer auf mein Gegenüber gelenkt, und ich muss zugeben, ein wenig überrumpelt zu sein, als ich sehe, dass der Amerikaner seine Boxhandschuhe auszieht. Er wirft sie zu meinen Füßen auf den Boden, und der Kommentator gibt ein »Uuuh!« von sich, welches seine Verwunderung widerspiegelt.

Denn es hat eine Bedeutung, seine Handschuhe während eines Kampfes abzulegen.

Er will keinen fairen Kampf nach Punkten. Keine fixen Runden und Pausen. Und er will keine Regeln befolgen müssen.

Er will mich verdammt noch mal fertigmachen.

Ob er diesen Zug deswegen macht, weil dies sein letzter Kampf ist, der darüber entscheidet, ob er gegen den aktuellen Champion antreten darf, um sich dessen Titel zu schnappen, weiß ich nicht. Es ist naheliegend. Grundsätzlich wird bloß auf diese rohe und brutale Weise ohne Regeln gekämpft, wenn zwei Männer ein persönliches Problem miteinander haben, was bei uns nicht der Fall ist.

Zumindest nicht, dass ich wüsste.

Aus dem Augenwinkel entdecke ich meinen Bruder in der Menge und erkenne Verwirrung in seinem Blick. Er hat sein Mädchen nun von seinem Schoß geschoben und steht stirnrunzelnd mit verschränkten Armen da, seine Augen aufmerksam auf den Amerikaner gerichtet, um dessen Absichten zu durchschauen.

Wie süß, er macht sich Sorgen um mich. Peaches redet ohne Pause auf ihn ein, da sie vermutlich nicht versteht, was die Geste mit den Handschuhen zu bedeuten hat. Er erklärt es ihr und sie runzelt beunruhigt die Stirn.

Der Amerikaner starrt mich herausfordernd an und nimmt seinen Zahnschutz aus dem Mund. Er wirft ihn achtlos aus dem Ring und fragt provokant: »Was ist, Mullan? Zögerst du?« Gespielt enttäuscht schüttelt er den Kopf. »Dabei heißt es, du wärst ein

Mann, der sich jeder Herausforderung stellt. Der dicke Eier in der Hose hat.«

Seine Manipulationsversuche könnten subtiler sein, doch wie immer lasse ich mich trotz des Wissens, dass jemand genau das beabsichtigt, provozieren. Ich kann einfach nie aus meiner Haut und um ehrlich zu sein, benötigt es auch nicht sehr viel, um mich aus der Reserve zu locken. Ich bin leicht reizbar – eine meiner unzähligen lästigen Eigenschaften.

Ich spucke den Mundschutz vor seine Füße und sage unbeeindruckt: »Ich dachte, das soll ein fairer Kampf nach Punkten werden. Oder ist deine Angst, zu verlieren, zu groß, weil du weißt, dass meine Technik besser ist?«

»Nein, Schlampe.« Er wirkt wild entschlossen und blutrünstig, als er mich anlächelt. »Ich will etwas von dieser Verrücktheit sehen, die man dir nachsagt. Bisher langweilst du mich zu Tode.«

Mein Körper fängt vor Anspannung zu zittern an. Er nennt mich eine Schlampe und provoziert mich unnötig. Das fängt an, mich zu nerven.

Weil er das weiß, legt er noch einen drauf, als er mir süffisant erklärt: »Ich kann mir die Chance, einen Mullan fertigzumachen, nicht entgehen lassen. Deinen Status in dieser Stadt musst du dir ja irgendwie verdient haben. Zeig mir, warum dein Name so viel Gewicht hat, Schlampe. Zeig es all diesen Leuten.« Er macht eine ausschweifende Handbewegung durch den Keller, die Menge jubelt und feuert ihn an.

Sie wollen diesen Kampf. Sie wollen genau das von mir sehen. Diese Verrücktheit, mit der ich manchmal selbst nicht klarkomme.

»Du willst mich also fertigmachen?«, frage ich ihn und nicke gespielt anerkennend. Das ist lustig. Ich muss lachen. »Von mir aus, du Fotze. Wann immer du bereit bist, bin ich es auch.«

Nun grinst er zufrieden und wieder so verdammt selbstgefällig, dass das Blut in meinen Adern zu kochen beginnt. Niemand fordert mich ungestraft auf diese Weise heraus. Er wird noch bereuen, sich für diesen Weg entschieden zu haben.

Seinen Titel als Champion kann er vergessen, dieser Motherfucker.

»Ich steige heute als Einziger aus diesem Ring«, teilt er mir mit, woraufhin ich die Stirn runzele. Er senkt seine Stimme, als er weiterspricht, und beinahe überhöre ich durch das Gejohle der Männer seine Worte, als er mir eröffnet: »Es gibt da nämlich jemanden, der deinen Kopf rollen sehen will, Mullan. Und ich habe eine Menge Geld dafür geboten bekommen, derjenige zu sein, der ihm das ermöglicht.«

Ich blinzele überrascht. Jemand will meinen Kopf rollen sehen? Das ist … interessant.

Und könnte ein Problem für den Ami werden. Denn bevor dieser Motherfucker mir den Kopf abreißt, wird er nicht mehr dazu im Stande sein, seine Fingerchen zu krümmen.

»Na dann«, sage ich ihm lächelnd, womit ich ihn augenscheinlich irritiere. Offenbar rechnete er damit, dass mich diese Information verstören würde. Oder womöglich so sehr aus der Fassung bringen könnte, dass ich das Handtuch werfe.

Stattdessen ziehe ich meine Boxhandschuhe aus, zucke mit den Schultern und bringe mich in Position. »Dann reiß dir mal den Arsch auf, sonst wirst du dieses Geld niemals zu Gesicht bekommen.«

»Declan«, höre ich O'Sullivan von seiner Ecke aus rufen, ignoriere ihn jedoch. Ich weiß, was er mir sagen will – dass ich mich nicht darauf einlassen soll.

Aber ich wäre nicht ich, würde ich auf ihn hören. Nichts kann mich davon abbringen, diesem Pisser alle Körperteile zu brechen, bis er nach seiner amerikanischen Mami ruft.

»Du willst meine Verrücktheit sehen?«, reize ich ihn und bedeute ihm, näher zu kommen. »Dann komm her und ich zeige sie dir, Fotze.«

Zähnefletschend stürmt er auf mich zu und das Publikum rastet vollkommen aus. Der Boxrichter klettert beinahe ängstlich aus dem Ring.

Der Amerikaner schmeißt sich auf mich und schmettert mir

seine Faust ins Gesicht, als wir zusammen auf dem Boden landen. Der harte Aufprall raubt mir für einen Moment den Atem, doch dann kehrt er mit purer Aggressivität zurück.

Ich schlinge die Beine um seine Hüften und werfe uns mit meinem Körpergewicht zur Seite. Schneller, als er blinzeln kann, habe ich seinen Platz eingenommen und hocke nun auf ihm, während ich ihn Bekanntschaft mit meiner blanken Faust schließen lasse. Wieder und wieder. Ich treffe seinen Kiefer und seine Nase und das Blut, das über meine wunden Knöchel fließt, entfacht eine Explosion in meiner Brust. Adrenalin rauscht wie flüssiges Feuer durch meine Adern und alles, was ich will, ist noch mehr Blut auf meinen Händen zu sehen.

Bis ich alle Farbnuancen dieses hübschen Rottons darauf erkennen kann.

»Du kannst jemand anderen ficken«, sage ich zu ihm in meinem blutrünstigen Wahn, der sich wie ein guter Alkoholrausch anfühlt. »Denn ich ficke nicht mit Schwänzen.« Die Menge lacht und grölt, als ich einen weiteren harten Schlag auf seiner Nase lande, bevor er mich von sich wirft und sich wieder auf mich stürzt.

Ich weiche seinem Schlag in mein Gesicht aus und treffe ihn währenddessen mit dem Fuß auf Höhe seiner Niere. Er ächzt und rammt mir das Knie in die Weichteile.

Das tut verdammt noch mal weh.

Der Motherfucker nutzt meinen kurzen Moment der Achtlosigkeit aus, den ich damit verbringe, mir die Eier zu halten, und landet ein paar gute Treffer in meinem Gesicht. Schmerz explodiert in meinem Kopf, in dem es unerträglich zu dröhnen beginnt, und er zögert nicht und bearbeitet meinen Bauch mit ein paar gekonnten Faustschlägen. Übelkeit steigt mir den Rachen hoch, doch gleichzeitig sammelt mein Körper all seine Kräfte und legt sie in den Schlag, den ich nun auf seinem Hinterkopf lande.

Er will unfair spielen, also werden wir unfair spielen. Ich wurde quasi dafür geboren, Regeln zu brechen.

Das verdeutliche ich, als ich mein Knie nach oben ramme und

seinen Kopf gleichzeitig packe, um ihn dagegen zu schlagen. Der Ami knurrt vor Schmerz auf und ich stoße ihn fluchend zu Boden. Trotz des Blutes, das über mein rechtes Auge strömt und mir die Sicht versperrt, ist auch mein nächster Schlag ein Volltreffer. Um für faire Verhältnisse zu sorgen, landet dieser ebenfalls auf seinem rechten Auge. Mit dem Ellbogen. So hart, dass keinerlei Zweifel daran besteht, dass er nun ebenso eingeschränkt in seiner Sicht ist, bevor ich mich für den netten Schlag in die Weichteile revanchiere.

Mit meinem Fuß.

Ich zerquetsche seinen kleinen Pimmel unter meiner Ferse und trete ihm noch einmal hart in den Magen, bevor ich das Blut aus meinem Mund auf ihn spucke und für eine Atempause zurückweiche, während der er sich stöhnend auf dem Boden krümmt. Ich schwitze und sehe verschwommen, doch mein Ziel ist glasklar vor meinen Augen, als dieses sich vom Boden aufrappelt und sofort wieder zum Angriff übergeht. Zweifellos sehe ich genauso demoliert aus wie der Ami, der schon verfärbte Schwellungen und Platzwunden im Gesicht hat.

Der nächste Zug des Pissers ist ein ziemlich fieser, denn er versucht, mir seine Finger in die Augen zu stechen, was verdammt noch mal gar nicht geht. Ich hänge an meiner Sehkraft. Erst schwächt er mich mit einem Tritt in den Magen und dann wollen sich seine dreckigen Finger in meine Augenhöhlen bohren. Ich beschimpfe ihn und packe diese dreckigen Finger.

Dann breche ich sie ihm. Alle vier auf einmal. Nur den Daumen bekomme ich nicht zu fassen, als ich sie mit einer ruckartigen Bewegung in Richtung seines Handrückens biege. Ich höre es knacken und sofort kribbelt meine Wirbelsäule aufgeregt. Ich liebe dieses Geräusch, es turnt mich verdammt noch mal an.

Nun ist der Ami außer sich vor Wut, während er aufheult und die Hand zurückreißt. Seine Augen sind riesig und seine Pupillen geweitet – er sieht wie ein verdammter Psycho aus, als er erneut zähnefletschend auf mich losgeht. Anerkennen muss ich ihm, dass er die Finger wieder in ihre eigentliche Position zurückbiegt, ohne das Gesicht dabei zu verziehen.

Durch die Rufe und das Johlen der Zuschauer hört man mein schmerzerfülltes Stöhnen nicht, als er einen Faustschlag andeutet, doch stattdessen mit dem Fuß gegen mein Knie tritt. Jaysus, das schmerzt. Er tritt mich wieder, dieses Mal hart auf den Fuß, sodass ich glaube, meine Zehen brechen zu spüren, und rammt mir danach den Ellbogen von unten auf die Nase. Blut rinnt mir in den Mund und ich würge es hustend heraus. Dabei verliere ich kurz das Gleichgewicht und er nutzt es aus, um mich in den Schwitzkasten zu nehmen.

Dann drückt er zu. Erbarmungslos, entschlossen, brutal.

Mir geht der Sauerstoff aus, doch ich konzentriere mich nicht auf meine Atmung, sondern meinen nächsten Zug. Dieser muss erfolgreich sein, denn ein weiterer wird mir nicht bleiben, da mir die mangelnde Sauerstoffzufuhr unweigerlich zum Verhängnis würde.

Ich bin bereits dabei, mich aus dem Griff zu befreien, da lassen mich seine geflüsterten, höhnischen Worte unglücklicherweise innehalten. Sie fegen all die Gedanken in meinem Kopf fort.

»Als ich sagte, jemand will deinen Kopf rollen sehen, habe ich mich etwas unklar ausgedrückt.« Ich höre das triumphierende Lächeln aus seiner Stimme heraus. Mein Blick gleitet über all das Blut auf dem Boden, es tropft von unseren Körpern und hat sich auf der gesamten Matte verschmiert. »Das ist wörtlich gemeint, Schlampe. Du wirst sterben und ich werde mir damit einen Namen machen so mächtig wie deinen.«

Er besiegelt seine Worte, indem er eine Hand auf meinen Kopf legt und mit der anderen meinen Kiefer umfasst.

Diese Fotze will mir das Genick brechen.

Nun, als der Bastard sichergestellt hat, dass er mir lange genug die Luftzufuhr abgeschnitten hat, wodurch ich benommen und zu langsam bin, um zu reagieren, setzt er zu seinem letzten unfairen Schachzug an.

Der einzige Schachzug, der in diesen Räumlichkeiten verboten

ist und immer sein wird. Hier kommt man her, um zu kämpfen –
nicht um zu töten.

Er stellt wohl seine eigenen Spielregeln auf und niemand wird
reagieren können, bevor es zu spät ist. In den wenigen Sekunden,
in denen den Leuten klar werden wird, was er vorhat, wird es für
mich bereits zu spät sein.

All diese Gedanken poltern in meinem Kopf, während er mich
fester packt und die Finger in meinen Kiefer bohrt. Es scheint, als
würde die Zeit still stehen, während sich all die Gedanken in
meinem Kopf überschlagen.

»Stopp!«, höre ich jemanden schreien und glaube, die Stimme
als O'Sullivans zu identifizieren, der wohl als Erster zu durchschauen scheint, was diese Fotze vorhat. »Verdammt noch mal, er
–«

Was dann passiert, geht zu schnell, um es überhaupt zu
realisieren.

Aus dem Nichts landet ein Messer vor meinen Füßen. Der
Druck in meinem Kopf steigt, während ich drohe, in die Bewusst-
losigkeit zu gleiten, da sein Unterarm immer noch meine Kehle
zerquetscht. Der Bastard richtet sich mit mir auf, um meinen Kopf
in einer tödlichen Bewegung in seinen Händen zu drehen, doch
ich bin schneller, greife nach dem Messer und ramme es hinter
mich, ohne auch nur eine Millisekunde zu zögern. Ich kann
fühlen, wie es seine Haut durchschneidet und in seinem Bauch
versinkt.

Augenblicklich bricht Chaos im Keller aus. Jemand schreit auf,
ein paar der Männer bewegen sich hektisch durch den Raum, der
Kommentator zieht durch das Mikrofon scharf die Luft ein und
der Boxrichter hastet erschrocken durch die Seile auf den Amerikaner zu, der blutend auf dem Boden zusammenbricht. Auch er
schreit irgendetwas vor sich hin.

Doch ich starre bloß benommen in die aufgewühlte Menge
und suche nach der Person, die mir das Leben gerettet hat.

Ich finde sie sofort und bin nicht sicher, was meinen Kopf
mehr erschüttert. Die Tatsache, dass zu wenig Sauerstoff in

meinem Hirn ist, wodurch ich immer noch huste und keuche, oder die Tatsache, dass es keiner der Männer war, der den Plan des Amerikaners durchschaut und boykottiert hat, indem er mir ein Messer zuwarf.

Sondern ein verdammtes Mädchen.

Halluziniere ich vielleicht? Noch nie habe ich eine andere Frau außer die Freundin meines Bruders bei einem der Kämpfe gesehen, und aus diesem Grund weiß ich, dass sie es gewesen sein muss. Ein weiteres Indiz dafür ist, dass sie nun eilig versucht, zwischen all den Männern zu verschwinden. Sie nutzt die Hysterie im Raum aus und huscht unbemerkt zum Ausgang.

Alles, was ich noch von ihr sehe, sind aschblonde und aalglatte Haare, die bis zu ihrem knackigen Hintern reichen, bevor mich jemand von hinten packt und aufgewühlt auf mich einredet.

Gott hat mir einen blonden Schutzengel geschickt. Ist das zu fassen? Dabei dachte ich, er könnte mich gar nicht leiden.

»Jaysus, warum lächelst du so bescheuert?«, schreit mich mein Bruder an, bevor er mich aus dem Ring drängt und Donovan deutet, Peaches aus dem Keller zu schaffen, die mit panisch geweiteten Augen auf all das Blut auf den Matten im Ring starrt.

Ich höre nichts von dem, was die Leute um mich herum von sich geben, weil Callahan mir ins Gesicht schlägt, um meine Aufmerksamkeit zu ergattern. Nebenbei bekomme ich aber mit, dass sie den verwundeten Amerikaner aus dem Ring schleifen und einen Krankenwagen rufen.

Ich will ihn umbringen.

»Das wirst du schön sein lassen«, ermahnt mich mein Bruder, als könne er meine Gedanken lesen. Vielleicht spiegelt sich die Mordlust auch in meinen Augen wider, die ich nun immer noch etwas abwesend auf seine richte.

Ich erkenne Besorgnis und Verwirrung darin, obwohl er wütend klingt, als er mich fragt: »Was zur Hölle sollte das werden, Declan? Warum hast du dich auf diesen Kampf eingelassen? Seine Motive waren von Anfang an fragwürdig. Es war anders abgemacht.«

»Wer war dieses Mädchen?«, frage ich, anstatt ihm eine Antwort zu geben, und sehe mich wieder nach Blondie um. Callahan und O'Sullivan tauschen einen irritierten Blick miteinander. »Die Kleine hat mir das Messer zugeworfen. Sie hat mir den Arsch gerettet.« Ich fange an zu grinsen. »Jaysus! Sag deiner Blüte, dass sie nie wieder ihre Zeit damit verschwenden muss, meine Traumfrau zu suchen. Ich habe sie gefunden.«

»Er ist verwirrt«, lautet Callahans Feststellung nach meiner todernsten Aussage, die er offenbar als Folge des Sauerstoffmangels in meinem Hirn wertet. Er deutet irgendjemandem hinter mir, sich zu beruhigen. Ganz der Situationsschlichter, wie ich ihn kenne. »Wir klären das«, ruft er jemandem zu, dann beugt er sich ruckartig zu O'Sullivan und befiehlt ihm eindringlich: »Du folgst dem Bastard ins Krankenhaus. Weiche nicht von seiner Seite und sieh zu, dass er am Leben bleibt, bis wir ein paar Antworten von ihm bekommen haben.«

»Ich kümmere mich darum«, erwidert O'Sullivan sichtlich angespannt und nickt mir mit einem stillen Versprechen in den Augen zu. »Wir werden die Antworten bekommen, bevor er eines qualvollen Todes sterben wird.«

Antworten, die ich mir persönlich von diesem Motherfucker holen werde, und ein qualvoller Tod, den er durch meine Hand erleiden wird. Das ist sicher.

»Mach dich mal locker, Brudi«, sage ich schließlich zu Callahan, weil es mich unruhig macht, wenn *er* es einmal ist. Nun bin ich wieder ganz bei Verstand, da mein Hirn mit Sauerstoff versorgt ist und sich der Lärm im Saal ein wenig legt.

Ich wische mir das Blut aus dem Gesicht und schnappe mir das Handtuch von Callahans Schulter, bevor ich ihm besorgniserregend gelassen auf den Arm klopfe und mich abwende. »Wir werden schon herausfinden, wer es ist, der meinen Kopf rollen sehen wollte, aber Priorität hat, diesen knackigen Hintern zu finden, der dafür verantwortlich ist, dass er noch in richtiger Position mit meinem Hals festgewachsen ist.«

KAPITEL 2

GENEVIEVE

*D*er Blick des Mannes vor mir verrät, dass er wütend ist. Was er oft ist, wie mir auffiel.

Öfter, als gut für sein Gesicht wäre, denn nun ist auch klar, woher er all diese tiefen Zornesfalten auf seiner Stirn hat, und das mit seinen eigentlich noch knackigen fünfunddreißig Jahren.

Ob es wohl eher seine Ehefrau ist, die ihn so oft ärgert, oder doch ich, das Mädchen, das er heimlich nachts in Clubs trifft und routinemäßig am Ende der Nacht zu vögeln versucht? Erfolglos, wohlgemerkt.

»Was zum Teufel sollte das?«, blafft er mich an, während er mir den Weg zum Ausgang des Clubs versperrt. »Ich habe dich nicht mitgenommen, damit du hier ein gottverdammtes Chaos anrichtest! Was hast du dir dabei gedacht?«

»Ich weiß nicht, was du meinst«, stelle ich mich dumm. »Und ich würde es begrüßen, würdest du mich durchlassen, denn besagtes Chaos hat mir eine ganz schön heftige Migräne beschert.«

Sein Blick verzerrt sich vor Zorn. Er ist nicht sonderlich sanft, als er mich am Arm packt und durch die Tür in den Vorraum des Nachtclubs zieht. Er drängt mich weg von der Garderobe, hinter deren Pult eine Frau steht, die wie eine Kuh Kaugummi kaut, und stößt mich mit dem Rücken gegen die Wand.

Ganz schön grob, dieser Penner.

Eine Tatsache, die ich ihm nur ein einziges Mal durchgehen lasse.

»Was willst du von mir?«, frage ich tonlos und sehe genervt zu ihm auf. »Und nimm die Hände lieber weg, bevor ich sie dir breche.«

Er blinzelt, dann runzelt er die Stirn. Möglicherweise sorgt mein plötzlich nicht mehr ganz so charmantes und täuschend unschuldiges Verhalten für diese Verwirrung in seinen Augen.

Denn mein Job verlangt genau das von mir. Dass ich meinen Charme spielen lasse und mich naiv und süß gebe, um Männer wie ihn um den Finger zu wickeln. Es ist mittlerweile ganz einfach, nachdem ich diese Version von mir jahrelang einstudiert und perfektioniert habe. Meine Fassade bröckelt selten, im Grunde genommen nie.

Doch in Momenten wie diesen kratzt mein wahres Ich an der Oberfläche. Die wilde Raubkatze in mir will das süße Kätzchen zerfleischen und an die Macht.

»Du warst das«, beschuldigt er mich – zurecht –, nachdem er sich von meiner Drohung erholt hat, die vollkommen ernst gemeint war. Er mustert mich abschätzend und runzelt wieder die Stirn. »Woher hattest du überhaupt das Messer?«

»Ich weiß nicht, was du meinst«, wiederhole ich gespielt ahnungslos. »Wenn du mich dann also entschuldigen würdest … Die Migräne wird schlimmer.«

Ich schiebe ihn beiseite, um mich rasch aus dem Staub zu machen, bevor mich noch ein anderer Besucher des illegalen Boxkampfes, der im Keller dieses Nachtclubs stattgefunden hat, entdeckt und als diejenige identifiziert, die dem irischen Kämpfer das Messer zugeworfen hat.

Ich komme allerdings nicht weit, denn der Kerl hat schon wieder seine gierigen Pranken auf mir. Dieses Mal jedoch, um mich gegen meinen Willen festzuhalten, worauf ich meist nicht so gut reagiere. Ich hasse es nun einmal, bedrängt zu werden. Welche Frau tut das nicht?

Da die meisten Frauen im Gegensatz zu mir jedoch kein jahrelanges Kampfsporttraining genossen haben, rechnet der Typ nicht mit meiner Reaktion. Das Überraschungsmoment ist immer auf meiner Seite. Möglicherweise ist meine Reaktion auch etwas übertrieben, doch es ist ein simpler Reflex, den ich nicht zu unterdrücken weiß. Es passiert jedes Mal, wenn ich mich bedroht oder bedrängt fühle.

Na gut, manchmal auch einfach so, wenn mir jemand lästig ist.

Ich packe die Hand des Kerls, die sich in meinen Oberarm bohrt, verdrehe ihm das Handgelenk und wirbele ihn herum. Blitzschnell drücke ich seinen angewinkelten Arm an seinem Rücken nach oben, bis an die Grenze des Erträglichen und ein wenig darüber, sodass er nicht anders kann, als sich zu krümmen und auf die Knie zu sinken. Es ist eine körperliche Reaktion auf die Schmerzen, gegen die er sich nicht wehren kann.

»Fuck!«, flucht er und klingt, als würde er gleich heulen, während er versucht, seinen Arm loszureißen. »Lass los, du Schlampe! Du brichst mir den Arm!«

»Vielleicht solltest du dir abgewöhnen, Frauen je nach Lust und Laune anzutatschen«, sage ich ihm und lasse mit einem Stoß los, der ihn seitlich zu Boden fallen lässt. Mit ungläubig geweiteten Augen starrt er mich an, während ich mit einem Lächeln auf ihn herabsehe. »Hoffentlich lernst du etwas daraus. Beim nächsten Mal bin ich nicht so zimperlich.«

Mit diesen Worten drehe ich mich um und verlasse den Club. Die Garderobenfrau blickt mir mit offenstehendem Mund hinterher, das Kaugummi fällt heraus. Ich zwinkere ihr zu und rufe mir auf der Straße angekommen ein Taxi, um nach Hause zu fahren. Dieser Abend verlief nicht wie erwartet.

Um ehrlich zu sein, lief er absolut scheiße.

Verdammt.

Es wird kein nächstes Mal mit diesem Kerl geben, das kann ich vergessen. Nachdem ich ihm einen kleinen Einblick auf mein wahres Ich gewährt habe, wird er nicht mehr jeden Abend meine

Nummer wählen, nachdem seine Frau und Kinder zu Bett gegangen sind. Er wird auch nicht mehr alles daransetzen, mich zu treffen und zu vögeln, und somit waren die letzten zwei Wochen meines Lebens vergeudete Zeit.

Alles war umsonst. Das einstudiert süße Lächeln, die verlegenen und schüchternen Worte, das nervige Wimpernklimpern und das ständige über den Arm Streicheln. Herrgott noch mal. Dieser Job macht mich irgendwann noch krank.

Ich sage mir gedanklich, dass es nicht schlimm ist, Geldgeber X verloren zu haben. Dass ich einen anderen Mann finden werde, den ich bezirzen und später erpressen kann, bis er Kohle fließen lässt. Doch sehr begeistert bin ich von dieser Vorstellung nicht. Ich bin absolut nicht erpicht darauf, wieder auf die Suche nach einem notgeilen, reichen Sack zu gehen und mit meiner Show von vorne zu beginnen.

Das kotzt mich schier an. All diese schmierigen und lüsternen Kerle, die alles tun oder sagen würden, um eine Frau ins Bett zu bekommen, die nicht ihre angetraute Ehefrau ist.

Ich hasse sie alle, diese untreuen Arschlöcher.

Leider aber habe ich gar keine andere Wahl, als damit weiterzumachen. Ginge es nach mir, würde ich heute immer noch meiner liebsten Tätigkeit nachgehen.

Ich würde Frauen treffen, die befürchten, dass ihr Ehemann sie betrügt, und ihnen versprechen, diesen als den untreuen Motherfucker zu entlarven, der er ist. Dazu würde ich besagte Motherfucker treffen und Beweise für ihre Frauen sammeln, damit sie nicht wie die meisten anderen bei einer Scheidung leer ausgehen, weil ihre stinkreichen Ehemänner mit ihren überteuren Anwälten in ihren Eheverträgen dafür gesorgt haben, dass sie jeden Penny behalten. In den meisten Verträgen gibt es eine Klausel, die besagt, dass bei Ehebruch fünfzig Prozent des Vermögens an den geschädigten Partner übergehen müssen. Ich sorge für diese verdienten fünfzig Prozent.

In anderen Fällen geht es nicht um Geld, welches nach einer Scheidung auf das Konto der Frau fließen soll, sondern einfach um die Gewissheit. Die Frauen waren verzweifelt, als sie sich an mich gewandt haben. Ich verstehe das. Jeden Abend neben einem Mann einzuschlafen, von dem man nicht weiß, ob man ihm vertrauen kann, ist eine unangenehme Sache. Noch unangenehmer ist es allerdings, sich jedes Mal fragen zu müssen, wie die Frau namens »Überstunden« wohl aussehen mag. Oder ob man vom nächsten Geschlechtsverkehr mit seinem Mann Syphilis bekommen könnte.

Die Bezahlung eines solchen Jobs war mies, doch die Genugtuung und Dankbarkeit in den Gesichtern der betrogenen Frauen war die geringe Entlohnung allemal wert. Ich konnte dafür sorgen, dass sie und ihre Kinder nicht leer ausgehen, konnte ihnen Klarheit verschaffen und diesen untreuen Hunden eine Lektion fürs Leben erteilen.

Die meisten davon sind sowohl untreu als auch stockdumm. Die Kunst des Betrügens beherrscht kaum einer von ihnen. Durch ihre Gier nach frischem Fleisch werden sie unvorsichtig und denken nur noch mit ihrem Freund südlich abwärts. Es ist nicht schwer, einen Mann zu täuschen, der damit beschäftigt ist, seine Erektion in seiner Hose zurechtzurücken. Sie schlucken jede süße Lüge und erzählen, was auch immer man hören will, während ein Tonbandgerät alles aufnimmt. Bildliches Beweismaterial, sofern verlangt, folgte mit einem Hotelbesuch und das i-Tüpfelchen war immer der Anruf bei der Frau, den ich noch in seiner Anwesenheit getätigt habe. Einfach, um ihn bloßzustellen, wie er sie bloßgestellt hat.

Doch dann geschah etwas Unvorhergesehenes und ich sah mich gezwungen, meine Talente als Bezirzerin in eine andere Richtung zu lenken. Eine, die mir mehr als ein paar lächerliche hundert Pfund einbringt. Denn plötzlich galt es nicht mehr bloß, Geld für meine Miete zu verdienen, sondern jemanden damit ruhigzustellen. Sein Schweigen zu erkaufen.

Eine blöde Sache, wenn man sich zwischen Pest und Cholera entscheiden muss. Sich erpressen lassen oder ins Gefängnis wandern? Nun, die Entscheidung fiel mir in gewisser Weise recht schwer, denn ich hasse es, mich von jemandem wie eine Marionette behandeln zu lassen. Ich hasse es, nicht die Kontrolle und Macht zu haben. Und ich hasse es noch viel mehr, zu tun, was mir jemand aufträgt.

Aber ich habe denselben Fehler gemacht wie all diese Kerle und wurde mit meinen eigenen Waffen geschlagen.

Ich war unvorsichtig und jemand hat Beweise davon gesammelt. Beweise, die mich in ein verdammt schlechtes Licht rücken würden.

Eine miese Sache, doch die Entscheidung fiel letztendlich gegen eine zwei Quadratmeter große Zelle hinter schwedischen Gardinen, und das einzig und allein aufgrund meiner Hündin *Baby*, die zu verlassen ich nicht bereit war. Wer sollte sich um sie kümmern, wenn ich im Knast versauere? Als ich sie aus einer Tötungsstation gerettet habe, habe ich ihr versprochen, für immer für sie zu sorgen.

Ich halte für gewöhnlich meine Versprechen, denn für gewöhnlich mache ich auch nie welche.

Tief in meinen Gedanken versunken, steige ich in das Taxi und nenne dem Fahrer meine Adresse. Ich denke an die letzten Wochen zurück und spüre, wie sehr sie an mir genagt haben.

Ich will nach Hause in meine sicheren und vertrauten vier Wände, wo ich meine Fassade ablegen und mich meiner Verzweiflung hingeben kann, denn es ist verdammt noch mal anstrengend, immer diese Version von mir zu spielen, die alles ist, nur nicht menschlich.

Wieder frage ich mich, ob ich meiner Liste mit Schandtaten einfach eine weitere hinzufügen soll, um all dem ein Ende zu setzen. Ich verwerfe den Gedanken jedoch wie immer recht schnell. Ein vorsätzlich begangener Mord könnte mir am Tag des Jüngsten Gerichts wohl zum Verhängnis werden. Ich bin nicht religiös, doch irgendwie lässt mich die Vorstellung vom angeblichen Höllenfeuer nicht kalt.

»Waren Sie in dem Club?«, reißt mich der Taxifahrer aus den Gedanken, woraufhin ich ihn verwirrt ansehe. »Dem Nachtclub, vor dem Sie in meinen Wagen gestiegen sind?«

»Ach so«, murmele ich und nicke knapp. »Jup.«

Demonstrativ sehe ich weg, um ihm zu signalisieren, dass ich nicht für einen Plausch zu haben bin, auch wenn es unhöflich ist. Der Verlauf dieses Abends und die Folgen belasten mich schwer und meine Laune sinkt mit jeder Meile, die wir zurücklegen, weil das bedeutet, dass mir ein unangenehmes Telefonat mit dem Marionettenspieler bevorsteht, der meine Fäden viel zu streng in der Hand hält. Ich suche vergeblich nach Lösungen, die Fäden zu durchtrennen, doch wieder ist es der Taxifahrer, der meine Gedankengänge unterbricht.

»Was haben Sie dort gemacht?«, fragt er mich neugierig. »Sie passen nicht in die Kundschaft, die ich sonst immer diesen Club verlassen sehe oder von dort nach Hause fahre. Die meisten Besucher sind auf Drogen oder kotzen mir den Wagen voll, so betrunken sind sie. Sie sehen unordentlich und schmutzig aus. Ich schätze, es ist kein Ort für eine so hübsche und gepflegte Frau wie Sie.«

Ich schenke ihm ein schwaches Lächeln und zucke mit den Schultern. »Ich war nicht dort, um mich zu betäuben. Nicht einmal, um nüchtern zu feiern. Die Musik ist grausam.«

Er grinst mich über den Rückspiegel an. »Warum denn dann?« Seine Neugierde kennt keine Grenzen.

Ich starre ihn an und meine Frustration über den Abend nimmt überhand, und so rede ich mir alles von der Seele, was mich gerade beschäftigt, während er immer verwirrter und verstörter wirkt.

»Um ehrlich zu sein, habe ich einen stinkreichen Mann dorthin begleitet, an dessen Geld ich herankommen wollte, indem ich ihn damit erpresse, seiner Frau zu sagen, dass er ein betrügerisches Arschloch ist. Und welcher dachte, mich beeindrucken zu können, indem er mir zeigt, dass er Teil einer geschlossenen Gesellschaft ist, die sich Freitagabends im Keller dieses Clubs versammelt, um dort einen illegalen Boxkampf zu sehen. Ich muss zugeben, dass ich tatsächlich angetan war, da ich selbst seit Jahren Kampfsport betreibe und einem guten Kampf zwischen zwei echten Kerlen nicht abgeneigt bin, doch am Ende wurde es zu einer Farce, denn sie haben einen Streetfight daraus gemacht.«

Seufzend schüttele ich den Kopf. »Das war kein richtiger Kampf, das war eher ein ›Wer hat die größeren Eier‹, wenn Sie verstehen, was ich meine. Die größeren Eier hatte ein Amerikaner, weil er tatsächlich vorhatte, diesen heißen Iren zu killen, was mich doch sehr überrumpelt hat. Unfair zu kämpfen ist das Eine, aber jemanden töten zu wollen das andere. Ich meine, der muss ganz schön lebensmüde gewesen sein, nicht wahr? Zumal dieser andere Kerl, der Ire mit dem verwirrend sexy rötlichen Haarschopf und diesem verrückten Blick, ein Koloss war. Angeblich ist er jemand, mit dem man sich nicht anlegen sollte. Sorry, ich habe seinen Namen vergessen, obwohl er oft gefallen ist. Jedenfalls hat er wie ein Krieger gekämpft und ich war wirklich beeindruckt, bevor diese blöde Sache mit dem Mordversuch passiert ist. Also habe ich beschlossen, ihm aus der brenzligen Situation zu helfen, da er offensichtlich zu überrumpelt und benommen war, um schnell genug zu reagieren. Und keiner der anderen Zuschauer begriffen hat, was vor sich geht. Ich habe ihm mein Messer zugeworfen.«

Ich seufze wieder theatralisch. »Es war noch dazu mein Lieblingsmesser, das ich vermutlich nie wiedersehen werde, da er dem Amerikaner damit in den Bauch gestochen hat. Zu allem Übel hat der Kerl, dessen Geldhahn ich anzapfen wollte, eine riesige Sache daraus gemacht, und ich habe kurz die Beherrschung verloren und ihm den Arm verdreht. Jetzt muss ich mir eine neue Geldquelle suchen, weil ich noch nicht genügend Beweise gesammelt habe, mit denen ich ihn erpressen hätte können. Zwei Wochen lang hat sich mir keine richtige Möglichkeit geboten, einen handfesten Beweis zu bekommen, denn ein paar Anrufe und Nachrichten reichen nicht in Anbetracht der Summe, die ich von ihm fordern wollte. Für heute Abend nach dem Kampf war ein Besuch im Hotel geplant, wo ich endlich meinen verdammten Beweis bekommen hätte sollen. Dort arbeitet nämlich eine Freundin von mir, wissen Sie, und diese schickt mir immer die Videos der Überwachungskameras zu. Das ist ein verdammt guter Beweis. Der

Penner wollte bislang immer nur zu mir nach Hause oder in andere Hotels gehen. Jetzt muss ich somit wieder bei null anfangen, weil ich ihn vergrault habe und mir ein anderer Typ im Nacken sitzt, der echt fiese Beweise gegen *mich* in der Hand hat. Kann man sich das vorstellen? Ein ganz schön beschissener Abend, sag' ich Ihnen.«

Der Wagen hält an und der Taxifahrer dreht in Zeitlupe seinen Kopf zu mir um, bevor er mich ansieht, als hätte ich ihm gerade gestanden, einen Massenmord begangen zu haben. So übel war die Sache dann doch nicht, die ich vor etwas über einem Jahr verbrochen habe.

»Oh, wir sind schon da«, stelle ich erfreut fest, nachdem ich einen Blick durch das Wagenfenster geworfen habe. Ich reiche dem Kerl fünfzig Pfund und winke ab. »Behalten Sie den Rest. Das Gespräch mit Ihnen hat meine Laune wieder ein wenig verbessert.«

Er starrt mich immer noch an, als wäre ich eine entlaufene Irre, während ich aussteige und auf den hohen Schuhen zu meinem Gebäude stolziere. Seine Laune hat dieses Gespräch gewiss nicht verbessert. Ich winke ihm lächelnd und zünde mir eine Zigarette an, wie ich es immer tue, wenn mir ein Anruf bei dem Marionettenspieler bevorsteht.

Danach gehe ich mit meiner Mopsdame Baby Gassi, wie ich es jeden Abend tue. Sie ist das einzige Erfreuliche in meinem Leben und die Einzige, die mein wahres Ich kennt. Vor ihr muss ich mich nicht verstellen. Sie mag mich auch ungeschminkt im Schlabberlook und ohne dieses aufgesetzte Lächeln, und das belohne ich mit maßlos vielen Leckerlis, bevor ich an sie gekuschelt in meinem Bett einschlafe.

Seltsamerweise ist mein letzter Gedanke, bevor ich in einen unruhigen Schlaf gleite, ob der Ire wohl schon herausgefunden hat, warum ihm der Amerikaner den hübschen Kopf umdrehen wollte.

KAPITEL 3

DECLAN

Unruhig klopfe ich mit den Fingern auf meinen Oberschenkel, während Peaches meinen Kopf zu sich dreht, um die Platzwunde auf meiner Unterlippe zu versorgen. Sie sieht mich verwirrt an, als sie mit einem Alkoholtupfer auf die offene Wunde drückt und ich immer noch reglos zur Tür starre, durch die jeden Moment mein Bruder kommen sollte.

Ich werde allmählich nervös, da ich unbedingt eine Antwort haben möchte.

»Tut dir das denn gar nicht weh?«

Ich zucke mit den Schultern. »Ich wurde gerade fast umgebracht, also werde ich nicht wegen einem Kratzer auf meiner Lippe heulen.«

Sie verdreht ihre hübschen, blauen Augen und versorgt auch all die anderen Wunden in meinem Gesicht. Als sie wie unabsichtlich ihren Finger in mein blaues Auge bohrt, zucke ich leicht und sie lächelt zufrieden.

»Autsch«, beschwere ich mich mit zusammengekniffenen Augen, wobei das rechte Auge auch ohne mein Zutun kaum zu öffnen ist. »Seit wann bist du so sadistisch?«

»Oft frage ich mich, ob du überhaupt menschlich bist, und nun habe ich den Beweis«, neckt sie mich und öffnet gespielt schockiert den Mund. »Doch nun frage ich mich umso mehr, wie das möglich ist. Du hast kein Herz, keine Gefühle und offensichtlich auch kein Schmerzempfinden oder eine Schmerzgrenze, die im menschlichen Bereich liegt. Also, was ist dein Geheimnis?«

Ich grinse sie an, auch wenn mein Gesicht davon schmerzt. »Die Leute genau das glauben zu lassen, Zuckerpuppe.«

Peaches kichert und widmet sich wieder meinen Verletzungen. Dafür, dass es ein Kampf um Leben und Tod war, was ich leider erst zu spät realisiert habe, habe ich relativ wenige davongetragen. Ein paar Quetschungen, Prellungen, Hämatome und Schwellungen. Und die aufgeplatzte Lippe. Eine Lappalie. Das geht schnell vorüber. Schlimm wäre es, hätte mir dieser Motherfucker meine hübsche Nase ruiniert.

Was mich wirklich beschäftigt, ist die Frage, wer mein sexy blonder Schutzengel ist. Ich kann an nichts anderes denken als an diesen knackigen Hintern und das lange, aschblonde Haar.

Deswegen platzt es sofort aus mir heraus, als mein Bruder durch die Küchentür marschiert: »Hast du etwas herausgefunden?«

Callahan betrachtet mich ein wenig mitleidig, als wäre ich ein kleiner Hundewelpe, der angefahren wurde, bevor er seiner Traumfrau einen dankbaren Kuss auf den Mund drückt, da diese den Welpen versorgt hat. Ich starre ihn ungeduldig an und trommele dabei mit den Fingern immer unruhiger auf meinen Oberschenkel. Mein Bruder bemerkt es natürlich und lehnt sich mit verschränkten Armen an die Kücheninsel, während er mich nachdenklich taxiert.

»Der Kerl wurde notoperiert, aber er wird durchkommen«, erzählt er mir zufrieden. »Wir werden wohl noch ein paar Tage damit warten müssen, ihn uns zu schnappen und zu verhören. Derzeit sehe ich keine andere Möglichkeit, um zu erfahren, wer dich tot sehen wollte.«

Ich runzele die Stirn. »Wen verdammt noch mal interessiert das jetzt? Ich will wissen, wer das Mädchen ist.«

Peaches schnaubt amüsiert und Callahan verengt seine Augen. »Du nimmst diese Sache auf die leichte Schulter, aber das solltest du nicht. Was heute Abend passiert ist, ist verdammt noch mal ein großes Problem, Declan. Jemand hat den Amerikaner angeheuert, um dich im Kampf zu töten, und es hat oberste Priorität, herauszufinden, wer dieser Jemand ist.«

Ich blinzele ihn ausdruckslos an. »Von mir aus. Und jetzt sag mir, was du über meinen blonden Schutzengel weißt.«

Callahan seufzt angestrengt und reicht mir widerwillig einen Zettel, den er aus seiner Hosentasche fischt, auf dem die Namen der Mitglieder samt ihren Begleitern notiert sind, die heute Abend an dem Event teilgenommen haben. Ihrer sticht mir sofort ins nicht zugeschwollene Auge, da bis auf Peaches Name sonst nur männliche auf der Liste zu finden sind.

Sie ist als die Begleitung eines Kerls eingetragen.

»Du hattest recht. Es war heute Abend tatsächlich noch eine Frau anwesend«, meint Cal nun. »Sie ist mir nicht aufgefallen und ich dachte, du redest wie so oft Unsinn.«

Ich ignoriere ihn und lese ihren Namen wieder und wieder, während Peaches damit beschäftigt ist, an meinem Shirt zu zerren. Warum auch immer.

»Gene … was?« Ich verziehe das Gesicht und starre Callahan fragend an. »Was ist das verdammt noch mal für ein Name? Ein französischer?«

Peaches wirkt neugierig. Sie hört kurz damit auf, an meinem Shirt zu ziehen, und reißt mir den Zettel aus der Hand. Nachdem sie die Zeilen bis zu dem Namen des Mädchens überflogen hat, runzelt sie die Stirn und lächelt dann belustigt.

»Genevieve«, nennt sie mir den Namen und ich bin überrascht von ihrer Aussprache, da er aus ihrem Mund viel hübscher klingt als in meinen Gedanken. Sie sprach ihn ›Schö-ne-wiw‹ aus.

Ich reiße den Zettel wieder an mich und grinse. »Meine Retterin ist also eine Französin? Wie heiß.«

Sie verdreht ihre Augen. »Das würde dir wohl so gefallen, hm?«

Ich lächele schmutzig. »Klar, wer mag es nicht gerne auf die französische Art?«

Callahans Mundwinkel zucken und Peaches zerrt wieder an meinem Shirt. Ich gebe ihr einen Klaps auf die Hand und frage: »Was zur Hölle versuchst du da eigentlich?«

Sie blinzelt mich an. »Na, ich will dir dein Shirt ausziehen.« Nun starrt auch Callahan sie an. Mit den Händen in der Luft erklärt sie: »Er ist auf dem Oberkörper verletzt. Ich will seine Wunden versorgen.«

»Wie süß von dir, Zuckerpuppe«, sage ich amüsiert und nehme ihr die Tube Salbe für Prellungen und Blutergüsse aus der Hand. »Aber ich bin ein großer Junge und kann mich selbst mit Salbe einschmieren.«

»Früher musste immer ich dir den Hintern einschmieren«, erinnert mich Callahan und schmunzelt. »Es freut mich, dass du diese Aufgabe heute schon selbst übernehmen kannst. Eines der wenigen Dinge, die du auf die Reihe bekommst.«

»Ginge es um meinen Hintern, würde ich mich jederzeit von deiner Blüte versorgen lassen«, feixe ich zwinkernd, woraufhin sich sein Blick verfinstert. Belustigt wende ich mich besagter Blüte zu und erkundige mich drängend: »Also, ist das ein französischer Name?«

Peaches verdreht erneut dramatisch die Augen und geht zur Spüle, um sich die Hände zu waschen. »Nein, das ist die englische Version des Namens.«

»Welches Namens?«

Sie zuckt mit den Schultern. »Keine Ahnung. Ist doch auch egal, oder?«

Ich denke kurz darüber nach, dann nicke ich zustimmend. Es ist tatsächlich vollkommen egal, ob mein Schutzengelchen aus Frankreich oder vom Mond abstammt. Denn alles, was zählt, ist, dass ich einen vollen Namen von der Frau habe und es so ein Leichtes für mich sein wird, sie zu finden. Ich muss ihn bloß der richtigen Person nennen und werde erfahren, mit welchem Alter sie zuletzt in die Hosen geschissen hat. Doch das Einzige, das mich interessiert, ist ihre Adresse.

Ich muss mich schließlich dafür bedanken, dass sie mir das

Leben gerettet hat. Es wäre nur höflich von mir, mich dafür zu revanchieren.

Außerdem würde ich gerne wissen, an welcher Adresse ich künftig gemeldet sein werde.

»Rufst du Walsh für mich an?«, bitte ich meinen Bruder und reiche ihm den Zettel zurück. »Er soll bloß ihre Adresse herausfinden, mehr brauche ich nicht.«

»Dir ist es wirklich ernst damit, hm?« Er wirkt auf eine überraschte Weise amüsiert. »Und du bist dir zweifellos sicher, dass es dieses Mädchen war, das dir den Arsch gerettet hat?«

Ich hüpfe vom Hocker und stöhne wegen meiner gequetschten Rippen leise auf. »Das ist es mir und das bin ich.«

»Warum sollte sie das tun?«, fragt er zweifelnd. »Dir den Arsch retten?«

»Das möchte ich ja so gern herausfinden«, erkläre ich und grinse dümmlich. »Und dann werde ich mich angemessen dafür bedanken.«

Peaches schnaubt, bevor sie mir eine Flasche Wasser und ein Kühlpad reicht. »Was wollte ein Mädchen überhaupt bei einem dieser Kämpfe? Ich dachte, dort würden nur Männer wie ihr es seid hingehen.«

Callahan scheint sich dasselbe zu fragen, sein Blick wirkt misstrauisch. »So ist es eigentlich auch.«

Ich zucke gelassen mit den Schultern und drücke mir das Kühlpad auf die Stirn. »Sie war die Begleitung irgendeines Kerls. Daran ist nichts merkwürdig, schließlich hat Callahan dich auch mit zu den Kämpfen genommen, Süße.«

»Nur bin ich nicht verheiratet«, wirft Callahan mit hochgezogenen Augenbrauen ein, da wir beide den Mann kennen, der sie als seine Begleitung auf die Gästeliste gesetzt hat. Er ist irgendein langweiliger Brite, der mit Aktienanlagen Millionen verdient hat. Das hat ihm ein Ticket in unsere geschlossene Gesellschaft gesichert.

»Mir verdammt noch mal egal, was sie mit diesem Kerl zu tun

hat«, erkläre ich gleichgültig. »Solange er es nicht war, der mich tot sehen wollte.«

»Das ist eher unwahrscheinlich, da er auf dich gesetzt und seine Begleitung dich schließlich gerettet hat«, antwortet Cal überzeugt. »Der Mann, der den Amerikaner dafür bezahlen wollte, dich umzulegen, war heute Abend bestimmt nicht unter den Gästen.«

Ich hole mir ein Sandwich aus dem Kühlschrank und beiße gedankenverloren davon ab. »Angeblich wollte er meinen Kopf rollen sehen. Warum sollte er sich diese Chance entgehen lassen, indem er zu Hause bleibt?«

»Das ist eine Redensart, Declan«, meint Peaches besserwisserisch, doch ich erkenne Besorgnis in ihren blauen Augen, als sie zu Callahan geht und fragt: »Ihr werdet herausfinden, wer dieser Mann ist, oder? Wer weiß, was der noch geplant hat …« Ihr Blick zuckt zu mir und ich runzele die Stirn. »Nicht, dass es mir etwas ausmachen würde, wenn du den Löffel abgibst – versteh' mich nicht falsch, Declan.«

Ich lächele. »Schon klar, Zuckerpuppe. Dann wärt ihr mich los und könntet den ganzen langen Tag vögeln, bis euch die Beine davon abfallen.« Ich schüttele tadelnd den Kopf und wende mich ab, während die beiden lachen.

»Das wird nie passieren«, sagt Cal, dann ertönen Schmatzgeräusche und ich suche eilig das Weite.

»Bis morgen will ich eine Antwort von Walsh!«, rufe ich ihm noch zu, bevor ich es mir mit einem Glas Whiskey im Wohnzimmer auf der Couch gemütlich mache und an diesen knackigen Hintern denke, der meinen eigenen gerettet hat.

Genevieve Poe, geboren und aufgewachsen in London, wohnhaft in Richmond, fünfundzwanzig Jahre alt. Keine lebenden Elternteile, keine Geschwister, aktuell als arbeitslos gemeldet.

Arbeitslos. Interessant. Erst recht, wenn man bedenkt, dass die

Gegend, in der sie lebt, relativ nett aussieht und der Stadtbezirk selbst – Richmond an der Themse – einer der attraktivsten Londons ist. Hier ist es lebhaft, modern und sauber. Sie lebt in einer Wohnung in der Nähe einiger Einkaufsstraßen, in denen man gut shoppen und noch besser speisen kann. Ihre Wohnung liegt im ersten Stock eines fünfstöckigen Gebäudes und ihr Balkon ist ungesichert, wie ich feststelle, als ich einen Blick in den Innenhof des Gebäudes werfe. Es ist alt, wurde aber offenbar vor kurzem saniert.

Beim Gedanken, wie leicht es für mich wäre, mir Zutritt über den Balkon zu ihrer Wohnung zu verschaffen, muss ich schmunzeln.

Woher hat mein sexy Schutzengel das Geld für die Miete dieser Wohnung? Laut Mietvertrag ist diese ziemlich hoch.

Das ist eine der eher unwichtigeren Fragen, da ich vorerst gerne wüsste, warum sie beschlossen hat, einem fremden Kerl das Leben zu retten. Einfach so.

Solange sie keine Prostituierte ist, ist es mir eigentlich egal, wie sie an Geld herankommt, da sie nicht offiziell irgendwo beschäftigt ist. Wobei … Selbst das mit der Prostitution wäre mir schnuppe. Mein Job ist immerhin auch eher unkonventionell und nicht sehr vorbildlich.

Das wäre doch einmal eine interessante Kombi. Die Hure und der Killer, der von dieser gerettet wurde.

Jaysus, unsere Geschichte könnte verfilmt werden. Ich sehe Bestseller-Potenzial.

Pfeifend schlendere ich durch den Innenhof in das Gebäude und sehe mich im dunklen Treppenhaus um. Es ist schon relativ spät, da mir der Privatdetektiv – ein früherer Beamter des FBI – erst am späten Nachmittag die Informationen gegeben hat, für die ich ihn bezahlt habe, und der Weg von Islington hierher knapp eine Stunde in Anspruch genommen hat. Mein Schutzengel wohnt nicht unbedingt um die Ecke. Etwas, das mich nervt.

Sie muss wohl doch zu mir ziehen.

Ich streiche immer wieder gedankenverloren über die eingeritzten Initialen auf dem Messer, welches ich ihr als höflicher Kerl natürlich zurückgeben werde, und frage mich, warum sie es überhaupt dabeihatte. Vielleicht ist sie wirklich eine Prostituierte. Diese müssen sich bekannterweise gut schützen.

Das Messer ist klein, mit einem zarten hölzernen Griff, der abgenutzt aussieht, und eher feminin. Die Klinge ist zwar scharf, aber etwas kurz und dünn. Ich arbeite lieber mit massiverem Werkzeug. Mit tödlicherem.

Es vergeht ungefähr eine Stunde, bis Schritte im Treppenhaus ertönen. Ich lehne mich entspannt an die Mauer neben der Ausgangstür und nicke dem alten Mann zu, der just in diesem Moment das Gebäude betritt. Er erschrickt aufgrund meiner verborgenen Gestalt in der Dunkelheit – oder vielleicht auch, weil ich dabei gruseligerweise ›Spiel mir das Lied vom Tod‹ vor mich hin pfeife. Ich grinse ihn möglichst arglos an.

Kaum ist er im Fahrstuhl am Ende des Ganges verschwunden, klappern die Absätze einer Frau auf dem Boden, ehe diese mit Hüftschwung um die Ecke kommt und direkt auf mich zu stolziert.

Als sie von ihrem Handy aufsieht, bleibt sie abrupt stehen und blinzelt mich überrumpelt an.

Ich blinzele überrumpelt zurück.

Jaysus, jaysus, jaysus. Sie mag vielleicht keine Französin sein, aber sie ist verdammt noch mal genauso heiß wie eine.

Mir läuft der Speichel im Mund zusammen, als wäre ich ein Köter, dem ein Leckerli vor die Nase gehalten wird, während ich meine Augen von ihrem Kopf bis zu ihren Füßen gleiten lasse. Noch mal, Jaysus. Mein Schutzengel hat mehr als bloß schönes blondes Haar und einen knackigen Hintern.

Ihr Gesicht ist der Wahnsinn. Feminine und zarte Gesichtszüge, spitze und volle Lippen und große, grüne Augen. Sie hat helle Haut, die sehr rein erscheint, und unglaublich lange Wimpern, die unmöglich echt sein können. Ihre Figur ist anbetungswürdig, mehr sportlich als zierlich. In diesem hautengen schwarzen Kleid kommen ihre weiblichen Rundungen auf eine beinahe obszöne Weise zur Geltung. Obwohl ihr Ausschnitt nicht unanständig tief ist, erkenne ich üppige und runde Brüste darunter, die ihre Wespentaille noch schmaler wirken lassen.

Doch ihre Beine, die von schwarzen, spitzen Stilettos getragen werden …

Heilige Maria Mutter Gottes. Ich schwöre, nie wieder zu töten, um zu beweisen, wie sehr ich dieses Geschenk Gottes zu würdigen weiß.

Offenbar sieht sie meinen Besuch nicht als solches an, denn ihr Gesicht verzieht sich auf eine beinahe genervte Weise, als sie fragt: »Hast du dich verlaufen?«

Ich bekomme einen Ständer von ihrer rauen Stimme. Und ihrer Unhöflichkeit.

»Gott sei Dank nicht«, sage ich und stoße mich von der Wand ab, um zu ihr zu gehen. Sie bewegt sich nicht vom Fleck und auch ihr Gesichtsausdruck bleibt unverändert. »Du hast etwas verloren.« Ich halte ihr das Messer mit dem Griff nach vorne entgegen, woraufhin sie den Blick ausdruckslos darauf senkt. »Das ist doch deines, oder?«

Ich rechne damit, dass sie es abstreitet oder sich dumm stellt, doch sie überrascht mich. Unbeeindruckt nimmt sie mir das Messer aus der Hand, steckt es in ihre kleine Tasche und murmelt »Danke«, was weder ernst gemeint noch höflich klingt, bevor sie einfach an mir vorbeimarschiert und mich hier stehenlässt.

Jap, sie ist es. Meine Traumfrau.

»Warte mal!«, rufe ich ihr hinterher und hole sie rasch ein. Sie ist überraschend schnell unterwegs auf diesen übertrieben hohen Schuhen, die die Muskeln an ihren Waden auf eine sexy Weise betonen. Als ich mich vor sie werfe, bleibt sie seufzend stehen.

Ich grinse sie an. »Hast du es eilig, Engel?«

Sie reagiert nicht auf den Kosenamen und klingt vollkommen desinteressiert, als sie tonlos antwortet: »So ist es.«

»Warum hast du das getan?«, stelle ich unvermittelt die Frage, die mir so brennend auf der Zunge liegt. Fragend runzelt sie die

Stirn. »Mir das Messer zugeworfen, meine ich. Du hast meinen verdammten Arsch gerettet.«

Nun funkeln ihre giftgrünen Augen, doch ich kann den Ausdruck darin nicht deuten. Sie macht es mir schwer, ihre Gedanken zu lesen, und irgendwie bin ich mir sicher, dass sie es nicht nur bei mir tut. Schließlich zuckt sie mit den Schultern und schenkt mir ein schiefes Lächeln, das meinen ohnehin schon beeinträchtigten Verstand verwirrt.

Dieses Lächeln … Nun habe ich tatsächlich einen Ständer.

»Nun«, sagt sie und tippt mir mit ihrem rot angemalten Nagel auf die Stirn. Auch ihre Lippen sind rot angemalt und ihr blondes Haar hat einen Rotstich wie meines, wie ich nun erkenne. »Es sah für mich so aus, als wollte der Amerikaner schummeln, und da niemand sonst reagiert hat, habe ich es eben getan.« Als ich zu grinsen anfange, gleiten ihre Augen für eine schnelle und forschende Musterung über mich. »Und du bist nun mal einfach zu hübsch, um zu sterben.«

Ich werde sie heiraten und ihr ein Dutzend hübscher Babys mit roten Haaren machen. Das ist sicher.

Da sie noch nichts von unseren gemeinsamen Zukunftsplänen weiß, gefällt es ihr nicht, dass ich einen Schritt auf sie zu mache und in ihre persönliche Komfortzone eindringe. Sie weicht nach hinten aus und verengt ihre grünen Augen, die unwillkürlich giftige Pfeile auf mich abfeuern. Ich verliere mich dennoch in ihnen und atme ihren Duft ein, nun da er mir in die Nase steigt. Sie riecht nach …

Vanilleblüten.

Jaysus, wenn das kein Zeichen ist. Das Schicksal scheint es nun auf mich abgesehen zu haben, nachdem es meinem Bruder eine süße Blüte geschenkt hat.

Und jetzt bekomme ich meine.

Ich grinse durch den Gedanken noch breiter, als ich sie frage: »Also, wie kann ich mich dafür revanchieren? Es kommt nicht oft vor, dass mir jemand das Leben rettet. Um genau zu sein, kam es noch nie vor, weil das bislang auch noch nie nötig war.«

»Es gibt für alles ein erstes Mal«, entgegnet sie gelassen. »Dich zu revanchieren, ist unnötig. Du hast mir mein Lieblingsmesser zurückgebracht und das reicht vollkommen aus.«

»In meinen Augen nicht«, meine ich entschlossen. »Was hatte ein Mädchen wie du überhaupt bei einem illegalen Boxkampf im Keller eines Nachtclubs zu suchen?«

Sie blinzelt mich ausdruckslos an. »Was geht's dich an?«

Ich muss wieder grinsen. »Bist du immer so verdammt charmant?«

»Wenn ich will«, lautet ihre kecke Antwort, dazu schenkt sie mir wieder dieses sexy unvollkommene Lächeln, bei dem sie einen Mundwinkel höher zieht als den anderen. Ihre Lippen sehen so küssbar und weich aus. »Falls du es schon vergessen haben solltest – ich habe es eilig. Wenn du also so nett wärst …« Die letzten Worte zieht sie künstlich in die Länge, dabei starrt sie mich auffordernd an.

Ich gehe nirgendwohin. Stattdessen fühle ich mich genötigt, zu erklären: »Für gewöhnlich brauche ich niemanden, der mir den Arsch rettet. Ich weiß ganz gut, ihn selbst zu retten. Ich war bloß überrumpelt, als mir der Amerikaner eröffnet hat, er würde mich töten, weil ihm irgendjemand eine Stange Geld dafür geboten hat.«

»Offensichtlich«, murmelt sie nicht im Mindesten beeindruckt.

Es scheint sie weder zu schockieren noch überhaupt zu interessieren, dass mich jemand tot sehen will. Das tut weh. Doch ihre nächsten Worte besänftigen mich und streicheln mein Ego, das einen ziemlichen Kratzer abbekommen hat, weil mir ausgerechnet eine Frau den Arsch retten musste.

»Keine Sorge, ich habe dich kämpfen gesehen. Ich weiß, dass du den Kampf gewonnen hättest, hätte dieser blöde Mordversuch nicht stattgefunden. Nicht nötig also, dich zu rechtfertigen.«

»Lass uns ausgehen«, platzen die nächsten Worte unvermittelt und hoffnungsvoll aus meinem Mund, woraufhin sie verdutzt eine Augenbraue hochzieht. »Auf ein Date, oder wie normale

Menschen so etwas nennen. Ich lade dich zum Essen ein.« Ich präsentiere ihr mein charmantestes Lächeln.

Es lässt sie vollkommen kalt. »Ich habe Essen in meinem Kühlschrank.«

Ich blinzele. »Dann lade ich dich eben ins Kino ein.«

»Ich habe Kabelfernsehen zu Hause«, lautet ihre Antwort nun.

Mir gehen die Ideen aus. »Dann gehen wir eben zusammen spazieren.«

Sie verdreht ihre Augen, als würde es sie hart nerven, dass ich ihr Avancen mache. »Wenn ich mich bewegen will, gehe ich mit meinem Hund Gassi.«

Ich seufze. Warum mag sie mich nicht? »Besteht die geringste Chance, dass du irgendwann einmal doch mit mir ausgehen willst?«

Sie legt sich den Zeigefinger aufs spitze Kinn und gibt sich nachdenklich, bevor sie murmelt: »Nun, für gewöhnlich lautet meine Antwort: ›Sag niemals nie‹ …«

Ich grinse hoffnungsvoll.

»… doch bei dir mache ich eine Ausnahme.«

Das Grinsen vergeht mir prompt wieder.

»Ich date keine Kerle wie dich«, erklärt sie mir nun entschlossen und presst entschuldigend die vollen Lippen aufeinander. »Sorry.«

»Welche Kerle datest du denn sonst?«, frage ich herausfordernd. »Kerle wie den, den du zum Kampf begleitet hast? Einen steifen Anzugträger, der Ehefrau und Kinder zu Hause hat? Ist das dein Typ?«

Sie schockiert mich zutiefst, als sie emotionslos entgegnet: »Jap, das ist exakt mein Typ.«

Nun verwirrt runzele ich die Stirn. »Du bevorzugst also Kerle, die schon vergeben sind? Gibt es dir einen Kick, Ehen und Familien zu zerstören, oder wie soll ich das verstehen?«

Etwas flackert in ihren Augen auf, doch dann werden sie kalt und gefühllos genau wie ihre Stimme, wodurch ich weiß, dass sie lügt. »So ist es. Ich bin ein Miststück, das sich verheiratete Männer krallt und Familien zerstört. Da du scheinbar weder eine Frau noch Kinder hast, weißt du nun ja, wie hoch deine Chancen auf ein Date mit mir stehen.« Sie lächelt falsch und stößt mich an der Schulter beiseite. »Also dann, gib auf deinen Arsch Acht. Noch einmal rette ich ihn dir nicht.«

Mit diesen Worten lässt sie mich stehen und stolziert aus dem Haus. Nach diesem Gespräch bin ich kein bisschen klüger als vorhin, stattdessen habe ich jetzt noch mehr Fragezeichen in meinem Kopf.

Ich beschließe, an dieser Sache dranzubleiben. Ich lebe für Herausforderungen und eine solche hat sich mir noch nie gestellt.

Eine so heiße, abweisende und spitzzüngige.

Meine Vanilleblüte.

KAPITEL 4

GENEVIEVE

*E*s ist schon nach Mitternacht, als Baby wild durch die Wohnung rennt, ihre pinke Leine im Maul, ihre großen, braunen Augen flehentlich auf mich gerichtet. Ich seufze. Sie muss mal für kleine Mädchen.

»Schon gut«, sage ich, als sie mich vor Ungeduld anspringt, und rolle mich widerwillig aus dem Bett.

Ich habe mich gerade erst hingelegt, nachdem ich eine heiße Dusche genommen habe, und mein Haar ist noch feucht, doch wenn Baby pinkeln muss, dann muss Baby eben pinkeln. Bevor sie mir aus Protest auf den hübschen Teppich macht, werde ich wohl oder übel mit ihr rausgehen müssen.

»Begnügst du dich mit dem Balkon?«, frage ich sie dennoch hoffnungsvoll und zeige auf die Balkontüren. »Ich könnte dich in die Luft halten wie Simba in König der Löwen.«

Die Vorstellung scheint ihr nicht zu gefallen. Sie bellt und läuft auf ihren kurzen Beinchen zielstrebig ins Vorzimmer.

Leise seufzend gehe ich zum Kleiderschrank und reiße einen meiner Trainingsanzüge heraus. Er ist pink und passt perfekt zu Babys Geschirr. Wenn ich sie jetzt auch noch in den Arm nehme, erfülle ich jedes Klischee einer Blondine.

Während ich in den Trainingsanzug schlüpfe und mein

feuchtes Haar zu einem unordentlichen Dutt zusammenbinde, werfe ich einen kurzen Blick auf mein Handy. Der Marionettenspieler hat mich angerufen, doch ich habe absolut keine Lust, mit ihm zu reden. Seit unserem letzten Gespräch vor drei Tagen, als er mich wegen meines Versagens niedergemacht hat, habe ich nichts mehr von ihm gehört. Es war jedoch nur eine Frage der Zeit, wann er damit anfängt, mich zu nerven, indem er mir befiehlt, einen neuen Geldgeber zu finden und mir dann damit droht, mich den Cops auszuliefern.

Da ich auf die übliche Tirade heute verzichten will, ignoriere ich den Anruf und schnappe mir stattdessen Babys Leine. Ich streichele ihren Kopf, bevor ich den Karabiner am pinken Halsband mit Strasssteinchen befestige, und gebe ihr ein Leckerli, um sie zu besänftigen.

»Yey, Pipi machen!«, motiviere ich sie und spaziere in den Flur. Sie bellt und hüpft wie ein kleiner Gummiball mit Fellüberzug. Dabei dreht sie sich wild im Kreis, bis ihr schwindelig davon wird.

Ich lache leise, steige in meine Sportschuhe und verlasse mit einer Zigarette und einem Feuerzeug in der Hand die Wohnung.

Kaum sind wir im Erdgeschoss des Treppenhauses angekommen, zieht sie mich in Richtung Innenhof, doch ich ziehe sie rasch in die andere Richtung, da mich erst letzte Woche der Hausbesorger angeschnauzt hat, weil Baby sein Fahrrad angepinkelt hat. Wir spazieren um das Haus herum, und wie üblich geht sie eher mit mir, als ich mit ihr Gassi.

Dieser Hund ist absolut unerzogen, aber was soll's. Baby kam schon als Welpe in eine Tötungsstation irgendwo in Rumänien, nachdem man sie zuvor einfach wie Müll entsorgt hat, und es brauchte Monate, bis sie sich überhaupt streicheln ließ. Sie hatte kein Vertrauen in Menschen und panische Angst vor jeder Berührung, aber wer kann es ihr verübeln? Somit haben wir den üblichen Erziehungsscheiß übersprungen und alles, was Baby heute kann, ist angetanzt zu kommen, wenn ich ihren Napf mit Futter fülle.

Ich zünde mir die Zigarette an und lasse mich von meiner

Hündin bis zu der kleinen Wiese führen, auf der wir manchmal miteinander spielen, wobei sie mich eher ärgert, wenn sie den Ball, anstatt zu mir zurückzubringen, irgendwelchen anderen Hundebesitzern bringt. Als wir sie erreichen, sehe ich ihr dabei zu, wie sie sich eine volle Minute lang entleert.

Ich frage mich, ob dieser Hund überdurchschnittlich viel trinkt. Wir waren erst vor zwei Stunden das letzte Mal draußen und auch da hat sie die ganze Wiese wie ein Rasensprenger bewässert.

Ein Geräusch unmittelbar hinter mir lässt mich aufschrecken und meine antrainierten Reflexe setzen augenblicklich ein. Es ist mitten in der Nacht, keine Menschenseele ist weit und breit zu entdecken und ich bin eine Blondine in einem verdammten pinken Jogginganzug mit Mopsdame im Gepäck. Das ideale Opfer für Vergewaltiger.

Sollte man meinen.

Ich setze schon zu einem Tritt an, während ich herumwirbele, halte jedoch abrupt inne, als ich in ein stürmisches graublaues Augenpaar blicke, das mich belustigt anfunkelt.

»Was zur Hölle?«, entfährt es mir schnaubend und ich setze den Fuß wieder auf den Boden. »Gibt es einen Grund dafür, dass du mir hier auflauerst? Mitten in der Nacht?!«

Die Hände lässig in den Taschen seiner Jeans vergraben, zuckt der irische Kämpfer, der mir bereits vorgestern in meinem Treppenhaus aufgelauert hat, mit den Schultern. Er wirft einen Blick hinter mich auf Baby, die meinem potenziellen Vergewaltiger jedoch keinerlei Beachtung schenkt, sondern sich stattdessen euphorisch in der Wiese wälzt. Pft. Auf diesen Hund ist kein Verlass.

»Ist das deiner?«, fragt er mich stirnrunzelnd.

Ich runzele ebenfalls die Stirn, bevor ich sarkastisch sage: »Nein, ich habe ihn gerade jemandem geklaut, weil ich Lust darauf hatte, mitten in der Nacht mit einem Hund Gassi zu gehen.«

Der Ire schenkt mir dieses dümmliche Grinsen, das ich schon

beim letzten Mal irgendwie niedlich fand. »Also hast du wirklich einen Hund. Er ist süß. Wie heißt er?«

»Er ist ein Mädchen, wie man unschwer an dem pinken Geschirr erkennen kann, und heißt Baby«, antworte ich ihm trocken und nehme einen Zug von der Zigarette. »War es das dann? Du wolltest nur wissen, wie meine Mopsdame heißt, nachdem du mir hier aufgelauert hast?«

»Ich bin Declan«, stellt er sich mir unnötigerweise vor und grinst wieder schief. »Nur, falls es dich interessieren sollte.«

»Tut es nicht«, erwidere ich emotionslos.

»Ich bin dreißig«, teilt er mir unbeirrt mit.

»Auch um diese Information habe ich nicht gebeten«, lautet meine unbeeindruckte Antwort.

»Und ich hasse Raucher«, kommen die nächsten Worte zusammenhangslos aus seinem Mund. »Aber bei dir könnte ich darüber hinwegsehen.« Er zwinkert mir zu. »Schließlich verdanke ich dir mein Leben.«

»Baby, wir gehen!«, rufe ich, ihn ignorierend, und werfe die Zigarette zu Boden, um sie unter meinem Schuh auszudrücken. Er kommt mir zuvor, und ich sehe mit gehobenen Augenbrauen zu ihm auf. »Also dann – Declan, dreißig, hasst Raucher und versteht sich im Smalltalk mit sich selbst –, war nett mit dir. Bye.«

Kaum habe ich mich abgewandt, steht er wie aus dem Nichts wieder vor mir und betrachtet mich sichtlich grüblerisch. Baby schnüffelt währenddessen an seinem Bein und leckt danach seinen Schuh ab. Ich ziehe sie von ihm weg, da stellt er amüsiert fest: »Baby scheint mich zu mögen. Warum ihre Besitzerin nicht?«

Ich rümpfe die Nase. »Vielleicht kann ich mich durch all diese Blutergüsse und Schwellungen in deinem Gesicht nicht mehr daran erinnern, wie hübsch es eigentlich ist.« Das ist gelogen. Es ist auch jetzt unverschämt attraktiv. Der Ire gefällt mir, aber das muss er ja nicht wissen.

Als er zu lachen anfängt und Baby den Kopf tätschelt, die freudig mit ihrem eingeringelten Schwanz wedelt, blinzele ich ihn an. Sein Lachen klingt … sexy. Weil er diese verdammt sexy Stimme hat, deren tiefes Timbre unheimlich männlich klingt.

»Ich mag Möpse, überhaupt wenn sie so weich sind«, sagt er mit einem anzüglichen Lächeln, das ich mit einem teilnahmslosen Blick kommentiere. Die billige Zweideutigkeit dieses Satzes entgeht mir natürlich nicht. »Also, wie geht es jetzt weiter?« Er hebt Baby hoch und schlingt seinen kräftigen Arm um sie, als wolle er sie entführen und als Geisel halten, bis er von mir bekommt, was er will. Flüchtig sieht er sich in der Gegend um. »Scheint nicht mehr viel los zu sein um diese Uhrzeit, aber uns fällt bestimmt irgendetwas ein.«

»Wie bitte?«, frage ich verdutzt. »Gib verdammt noch mal meinen Hund wieder her.«

»Warum?« Er trägt sie weg und ich folge ihm gezwungenermaßen, weil er mich an der Leine mit sich zieht. Und weil es verdammt noch mal *mein Hund* ist. »Sie macht nicht den Anschein, als würde sie sehr an dir hängen, wenn sie sich so einfach entführen lässt.«

»Lass sie runter, du Verrückter!«, zische ich. »Oder ich hetze sie auf dich.«

Wieder lacht er auf, während er gelassen weitermarschiert. Er ist riesig und breit wie ein Schrank, wie ich feststelle, als ich widerwillig hinter ihm hertrotte. »Sie hat großes Kampfhund-Potenzial, wie ich gesehen habe, als ich mich an dich herangeschlichen habe und sie sich in der Wiese gewälzt hat. Sie sah dabei richtig kampflustig aus, fast schon furchterregend.«

Ich verdrehe die Augen, weil er sich über mich lustig macht, und reiße genervt an der Leine, ohne zu bedenken, dass ich dadurch auch an Baby reiße. Ich blinzele erschrocken, als sie ihm aus dem Arm rutscht und unsanft auf dem Boden landet.

»Ups«, sage ich, doch ihr scheint es nichts auszumachen, da sie geradezu erwartungsvoll zwischen uns beiden hin und her sieht und dabei wieder aufgeregt mit dem Schwanz wedelt. Ihre Zunge hängt heraus und ihre Augen sind so groß wie Äpfel. »Entschuldige, Baby. Ich wollte dich bloß aus den Armen dieses aufdringlichen Kerls befreien, bei dem du niemals sicher wärst, da er nicht einmal auf sich selbst aufpassen kann.« Mit einem provokanten Lächeln sehe ich zu besagtem Kerl auf.

Er starrt mich mit zusammengekniffenen Augen an. Der hat gesessen.

»Wir gehen jetzt.« Ich hebe Baby hoch und wende mich entschlossen ab.

»Jetzt lässt du mich einfach hier stehen?«, ruft er mir hinterher, doch ich ignoriere ihn und gehe weiter. »Du bist ganz schön unhöflich, Vanilleblüte. Aber ich bin es von hübschen Blüten nicht anders gewohnt.«

Ich habe keine verdammte Ahnung, was dieser Unsinn bedeuten soll, frage jedoch auch nicht nach. Er scheint geistig verwirrt zu sein.

Stattdessen rufe ich tonlos, ohne mich zu ihm umzudrehen: »Hätte ich gewusst, dass es damit endet, von dir belästigt zu werden, hätte ich den Mordversuch des Amerikaners an dir bestimmt nicht boykottiert!«

»Autsch.« Ich höre ein Grinsen aus seiner gespielt gekränkten Stimme heraus. »Wie fies von dir.«

Ich gehe weiter.

»Wann bekomme ich jetzt also mein Date?«, fragt er. »Ich habe das Datum zwischen all deinen Beleidigungen und unhöflichen Bemerkungen wohl überhört.«

»Ach ja, das Date«, rufe ich zurück, den Blick immer noch starr geradeaus gerichtet. »Es wird wohl der zweiunddreißigste im dreizehnten Monat dieses Jahres werden. Notier' es dir besser gleich im Kalender.«

»Jaysus, ich stehe auf gemeine Frauen«, lautet seine Antwort, über die ich widerwillig lächeln muss. Dennoch wende ich mich ihm nicht zu, als ich das Haustor aufschließe. »Dann mach's gut, Baby, und träum süß.«

Nun sehe ich ihn doch an, bevor ich zuckersüß lächelnd erwidere: »Das werde ich.«

Er schenkt mir ein arrogantes Schmunzeln, während er einen

schwarzen Bugatti entriegelt und umrundet. »Ich meinte deinen Hund.«

Ertappt blinzele ich, kneife die Augen zusammen und marschiere ins Gebäude. Dort höre ich ihn lachen und frage mich, was ich von dieser Begegnung und dem Kerl an sich eigentlich halten soll.

Und warum zum Teufel er mir immer sympathischer wird.

KAPITEL 5

DECLAN

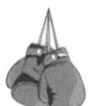

Ich bin ein chaotischer Mensch und dementsprechend sieht mein Arbeitsplatz aus. Plastikplanen und Plastikumhänge stapeln sich unordentlich in der Ecke des kalten und schallisolierten Kellers, der verbaute Abfluss in der Mitte des schmutzigen Fliesenbodens ist noch mit dem Blut meines letzten unfreiwilligen Besuchers besudelt, der Wasserschlauch liegt quer darüber, auf meinem rollbaren Arbeitstisch liegen meine Materialien wild verstreut und an den Wänden befinden sich Lücken zwischen all den Instrumenten, da ich sie nie sofort zurückhänge, nachdem ich sie benutzt habe. Ich habe keine Zeit für Ordnung und auch keine Lust, aufzuräumen. Deswegen beschäftige ich eine Putzfrau, doch leider befürchte ich, würde sie morgen Früh nicht mehr zur Arbeit erscheinen, würde ich sie zum Saubermachen in meinen Folterkeller schicken.

Ich habe gehört, Menschen erschrecken sich beim Anblick von Blut und einer Sammlung verschiedenster Messer und Werkzeuge, mit denen man sich an jemandem austoben kann. Zu meiner stolzen Sammlung an Folterinstrumenten gehören zudem einige Bohrer, Zangen, Skalpelle, Mundspreizer, Zungenhalter, Schraubstöcke und Stahlketten, damit mein Besucher auch schön stillhält, während ich arbeite. Zwei der sechs grellen Neonröhren an der

Decke flackern und müssen getauscht werden, was mich doch ein wenig nervt, da ich es bevorzuge, eine gute Sicht während des Arbeitens zu haben. Heute muss es wohl auch so gehen.

»Ich hätte ihn gern auf der Liege«, sage ich zu O'Sullivan, der den bewusstlosen Amerikaner, der heute aus dem Krankenhaus entlassen wurde, über der Schulter in den Raum trägt. »Damit ich mich ihm uneingeschränkt widmen kann.« Ich lächele voller Vorfreude.

O'Sullivan starrt mich an, während er meinen Besucher auf die metallene Behandlungsliege wirft. Sie klappert dabei laut. Ich hasse dieses Geräusch. Vielleicht sollte ich sie mit dem Boden festschrauben oder irgendwo anders befestigen. Ich werde mich demnächst darum kümmern.

»Du hast schon wieder diesen verrückten Blick«, meint mein Kumpel amüsiert. »Callahan gibt dir in letzter Zeit immer noch wenig zu tun, hm?«

Nun verdrehe ich genervt die Augen. »Ihn interessieren die Geschäfte nicht mehr, seit er mit seiner Blüte zusammen ist. Mir allerdings fehlt mein Job sehr. In den letzten Wochen hat sich einiges bei mir angestaut.«

»Na, dann hast du jetzt ja das perfekte Ventil, um Dampf abzulassen«, erwidert er und befestigt die metallenen Manschetten an den Hand- und Fußgelenken des Amerikaners. Er trägt immer noch das Krankenhausetikett am Arm, also kann er es nicht weit von dort geschafft haben, bevor O'Sullivan ihn sich geschnappt hat.

»Willst du ihn nicht lieber an die Decke hängen?«, fragt dieser mich, während er den bewusstlosen Ami betrachtet. »Es macht dir doch sonst immer so viel Spaß, die Kerle zappeln zu sehen.«

Ich denke kurz über den Vorschlag nach, schüttele dann jedoch den Kopf, während ich die Instrumente auf dem Tisch ein wenig ordne, um einen besseren Überblick zu haben. »Die Liege ist perfekt.«

Er nickt. »Wann kommt dein Bruder?«

Ich werfe einen Blick auf die Uhr und schnappe mir einen der

Plastikumhänge samt Kopfbedeckung. Heute wird es schmutzig. Er sieht ein bisschen wie ein Regenmantel aus, den man überall festschnüren kann, um nicht nass zu werden. Kurzerhand lege ich auch einen Mundschutz an. Nur für den Fall, dass mich einer der Bohrer während des Arbeitens anlächelt.

»Er sollte gleich hier sein«, sage ich zu ihm und schnappe mir zuletzt ein Paar Einweghandschuhe aus Latex. Eingetrocknetes Blut bekommt man nur schwer unter den Fingernägeln heraus. Es ist eine wirklich lästige Sache. »Wo ist eigentlich Donovan? War er nicht bei dir?«

O'Sullivan schüttelt den Kopf und zieht meinen Stuhl vor die Liege. Es ist sehr nett von ihm, mir meinen Arbeitsbereich immer vorzubereiten. Sogar den metallenen Tisch zieht er an die Liege heran und schlichtet noch einmal all die Instrumente darauf.

»Du würdest dich gut als Zahnarztassistent machen«, bemerke ich belustigt, woraufhin er mir einen missbilligenden Blick zuwirft. »Also – Donovan?«

»Trifft sich mit irgendeiner Frau.«

Schockiert weite ich meine Augen. »Welcher Frau denn?«

Er zuckt mit den Schultern. »Na, einer mit einer Muschi.«

»Pft«, mache ich beleidigt und reiße das längste Skalpell an mich. »Warum weiß ich nichts von einer Frau in seinem Leben? Immer werde ich ausgeschlossen, verdammt noch mal.«

Mein Kumpel lacht, und im selben Moment betritt mein Bruder meinen liebsten Raum des Hauses. Er lässt den Blick kurz umherschweifen, betrachtet den Bewusstlosen auf der Liege unter der Neonröhre und mustert mich anschließend mit einem leicht besorgten Stirnrunzeln.

»Würde es nicht reichen, ihm ein bisschen wehzutun, bis er uns Antworten liefert, bevor du ihm eine Kugel in den Kopf jagst? Du siehst wie ein verdammter Zahnarzt vor einer Operation aus, Declan.«

»Wie passend«, schießt es amüsiert aus mir hervor. »Ich sagte gerade eben zu O'Sullivan, dass er sich gut als Zahnarztassistent machen würde.«

O'Sullivan lacht und Callahan verdreht die Augen. Er schließt die Tür hinter sich und bleibt in einigem Abstand zu der Liege stehen, wie er es immer tut. Er will nicht bekleckert werden, aber auch keinen dieser Plastikumhänge anziehen, da er einmal meinte, er käme sich dann wie der American Psycho höchstpersönlich vor. Dass wir in Großbritannien leben, spielt dabei keine Rolle, fügte er hinzu. O'Sullivan hat einige Klamotten zum Wechseln hier, also tritt er näher an mich heran, als ich mich entspannt auf den Stuhl vor der Liege setze.

»Na, dann wecken wir unseren Gast mal auf«, sage ich voller Euphorie und steche das Skalpell in eine beliebige Stelle an seiner Brust, wobei ich darauf achte, seinen Nippel zu treffen. Der Körper auf dem Tisch zuckt und dann flattern die kleinen Äuglein. »Guten Morgen«, begrüße ich den Kerl freundlich. »Gut geschlafen?«

America's Biggest Loser runzelt die Stirn, blinzelt angestrengt aufgrund des grellen Lichtes an der Decke und weitet dann vor Schock die Augen, als er realisiert, dass er an einer Liege befestigt und einem Verrückten ausgeliefert ist. Wie alle anderen vor ihm auch, versucht er, sich mit bloßer Kraft loszureißen, und wie bei allen anderen vor ihm auch, weise ich ihn darauf hin, dass er nicht der Hulk ist und bloß seine Zeit vergeudet. Metall wird nicht durch reine Willensstärke brechen.

»Möchtest du noch einen kurzen Blick in den Spiegel werfen?«, biete ich ihm lächelnd an, nachdem er sich einigermaßen beruhigt und aufgehört hat, mich zu beschimpfen. Er runzelt die Stirn, und ich erkläre zuvorkommend: »Ich persönlich würde mein hübsches Gesicht gerne noch ein letztes Mal betrachten können, bevor es für immer verunstaltet wird. Und ich letztendlich sterbe.«

»Mach mich los!«, brüllt er stattdessen und schmeißt den Kopf wild nach links und rechts, dabei spuckt er Speichel in alle Richtungen. Das finde ich befremdlich, daher weiche ich angewidert zurück. »Was zur Hölle soll das?«

»Seltsam«, sagt O'Sullivan gespielt verwirrt und beugt sich mit verschränkten Armen über ihn. »Erst will er dich töten und dann fragt er, was zur Hölle das hier soll.«

»Sehr seltsam«, stimme ich mit einem Nicken zu und höre Callahan hinter mir lachen. Ich lächele den Amerikaner wieder an, während dieser erneut versucht, mich zu töten, nun jedoch mit seinem Blick. »Also möchtest du keinen letzten Blick in den Spiegel werfen?« Ich zucke mit den Schultern. »Auch gut. Immerhin bist du nicht so hübsch wie ich, ist also irgendwie verständlich.«

Er gibt eine Reihe übler Beleidigungen von sich.

»Können wir die Sache vielleicht beschleunigen?«, fragt mein Bruder angestrengt. »Pfirsichblüte wartet zu Hause auf mich.«

»Tut sie das nicht jeden Tag?«, frage ich gelangweilt und fange an, die Kleidung des Kerls zu zerschneiden.

»Sie wartet nackt«, erklärt er mir, als würde das alles erklären.

»Tut sie das nicht auch jeden Tag?«, frage ich wieder unbeeindruckt.

»Nein, Bruder.« Ich sehe zu ihm rüber, und er lächelt provokant. »Denn üblicherweise lungerst du irgendwo in meinem Haus herum, und ich müsste dich leider töten, würdest du meine Blüte nackt sehen.«

»Hm«, mache ich. »Verständlich. Schließlich würde ich ein Jahr lang blöde Sprüche darüber klopfen.«

Nachdem ich den Amerikaner oberkörperfrei gemacht habe, reiche ich O'Sullivan seine Kleidung und beuge mich mit einem Lächeln über sein wutverzerrtes Gesicht. »Also, du hast es gehört. Mein Bruder ist scharf auf seine Freundin, deswegen müssen wir uns ein wenig beeilen. Sei so gut und beantworte einfach unsere Fragen, dann ist es auch für dich schneller vorbei, ja?«

»Fick dich«, knurrt er, und ich schnalze tadelnd mit der Zunge.

»Das ist aber nicht sehr höflich von dir.« Ich setze das Skalpell an der frisch genähten Wunde an seinem Bauch an und löse die ersten Fäden. Er zieht scharf die Luft ein, und ich frage gedankenverloren: »Es würde mich interessieren, ob ich irgendwelche deiner

Organe getroffen habe. Am besten, ich sehe einfach mal nach, oder?«

»Was willst du von mir?«, brüllt er ziemlich hysterisch und zappelt wild auf der Liege herum. Wieder klappert sie, und ich steche ihm kurzerhand das Skalpell ein paar Zentimeter tief in die Brust, damit er damit aufhört. Das Geräusch bereitet mir eine unangenehme Gänsehaut.

»Ich werde dir einen Scheiß verraten!«, schreit er nun vor Schmerz stöhnend. »Also bring mich gleich um!«

»Das ist interessant«, meint Callahan und tritt einen Schritt näher. »Du möchtest den Kerl schützen, der dich beauftragt hat, meinen Bruder zu töten. Warum?«

America's Stupidest Person schweigt wie ein Grab.

Seufzend und aus Langeweile fange ich an, ein beliebiges Muster in seinen Bauch zu ritzen. Ich entscheide mich spontan für Blumen, bis ich an das Mädchen denke und die angefangene Zeichnung mit einem X durchstreiche, bevor ich mich daran versuche, eine Vanilleblüte zu zeichnen.

»Guckt mal«, sage ich grinsend zu den Männern. »Wer errät, was ich zeichne, darf den Kerl umlegen.«

Ohne zu zögern, treten sie an die Liege heran und werfen prüfend einen Blick auf den Bauch des Mannes. Um es ihnen leichter zu machen, wische ich all das Blut fort, bevor ich präzise weiter in seine Haut schneide. Ich gebe mir große Mühe dabei, die Vanilleblüte gut erkennbar zu zeichnen, doch offenbar bin ich nicht sehr künstlerisch begabt.

»Ist das ein Joint?«, rät O'Sullivan.

Ich verziehe das Gesicht. »Also bitte. Bist du zwölf?«

Callahan schweigt konzentriert, bevor er den Kopf neigt und fragt: »Es ist auf jeden Fall eine Blume, aber was sollen diese Striche zu den Seiten?«

»Die gehören dazu«, erkläre ich ihm und zeige auf die Blüten-blätter. »Die wären übrigens gelb, wobei sie manchmal auch heller sein können.«

Die Männer wirken verwirrt.

»Na, kommt schon«, seufze ich. »So schwer ist es nun auch wieder nicht. Unser Gast wird schon ungeduldig.«

»Vanilleschoten«, schießt es aus Callahan hervor. Stolz grinst er mich an. »Das ist eine Vanilleblüte.«

»Jaysus.« Ich applaudiere, O'Sullivan schnauft. »Du bist verdammt klug, Brudi. Ich bin stolz auf dich.«

»Hallo?«, schreit der Amerikaner unhöflich. »Was zum Teufel …?«

»Entschuldige«, murmele ich schuldbewusst. »Widmen wir uns also wieder unserem kleinen Fragespielchen. Ich würde sagen, wir kommen direkt zur Millionen-Dollar-Frage, da nun auch geklärt ist, wer dir die Eingeweide herausschneiden darf. Wer -«

»Ich habe keine Zeit für diesen Scheiß«, unterbricht mich Cal. »Ich jage ihm eine Kugel in den Kopf und fertig.«

Missbilligend verziehe ich das Gesicht. »Du bist so verdammt langweilig. Außerdem wollte mich dieser Kerl töten, schon vergessen? Er verdient keinen so gnädigen Tod.«

»Dann gebe ich den Gewinn an O'Sullivan weiter«, beschließt er zu meiner Enttäuschung. Manchmal zweifele ich tatsächlich daran, dass dasselbe Blut durch unsere Adern fließt. »Ich will nicht schmutzig nach Hause kommen.«

O'Sullivan grinst sein bösartiges Grinsen, und ich wende mich schulterzuckend wieder dem Amerikaner zu. »Von mir aus. Wo war ich stehengeblieben? Ach, ja. Die Millionen-Dollar-Frage.« Ich lege das Skalpell beiseite und schnappe mir eine meiner verrosteten Zangen. »Wie lautet der Name des Mannes, der dich dafür bezahlen wollte, mich zu töten, Ami?«

Demonstrativ sieht er in die Luft. Viel mehr kann er ja auch nicht tun, der Arme. Ich zucke erneut mit den Schultern, bedeute Callahan zurückzuweichen und fahre mit der Zange unter den Nagel am Zeigefinger seiner rechten Hand.

Dann kneife ich sie zu und ziehe meine Hand ruckartig zurück.

Blut spritzt zu Boden und der Ami heult vor Schmerz auf, doch das war erst ein Nagel von zehn, und so fahre ich damit fort, ihm nach der Reihe alle Fingernägel zu ziehen, während ich ihm dieselbe Frage wieder und wieder stelle, bis es mich selbst frustriert. Bei Nagel Nummer sieben wirkt es, als würde er ohnmächtig werden, also tausche ich das Instrument gegen ein anderes aus.

Als ich den kleinen Zahnbohrer mit einem breiten Grinsen vor seinem Gesicht einschalte, starrt er mich durch seine halb geöffneten Augen an, als wäre ich ein verdammter Psycho. Nun erkenne ich mehr als Wut darin. Ich rieche dieses Gefühl sogar an ihm und es gibt mir einen ultimativen Kick.

Angst. Und sie duftet fast so gut wie eine Vanilleblüte.

»Ich werde nur ein paar kleine Löcher in dein Hirn bohren«, beruhige ich ihn. »An den Stellen, die du zum Denken und Reden nicht benötigst.«

»Warte!«, keucht er, während Schweiß von seiner Stirn auf die Liege perlt. Ich halte mit dem Bohraufsatz vor seinem Schädel inne. »Ich kenne den Namen nicht.«

»Eine unbefriedigende Antwort«, stellt Callahan fest und nickt mir knapp zu. »Bohr in sein Auge.«

»In sein Auge?«, frage ich krankhaft fasziniert. »Du bist heute ja richtig fies unterwegs, Brudi.«

»Und überraschend sadistisch«, fügt O'Sullivan belustigt hinzu. »Ich finde den Vorschlag gut. Nimm das linke, das rechte ist ohnehin von deiner Faust gezeichnet.«

»Oki doki«, trällere ich und bewege den Bohrer in Richtung seines Augapfels.

»Ich kenne den Namen verdammt noch mal nicht!«, schreit der Kerl nun fast heulend. »Ich kann dich aber mit ihm in Kontakt bringen! Ich habe eine Nummer, auf der ich ihn kontaktieren kann!«

»Das wird ja immer mysteriöser«, murmele ich aufgeregt. »Hast du den Kerl etwa noch nie getroffen?«

Er schüttelt mit flehentlich geweiteten Augen den Kopf. »Ich schwöre es. Ich weiß nicht, wer er ist. Er hat mir seinen Namen nicht genannt.«

»Warum warst du dann so überzeugt davon, dass sein Angebot ernst gemeint war?«, frage ich ihn. »Hast du vorab schon einen Teil des Geldes von ihm erhalten?«

Ami nickt schwach. Allmählich mache ich mir Sorgen um mein Spielzeug. Es verliert an Farbe. »Fünfzigtausend.«

»Auf ein Konto?«, will Callahan zweifelnd wissen.

»In einer Reisetasche«, krächzt er. »Ich bekam eine Adresse und habe es von dort abgeholt.«

»Wann war das?«, verhöre ich ihn.

»Ein Tag vor dem Kampf.«

»Und wie viel war dem Kerl mein Tod insgesamt wert?«, möchte ich neugierig wissen. »Oder warte, lass uns raten.«

Er verdirbt mir den Spaß, als er heiser murmelt: »Zweihunderttausend Pfund.«

Wir Männer tauschen einen flüchtigen Blick, bevor ich beleidigt feststelle: »Das ist verdammt noch mal ein Scherz. Mein Tod kann nicht bloß lächerliche zweihundert Riesen wert sein. Ich bin unbezahlbar!«

Trotz seines kritischen Zustandes verdreht der Amerikaner die Augen. »Ich erzähle dir alles, was ich weiß, dafür lässt du mich gehen, verstanden? Ich werde einfach vergessen, dass du Blüten auf meinen Bauch geritzt hast. Kein Ding.«

»Aye.« Ich sehe meinen Bruder amüsiert an, welcher ein Lachen unterdrückt. »So machen wir es, mein Freund.«

Der Typ weiß natürlich, dass das niemals passieren wird, doch seine Hoffnung ist groß, deswegen plaudert er alles aus, was er weiß, was jedoch ernüchternd wenig ist.

Sobald unser Kampf bekanntgegeben wurde – beim zweiten Mal – hat ihm jemand eine Nummer zukommen lassen, die er anrief, ohne zu wissen, wem sie gehört. Die Stimme am Telefon klang fremd und hatte einen Akzent. Was für einen Akzent, kann er nicht genau sagen. *Wow, was für eine hilfreiche Information.*

Der Kerl bot ihm das Geld für meinen Tod, lieferte aber keine Gründe dafür. Der Amerikaner verlangte einen Beweis für die Ernsthaftigkeit dieses Angebots, und der Kerl ließ ihm die Tasche mit dem Geld zukommen. In einer Parkgarage hier in London, deren Adresse sich Callahan sofort notiert. Den Rest des Geldes sollte er unmittelbar nach dem Kampf erhalten. Offenbar hatte er jemanden unter den Zuschauern, der ihn über den Ausgang des Kampfes in Kenntnis setzen und dem Amerikaner das Geld übergeben sollte. Die Nummer, die man ihm genannt hat, unter der er den mysteriösen Auftraggeber erreichen konnte, ist in seinem Handy unter ›Anonymus‹ eingespeichert. Wie einfallsreich. Leider existiert die Nummer nicht mehr, was nicht sonderlich überraschend ist.

Somit ist der einzige Hinweis, den wir haben, die Parkgarage. Irgendjemand muss die Geldtasche schließlich dort hinterlassen haben und wir werden nicht lange brauchen, bis wir Zugang zu den Überwachungskameras bekommen. Dann sehen wir weiter. Das ist zwar nicht sehr viel, aber besser als nichts.

Ich foltere den Amerikaner noch ein wenig, um sicherzustellen, dass das alles ist, was er weiß, und lächele ihn schließlich bedauerlich an, nachdem Callahan gegangen ist, der sich wie immer das Beste an solch einer Show entgehen lässt.

Danach fange ich systematisch an, ihn auszuweiden. O'Sullivan darf wie versprochen mithelfen.

Der Kerl beschimpft mich mit seinem letzten Atemzug und nennt mich einen Lügner.

Tja, wie ich schon einmal sagte – Hoffnung ist eine gemeine Schlampe.

KAPITEL 6

GENEVIEVE

*U*nzufrieden lege ich ein paar Scheine auf den Tresen, schlüpfe in meinen Mantel und verlasse die Bar. Der Abend war ein Reinfall. Die Klientel bestand vorwiegend aus Männern, die schon eine Begleitung hatten, und Männern, die nicht in mein Beuteschema passen. Anhand ihrer Anzüge, Schuhe und Uhren erkenne ich meist auf den ersten Blick, ob es sich um einen potenziellen Kandidaten handelt. Doch heute Abend war keiner dabei. Zumindest keiner mit Ehering.

Das ist schlecht, denn wenn ich nicht selbst einen Mann finde, den ich erpressen kann, findet der Marionettenspieler einen für mich. Und die, die er mir aufschwatzt, sind verdammt ekelhaft, als würde er mit Absicht den widerwärtigsten Kerl mit Frau und Kindern auf diesem Planeten suchen, damit mir der Job noch schwerer fällt.

Ich hasse ihn, argh.

Eine Woche ist seit dem Abend im Club vergangen, als ich Geldgeber X verloren habe, und ich stehe unter immensem Druck, ihn zu ersetzen. Der Marionettenspieler wird allmählich ungeduldig. Jeden Abend ruft er mich an und fragt, ob ich schon einen Ersatz gefunden habe und wann er endlich Scheine sieht.

Und jeden Abend frage ich mich, wann Gott mir wohl zu

Hilfe eilen mag, indem er den Kerl von einem Auto überrollen lässt.

Die Chancen, dass er wie durch Gottes Hand stirbt, stehen eher schlecht. Natürlich könnte ich nachhelfen …

Gäbe es da nicht diese dumme Sache, mit der er sich genau davor schützt. Seine Versicherung für den Fall, dass er zufälligerweise von heute auf morgen spurlos verschwinden sollte.

Diese garantiert mir, doch noch mit Gefängnisfraß Bekanntschaft zu machen.

Durch die frustrierenden Gedanken fällt mir der schwarze Bugatti, der auf der Straße neben mir rollt, erst auf, als das Fenster heruntergefahren wird. Ich sehe mich stirnrunzelnd in der Umgebung um, bevor ich meinen Mantel am Dekolleté zuziehe und den Kopf nach unten beuge, um in den Wagen hineinzusehen.

Ich schnaube, als sich der Fahrer als niemand Geringerer als der irische Kämpfer entpuppt. *Declan, dreißig, hasst Raucher und führt gerne Smalltalk mit sich selbst.* Nun erinnere ich mich auch wieder an den Bugatti.

Was will er verdammt noch mal von mir? Außer, mit mir auszugehen, was lächerlich ist. Ich habe keine Zeit für diesen Scheiß. Romantische Abende bei Kerzenlicht und gutem Essen liegen in meinen Erinnerungen so weit zurück, dass ich gar nicht mehr weiß, wie es ist, mal einen Kerl zu treffen, den ich tatsächlich treffen will und welchen ich nicht von oben bis unten mit Lügen übergieße.

»Ernsthaft?«, frage ich ihn mehr ungläubig als genervt, woraufhin er den Wagen anhält und den Kopf zum Fenster ausstreckt. Er grinst dieses dümmliche Grinsen, das irgendwie niedlich ist. Er hat schöne Zähne, die er offensichtlich gerne präsentiert. »Verfolgst du mich etwa?«

Nun nickt er vollkommen ernst. »Aye.«

Ich bleibe stehen und starre ihn verdutzt an. »Für gewöhnlich bestreitet man eine solch gruselige Tat wie diese, wenn man damit konfrontiert wird.«

Er wirkt verwirrt, als er fragt: »Warum? Es ist ja nicht so, als hättest du mich gefragt, ob ich gestern jemanden in meinem Folterkeller ausgeweidet habe. Das hätte ich vermutlich doch eher abgestritten.«

Ich blinzele ihn bloß an. Warum klingt das so gar nicht wie ein Scherz?

»Ich wollte nur wissen, wo du abends so hingehst«, erklärt er mir unnötigerweise. »Und sehen, was du machst und mit wem.«

»Ja, das ist der Sinn dahinter, jemanden zu stalken«, meine ich tonlos. »Die Frage ist wohl eher, warum zur Hölle du diese Dinge wissen willst.«

Schulterzuckend lehnt er einen Arm lässig am Fensterrahmen an, als er mir eröffnet: »Ich dachte, du wärst eine Prostituierte, aber jetzt weiß ich, dass du keine bist.«

Nun starre ich ihn noch viel verdutzter an, bevor ich anfange zu lachen. Dieser Kerl ist echt … speziell.

»Tut mir leid, sagtest du gerade, dass du dachtest, ich sei eine Hure?«, frage ich immer noch lachend, um mich zu vergewissern, dass ich ihn auch tatsächlich richtig verstanden habe.

Er nickt vollkommen gelassen.

Ein komischer Laut – eine Mischung aus entsetztem Schnauben und amüsiertem Seufzen – entfährt mir. »Weißt du, Stalker, im Idealfall beleidigt man die Frau nicht, die man zu einem Date überreden will. Nur so als Tipp für die Zukunft.« Ich schüttele wieder amüsiert den Kopf und setze meinen Weg fort.

Der Ire drückt sofort aufs Gaspedal, um mir zu folgen. »Warte mal«, ruft er mir zu, woraufhin ich ihn widerwillig ansehe. »Ich wollte dich nicht beleidigen. Ich wollte nur ehrlich sein. Sorry?« Er sagt es verwirrt und runzelt dabei die Stirn, als wäre ihm nicht klar, dass es eine Frau beleidigt, wenn man sie für eine Prostituierte hält.

Ich bleibe wieder stehen und starre ihn an. Dieser Kerl irritiert mich, weil er so anders ist. Ich kann es nicht richtig erklären, aber er wirkt auf eine amüsante Weise unbeholfen bei seinen Versuchen, mir Avancen zu machen. Zumindest schätze ich, ist es das, was er versucht. Als hätte er noch nie zuvor eine Frau um ein Date gebeten oder überhaupt auch nur Interesse in dieser Form an einer Frau gezeigt. Das ist seltsam, wenn man bedenkt, wie attraktiv er ist und welchen Hintergrund er hat. Ich weiß nichts über ihn, aber die Leute im Nachtclub schienen ihn zu kennen. Er ist offenbar jemand mit hohem Status in der Stadt. Sie sagten seinen Nachnamen, den ich vergessen habe, voller Ehrfurcht.

Sie sagten auch, er sei verrückt.

Warum fällt mir Letzteres so leicht zu glauben?

Ich bemerke, ihn anzuglotzen, doch es scheint ihm nichts auszumachen. Seine graublauen Augen funkeln, als er mich selbst auf eine so durchdringende Weise mustert, dass ich mich entblößt fühle. Ich muss zugeben, dass seine Augen schön sind.

Generell ist er verheerend gutaussehend, selbst mit den verbliebenen Spuren des Kampfes in seinem Gesicht. Nun sind sie schon fast zur Gänze verblasst. Er ist ein echter Kerl, maskulin und stark. Ich habe das Bild seines halbnackten Körpers immer noch im Kopf. *Sabber.*

»Genug gestarrt«, unterbreche ich seine Musterung und gleichzeitig auch mein eigenes Glotzen und hebe fragend eine Hand in die Höhe. »Was genau willst du von mir, Declan? Nun weißt du ja, dass ich keine käufliche Liebe anbiete.«

Der Ire schenkt mir ein sexy Lächeln, das mich zugegebenermaßen nicht so kalt lässt, wie ich vorgebe. Ich bin nicht immun gegen seine äußerlichen Reize und auch seine seltsame Art fasziniert mich irgendwie. Da kommt nur Blödsinn aus seinem Mund, und trotzdem stehe ich immer noch hier und höre ihn mir an.

»Ich will keine Liebe kaufen«, erklärt er mir schließlich beinahe beleidigt, als hätte ich ihm das unterstellt, und deutet mir dann einfach, einzusteigen. »Komm.«

Ich runzele die Stirn. »Wohin?«

»In den Wagen«, erklärt er wie selbstverständlich und wirft einen Blick auf meine Füße, die in hohen Stilettos stecken. »Die Schuhe sehen unbequem aus, auch wenn sie sexy an dir sind. Du musst dir die Beine nicht kaputt laufen, wenn ich dich fahren kann. Es wäre schade darum.« Dabei wirft er einen Blick auf meine nackten Knie und nickt, um seinen Worten Nachdruck zu verleihen. »Verdammt schade, wenn du mich fragst.«

Ich will nicht, aber ich lächele. Selten passiert es, dass mich ein Mann tatsächlich zum Lächeln bringt und das mit irgendeinem blöden Spruch, den er von sich gibt, oder einem wenig originellen Flirtversuch. Meist schmerzt mein gesamtes Gesicht von all diesem gekünstelten und verkrampften Lächeln, das ich den Männern ständig schenke.

»Von mir aus«, gebe ich schließlich einfach nach und gehe auf den Wagen zu, da ich tatsächlich Schmerzen habe und mir den langen Fußweg gerne ersparen möchte. Vielleicht auch zu einem Prozent, weil mich der Kerl neugierig auf sich macht. »Dann fahr mich nach Hause. Du wolltest dich ohnehin dafür revanchieren, dass ich dir den Arsch gerettet habe.« Ich lasse mich neben ihm nieder und überschlage meine nackten Beine. Als er mich förmlich durcheinander ansieht, ziehe ich die Augenbrauen in die Höhe und frage: »Was?«

»Ich dachte, ich müsse mehr Überredungsarbeit leisten«, meint er und blickt mich irgendwie bedenklich an. »Steigst du zu jedem Typen einfach so in den Wagen? Was, wenn die vorhaben, fiese Dinge mit dir zu machen?«

Ich muss lachen. Er ist witzig. »Dann mache ich noch fiesere mit ihnen.«

Zweifelnd hebt er eine Augenbraue, während er losfährt. »Hast du den schwarzen Gürtel in Karate? Andernfalls wird das vermutlich relativ schwierig.«

Ich schenke ihm ein überhebliches Lächeln. »Nein, aber den braunen in Brazilian Jiu-Jitsu. Außerdem war ich vor zwei Jahren Landesmeisterin in MMA und vor einem Jahr habe ich bei den Meisterschaften den zweiten Titel in Muay Thai ergattert. Ich hatte zudem bereits fünfzehn offizielle Kämpfe – Frauen-Kickboxen und MMA – von denen ich vierzehn gewonnen habe. Zehn davon vorzeitig durch ein K.O.«

Der Kerl starrt mich an, als hätte ich sie nicht mehr alle. Dabei ist er hier der geistig Beschränkte von uns beiden. Ich kann genau sehen, dass er darauf wartet, dass ich loslache, als ob ich einen Scherz gemacht habe.

Doch damit macht man in meiner Welt keine Scherze. All die Jahre des harten Trainings, die mich körperlich und mental einiges gekostet haben, waren alles andere als ein Scherz.

»Ich schätze, das reicht vollkommen aus, um mit einem notgeilen Sack fertigzuwerden«, meine ich selbstsicher und ergötze mich an seiner Fassungslosigkeit. »Vielleicht nicht unbedingt mit einem wie dir, aber Gott sei Dank können die meisten Kerle nicht mehr, als ihre körperliche Überlegenheit einer Frau gegenüber auszunutzen.«

Der Ire alias Declan blinzelt mehrmals wie überfahren und schüttelt dann wie überfahren den Kopf. »Ist das irgendeine unlustige Art von Humor? Ich nehme solche Dinge nämlich sehr ernst. Kampfsport ist kein Scherz.«

»Es ist eine Kunstform, keine Sportart«, erkläre ich genauso ernst. »Aber die meisten Leute denken, ich würde scherzen, also mach dir nichts draus. Die Leute glauben mir nie, bis sie es nachlesen oder meine Medaillen, Trophäen und Gürtel sehen. Es gibt keinen Kampfsport, den ich nicht beherrsche. Ich habe im Alter von sechs Jahren damit begonnen. Mein Onkel war der Trainer der früheren MMA-Weltmeisterin und in jungen Jahren selbst ein angesehener Kämpfer.« Ich zucke mit den Schultern. »Du musst mir aber nicht glauben. Ich kann es dir auch einfach zeigen.« Nun lächele ich herausfordernd.

Er fängt zu grinsen an und nickt anerkennend, wirkt jedoch immer noch etwas zweifelnd. »Das solltest du wirklich tun.«

»Was?«

»Es mir zeigen«, erwidert er entschlossen. »Worte bedeuten nichts, solange keine Taten folgen, pflegt mein Bruder stets zu sagen. Ich will sehen, wie du einen Kerl fertigmachst. Ich will all diese heißen Moves sehen, und dann glaube ich dir vielleicht.«

Ich schnaube amüsiert. »Dann steig aus, und ich mache dich hier und jetzt fertig.«

»Mich?«, echot er verdattert. »Doch nicht mich, Babe. Ich

wurde gerade eben erst verdroschen. Gönn mir eine Pause, verdammt noch mal.«

Das bringt mich zum Lachen. Er wird mir tatsächlich immer sympathischer.

»Außerdem …«, sagt er und funkelt mich ein wenig belustigt an. »Seien wir ehrlich – gegen mich hättest du keine Chance.«

»Woher willst du das wissen?«, frage ich beleidigt. Das reizt mich sofort, tatsächlich mit ihm in einen Ring zu steigen und ihm zu zeigen, dass Frauen nicht unbedingt das schwächere Geschlecht sind, wie es die Gesellschaft oft darstellt. »Schon klar, meine Chancen gegen jemanden wie dich stünden schlechter, aber sie liegen nicht bei null. Sie liegen nie bei null.«

Declan studiert mich nachdenklich. Ich kann förmlich riechen, wie es ihn ebenfalls reizt, mit mir in den Ring zu steigen. Er glaubt nicht an meine Fähigkeiten, aber er ist neugierig.

»Meinst du denn, all meine Gegner in den vielen Jahren waren leichte Gegner?«, frage ich ihn herausfordernd. »Einige von ihnen haben noch nie zuvor einen Kampf verloren. Und dann kam ich.« Das entspricht der Wahrheit. »Mein Spitzname, als ich vierzehn Jahre alt war, war bereits Killermaschine. Und ich werde ihm bis heute gerecht.«

Seine graublauen Augen gleiten neugierig und forschend über mich, und er lächelt schief, als er mich selbstgefällig korrigiert: »Nicht gegen *jemanden* wie mich. Es gibt niemanden wie mich. Außerdem kämpfe ich nicht gegen Frauen, also werden wir es nie herausfinden.«

Das stachelt mich nur noch mehr an. »Warum nicht? Hast du Angst davor, dass dich eine Frau blamieren könnte?« Ich lächele zuckersüß. »Wenn du dir so sicher bist, dass ich keine Chance gegen dich habe, lass es uns doch einfach machen.«

»Du willst tatsächlich gegen mich kämpfen?«, fragt er lachend und fährt sich durch das rötlich-braune Haar, das auf eine attraktive Weise unordentlich aussieht. Sein markantes Gesicht ist glattrasiert und sein Kiefer verdammt eckig. Maskulin. Die Lederjacke reißt beinahe an seinem breiten Bizeps, während er das Lenkrad geschmeidig dreht. »Ich rede nicht bloß groß, ich bin ein richtig harter Gegner. Du solltest besser noch einmal darüber nachdenken.«

»Ich habe dich kämpfen gesehen«, erinnere ich ihn unbeeindruckt. »Du bist gut, das stimmt. Vielleicht technisch nicht besser als meine früheren Gegner, aber blutrünstiger. Ich weiß, worauf ich mich einlasse.«

Er wirkt empört. »Technisch *nicht* besser? Babe, du hast keine Ahnung, wovon du da sprichst. Ich habe weitaus mehr Erfahrung und Übung als die meisten, sei dir sicher. Ich lebe den Kampfsport. Ich *atme* ihn. Und ja, verrückt bin ich auch.«

Ich gebe mich weiterhin unbeeindruckt. »Dann sei so verrückt und steig mit mir in den Ring.«

Schließlich, nachdem er noch einmal kurz darüber nachgedacht hat, zuckt er mit den Schultern und meint: »Von mir aus. Aber kein offizieller Kampf. Lass uns einfach mal miteinander boxen.«

»Gegeneinander kämpfen«, korrigiere ich ihn. »Ich werde alles anwenden müssen, was ich je erlernt habe, wenn ich eine reelle Chance gegen dich haben will, weil du meine Gewichtsklasse übersteigst. Und diese Chance will ich unbedingt haben.« Seine Augen funkeln so stark, dass sie mich beinahe blenden. Als ob es ihn anmachen würde, sich vorzustellen, wie ich gegen ihn kämpfe. »Ich warne dich bloß vor.« Ich zwinkere.

»Keine Vorwarnung nötig«, meint er lässig.

»Dann morgen«, beschließe ich spontan, als er in meiner Straße hält, und schnappe mir seinen Arm und einen Kugelschreiber aus dem Fach zwischen uns. Ich ziehe die Kappe mit den Zähnen ab, drehe seine große Hand in meiner um und notiere meine Handynummer auf seiner Handfläche. »Schick mir eine Adresse und eine Uhrzeit. Ich werde da sein.«

Nachdem ich den Kugelschreiber zurück in das Zwischenfach gesteckt habe, schenke ich ihm ein keckes Lächeln. »Nun bekommst du also doch noch dein Date. Wer hätte das gedacht?«

»Du hättest einfach sagen können, dass du gleich zu dem Part vorspulen willst, bei dem ich dich halb nackt zu Boden werfe und mich auf dich stürze«, erwidert er zwinkernd, und ich kichere leise. Nun sprühen seine hübschen Augen beinahe Funken, als er sich näher zu mir lehnt und mit seiner tiefen Stimme murmelt: »Oder dass du auf Schmerzen stehst. Denn wie es der Zufall so will, liebe ich es, anderen Schmerzen zuzufügen.«

»Noch ein Tipp für die Zukunft«, flüstere ich mit leiser Stimme zurück und lege meinen Zeigefinger auf seine Lippen, bevor sie auf meinen landen. »Du solltest einer Frau nicht unmittelbar vor dem Versuch, sie zum ersten Mal zu küssen, erzählen, dass du ein kleiner Sadist bist.« Wir starren uns in die Augen, während unsere Gesichter nah voreinander schweben, und ich zeichne mit dem Finger seine vollen Lippen nach, bevor ich hinzufüge: »Die meisten Frauen könnte das abschrecken. Du hast Glück, dass ich nicht wie die meisten Frauen bin.«

Bevor er etwas erwidern oder mich noch einmal zu küssen versuchen kann, öffne ich die Autotür und steige aus dem Wagen. Schweigend – oder eher sprachlos – sieht er mir hinterher, während ich ihn umrunde, und grinst dabei auf diese dümmliche und niedliche Weise.

Ich muss lächeln, als ich mein Gebäude betrete. Seit langem gibt es nun etwas, auf das ich mich wirklich freue.

Ich werde diesem Kerl zeigen, dass auch Frauen Eier in der Hose haben. Er wird sein blaues Wunder erleben, dafür sorge ich.

KAPITEL 7

DECLAN

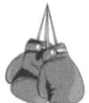

Immer wieder starre ich auf die Uhr, während ich den Sandsack bearbeite. Es sollte mich eigentlich nicht wundern, doch Vanilleblüte lässt auf sich warten. Vor dreißig verdammten Minuten sollten wir uns hier in meinem Boxclub treffen, mit dessen Besitzer ich seit Jahren befreundet bin, doch von ihr fehlt weit und breit jede Spur. Es ist schon abends, und es war pure Absicht, sie erst so spät hierherzubestellen, da ich nicht wollte, dass der Club brechend voll ist und alle sehen, dass ich mit einer Frau kämpfe.

Auch wenn ich nicht glaube, dass mich Blondie alias die Mutter meiner zukünftigen Kinder tatsächlich vor den Jungs blamieren könnte, wollte ich nicht, dass sie jeder hier mit mir sieht. Sie sollen sie nicht anglotzen oder womöglich anmachen, denn sonst endet es vielleicht so, dass ich ihnen das Genick breche, und das wäre für alle Anwesenden eher unangenehm.

Ich kann nicht fassen, dass ich tatsächlich ein richtiges Date mit einer Frau habe, und dass dieses hier in einem Boxclub stattfindet. Und meine Angebetete keine Geringere ist als die Frau, die mir vor kurzem das Leben gerettet hat.

Ich habe niemals Dates. Ich mag Frauen nicht einmal besonders, doch sie ... sie ist gleichermaßen anziehend wie abschreckend. So unglaublich heiß und zugleich kalt wie die Antarktis. Ich glaube jedoch, dass sie mich auch mag, deswegen frage ich mich, warum sie so verdammt fies zu mir ist. Läuft das immer erst so ab? Vielleicht ist das so ein Frauending.

Nie hätte ich gedacht, auch eine masochistische Seite an mir zu haben, da ich doch wie mein Vater der Sadist schlechthin bin. Doch anders kann ich mir nicht erklären, warum ich alles auf der Welt täte, um diese Frau wiederzutreffen. Jaysus, nun lasse ich mich sogar von ihr verdreschen.

Denn auf nichts anderes wird es hinauslaufen. Selbst ein verrückter Psycho wie ich weiß, dass es eher unvorteilhaft für den Beginn einer Liebesbeziehung ist, die Frau seiner Träume beim ersten Date K. O. zu schlagen.

»Sie hat dich versetzt«, höre ich jemanden hinter mir sagen und drehe mich mit einem finsteren Blick um. Es ist Donovan, mein anderer Kumpel alias Handlanger, der mich schadenfroh angrinst. »Warum war mir das klar, als mir O'Sullivan von deinem Date in einem Boxring erzählt hat? Vermutlich gibt es diese Frau gar nicht.«

»Halt die Fresse«, knurre ich, da ich nun befürchte, dass sie mich tatsächlich versetzt haben könnte. »Und es gibt sie, klar? Ich erfinde mir doch keine Frau, verdammt noch mal.«

»Bei dir kann man nie wissen«, feixt er und weicht meinem darauf folgenden Schlag lachend aus. »Am Ende stellt sich heraus, dass es ein Kerl war, der dir das Leben gerettet hat, und du aufgrund des Sauerstoffmangels in deinem Hirn bleibende Schäden davongetragen und dich mit diesem verabredet hast. Möglicherweise halluzinierst du auch. Oder aber du wirst von Tag zu Tag verrückter.« Er zuckt mit den Schultern. »Bei dir wäre alles möglich.«

Ich fluche und wende mich genervt von ihm ab. O'Sullivan, der als Einziger mit drei anderen Männern noch im hinteren Teil des Clubs trainiert, wirft mir einen ungeduldigen Blick zu, da er ebenso neugierig auf die Frau ist, die mich zu einem Kampf herausgefordert hat, nachdem sie mir bei meinem letzten zu einem

Sieg verholfen hat. Er fragt mich ständig über Vanilleblüte aus, da er mitbekommen hat, dass ich in den letzten Tagen des Öfteren nach Richmond gefahren bin, um … Naja, sie zu stalken. Und mit ihr zu plaudern. Viel schlauer über sie bin ich nicht geworden, doch nun weiß ich, dass sie keine Prostituierte ist, daher wird es wohl keine Bestsellerschnulze namens ›Die Hure und der Killer‹ geben. Schade eigentlich.

»Vanilleblüte«, murmele ich vor mich hin, während ich mir unser zukünftiges Einfamilienhaus mit Vorgarten und weißem Zaun vorstelle, in dem unsere Mopsdame Baby mit unseren hübschen Kindern mit den roten Haaren spielt. Die Vorstellung fasziniert mich auf eine kranke Weise.

»Vanilleblüte?«, höre ich Donovan hinter mir echoen, bevor er losprustet und mir auf die Schulter schlägt. »Jetzt sag mir nicht, du nennst dieses imaginäre Mädchen *Vanilleblüte*, um deinen Bruder nachzumachen, der sein Mädchen *Pfirsichblüte* nennt! Das ist selbst für dich urkomisch, Declan.« Sein schallendes Gelächter belästigt meinen Gehörgang.

Ich starre ihn zugegebenermaßen beleidigt an. »Na und? Sie riecht nach Vanilleblüten. Warum darf nur er eine Blüte haben?«

Nun lacht auch O'Sullivan laut auf, und Donovan krümmt sich schon vor lauter Gackern. Ich bin geneigt, ihm die Fresse zu polieren, weil er sich über mich lustig macht, doch da schwingt plötzlich die Tür der Umkleide auf und der ganze Raum verstummt.

Jaysus … Diese Frau verdoppelt meine Chancen auf einen Herzinfarkt, das ist sicher. Sie ist ungesund. Oder eher ist es ungesund, wie sie verdammt noch mal aussieht.

Offenbar erleide nicht nur ich einen kurzen Herzanfall, da alle Männer im Raum ihre Augen geweitet und reglos auf sie gerichtet haben. Beinahe steht ihnen der Mund offen, und ich spüre etwas Merkwürdiges in meiner Brust passieren und befürchte, es sei tatsächlich ein Herzinfarkt. Es wird ganz warm darin, fast schon heiß, und ziemlich eng, als ich Donovan dabei erwische, wie er sich über die Lippen leckt, während er ihren halbnackten Körper betrachtet, als würde er sich vorstellen, ihn anzufassen.

Oh. Jetzt kann ich dieses komische Gefühl zuordnen. Es ist wohl so etwas wie primitive Eifersucht.

»Willst du dich immer noch über mich lustig machen?«, frage ich ihn und schenke ihm dasselbe schadenfrohe Grinsen wie er mir vorhin. »Und schau woanders hin, wenn dir etwas an deinem Leben liegt.«

Er blinzelt mich bloß überrumpelt an. Auch O'Sullivan wirkt baff, bevor er mir ein anerkennendes Lächeln zuwirft.

Genevieves Auftritt ist perfekt, und ich lasse ihr die Show bis zum Ende. Mir würde nicht im Traum einfallen, sie zu unterbrechen, denn sie sieht so verdammt sexy aus, wie sie selbstbewusst in engen Trainingsshorts, die oberhalb ihrer Knie und auf Höhe ihrer schmalen Taille enden, und einem schlichten schwarzen Sport-BH auf uns zuläuft. Ihr blondes Haar trägt sie zu einem streng geflochtenen Pferdeschwanz, und ihre Hände sind mit weißen Bandagen geschützt. Unter dem Arm hat sie schwarze Boxhandschuhe eingeklemmt, und ihre Beine glänzen ölig, als hätte sie sie eingecremt.

Da ist kein verdammtes Gramm Fett an ihrem Körper. Alles ist stramm und knackig. Leichte Bauchmuskeln zeichnen sich auf ihrer hellen Haut ab, was mich verdammt noch mal verrückt macht. Noch mehr aber, wie selbstbewusst und kein bisschen verlegen sie hier hereinspaziert, vollkommen überzeugt von sich und ihren Fähigkeiten, keinerlei Schminke in ihrem Gesicht, und eine wilde Entschlossenheit in den grünen Augen, die heute mal keine giftigen Pfeile in meine Richtung schießen. Stattdessen funkeln sie herausfordernd, als sie mit einem verführerischen Lächeln vor mir stehenbleibt.

»Du hast auf mich gewartet«, stellt sie zufrieden fest und klingt dabei, als hätte sie keine Sekunde lang daran gezweifelt. »Freust du dich so sehr auf eine Abreibung?«

Donovan lacht neben mir, doch meine Blüte schenkt ihm keinerlei Beachtung. Das gefällt mir. Ich kann nicht anders und betrachte sie noch einmal eingehend aus der Nähe, dabei versuche ich, so diskret wie nur möglich vorzugehen, um mir nicht jetzt schon eine einzufangen. So diskret es mir eben möglich ist, während all das Blut in meinem Körper südlich abwärts in meinen Freund wandert, der sich mehr und mehr in meinen Shorts bemerkbar macht.

Diese Frau wird mich höchstwahrscheinlich umbringen. Nicht im Ring. Allein ihr Anblick lässt alle Synapsen in meinem Hirn reißen.

Irgendwie gefällt mir sogar der Gedanke, dass sie mich vielleicht sogar tatsächlich umlegen könnte.

Sie runzelt die Stirn. »Was ist, hat es dir etwa die Sprache verschlagen? So hübsch bin ich nun auch wieder nicht.« Ihr Mundwinkel zuckt amüsiert, und ich grinse sie an.

Jaysus, sie hat ja keine Ahnung. Ihre Schönheit ist in etwa so subtil wie eine Atombombe.

Nachdem ich mich von ihrer sexy Showeinlage erholt habe, räuspere ich mich und zeige auf den Boxring. »Nach dir, Süße.«

Oh, der Kosename gefällt ihr wohl nicht. Denn plötzlich wirkt sie ganz und gar nicht mehr so amüsiert und sexy, während sie mich anstarrt, als wolle sie mir bei lebendigem Leib die Haut abziehen. Fast wird mir kalt. Ich schätze, so müssen sich Menschen in meiner Gegenwart fühlen, denn angeblich trage ich einen ähnlich irren Ausdruck in den Augen.

»Nenn mich nicht so«, zischt sie, und ihr Blick verfinstert sich noch eine Spur mehr, als ich die Lippen aufeinanderpresse, um nicht zu lachen. »Du kannst mir alle Namen geben, die dir in den Sinn kommen, aber nicht *Süße*. Klar?«

»Glasklar«, erwidere ich belustigt. »Wie wäre es mit Medusa?«

Donovans Brust hebt und senkt sich auffällig schnell, während er ebenfalls die Lippen fest zusammendrückt, um nicht laut zu lachen.

Empört verzieht sie das Gesicht, bevor sie sich einen ihrer Boxhandschuhe anlegt. »Du fragst dich, warum ich nicht mit dir ausgehen will? Hier hast du die Erklärung.« Sie boxt mir in den Bauch, schiebt den Mundschutz zwischen ihre Lippen und wendet sich seufzend ab, um in den Ring zu steigen. Dabei zieht sie sich den zweiten Handschuh über. »Vergleicht der mich doch tatsächlich mit einem Ungeheuer aus der Mythologie«, murmelt sie kopfschüttelnd vor sich hin. Trotz des Mundschutzes verstehe ich sie. »Was ist jetzt, kommst du? Gerade habe ich noch viel mehr Lust, dich zu verprügeln.«

Ich schiebe ebenfalls den Mundschutz zwischen meine Lippen, ziehe meine Boxhandschuhe an und steige grinsend zu ihr in den Ring. Sie dehnt sich ein wenig, und ich kann nicht anders und glotze sie dabei an, als wäre sie tatsächlich ein Ungeheuer, allerdings eines, das meinen Motor ziemlich zum Laufen bringt.

Ich erinnere mich nicht, jemals so auf eine Frau reagiert zu haben. Im Gegensatz zu meinen Kumpels und meinem Bruder habe ich nicht bei jeder sich mir bietenden Gelegenheit Sex und gehe auch nicht viel aus und grabe Frauen an. Ich rede nicht mal regelmäßig mit welchen, außer mit Peaches. Ich verbringe meine Zeit hier im Club oder im Fitnessstudio, oder eben in meinem Keller. Doch mit Genevieve könnte ich mir vorstellen, öfter meine Zeit zu verbringen.

Vorzugsweise nackt.

Nachdem sie ihre Beine ein paar Mal mühelos auf das höchste der Ringseile geschwungen und sich gedehnt hat, bringt sie sich in Position und lächelt mich siegessicher an. Ich blinzele bloß, während ich mir vorstelle, wie es wäre, würde sie diese Verrenkungen im Bett machen. Am besten auf oder unter mir.

»Dann lass uns über die Regeln sprechen«, sage ich schließlich etwas abgelenkt. »Wir –«

»Wir kennen die Regeln«, unterbricht sie mich. »Wir beherrschen schließlich dieselben Kampfsport-Techniken. Aber wenn du welche aufstellen möchtest, dann nur zu.«

Die Frau meint es wirklich ernst. Sie möchte nicht einmal, dass ich mich ein wenig einschränke, damit sie eine bessere Chance gegen mich hat. Eigentlich hatte ich mir vorgestellt, dass sie sich im Thaiboxen austoben und ich mich mit Kickboxen begnügen könnte. Doch offenbar macht ihr die Vorstellung von

Kicken mit meinen Knien oder Schlägen mit meinen Ellbogen nicht sonderlich viel Angst.

Ich bemerke aus dem Augenwinkel, dass sich die wenigen anwesenden Männer an die gegenüberliegende Wand stellen und uns tuschelnd beobachten. Ich ignoriere sie und nicke schließlich. Wenn sie es so möchte, will ich kein Spielverderber sein.

Außerdem denke ich nicht, dass das hier tatsächlich zu einem harten und richtigen Kampf mutieren wird, also brauchen wir keine große Sache aus irgendwelchen Regeln zu machen.

»Keine Schläge oder Tritte in die Weichteile«, warne ich sie trotzdem.

»Ich kann keine weichen Teile an dir sehen«, neckt sie mich, während sie meinen nackten Oberkörper betrachtet. Dann zucken ihre grünen Augen zu meinen ausgebeulten Shorts.

Ich schmunzele. »Seit ich dich gesehen habe, ist alles an mir hart, sei dir sicher.«

Sie beißt sich auf die Lippe und klimpert verführerisch mit den Wimpern, bevor sie langsam auf mich zukommt. »Ist das ein Problem?«

»Das kommt darauf an«, erwidere ich rau.

Dicht vor mir bleibt sie stehen, ihr Duft von Vanilleblüten umhüllt mich. »Worauf?«

»Hast du vor, etwas dagegen zu unternehmen?«, frage ich leise, während ich wie gefangen in ihrem Bann bin.

Sie legt ihre vollen Lippen an mein Ohr und haucht: »Du machst schon wieder denselben Fehler, Declan. Lernst du denn nie dazu?«

Ich unterdrücke das Bedürfnis, mir die Handschuhe von den Händen zu reißen, sie zu packen und auf dieser Matte durchzuvögeln, und frage stattdessen verwirrt: »Welchen Fehler?«

Sie rammt mir die Faust in die Seite, dann verpasst sie mir direkt einen Uppercut. Knurrend krümme ich mich. Verdammt, woher hat sie solche Kraft?

»Du bist unachtsam und lässt dich überrumpeln.« Ohne einen

Funken Mitleid mit mir zu haben, landet sie direkt noch eine harte Gerade mitten in mein Gesicht.

Die Männer fangen zu lachen an und rufen mir dämliche Dinge zu, wie, dass ich ein Cuttycup bin, was so viel bedeutet wie, dass ich ein kleiner Junge bin, der mit Mädchen spielt, wobei gerade eher eines mit mir spielt.

Eines, das mehr Kraft zu haben scheint, als ich annahm. Und hinterhältiger ist als gedacht.

Erbost starre ich sie an, während sie frech lächelt. »Eine kleine Vorwarnung wäre wohl zu viel verlangt gewesen.«

»Wie sollst du dann deine Lektion lernen?«, provoziert sie mich und lächelt wieder frech. »Na komm schon, Großer. Dein Zug.«

Ich mache einen Schritt auf sie zu, doch dann zögere ich. Irgendetwas blockiert mich. Die Vorstellung, diese Schläge zurückzugeben, erschreckt mich seltsamerweise. Für gewöhnlich ist es genau die Vorstellung meiner Faust im Gesicht eines Gegners, die mich anspornt, doch bei ihr … Ihr Gesicht ist so makellos und hübsch. Und sie ist so verdammt klein und schlank, auch wenn die Muskeln an ihrem Körper eine eigene Sprache sprechen. Ich kann sie doch aber nicht ernsthaft schlagen.

Dann wäre ich wirklich offiziell verrückt, oder?

»Sei keine Pussy«, seufzt sie, als sie mein Zögern bemerkt. »Kämpf mit mir. Ich halte schon was aus, keine Sorge.«

»Ich kann nicht«, sage ich wie die Pussy, als die sie mich bezeichnet, und seufze ebenfalls. »Ich will dir nicht wehtun.«

Das scheint sie zutiefst zu beleidigen, denn sie greift mich sofort an. Sie ist flink und schwebt beinahe über die Matte – ihre Körperhaltung ist dabei einwandfrei –, während sie eine so schnelle und harte Schlagkombi in meinem Gesicht landet, dass ich tatsächlich nach hinten strauchele. Dann bringt sie etwas Distanz zwischen uns und holt mit dem rechten Fuß aus. Ihr Schienbein landet auf meinem Oberschenkel. Hart.

Jaysus, dieser Lowkick war überraschend gut. Die Frau hat Kraft in ihren Beinen und keinerlei Hemmungen, mich diese auch spüren zu lassen. Mein Muskel krampft und brennt an der Stelle. Andere ungeübte Kämpfer wären unter dem Schmerz zu Boden gegangen, das ist sicher.

»Wo ist deine Deckung?«, reizt sie mich und schlägt wieder zu, bis ich die Arme hebe und ihren nächsten Schlag in mein Gesicht abblocke. »Na, geht doch. Und jetzt kämpf mit mir.«

»Du bist eine Frau«, murmele ich dennoch gehemmt, woraufhin sich ihr Gesicht beinahe empört verzerrt, bevor sie einen wirklich üblen Schlag auf meiner Nase platziert. Auch ihre kurze Gerade ist viel härter als erwartet.

»Beleidige mich nicht«, faucht sie mich an. »Denkst du etwa, wir Frauen wären nicht mehr als Gebärmaschinen und hübsche Accessoires?«

»Rede keinen Scheiß«, knurre ich und stoße sie nach hinten, als sie wieder auf mich losgehen will. Das scheint sie wütend zu machen, da sie quasi wie ein Federball durch den Ring fliegt, obwohl ich kaum Kraft in den Stoß gelegt habe. Ich muss lachen. »Wirklich? Du stolperst schon bei einem kleinen Stupser und willst, dass ich dir ins Gesicht schlage?«

»Genau das will ich, du verdammte Memme.« Sie hält die Arme in perfekter Position vor ihrem Gesicht. Ihre Deckung ist einwandfrei, und auch ihre Schläge waren überraschend gezielt. Sie weiß wirklich, wie man kämpft, und ich habe so eine Ahnung, dass sie noch viel mehr draufhat als das, was sie mir bisher gezeigt hat.

Scheiße noch mal, das turnt mich unglaublich an. Allmählich glaube ich ihr die Story, die sie mir in meinem Auto aufgetischt hat.

»Komm schon, Cuttycub!«, ruft mir Donovan grinsend zu. »Oder hast du Angst vor einem Mädchen?«

Ich werfe ihm einen mordlustigen Blick zu, bevor ich kapitulierend seufze. Dann nicke ich Genevieve knapp zu. »Von mir aus. Heul mir aber nachher nicht die Ohren voll, klar?«

Die Arroganz steht ihr ins Gesicht geschrieben, als sie schmunzelt. Nicht einmal der Mundschutz lässt sie schlecht aussehen.

»Oh, das werde ich nicht. Ich bin kein Mädchen, das weint, wenn ihm etwas wehtut.«

»Gut.« Ich bewege mich ruckartig in ihre Richtung und nutze ihre Überrumpelung aus, um ihr einen leichten Schlag in die Rippen zu verpassen. Daran wird sie wohl nicht sterben, doch aufkeuchen lässt er sie trotzdem. Ich grinse provokant. »Denn ich mag keine Mädchen, die weinen, wenn ihnen etwas wehtut.«

Mit zusammengekniffenen Augen schlägt sie mir erneut ins Gesicht, dann tritt sie mir mit voller Kraft in den Magen. Ich würge tatsächlich und krümme mich. Jaysus. Diese Frau hat kein Erbarmen mit mir, denn sie boxt mich weiter und weiter und verteilt einen weiteren unfassbar harten Lowkick, bis ich wütend fluche und denselben zurückgebe.

Sie knickt leicht ein, doch das war's. Sie strauchelt nicht einmal zur Seite.

Wie zur Hölle ist das möglich?

Als ich einen Schlag andeute, aber einen anderen ausführe, reagiert sie blitzschnell und blockiert diesen ab. Ich versuche es erneut, und wieder blockiert sie mich gekonnt. Als ich ein weiteres Mal zuschlagen will, diesmal mit dem Bein, schnappt sie es sich und klemmt sich meinen Fuß unter den Arm. Ihre Reflexe beweisen ihre jahrelange Erfahrung. Ich stolpere einen Schritt zur Seite, und sie versucht übermütig einen Take-Down, den ich im letzten Moment verhindern kann. Jemand anderes läge inzwischen schon auf der Matte.

Nun fehlt jegliche Distanz zwischen uns, sodass ich direkt wieder zum Angriff übergehe. Ich lande drei etwas unsanfte Schläge in ihrem Gesicht. Sie ächzt und strauchelt, als ich sie auf dem Kiefer erwische. Es war ein ziemlich heftiger Seitwärtshaken, doch sie geht nicht zu Boden. Das überrascht mich nun doch etwas.

Dann clinchen wir. Sie beginnt damit, weil ich meine Hände auf sie niederprasseln lasse und sie sich immer schwerer damit tut, sie abzuwehren. Sie macht genau das Richtige, doch ich mache es ihr schwer. Trotzdem – und zur Überraschung aller Anwesenden –

schafft sie es, mich zu besiegen, indem sie ihre Arme durch meine schlängelt, die sie am Nacken zu packen versuchen, und meinen Hinterkopf ergreift. Unerbittlich drückt sie meinen Kopf nach unten und bringt mich im Anschluss wieder auf Distanz.

»Mehr hast du nicht drauf?«, reizt sie mich, obwohl sie nicht mehr ganz so fit ist wie zuvor. Ich schwitze ebenfalls bereits und atme schwer. »Du schlägst wie ein kleines Mädchen.«

»Oh, wirklich?« Jetzt hat sie mich so weit. Jetzt will ich sie wirklich fertigmachen, weil sie mich vor den Jungs bloßstellt und provoziert. »Kann ein Mädchen so etwas?« Ich boxe ihr wieder ins Gesicht, aber sie blockt den Schlag blitzschnell ab, doch ich wusste, dass sie das tun würde, deswegen landet meine Faust stattdessen in ihrem Magen. Dann trete ich ihr gegen das Schienbein, dann gegen den Oberschenkel und anschließend ein schöner, gerader Kick mit dem Knie in ihren Bauch.

Sie keucht auf und weicht mir aus, doch dieses Mal halte ich mich nicht zurück, sondern werfe mich auf sie und bringe sie gekonnt zu Boden.

Jetzt zeigen sich ihre Künste in Brazilian Jiu-Jitsu, denn sie ist eine Meisterin darin, sich aus meinen Griffen zu befreien und unter mir zu winden, bis sie sogar tatsächlich die Oberhand gewinnt. Wir boxen uns, rollen uns halbnackt auf der Matte hin und her, beide nicht bereit, aufzugeben. Fast hat sie mich einmal im Würgegriff, aber ich setze alles daran, mich zu befreien, und so landet sie wieder unter mir. Ich habe große Mühe damit, sie dort zu halten, da sie die verrücktesten Verrenkungen macht und mir immer wieder auf den Hinterkopf boxt. Zweimal schafft sie es sogar erneut, mich in den Schwitzkasten zu nehmen. Sie ist viel schneller und beweglicher als ich, was ihr auf der Matte einen klaren Vorteil verschafft.

Ich habe mit vielem gerechnet, aber niemals damit, dass ich mich hier tatsächlich anstrengen müsste. Hätte ich das gewusst, hätte ich mich besser aufgewärmt.

Gekonnt befreie ich mich wieder, schlage im Gegenzug immer noch sanfter als üblich in ihre Seite, während sie mein Unterarm an der Kehle unten hält, und sie revanchiert sich dafür mit einem harten Tritt mit dem Knie. Minutenlang wälzen wir uns noch hin und her. Dabei stecke ich ein paar fiese Schläge und Tritte ein, aber sie nicht weniger. Wir schwitzen beide heftig und verlieren allmählich spürbar an Kraft.

Als ich einen harten Schlag in ihrem Gesicht lande, fällt sie stöhnend zurück auf die Matte.

Es ist verdammt noch mal beängstigend, wie kampflustig sie ist. Mit ihr möchte ich außerhalb eines Ringes niemals streiten.

Aufgrund meines Gewichtes habe ich sie schließlich unter mir und stütze meine Arme seitlich ihres Kopfes ab, während ich triumphierend auf sie herabgrinse. »Und was machst du jetzt, Babe? Knockst du mich mit deinem bösen Blick aus?«

Komischerweise lächelt sie genauso triumphierend, bevor sie entschlossen sagt: »Nein, aber so.« Und dann schlingt sie plötzlich ihre Beine um meinen Hals, verknotet sie an meinem Nacken und stemmt sich mit ihrem vollen Gewicht hoch, um uns zur Seite zu werfen.

Dann hat sie mich mit ihren sexy Beinen im Würgegriff.

Die Männer rufen uns lachend obszöne Dinge zu, und ich stecke wieder ein paar üble Schläge ein, diesmal durch ihren Ellbogen, bis es mir wirklich reicht. Ich lasse mich verdammt noch mal nicht von einer Frau fertigmachen. Das hier geht schon viel zu lange so.

Also packe ich ihren Hintern, stemme den Oberkörper mir bloßer Kraft hoch und werfe sie kopfüber von mir herunter. Sie landet hart mit der Wirbelsäule auf der Matte und verkrampft sich keuchend, da ihr jeglicher Sauerstoff aus der Lunge weicht, doch ich habe nun ebenfalls kein Mitleid für sie übrig und teile einen letzten Schlag aus, der ihr vermutlich die Laune am Kampf verderben wird. Er landet so hart in ihrem Gesicht, dass ihre Lider flattern und es für einen kurzen Moment so wirkt, als würde sie ohnmächtig werden.

Es wird totenstill im Raum.

Panik keimt in mir auf und heiße Schuldgefühle fluten meinen

Körper, als ich sie so daliegen sehe, das Gesicht schmerzverzerrt, die Embryo-Haltung eingenommen.

Verdammt. Wie konnte ich sie nur so dermaßen hart schlagen? Jaysus, ich hatte meine Kraft überhaupt nicht mehr unter Kontrolle. Irgendwie ist es ziemlich schnell eskaliert.

»Geht es ihr gut?«, ruft Donovan nun besorgt und ich sehe, wie die Männer zu uns laufen. »Jaysus, Declan, bist du verrückt? Sie wiegt kaum die Hälfte von dir!«

»Babe?«, frage ich mit merkwürdig zittriger Stimme und packe sie unter den Armen, um sie auf die Beine zu ziehen. Sie ist schlaff in meinen Händen, und in meiner Brust beginnt es zu rumoren. »Alles in Ordnung? Ich wollte nicht –«

Ihr Tritt gefolgt von einem perfekten Uppercut kommen aus dem Nichts und treffen mich härter als alle zuvor. Ihr Boxhandschuh fliegt schneller von unten auf meine Nase, als ich blinzeln kann, und dann landet ihr Fuß noch einmal genauso hart in meinem Bauch.

Ich stolpere keuchend nach hinten und sie tritt wieder zu, sodass ich falle.

Und dann springt sie lachend auf mich und äfft mich nach: »Babe? Alles in Ordnung? Ich wollte nicht …«

Die Männer grunzen und prusten, und ich fluche auf.

Sie hat mich reingelegt, diese kleine Schlange.

Genevieve kichert und schlingt die Beine um meine Taille, während sie auf meinem Schoß sitzt und mit den Handschuhen neckisch gegen meine Brust trommelt. »Was wolltest du nicht, Declan? Mir wehtun, weil ich ein Mädchen bin?«

Ich schnaube und lasse mich mit dem Rücken auf die Matte fallen. Mit dem Handschuh drücke ich mir gegen die Stirn und murmele: »Das ist nicht witzig, verdammt. Ich dachte … Keine Ahnung, was ich dachte. Ich schlage für gewöhnlich keine Frauen.«

»Wie schade«, säuselt sie und beugt sich mit dem Oberkörper über mich. »Zumindest für Frauen, die von dir verhauen werden wollen.« Ihr Lächeln wirkt anzüglich, und ihr

Zwinkern unterstreicht die sexuelle Anspielung hinter ihren Worten.

Nun hockt sie auf mir, direkt auf meinem Schwanz, den Rücken durchgebogen und ihre Brüste vor meinem Gesicht, während sie sich seitlich meines Körpers abstützt. Ich nehme an, es sieht etwas pervers aus, weshalb sich die Männer mit einem leisen Räuspern abwenden und in die Umkleide verschwinden.

Nun sind wir unter uns.

Ich sehe zu Genevieve auf und spüre die verheißungsvolle Spannung tief in mir wachsen, die in ihrer Nähe immer da ist. Dunkles Verlangen wirbelt durch meinen Körper. Das Blut wandert erneut in meinen Schwanz. Sie muss es spüren, da sie ihre Sitzposition minimal ändert. Meine Erektion bohrt sich durch ihre engen Shorts in ihren Oberschenkel.

Sie leckt sich über die etwas geschwollene Lippe, und selbst die leichte bläuliche Schwellung an ihrem Wangenknochen kann mich nicht davon abhalten, mir die Handschuhe von den Händen zu reißen, sie an der Taille zu packen und zu Boden zu werfen.

Dann bin ich über ihr, spucke den Mundschutz achtlos zu Boden und schmunzele, als sie es mir gleichtut. Dann lächelt sie mich an. Herausfordernd, abwartend, neugierig. Sie will wissen, was ich jetzt tue, und ich will wissen, ob sie es mich machen lässt.

Ich ergreife ihre Arme, strecke sie gerade nach oben aus und löse die Handschuhe von ihren Händen. Sie bewegt sich nicht, ihre grünen Augen fest auf meine gerichtet. Sie tragen einen Ausdruck, den ich nicht zu deuten vermag, doch würde ich raten, würde ich ihn als begierig und willig bezeichnen.

Als ich den Kopf senke, während meine Hände mit den Bandagen ihre Arme nach unten streichen, forsche ich weiter in ihren Augen, um nicht wieder einen Korb zu kassieren, doch sie wirkt nicht, als wolle sie mich dieses Mal daran hindern, sie zu küssen. Stattdessen blitzen ihre Augen auf und nehmen einen neuen Ausdruck an. Einen, den ich problemlos deuten kann.

Hunger.

Ich knurre und presse meine Lippen hart auf ihre. Sie gibt ein süßes Geräusch von sich, das etwas überrascht klingt, obwohl sie wusste, ich würde sie küssen. Vielleicht liegt es an der Rauheit, mit der ich es tue. Bestimmt sind die Männer sonst sanfter zu ihr, doch keiner dieser Motherfucker kann sich verdammt noch mal so sehr nach ihr verzehren, wie ich es gerade tue.

Ich will sie nicht einfach nur ficken. Ich will sie auseinandernehmen und wieder zusammensetzen, um es wieder und wieder zu tun. Ich will sie mit Haut und Haar verschlingen, selbst wenn ihre Haut vor Schweiß feucht glänzt und ihr Haar ein wildes Durcheinander ist. Gerade deswegen. Ich will sie noch mehr zerstören, meine kleine Medusa.

Genevieve schlingt die Arme um meinen Hals und zieht mich fester an ihren Mund, während sie den Kuss genauso grob erwidert. Unsere Zungen plündern den Mund des anderen und rauben einander jeglichen Sauerstoff. Als sie auch ihre Beine um mich schlingt, reibe ich meinen harten Schwanz zwischen ihren Schenkeln. Sie stöhnt erstickt auf. Ich keuche ihr in den Mund und genieße diesen süßen Geschmack, den sie in meinem hinterlässt. Wieder duftet sie nach Vanilleblüte, und der Duft benebelt meinen Kopf vollständig.

Dann geht alles ganz schnell. Ich reiße ungestüm an ihrem Sport-BH und sie hebt die Arme, um mir zu helfen, das lästige Stoffstück loszuwerden. Fast im gleichen Atemzug rolle ich die Shorts von ihren Beinen und drehe sie grob zur Seite, um sie an ihren Schenkeln hinunterzuziehen. Ihr schwarzes Höschen zerreiße ich einfach und werfe den nun unbrauchbaren Stofffetzen wild durch die Luft. Danach zerrt sie an meinen Shorts, als wäre sie wütend, und reißt sie so rabiat hinunter, dass mein Schwanz prompt freigelegt wird.

Und dann bin ich in ihr.

Jaysus. Das ist der Himmel auf Erden.

»Fuck«, entfährt es ihr keuchend, und sie bohrt die Nägel in meine Schultern, während ich den Kopf auf ihre Brust fallenlasse. »Halt still.«

Ich halte nur mühevoll in den Bewegungen inne, während sie

schwer unter mir atmet. Ihre Haare am Ansatz sind feucht vor Schweiß, und auch mir perlt er noch über das Gesicht. Es scheint sie wie mich nicht zu stören, dass wir so verschwitzt und erschöpft sind. Denn sie ist genauso hungrig wie ich.

Als sie merklich weicher an meinem Körper wird, lecke ich über die Rundungen ihrer prallen Brüste, deren Nippel klein und perfekt sind. Sie schüttelt sich vor Gänsehaut und wölbt sich mir willig entgegen. Ich lecke über das Tal zwischen ihren Brüsten und vergrabe dann die Zähne in ihrer weichen, rosigen Haut.

Ich stöhne auf, als sie ihr Becken zu bewegen beginnt, indem sie es kreisen lässt, als würde sie mich überall in sich spüren wollen. In jedem Winkel der Tiefen ihres perfekten Körpers. Ihre Muschi ist eng und bis zur Schmerzgrenze geweitet, weswegen sie vermutlich wollte, dass ich kurz stillhalte. Mein Schwanz drückt gegen ihre inneren Wände und pulsiert vor Freude, weil sie ihn so gierig umklammert.

»Ich habe nicht damit gerechnet, dass du wie ein Pferd bestückt bist«, murmelt sie heiser, woraufhin ich den Kopf hebe und sie belustigt, mehr aber geschmeichelt, anfunkele. Sie beißt sich auf die geschwollene Lippe. Ihre Wangen sind mit einer schimmernden Röte überzogen, glühen förmlich.

»War meine überdurchschnittliche Körpergröße kein Hinweis darauf?«, necke ich sie. »Wir –«

Sie schlägt mir die bandagierte Hand auf den Mund. »Sei still, Declan. Mach den Moment nicht kaputt. Fick mich einfach.«

Oh Jaysus. Knurrend verziehe ich das Gesicht und verschließe diesen unanständigen Mund mit meinem, während ich mich in ihr zu bewegen beginne.

Ich muss mich beherrschen, sie nicht durch diesen Ring zu ficken, doch es gelingt mir nur mäßig, da ich so verdammt heiß auf sie bin, dass ich nicht anders kann, als tief und hart in sie zu stoßen, während sie sich stöhnend an mich klammert. Wir küssen uns genauso rau und meine Hände sind grob und besitzergreifend, als sie ihren nackten Körper erforschen und kneten. Sie ist überall weich, wo ich hart bin. Und sie glüht, als stünde ihre Haut in Flammen.

Ich kralle mich in ihre kugelrunden Brüste, sauge und lecke an ihnen, und drücke ihre Taille, während ich mich wieder und wieder bis zu den Hoden in ihr vergrabe. Sie biegt den Rücken wollüstig durch und vertieft unseren Kuss, bis ich kaum noch atmen kann. Unsere feuchte Haut klebt und reibt aneinander und verdammt, noch nie war etwas so erotisch und sexy. Mein Körper steht wie unter Strom und will sich mehr und mehr auspowern. Ich habe sie unter meinem Gewicht begraben und spüre jeden Zentimeter ihres Körpers auf meinem, doch es ist nicht genug.

Ihr Zittern spornt mich nur noch mehr an, lässt mich noch wilder werden. Meine Griffe werden unbeherrschter und gröber, und sie wird ekstatischer dabei, als würde sie mich anheizen wollen, mich noch mehr gehen zu lassen. Ihre seidige Nässe ummantelt meinen Schwanz und schmatzt bei jedem meiner tiefen Stöße. Irgendwann sind wir über die ganze Matte gerutscht, während unsere primitiven und ekstatischen Laute im leeren Raum echoen.

Ich packe ihren unordentlichen Zopf, reiße ihren Kopf zurück, und beiße in ihren Hals. Sie keucht auf und kratzt grob mit den Nägeln über meinen Nacken, während sie die Beine fester um mich schlingt. Wie eine Schlange würgt sie mich, und ich beiße sie wie eine, um ihr mein Gift zu injizieren. Der Biss muss ihr wehtun, denn sie zuckt zusammen, doch gleichzeitig ummantelt noch mehr seidige Nässe meinen Schwanz.

»Jaysus …«, raune ich und vergrabe das Gesicht an ihrem Hals. »Du machst mich verrückt.«

Sie kommentiert meine geflüsterten Worte mit einem Stöhnen und krallt ihre Finger in mein Haar, bevor sie grob daran zieht. »Du bist schon verrückt, so wie du mich fickst. Aber hör verdammt noch mal nicht damit auf.«

Meine Erregung erreicht ihr Maximum. Ich dringe mit meiner Zunge in ihren frechen Mund ein, während ich sie an der Kehle packe und zu Boden drücke. Ihr hübsches, gerötetes Gesicht verzerrt sich dabei auf die erotischste Weise, die ich jemals gesehen habe, und ihre Muskeln ziehen sich ruckartig um meinen Schwanz zusammen. Sie melken mich förmlich.

Ich fühle mich wie in einem Rausch, bin genauso benommen und voller Adrenalin wie ich es bin, wenn ich im Ring stehe und kämpfe. Ich ramme mich wie im Wahn immer und immer wieder in sie. Mein Becken schnellt in wilden Schüben nach vorne, als wäre ich high oder betrunken oder manisch, und all meine Muskeln krampfen und zittern vor Anstrengung.

Als ich eine Hand zwischen uns schiebe, um ihre geschwollene Perle zu reiben, gibt sie einen entzückten Laut von sich, bevor sie wenige Sekunden später unter mir erbebt. Sie hat nicht viel gebraucht, um loszulassen, was ein heißes Gefühl der Zufriedenheit in meiner Brust aufkeimen lässt.

Vanilleblüte gibt sich mit einem heiseren Schrei ihrem Orgasmus hin und zuckt niedlich unter mir. Die Euphorie trifft sie hart, und ihre Lider beginnen zu flattern, während sie die Finger in mein Haar krallt und daran zieht und reißt. Dann zerkratzt sie mir den Rücken.

Ich keuche auf und sauge ihre Brustwarze in den Mund, genieße, ihren Orgasmus auf meinem Körper zu fühlen, und packe ihre schlanken Schenkel, um ihr Halt zu geben, als diese von meinen Hüften abzurutschen drohen.

Ihre Muschi umklammert meinen Schwanz so fest, dass ich gleich darauf ebenfalls aufstöhne und erschauere. Meine Eier ziehen sich mit einem Kribbeln zusammen, bevor mein Sperma in die Tiefen ihres zitternden Körpers spritzt.

Sie mit meinem Samen zu füllen, fühlt sich wie ein Triumph an. Ich habe einer Frau noch nie mein Sperma gegeben, doch jetzt will ich, dass sie es für immer in sich trägt.

Mein Becken zuckt ein letztes Mal unkontrolliert, und ich keuche erschöpft an ihrer feuchten Haut, deren salziger Geschmack noch auf meiner Zunge verweilt.

Das war der beste Fick meines verdammten Lebens. Er war nicht romantisch, er war nicht bequem, er war nicht geplant.

Er war perfekt.

»Verflucht«, murmelt meine Blüte mit rauer Stimme und blinzelt mich träge an. Ihr Gesicht glüht in jeglicher Pore, und ihre Lippen sind von meinen groben Küssen geschwollen. Sie sieht noch schöner aus, wenn sie befriedigt ist. Auch ihr Lächeln ist sexyer. »Das war ... überraschend.«

Ich fange zu grinsen an und für eine Sekunde gibt es diesen Moment zwischen uns, der mich elektrisiert. Die Art, wie wir uns in die Augen sehen, in dieser intimen Position, immer noch körperlich vereint, während wir unsere Masken und Fassaden fallen lassen und vollkommen ohne Deckung sind. Dieser Moment, so kurz er auch sein mag, löst ein seltsames Flattern in meinem Magen aus. Sie muss es auch spüren, diese plötzliche Verbindung zwischen uns, die weit über die körperliche hinausgeht, denn ihre Gesichtszüge werden sanfter und ihre Augen ganz weich.

Doch dann schiebt sie mich plötzlich von sich, beinahe grob, und rappelt sich auf, um ihre Kleidung einzusammeln, die wild verstreut auf der Matte liegt.

Ich blinzele ein paar Mal benommen, bevor ich ebenfalls aufstehe und meine Shorts hochziehe. Sie ist sogar schneller als ich und das obwohl sie sich auch obenherum bekleiden muss. Mit flinken Handbewegungen richtet sie ihren nun wilden Zopf, aus dem sich einige Strähnen gelöst haben, dann schnappt sie sich ihre Boxhandschuhe und macht Anstalten, aus dem Ring zu klettern.

Verdutzt sehe ich ihr hinterher. »Was wird das?«

»Hm?« Sie dreht sich stirnrunzelnd zu mir um, eines der Seile fluchtbereit in die Höhe gezogen. »Wolltest du noch etwas sagen?«

»Ich weiß nicht«, murmele ich verwirrt. »Du etwa nicht?«

Ihre grünen Augen wirken nun verschlossen, und auch ihr Blick ist eine einzige Schutzschicht, als sie fragend erwidert: »War schön mit dir?«

»Willst du jetzt einfach abhauen?«, frage ich sie nun verärgert, woraufhin sie mich verständnislos mustert. »Du konntest es ja kaum erwarten, dich anzuziehen und wegzulaufen, als wäre ich der verfickte Hannibal Lecter, der hinter dir her ist.«

»Was sollte ich denn sonst tun?«, fragt sie durcheinander. »Mit dir kuscheln? Hier?« Spöttisch lacht sie auf, dann bedenkt sie mich mit einem vielsagenden Blick. »Was denkst du denn, was das hier war, Declan? Du hast mich in einem Boxring gevögelt. Daran ist nichts romantisch, also lass uns nicht so tun als ob.«

Beleidigt verschränke ich die Arme vor der Brust. »Ich habe dir die romantische Weise angeboten. Du hast abgelehnt.«

»Oh«, macht sie nun und verdreht ihre Augen. »Sorry, ich habe vergessen, dass du mit mir ausgehen wolltest. Nun, ich gehe aber nicht gerne aus. Nicht –«

»Mit Kerlen wie mir«, beende ich ihren Satz angepisst.

Genevieve blinzelt und zögert, bevor sie mit den Schultern zuckt und versöhnlich sagt: »Wir hatten unseren Spaß miteinander. Lass uns keine große Sache daraus machen, okay?«

»Für mich ist es aber verdammt noch mal eine große Sache«, entgegne ich beleidigt und gehe auf sie zu. Sie versteift sich, als würde sie plötzlich keine Nähe mehr zwischen uns wollen, erwidert meinen wütenden Blick aber tapfer. »Ich treffe keine Frauen. Weder zum Boxen noch zum Essen. Ich bitte sie nicht um Dates, ich unterhalte mich nicht einmal mit ihnen. Ich kann sie verdammt noch mal nicht einmal leiden. Aber dich mag ich.« Ich kneife die Augen zusammen, und sie weitet ihre kaum merklich. »Warum also bist du so abweisend und gemein?«

Verwirrt runzelt sie die Stirn, bevor sie zögerlich fragt: »Du … du magst mich?«

»Das muss dich überraschen, ich weiß, denn schließlich bist du nicht gerade sehr liebenswert, aber ja, ich mag dich.«

Sie lächelt seltsam und wirkt tatsächlich ein wenig vor den Kopf gestoßen. »Aber ich … ich will dich nicht mögen.«

Ich blinzele. »Was?«

»Na, ich will dich nicht mögen«, sagt sie nun beinahe anklagend. »Das geht nicht, okay? Ich habe keine Zeit für so einen

Scheiß!« Plötzlich wütend klettert sie aus dem Ring und flucht vor sich hin.

Völlig perplex starre ich ihr hinterher. Ich bin mir ziemlich sicher, dass das nicht die übliche Reaktion einer Frau auf das Geständnis eines Mannes ist, sie zu mögen. Andererseits habe ich nicht viele Erfahrungswerte, was das anbelangt.

Hätte ich mich cooler geben müssen, nun nachdem wir Sex hatten?

Scheiße noch mal, nein, ich bin cool genug. Auch, wenn ich ihr gestehe, sie zu mögen. Wie kann man dadurch an Coolness verlieren? Frauen sind gestörter, als ich dachte.

Ich balle meine Hand zur Faust und spüre, wie die Verärgerung über ihr Verhalten mein Blut zum Kochen bringt. Mehr aber beleidigt mich ihre Reaktion. Abgewiesen zu werden tut immer weh, da ich jedoch zum ersten Mal in solch einer Situation bin, weiß ich absolut nicht damit umzugehen. Ich fühle mich wie eine Jungfrau, die nach ihrem ersten Mal einen fiesen Korb von ihrem Schwarm kassiert.

Pft. Das macht mich verdammt noch mal sauer. Und ich tue dumme Dinge, wenn ich sauer bin.

Ich will meinen Frust an ihr auslassen, doch sie ist bereits weg, als ich in die Umkleidekabine marschiere.

Einfach verschwunden, als wäre sie nie da gewesen.

KAPITEL 8

GENEVIEVE

»*K*lingt … interessant.« Ich lächele aufgesetzt. »Ihnen gehören also alle Immobilien der GP Group?«

Der Mann im teuren, maßgeschneiderten Anzug schenkt mir ein arrogantes Lächeln und streicht wie zufällig mit den Fingern über meinen Oberschenkel. »Das ist korrekt. Beeindruckt Sie das?«

Nein, aber den Marionettenspieler bestimmt. »Absolut«, sage ich und klimpere mit den Wimpern. »Ehrgeizige Männer fand ich immer schon hinreißend.«

Seine Finger werden unanständiger auf meinem Bein, als er sich zu mir lehnt und flüstert: »Ich bin nicht nur beruflich ehrgeizig. Auch in meinem Privatleben erreiche ich meine gesetzten Ziele problemlos.«

Wieder fühlt sich mein Gesicht verkrampft an, als ich ein Lächeln aufsetze. »Und welches Ziel ist das aktuell?«

»Sie.« Er schlingt seine gierigen Finger um meinen Schenkel und kneift ihn grob. »In meinem Bett.«

Ich zwinge mich, zu kichern, und schiebe wie unabsichtlich mit dem Ellbogen seine Hand von meinem Bein, bevor ich einen großen Schluck von dem bitteren Wein nehme, den er mir spendiert hat.

Als ich das Glas absetze, sage ich bemüht locker: »Nun, die Vorstellung reizt mich, doch anhand des Ringes an Ihrem Ringfinger nehme ich an, dass es jemanden gäbe, dem diese Vorstellung nicht ganz so gut gefallen würde.« Ich formuliere es wie eine Frage und sehe ihn auf eine Erklärung wartend an, die prompt als fette Lüge folgt.

»Ich bin nicht vergeben«, versucht er mir weiszumachen. »Meine Frau und ich leben getrennt. Wir lassen uns gerade scheiden.«

Wie immer, wenn ich nachfrage …

»Das ist schade«, erwidere ich mit einem bedauerlichen Lächeln. »Denn die Vorstellung, mit einem Mann, der eigentlich nicht zu haben ist, ins Bett zu steigen, reizt mich noch viel mehr. Ich mag den Kick.«

Augenblicklich schießt es aus ihm hervor: »Das war eine Lüge. Ich bin vergeben.«

Ich starre ihn bloß an.

Er lächelt verführerisch und erneut spüre ich seine gierigen Finger auf meinem Schenkel. Er kann sie wohl nicht bei sich behalten, was mich zwar nervt, jedoch auch zufriedenstimmt. Genau einen Mann wie ihn suche ich. Einen widerwärtigen Mann.

»Ich mache so etwas für gewöhnlich nicht, wissen Sie? Ich liebe meine Frau. Wir haben Kinder. Allerdings kann ich mich bei Ihnen einfach nicht zurückhalten, weil Sie so unglaublich attraktiv sind …«

Natürlich. Er macht so etwas für gewöhnlich nicht. Er ist ein ganz braver Ehemann.

»Es mag ein Fehler sein, aber ich denke, Sie sind diesen Fehler wert«, flüstert er mir nun zu und streichelt über mein Knie, während er unverschämt auffällig mein Dekolleté beäugt. »Und solange es Sie nicht abschreckt, dass ich eine Frau habe … Und Sie diskret sind …«

»Das tut es nicht«, versichere ich ihm. »Ich bin an keiner festen

Beziehung interessiert. Ich möchte bloß meinen Spaß haben. Und ich kann schweigen wie ein Grab …«

Seine Augen verdunkeln sich vor Hunger und glitzern gleichzeitig vor Freude. Er denkt, ich sei ein Geschenk Gottes, denn für Männer wie ihn gibt es nichts Besseres als eine Frau, die diskret, willig und gleichgültig ist, was seinen Beziehungsstatus anbelangt. In seinen Augen bin ich die perfekte Kandidatin für eine heiße Affäre, die er abends in Hotels treffen kann, bevor er nach Hause zu seinen Kindern fährt und sich ins Bett zu seiner Ehefrau legt, die sich den Arsch aufreißt, um ihm nach all den Jahren noch zu gefallen.

Und in meinen Augen ist er der perfekte Kandidat für mein Vorhaben. Neben der Tatsache, dass er steinreich ist, wie mir sein maßgeschneiderter Anzug, seine Uhr von Breitling und seine teuren Anzugschuhe verraten, möchte er den Anschein des treuen Ehemanns wahren und wird daher nicht zögern, zu tun, was nötig ist, um mich zum Schweigen zu bringen.

Außerdem hat er es verdient. Er braucht offenbar eine Lektion, die ihn wachrüttelt, und ich werde sie ihm gerne erteilen.

»Dann sollten wir uns wieder treffen«, schlägt er nun vor und schenkt mir ein zufriedenes Lächeln. »Vielleicht an einem ruhigeren Ort, wo wir ungestört sind.«

Ich sehe mich in der vollen Bar um und nicke zustimmend. »Das hört sich gut an. Ich kenne da ein hübsches Hotel, dessen Angestellte ebenfalls sehr diskret sind …«

»Ich kümmere mich um die Reservierung«, sagt er, ohne zu zögern, und fischt eine Visitenkarte aus seiner Jacketttasche, die er mir unauffällig zusteckt. Seine hungrigen braunen Augen gleiten wieder zu meinem Ausschnitt, als er fordert: »Rufen Sie mich an. Am besten vor fünf Uhr nachmittags, da bin ich noch im Büro. Wir vereinbaren einen Abend und dann setzen wir unser Gespräch in intimerer Atmosphäre fort.«

Ich nehme ihm die Karte ab und setze ein weiteres unehrliches Lächeln auf. »Ich freue mich schon darauf.«

»Lassen Sie mir die Hoteladresse zukommen«, sagt er noch,

bevor er seinen Drink leert und sich vom Stuhl erhebt. So, dass es keiner sehen kann, schiebt er seine Hand unter den Saum meines Kleides, woraufhin ich mich versteife und das Bedürfnis, ihm die Nase zu brechen, krampfhaft unterdrücke. »Bis bald, Schönheit.«

»Bis bald«, trällere ich und verziehe angewidert das Gesicht, kaum hat er sich abgewendet.

Ich schüttele mich vor Ekel, stopfe die Visitenkarte in meine kleine Tasche und erhebe mich ebenfalls, um die Bar zu verlassen, die eher ein Treffpunkt für Geschäftsmänner ist, die sich nach einem langen Arbeitstag austauschen und einen Drink zusammen zu sich nehmen möchten.

Oder eben eine Frau finden möchten, mit der sie ihren Stress abbauen können.

Als ich mich auf den Weg nach Hause mache, stolpere ich über einen schwarzen Bugatti, der auf der Straße direkt vor der Bar parkt.

Und gleich darauf über dessen Besitzer.

»Du beantwortest meine Anrufe nicht.« Declan steht mit einem vorwurfsvollen Blick vor mir, die breiten Arme trotzig wie ein kleines Kind vor der Brust verschränkt.

Ich tue, als würde mich sein Erscheinen kalt lassen, dabei freue ich mich insgeheim, ihn wiederzusehen. Außerdem schmeichelt es mir, dass er mir nach wie vor wie mein persönlicher heißer Stalker überallhin folgt. Unser Date war der Hammer, er fickt und kämpft wie ein Krieger. Leider aber muss es bei diesem einen Date bleiben, da ich keine Zeit für eine Romanze, oder was auch immer er sich vorstellt, habe.

»Ich wüsste nicht, warum ich das tun sollte. Oder müsste.« Mit einer gehobenen Augenbraue taxiere ich ihn flüchtig, bevor ich mich an ihm vorbeischiebe und auf den hohen Schuhen davonstolziere.

»Hat es dir keinen Spaß mit mir gemacht?«, höre ich ihn fragen, gleich darauf ertönen seine Schritte hinter mir.

»Doch.« Ich gehe einfach weiter. »Aber es war ein einmaliger Spaß.«

Seine Hand schlingt sich um meinen Arm und zwingt mich, stehenzubleiben. Als meine Augen auf seine treffen, nehme ich zu meinem Entsetzen wahr, dass mein Herz eine Spur schneller schlägt. »Dem habe ich nicht zugestimmt.«

Fragend runzele ich die Stirn.

»Ich will mehr Spaß mit dir haben«, führt er entschlossen aus, worüber ich die Augen verdrehe. Sein Griff um meinen Arm wird fester, als ich Anstalten mache, mich abzuwenden. »Und ich bin mir sicher, dass du das auch willst. Warum also das Theater?«

»Ich mache kein Theater«, erwidere ich schnippisch und reiße meinen Arm von ihm los. »Ich will dich bloß einfach abhaken und weitermachen.«

Er wirkt tatsächlich gekränkt, bevor er verärgert die Augen zusammenkneift. »Na, dann viel Spaß beim Versuch. Wird schwer, mich abzuhaken, wenn ich dir auf Schritt und Tritt folge.« Eine Herausforderung liegt in seinem selbstsicheren Lächeln.

»Warum zur Hölle tust du es überhaupt?«, schnappe ich.

»Dich stalken?«

»Ja.«

»Tja, du hast eben meine Aufmerksamkeit auf dich gezogen, als du mir bei dem Kampf den Arsch gerettet hast. Und jetzt hast du sie endgültig und uneingeschränkt, nachdem wir nach unserem kleinen Kampf so nett miteinander gefickt haben.«

Ein theatralisches Seufzen stiehlt sich aus meinem Mund. »Können wir das irgendwie rückgängig machen?«

»Deine Rettung oder unseren Fick?«

»Ersteres, denn dann erübrige sich Zweiteres sowieso«, meine ich trocken.

Der Ire hebt eine Augenbraue. Dann schmunzelt er. »Jaysus, ich stehe total drauf, von dir verprügelt zu werden. Verbal und physisch.«

»Du brauchst eine Therapie«, informiere ich ihn emotionslos. »Und eine Muschi, die du regelmäßig vögeln kannst. Meine wird es jedenfalls nicht sein. Und jetzt bye bye.« Ich lächele aufgesetzt, drehe mich um und marschiere davon.

Als ich bemerke, dass er mir nicht wie angekündigt folgt, bin ich tatsächlich ein wenig traurig.

Den Gedanken bereue ich, als ich feststelle, dass er mir sehr wohl folgt – bloß nicht zu Fuß. Sein Bugatti rollt auf der Straße neben mir her, bis ich vor meinem Wohngebäude angekommen bin und schließlich darin verschwinde. Selbst, als ich in meiner Wohnung stehe und einen Blick aus dem Fenster werfe, ist sein Wagen immer noch da.

Seltsamerweise lässt mich das mit einem friedlichen Gefühl in der Brust einschlafen.

Ich hatte noch nie einen Stalker und muss zugeben, dass ich gar nicht verstehen kann, weshalb sich die Frauen darüber beschweren, verfolgt zu werden. Ich finde es total aufregend.

Wenn ich morgens das Haus verlasse, um mit Baby Gassi zu gehen, ist Declan da. Er sitzt in seinem Auto und beobachtet mich, bis ich wieder nach Hause gehe. Wenn ich nachmittags meine Erledigungen mache, folgt er mir stets überallhin. Fast fühlt es sich an, als wäre ich prominent und er mein Personenschützer. Abends parkt sein Wagen auch ständig vor meinem Wohnhaus. Ich frage mich, ob er sogar in seinem Auto übernachtet, nur um in meiner Nähe zu sein.

Das wäre das Romantischste, das je jemand für mich getan hat.

Rein rational betrachtet weiß ich, dass Stalking ein unmoralisches Verbrechen ist. Irrationalerweise gefällt es mir, ein Opfer davon zu sein.

»Wie lange willst du dich noch als Stalker üben? Bald kannst du Seminare darüber anbieten«, frage ich eines Abends während meiner Gassi-Runde mit Baby, als ich entspannt an seinem schnittigen Wagen vorbeispaziere.

Er hat den Sitz zurückgestellt und lehnt lässig darauf, als er nonchalant meint: »Bis du so genervt von mir bist, dass du deine Meinung änderst.«

»Okay«, antworte ich schlicht und setze meine Gassi-Runde fort. Als ich beim Zurückgehen erneut an seinem Wagen vorbeikomme, bin ich so nett, ihm einen Zettel zu reichen, auf dem ich die Adresse und Telefonnummer eines angesehenen Psychologen notiert habe. »Hier, für dich. Du solltest einen Termin vereinbaren.« Ich lächele zuckersüß und wende mich ab.

»Wofür unnötig Geld aus dem Fenster schmeißen?«, ruft er mir hinterher. »Der Therapeut bräuchte am Ende selbst eine Therapie. Das will ich ihm nicht zumuten.«

Das bezweifle ich keine Sekunde.

KAPITEL 9

DECLAN

»Die Mullans.« Rian, der Besitzer des Irish Pubs, das wir seit langer Zeit regelmäßig besuchen, blickt überrascht von den Unterlagen auf seinem Schreibtisch auf. »Was für eine Ehre.« Er deutet auf die halbleere Flasche des irischen Scotchs vor ihm. »Darf ich euch etwas einschenken?«

Callahan und ich werfen uns einen kurzen Blick zu, bevor er die Tür hinter uns schließt, sodass wir ungestört in dem winzigen und muffigen Büro sind. Ich bewege mich gemächlich auf Rian zu. Dabei sehe ich mich flüchtig im Raum nach Waffen um, die es jedoch nicht gibt.

Rian mag so einiges sein, aber gefährlich ist er nicht. Eher harmlos wie ein Welpe. Wir kennen uns seit Jahren und pflegen eine freundschaftliche Beziehung zueinander.

Das wird sich heute wohl ändern.

»Du hast recht«, sage ich schließlich, als ich vor seinem Schreibtisch stehenbleibe. Ich lächele auf den alten Iren herab. »Es ist eine Ehre. Nicht jeden Tag darf sich jemand darüber freuen, von mir geschlachtet zu werden.«

Seine Augen werden sofort panisch und tellergroß. »Moment mal, was …? Ich –«

Ich unterbreche ihn direkt, bevor er in hektisches Geplapper verfällt, indem ich ihn am Kragen seines weißen Hemdes packe und über die Tischplatte zerre. Er ist so fett, dass ich all meine Kraft in diesen Griff legen muss. Dadurch, dass ich stinksauer bin, fällt es mir dennoch nicht schwer.

»Du hast etwas Schlimmes getan, Rian«, informiere ich ihn tadelnd. »Und ich möchte wissen, warum.«

Callahan tritt an meine Seite und verschränkt die Arme vor der Brust. Seine Augen sind hart, irgendwie enttäuscht. Er nimmt seinen Verrat persönlich. »In Anbetracht der Tatsache, dass wir uns bereits sehr lange kennen, geben wir dir eine Möglichkeit, dich zu erklären, bevor wir entscheiden, was dein Verrat für dich bedeutet.«

»V-v-verrat?«, stottert der Rotschopf, sein fettes Gesicht ganz blass und feucht vor Angstschweiß. Ich drücke es grob auf die Tischplatte hinunter, um ihn dort zu halten und meine Hände zu beschäftigen, da diese schon in dem Bedürfnis zucken, ihm die Kehle aufzuschlitzen. »Ich weiß nicht, wovon ihr sprecht! Ich … ich habe … nichts …«

Ich seufze theatralisch. »Zwing mich nicht dazu, dir erst alle Finger abzuschneiden, um dich zum Reden zu bringen. Ich hätte heute nicht einmal Spaß daran, und du ganz bestimmt auch nicht.«

Ich bin aus zwei guten Gründen wütend auf den Besitzer unseres Stammlokals – zum einen, weil er es war, der die Tasche mit dem Geld, das als Anreiz für den Mord an mir vorgesehen war, in der Tiefgarage hinterlegt hat, was wir anhand der Kameraaufzeichnung jenes Abends herausgefunden haben.

Und zum anderen, weil er mir wertvolle Zeit stiehlt, die ich viel lieber damit verbringen würde, meine Blüte zu verfolgen.

Das hier muss also schnell gehen, sonst werde ich *wirklich* wütend.

Und niemand will, dass ich wirklich wütend werde.

»Bitte!«, schießt es flehentlich aus ihm hervor. »Ich habe keine Ahnung, worum es hier geht! Callahan … Declan …« Seine Augen zucken abwechselnd zwischen uns hin und her.

Wieder werfen mein Bruder und ich uns einen Blick zu. Wir beide sind Profis in dem, was wir tun, und haben schon so einige Verhöre hinter uns. Daher entgeht uns natürlich nicht, dass unser alter Bekannter aufrichtig klingt. Nicht nur die Panik und Furcht in seinem Blick sind echt – diese wären kein Indikator für seine Aufrichtigkeit –, sondern auch die Verwirrung, die sein fettes Gesicht zeichnet.

Er hat tatsächlich keine Ahnung, warum wir hier sind.

Ich lasse ihn los, sodass er sich aufrichten kann, und mustere ihn kalkulierend. »Vor nicht allzu langer Zeit hast du eine Tasche mit Bargeld in einer Tiefgarage hinterlegt. Du erinnerst dich?«

Die Verwirrung in seinem Blick nimmt zu, doch er nickt hastig. »Ja, ja, das … das habe ich.«

»Warum?« Callahan starrt ihm so eindringlich und prüfend in die Augen, dass der Ire dem Blick kaum standhalten kann. Hektische rote Flecken bilden sich auf seinem Hals.

»Jemand hat mir Geld dafür geboten«, eröffnet er uns nervös. Er kratzt sich am Hals, wodurch die Röte dort nur schlimmer wird. »Es war ein Job.«

»Wer hat dir Geld dafür angeboten?«, bohre ich augenblicklich nach.

»Keine Ahnung«, sagt er zu meinem Unmut. »Ich weiß es wirklich nicht. Ihr müsst mir glauben!«

In der Tat glaube ich ihm, was mich dennoch wütend macht. Nun sind wir wieder bei null und kein Stück weiter.

»Ich bekam einen anonymen Anruf«, erzählt der Ire und rutscht unauffällig ein Stück weit auf seinem Stuhl nach hinten. Eine unbewusste Handlung, um uns auszuweichen – ein reiner Instinkt –, weil er sich vor uns fürchtet. »Ein Mann mit Akzent sagte am Telefon, dass ich an jenem Abend beim Schließen des Lokals zwei Taschen mit Bargeld finden würde, wenn ich mich ganz genau umsehe. Wenn ich eine davon zu der Adresse, die er mir per Nachricht zukommen lässt, bringen würde, könnte ich die andere behalten. Also habe ich es getan, denn es war wirklich viel

Geld.« Er nickt, um seinen Worten Nachdruck zu verleihen. »Ich habe danach nie wieder etwas von diesem Mann gehört.«

Ich knurre. Er zuckt zusammen.

»Wirklich!«, beteuert er daraufhin ängstlich. Inzwischen ist sein kompletter Hals rot verfärbt. Die Röte wandert bis zu seiner behaarten Brust unter dem Hemd.

»Was genau stand in der Nachricht?«, fragt Callahan tonlos.

Der Ire fischt mit zittrigen Fingern sein Handy aus einer der Schreibtischschubladen. Er braucht etwas länger, um die SMS darauf zu finden und zu öffnen, da er das Handy kaum in der Hand halten kann. »Hier.« Zittrig reicht er es mir. »Das war die einzige Nachricht von dem Kerl.«

Ich nehme ihm das Handy aus der Hand und drehe das Display so, dass Callahan die wenigen Zeilen darauf lesen kann. Da stehen lediglich die Adresse des Parkhauses und eine Stellnummer. Die SMS wurde tatsächlich einen Tag vor der Geldübergabe verschickt. Und das von demselben Mann, der den Ami beauftragt hat, mich um die Ecke zu bringen.

»Er muss hier gewesen sein«, schlussfolgere ich, als ich ihm das Handy zurückgebe. Ich sehe zu meinem Bruder und ziehe die Augenbrauen misstrauisch zusammen. »Im Irish Pub.«

»Also kennt er unsere Gewohnheiten«, fügt dieser nachdenklich hinzu. »Und weiß, dass wir regelmäßig hier sind.«

»Es könnte jemand sein, den wir gut kennen«, grübele ich. »Oder jemand, den wir gar nicht kennen und der uns deshalb nie aufgefallen ist.«

Callahan nickt. »Er könnte allerdings auch jemanden geschickt haben, um das Geld in der Bar zu hinterlassen.«

Ich fluche. Dieser Motherfucker macht es uns nicht leicht, ihm auf die Schliche zu kommen.

»Ich habe seit Kurzem Kameras installiert«, wagt Rian es, unsere Unterhaltung zu unterbrechen. Er deutet immer noch zitternd auf den Bildschirm auf seinem Schreibtisch. »Wir … wir können nachsehen, wer die Taschen in der Bar hinterlassen hat.«

Irritiert betrachte ich den alten Mann. »Dir ist selbst nie in den Sinn gekommen, nachzusehen, wer dir so viel Geld für einen so simplen Job geboten hat?«

Er zuckt mit den Schultern, kommt sich nun augenscheinlich selbst dumm vor. »Nein ... Also ... Ich wollte das Geld behalten und ...«

»Zeig uns die Aufzeichnungen«, fällt ihm Callahan ins Wort und umrundet ungeduldig den Schreibtisch.

Ich trete ebenfalls an Rians Seite und beuge mich konzentriert nach unten. Der Ire fühlt sich offensichtlich unwohl, so von uns eingekesselt zu werden, aber nun besteht keinerlei Gefahr mehr für ihn. Er wäre sinnlos, ihn zu erledigen – immerhin bräuchten wir dann ein neues Stammlokal.

»Hier.« Cal zeigt auf den Bildschirm und deutet Rian, die Aufnahme zurückzuspulen und dann zu stoppen. »Da ist er.«

»Man erkennt ihn nicht«, stelle ich unzufrieden fest.

Der Kerl ist komplett in Schwarz gekleidet und steht mit dem Rücken zur Kamera. Man sieht, wie er die beiden Taschen unter eine der Sitzbänke schiebt, bevor er wieder in Richtung Ausgang verschwindet. Dabei wendet er das Gesicht kein einziges Mal der Ecke zu, in der sich die Kamera befindet.

Verdammt.

»Warte«, schießt es stirnrunzelnd aus meinem Bruder hervor. »Achte auf seinen Arm, als er die Tasche abstellt.«

Rian spult erneut zurück und lässt die Aufnahme dann wieder laufen. Er stoppt das Bild, als sich der Kerl bückt, und nun erkenne ich es auch.

Ein Tattoo auf seinem Handgelenk. Die schwarze Jacke rutscht gerade so weit hinauf, dass man es deutlich erkennen kann. Es ist ein kleines, verschwommenes Symbol.

»Kannst du das vergrößern?«, frage ich Rian, der sein Bestes gibt, um an das Tattoo heranzuzoomen. Das Bild wird immer verpixelter, und doch kann ich das Symbol an dem Handgelenk problemlos identifizieren.

So auch Callahan, der mir jetzt einen verwirrten Blick zuwirft. Seine Augen tragen einen Ausdruck von Besorgnis.

»Oh«, mache ich, räuspere mich und richte mich wieder auf. Ich reibe mir über die glatten Wangen und versuche, herauszufinden, was ich mit dieser neuen und unerwarteten Information anfangen soll.

Damit hat sich die Lage massiv verändert, und das gefällt mir ganz und gar nicht.

»Du scheinst ein größeres Problem zu haben als gedacht«, lässt mich Callahan an seinen Gedanken teilhaben, die dieselben sind wie meine eigenen. Er wirkt frustriert und genervt, was ich verstehen kann – denn offensichtlich gilt es nun nicht mehr, einen einzigen Kerl auszuschalten.

Wir müssen eine verdammte Bande an Schwerkriminellen ausschalten.

»Was bedeutet dieses Symbol?«, fragt Rian durcheinander, seine Augen abwechselnd auf mich und Callahan gerichtet.

»Es bedeutet, dass es mehr als ein Mann ist, der Declan tot sehen will«, murmelt mein Bruder und wendet sich seufzend ab. »Es bedeutet, dass er wieder irgendeine Scheiße verbrochen hat, die ich nun für ihn ausbaden muss.«

»Hey«, protestiere ich beleidigt. »Erstens habe ich mit dieser Organisation nichts am Hut, und zweitens kann ich meine Scheiße selbst ausbaden, klar?«

»In diesem Fall nicht«, entgegnet er entschieden und blickt mich aus ernsten Augen an, als ich ihm aus dem Büro folge, in dem wir Rian immer noch verwirrt und ohne eine Entschuldigung zurücklassen. Er wird uns den kleinen Überfall schon verzeihen – immerhin sind es zum Großteil wir, die seit Jahren seine Brieftasche füllen.

Außerdem würde er sich niemals trauen, uns Hausverbot zu erteilen. Er weiß, wer wir sind. Und als Problemlöser würden wir auch hierfür eine Lösung finden, die ihm gewiss nicht gefallen würde.

»Mit einer ganzen Organisation kannst es selbst du nicht aufnehmen, Declan«, lässt mich Callahan überzeugt wissen, als wir uns auf den Weg zum Auto machen. »Bitte sag mir, dass du dich nicht in deren Geschäfte eingemischt hast.«

»Hab ich nicht«, meine ich locker, weil es stimmt. Zumindest kann ich mich nicht daran erinnern.

Schulterzuckend steige ich in den Wagen und denke darüber nach, warum sich ein Drogenkartell meinen Tod wünscht. Diese Wendung gefällt mir ganz und gar nicht. Ich habe keine Zeit dafür, unzählige Schwerkriminelle aus dem Weg zu räumen, um meinen Arsch zu retten. Wie soll ich dann auch noch Zeit für meine Vanilleblüte aufbringen? Sie ist meine oberste Priorität.

Gerade läuft es doch so gut zwischen uns. Sie hat beim letzten Mal, als ich sie gestalkt habe, sogar von sich aus mit mir gesprochen. Außerdem hat sie die Zeit investiert, um einen guten Psychologen für mich zu finden – man investiert keine Zeit in Dinge, die einem egal sind. Ich verbuche das somit als Fortschritt und Zeichen ihres Interesses. Langsam verstehe ich das Spielchen zwischen uns besser.

»Ich lasse mir etwas einfallen, wie wir jetzt am besten mit der Sache umgehen und fortfahren«, eröffnet mir Callahan entschlossen. Ich kann förmlich hören, wie sein Hirn arbeitet. »In der Zwischenzeit verhältst du dich ruhig und ziehst dich zurück, verstanden?«

»Klar.«

»Declan«, murrt er. »Ich meine es ernst. Wir müssen an diese Sache vorsichtig und durchdacht herangehen. Die Dinge stehen jetzt anders.«

»In Ordnung«, stimme ich erneut zu.

»Du verhältst dich ruhig«, betont er unnötigerweise noch einmal, als wäre ich schwerhörig oder schwer von Begriff. »Klar?«

Fragend hebe ich die Hände, bevor ich auf meine Ohren deute. »Ich bin in den letzten Sekunden nicht urplötzlich taub geworden, also warum wiederholst du dich ständig?«

»Weil ich dich kenne.«

Ich verdrehe die Augen und blicke aus dem Fenster. Nachdenklich reibe ich mir über die Stirn und blende währenddessen all die Warnungen meines Bruders aus, die er wieder und wieder von sich gibt.

Dann beschließe ich, dass Genevieve zu verfolgen definitiv auch als *sich ruhig verhalten* gilt. Schließlich bin ich dabei immer ruhig.

In der Tat bin ich in ihrer Nähe am ruhigsten, wie mir nun bewusstwird. Und auch mein ständiges Bedürfnis, jemandem die Eingeweide herauszuschneiden, hat deutlich nachgelassen, seit ich sie kenne.

Seit ich sie zu meiner liebsten Freizeitbeschäftigung gemacht habe.

Genevieve sieht süß aus, wenn sie schläft. Sie wirkt täuschend friedlich und harmlos, obwohl sie das keineswegs ist. Ihr aschblondes Haar hat sich zu einem Fächer auf dem Kopfkissen ausgebreitet und durch die dünne Decke, die an ihrem Körper heruntergerutscht ist, erkenne ich ihre weiche, seidige Haut.

Ich will sie berühren, aber ich möchte sie nicht wecken. Nicht, weil ich verhindern möchte, dass sie mich mitten in der Nacht in ihrem Schlafzimmer entdeckt, sondern, weil ich mich erst noch ein wenig umsehen möchte.

Natürlich könnte ich das auch tun, wenn sie nicht zu Hause ist – normale Stalker würden vermutlich eher dazu tendieren –, aber wo bliebe da der Nervenkitzel?

Ich weiche leise von ihrem Bett und lächele Baby an, die zusammengerollt zu ihren Füßen liegt. Ihre großen, braunen Augen blinzeln mich freundlich an, ihr eingerollter Schwanz wedelt leicht.

Sie ist wirklich kein besonders guter Wachhund.

Neugierig sehe ich mich im unordentlichen Schlafzimmer um und steuere auf die Kommode neben dem Bett zu. Die Straßenlaternen werfen sanftes Licht durch die Balkontüren, durch die ich geklettert bin, und so kann ich problemlos in den Schubläden wühlen.

In der untersten Lade entdecke ich all die Medaillen, Trophäen und Kampfsport-Gürtel, die sie einmal erwähnt hat. Die Frau hat nicht gelogen. Ich entdecke sogar alte Bilder von ihr in einem Boxstudio als junges Mädchen, fast noch Kleinkind. An ihrer Seite ein muskulöser, großer Mann – wohl ihr Onkel. Dazwischen einige Unterlagen, auf denen Daten ihrer Kämpfe notiert sind. Es sind verdammt viele.

Diese Frau ist eine Maschine.

In einer anderen Schublade entdecke ich hübsche Unterwäsche, von der mein Schwanz sofort zuckt, Spielzeug von ihrem Hund und Gesellschaftsspiele – wofür auch immer sie diese benötigt, da sie schließlich niemals Besuch bekommt, was ich als ihr persönlicher Verfolger weiß. Außerdem einen pinken Vibrator.

Grinsend nehme ich das riesige Teil heraus und werfe einen Blick über meine Schulter. Dieses kleine Luder.

Nachdem ich mir kurz vorgestellt habe, wie es wäre, sie mit dem Vibrator zu wecken, lege ich ihn widerwillig zurück und wende mich ihrem Kleiderschrank zu. Bereits beim Öffnen der Türen steigt mir der vertraute Duft von Vanille in die Nase.

In ihrer Kleidung zu wühlen, macht Spaß, allerdings ist es auch unbefriedigend. Sie hat etliche Kleidchen und Röcke, in denen ich sie nur zu gerne sehen würde. Da ich mir doch ein wenig pervers vorkäme, sie während des Schlafens in ein sexy Kleidchen zu stecken, um mir danach einen darauf wichsen zu können, lasse ich es bleiben. Ich schließe die Schranktüren und schnappe mir stattdessen ihr Handy vom Nachttisch.

Dann lese ich all ihre Nachrichten und studiere ihr Anrufprotokoll.

Mit Frustration stelle ich fest, dass sie einige Männer am Start hat. Oder hatte. Die meisten SMS von irgendwelchen offenbar verheirateten Bastarden erhielt sie vor Wochen oder Monaten. Alle beinhalten entweder Adressen von Hotels oder anzügliche Textnachrichten. Mir kommt das Kotzen.

Und wütend werde ich auch.

Sie hat anscheinend keinen Scherz gemacht, als sie sagte, sie stünde auf vergebene Männer.

Großartig. Woher bekomme ich nun irgendeine Frau, die ich schnell zu meiner angetrauten Ehefrau machen kann, damit Genevieve mehr Interesse an mir zeigt?

Die letzte SMS in ihrem Posteingang lässt mein Blut vor Wut kochen. Ein Kerl, den sie als *X* eingespeichert hat, während alle anderen Kontakte nur mit der Nummer angezeigt werden, schrieb ihr heute Nachmittag, dass sie sich am Samstag – morgen – in dem von ihr vorgeschlagenen Hotel treffen können. Er hat eine Reservierungsnummer und eine Suitenummer hinzugefügt.

Pah, dass ich nicht lache. Nur über meine Leiche lasse ich zu, dass sich dieser Motherfucker an meiner Blüte vergreift. Bevor das passiert, wird er einen Leichensack benötigen.

Wie kann sie es überhaupt wagen, sich einen anderen Kerl zu angeln? Hat sie nicht verstanden, was das zwischen uns ist?

Ob sie darauf steht, es mit anderen zu treiben, während ich ihr dabei zusehe oder in unmittelbarer Nähe bin? Sie weiß doch inzwischen, dass meine Worte, ich würde sie auf Schritt und Tritt verfolgen, nicht nur so dahergesagt waren.

In ihrem Anrufprotokoll sticht mir das Wort *Marionettenspieler* ins Auge. Besagter Kontakt hat sie regelmäßig angerufen, doch die Telefonate waren nur von kurzer Dauer.

Was zur Hölle will sie von einem Kerl, der mit Marionetten spielt? Ob das irgendeine Art Fetisch von ihr ist, wie ihr verkorkstes Interesse an verheirateten Männern? Inzwischen würde ich ihr alles zutrauen. Sie ist nicht wie andere Frauen. Die sind verrückt, aber sie ist verrückter.

Mit dem Bedürfnis, ihr den schlanken Hals umzudrehen, lege ich das Handy zurück auf den Nachttisch und beschließe, zu gehen, bevor ich meine Fantasie tatsächlich in die Realität umsetze. Das wäre zu schade, da ich auch anders dafür sorgen kann, der einzige Mann in ihrem Leben zu sein.

Auf dem Weg zum Balkon erregen die vielen Traumfänger an

den Wänden erneut meine Aufmerksamkeit. Schon als ich vorhin ihr Schlafzimmer betreten habe, war ich ein wenig ... überrascht. Und verwirrt. Denn nicht wie normale Menschen hat sich meine Blüte einen hübschen Traumfänger an die Wand neben ihrem Bett gehängt – an ihren Wänden hängen an die fünfzig Traumfänger in allen möglichen Variationen und Farben. Was es wohl damit auf sich hat?

Spontan nehme ich einen der vielen Traumfänger – einen süßen goldfarbenen mit langen Federn – von der Wand und stecke ihn in meinen Hosenbund. Ein kleines Souvenir. Schließlich nehmen Stalker immer irgendwelche persönlichen Gegenstände von ihrer Angebeteten mit nach Hause, nicht wahr? Ich möchte ihrer Anschuldigung nur gerecht werden.

Und ich bin angepisst, weil sie sich mit einem Mann verabredet hat. Auch wenn er leider bis zu ihrem Treffen nicht überleben wird, trage ich ihr das nach. Mir fiele nicht im Traum ein, mich mit einer anderen Frau als meiner Blüte zu vergnügen. Vielleicht muss ich ihr erst klarmachen, wie ernst es mir tatsächlich mit ihr ist.

Ja, das ist ein guter Plan.

Und ein noch besserer blitzt in meinem Kopf auf, als ich zu meinen Füßen herabsehe und Baby betrachte, die freudig um mich herumtanzt. Sie will gestreichelt werden.

Ich lächele böse. Warum kompliziert, wenn es auch einfach geht?

Spontan haben sich nun Genevieves Pläne für morgen geändert, ohne dass sie es weiß, und dazu muss ich nicht einmal einen notgeilen Sack ausfindig machen und beseitigen. Wie erfreulich, zumal ich Callahan versprochen habe, mich ruhig zu verhalten. Er wäre stolz auf mich.

Vielleicht lerne ich nun doch endlich, mich zu beherrschen.

Ich hole mein Handy aus der Hosentasche und setze meinen Masterplan sofort in die Tat um. Weil ich nicht direkt übertreiben möchte, hänge ich dafür den Traumfänger zurück an die Wand.

Schließlich habe ich jetzt ein viel besseres Souvenir zum Mitnehmen gefunden.

KAPITEL 10

GENEVIEVE

*G*ähnend richte ich mich in meinem Bett auf und strecke mich. Mein Haar fällt mir dabei ins Gesicht, und ich streiche es mir müde von den Augen. Ich fühle mich seltsam erholt und ausgeschlafen. Irgendwie anders als sonst. Ein wenig benommen, als wäre ich aus dem Koma erwacht.

Als ich einen Blick auf die Uhr an der Wand zwischen meinen vielen Traumfängern werfe, weiß ich auch, warum.

Es ist bereits zwölf Uhr mittags. Herrgott, wann habe ich zuletzt so lange geschlafen? Kein Wunder, dass mein Kopf so benebelt ist.

Die Antwort auf die Frage lautet – bevor ich einen Hund bekam, der regelmäßig zum Pinkeln raus muss. Baby lässt mich nie so lange ausschlafen.

Augenblicklich sehe ich mich verwirrt nach ihr um. Für gewöhnlich weckt sie mich gegen acht Uhr morgens, indem sie mir das Gesicht ableckt oder an meinen Zehen knabbert. Ihre Blase ist klein, außerdem ist sie ein ungeduldiger, verwöhnter Fratz.

Ich kann sie nirgendwo entdecken.

»Baby?«, rufe ich und räuspere mich, um die Kettenraucherin aus meiner Stimme zu vertreiben.

Als der kleine Mops weder angelaufen kommt noch einen Ton von sich gibt, steige ich besorgt aus dem Bett und mache mich auf die Suche nach ihm.

Ich schaue mich nach Baby in der Küche um, doch auch bei ihrem Futternapf ist sie nicht, obwohl noch Trockenfutter darin zu finden ist. Hektisch eile ich ins Bad und durch den Flur und checke auch den Balkon, doch ich könnte mich nicht daran erinnern, sie letzte Nacht versehentlich dort ausgesperrt zu haben. Sie lag doch wie immer zu meinen Füßen im Bett.

Panik wallt in mir auf. Wo zum Teufel ist sie?

Ich rufe erneut ihren Namen und reiße anschließend das Handy an mich, als sie auch jetzt nicht von irgendwoher angedackelt kommt. Mir wird vor Sorge um sie ganz schlecht, weshalb ich ignoriere, dass Declan mir nachts eine SMS zukommen hat lassen.

Als mir jedoch bewusst wird, dass ich keine Ahnung habe, wen ich in solch einem Fall anrufen soll, stocke ich. Kann man auch einen Hund als vermisst bei der Polizei melden? Leider befürchte ich, würde diese sich nicht sofort auf die Suche nach ihr machen.

Oder überhaupt auf die Suche nach ihr machen.

Tränen wollen in meine Augen steigen, während ich wieder unruhig durch die Wohnung laufe und sie suche. Verzweifelt halte ich im Flur inne und frage mich, ob ich vielleicht träume. Wie kann denn der eigene Hund über Nacht verschwinden? Die Wohnungstür war zu und abgeschlossen.

Noch einmal rufe – oder eher kreische – ich ihren Namen, doch nichts geschieht.

Ich beschließe, mich dennoch draußen auf die Suche nach ihr zu machen. In Windeseile schlüpfe ich in Mantel und Schuhe und verlasse meine Wohnung. Dass ich darunter noch mein Nachthemd trage, ist mir verdammt noch mal egal.

Erneut wische ich über das Display meines Handys, als ich die Treppe hinunterlaufe, und öffne aus einem Reflex heraus Declans Textnachricht.

Dann halte ich abrupt inne.

Und schlage fluchend gegen die Wand.

> Liebste Genevieve! Da du nicht mit mir kuscheln möchtest, musste ich mir eben eine andere suchen, die es will ;) Keine Sorge, Baby wird es bei mir gut gehen. Gerne gebe ich dir aber auch eine Möglichkeit, sie zurückzubekommen. Entweder durch die Begleichung eines Lösegeldes heute Abend in dem Restaurant, das ich für uns ausgesucht habe (Lösegeld = unsere Rechnung), oder du arbeitest es stundenweise mit Kuscheleinheiten ab. Du darfst damit anfangen, wann du möchtest. Die Adresse, an der die Kuscheleinheiten stattfinden, findest du unten. Ich freue mich schon! Dein Stalker, Declan

Ich schäume vor Wut.

Dieser gottverdammte Psycho hat meinen Hund gestohlen! Und hält ihn jetzt bei sich als Geisel fest!

Ich bin fassungslos. Nun geht er wirklich zu weit. Wann zur Hölle war er überhaupt in meiner Wohnung? Die Nachricht hat er mir mitten in der Nacht geschickt. Das lässt mich darauf schließen, dass er durch meine Balkontüren eingebrochen ist, während ich geschlafen habe.

Das finde ich jetzt nicht unbedingt schlimm, aber dass er meinen Hund mitgenommen hat, garantiert ihm einen qualvollen Tod.

Fluchend setze ich meinen Weg nach draußen fort und rufe mir auf der Straße angekommen sofort ein Taxi. Ich gebe dem Fahrer die Adresse durch, die Declan in seiner Nachricht angegeben hat, und verbringe die Fahrt damit, mir zu überlegen, mit welcher seiner Körperteile ich meine blanke Faust zuerst bekannt mache.

Ich entscheide mich für seine hübsche Nase.

KAPITEL 11

DECLAN

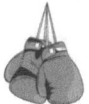

*A*ls ich höre, wie sich die Haustür öffnet, tanzt Vorfreude in meiner Brust. Gespannt lausche ich den Schritten, die im Flur ertönen.

Den ganzen Vormittag über habe ich sehnsüchtig darauf gewartet, Besuch zu bekommen. Allmählich habe ich bereits begonnen, zu hinterfragen, wie sehr Genevieve tatsächlich an ihrem Hund hängt, da sie weder aufgetaucht ist noch mich angerufen hat. Oder mich per Textnachricht beschimpft hat.

Unwillkürlich bin ich enttäuscht, als ich Peaches Stimme im Flur wahrnehme.

Es sind wohl nur sie und mein Bruder, die vorbeischauen, warum auch immer. Üblicherweise platze ich bei ihnen herein und nicht umgekehrt. Etwas, das ich pflege, so beizubehalten.

»Declan?«, höre ich meinen Bruder nach mir rufen. »Pfirsichblüte und ich sind vorbeigekommen. Wir müssen reden.«

»Hier«, rufe ich zurück.

Das passt mir gerade gar nicht rein. Die beiden durchkreuzen meine Pläne. Ich rechne jeden Moment mit der Ankunft meiner Traumfrau, der ich mich voll und ganz widmen möchte. Außerdem befürchte ich, könnte sie versuchen, mich umzubringen, und dabei möchte ich keine Zuschauer haben. Peaches würde

119

sie wohl noch dabei anfeuern, und Callahan würde wahrscheinlich mit einer Stange Geld gegen mich wetten.

Irgendwie stehe ich wohl darauf, mit dem Feuer zu spielen. Und auf Frauen, die mich tatsächlich einfach umlegen würden. Das hat schon einen ganz besonderen Reiz.

Als mein Bruder mit seiner Freundin den großen Wohnraum betritt, halten beide gleichzeitig abrupt inne. Erst starren sie mit irritierter Miene zu mir, mustern mich auf dem Boden vor meiner Couch mit Baby auf dem Schoß, um uns herum überall Hundespielzeug, dann werfen sie sich einen Blick zu, der wirkt, als würden sie sich fragen, ob es nun endlich an der Zeit ist, mich einweisen zu lassen.

»Wessen Hund ist das?«, fragt Peaches beinahe gequält. »Und bitte sag jetzt nicht, dass es deiner ist.«

Callahan wirkt ebenfalls nicht sehr begeistert von der Vorstellung, ich könnte mir einen Hund zugelegt haben. Als ob er daran zweifeln würde, dass ich dazu fähig bin, diesen am Leben zu erhalten.

Wie lächerlich! Baby hatte noch nie so viel Freude an ihrem Leben wie hier bei mir. Wir haben den ganzen Vormittag über gespielt, gefressen und geschlafen. Ich bin mir sicher, dass sie Genevieve bereits vergessen hat und plant, den Rest ihrer Tage in meinem hübschen Haus zu verbringen. Außerdem hat sie bei mir einen riesigen Garten, in dem sie sich entleeren kann, wann auch immer ihr danach ist. Ich werde O'Sullivan später beauftragen, die Kackhaufen wegzuräumen.

Vielleicht aber sind die beiden auch davon irritiert, dass Baby einen Schnuller im Mund hat. Das war keine Absicht. Bevor ich in ein Zoofachgeschäft gefahren bin, war ich bloß im Supermarkt, um Sachen für Baby zu besorgen. Da es dort nichts für Hunde gab, habe ich eben Babysachen mitgenommen. Das erschien mir passend.

Babysachen für Baby.

An dem Schnuller hat sie Gefallen gefunden, aber an allem anderen nicht. Außerdem wollte sie alles zerkauen und schlucken, was ich ihr zugeworfen habe. Da bekam ich Panik, dass sie daran ersticken könnte.

Und ganz ehrlich, danach stünden meine Chancen bei Vanilleblüte wohl noch mieser als jetzt.

Deswegen fuhr ich nochmal los und besorgte ihr richtiges Hundespielzeug und Futter. Den Schnuller wollte sie trotzdem nicht mehr hergeben. Sie schläft jetzt sogar damit in ihrem Mund.

»Warum tut ihr so, als wäre ein Hund bei mir nicht sicher?«, frage ich beleidigt und kneife die Augen zusammen. »Schaut doch nur, wie wohl sie sich fühlt.« Ich blicke auf meinen Schoß herab und lächele, als Baby sich auf den Rücken dreht, kaum beginne ich, ihren Bauch zu kraulen. »Sie liebt mich.«

»Bei dir ist kein Hund sicher«, lässt mich Peaches überzeugt wissen. Mit Sorge in den Augen betrachtet sie das Fellknäuel auf meinem Schoß. »Du kannst dich ja nicht mal um dich selbst kümmern, Declan.«

»So ein Unsinn«, murmele ich und intensiviere die Krauleinheiten auf Babys Bäuchlein. Sie schmatzt genüsslich. »Ignorier' die beiden einfach. Sie kommen ab sofort nie wieder zu Besuch, versprochen«, flüstere ich ihr zu.

»Er ist durchgedreht«, stellt Peaches nüchtern fest. »Jetzt endgültig.«

»Wessen Hund ist das?«, wiederholt Callahan Peaches Frage drängend. »Wir haben keine Zeit für diesen Unsinn, Declan.«

Genervt hebe ich den Blick. »Schon gut, beruhigt euch mal. Das ist Baby, Genevieves Hund.«

Peaches wirkt nahezu entsetzt. »Und sie hat ihn *dir* zum Aufpassen gegeben?« Ihre Augen zucken zu Callahan, bevor sie leise, aber nicht leise genug flüstert: »Die muss genauso einen Schaden haben wie er.«

»Ich kann dich hören«, entfährt es mir missmutig. »Und nein, hat sie nicht. Also einen Schaden hat sie schon, aber den Hund hat sie mir nicht zum Aufpassen gegeben. Sie weiß zwar, dass er bei mir ist, aber richtig darum gebeten, hat sie mich nicht wirklich …«

Beide blinzeln mich verständnislos an.

Ich seufze. »Möglicherweise habe ich ihn … entwendet.«

»Bitte?« Peaches Stimme klingt nervtötend hoch. »Entwendet?«

»Du hast ihn ihr gestohlen«, schlussfolgert Callahan. Er wirkt weder überrascht noch schockiert, da er mich kennt und an meine impulsive Verrücktheit gewöhnt ist. »Das ist selbst für dich verrückt«, lässt er mich trotzdem wissen.

»Egal.« Lächelnd blicke ich auf Baby herab. »Sie liebt mich.«

»Ihre Besitzerin wird das wohl nicht von sich behaupten können«, gibt Peaches murmelnd von sich, ehe sie sich der Couch nähert. Sie lässt sich neben mir auf dem Boden nieder und funkelt Baby entzückt an. »Aber süß ist sie schon. Darf ich sie mal halten?«

»Klar.« Ich reiche ihr den Hund wie meinen wertvollsten Schatz und tadele Peaches sofort, als sie sie unter den Vorderpfoten nehmen will. »Nicht so, das mag sie nicht. Greif um sie herum.«

Nickend tut sie, wie ihr geheißen, bevor sie Baby auf ihrem Schoß ablegt und lächelnd auf sie herabblickt. Sie streichelt über ihren faltigen Kopf. »Na hallo, du süßes Ding.« Als Baby grunzt und den Schnuller ausspuckt, lachen wir beide. »Hat dich dieser Irre hier entführt? Du tust mir so leid.«

»Halt die Klappe.«

»Ich störe euch ja nur ungern, aber wir müssen etwas Wichtiges besprechen, Declan«, meldet sich Callahan ungeduldig zu Wort. Dieser Mensch versteht überhaupt nichts davon, schöne Momente im Leben zu genießen. Außer, wenn es um seine Auserwählte geht. »Lass uns nach nebenan gehen.«

»Brudi, du bist viel zu verkrampft. Entspann dich doch mal und lass uns Berufliches auf später verschieben. Ich habe nur heute einen Hund.«

Er gibt einen unwilligen Laut von sich. »Nach nebenan. Jetzt.«

»Sorry, ich weiche nicht von Babys Seite. Sie hat Selbstmord-Tendenzen«, entschuldige ich mich. »Man kann sie nie aus den Augen lassen. Irgendetwas findet sie immer, um daran zu ersticken.«

»Ich passe auf sie auf«, meint Peaches, während sie mit einem der Gummiknochen, die ich gekauft habe, mit Baby spielt. Sie zerrt daran und der Mops versucht knurrend, ihn ihr aus den Fingern zu reißen. Als ich mich nicht vom Fleck rühre, wirft sie mir einen beleidigten Blick zu. »Denkst du etwa, ich wäre zu unqualifiziert, um mich kurz um einen Hund zu kümmern? Bei dir hat er immerhin auch bis jetzt überlebt – was ziemlich fragwürdig ist.«

Nachdenklich taxiere ich sie, ehe ich mich widerwillig erhebe, da ich beschlossen habe, dass sie durchaus qualifiziert ist. »Wehe, du bringst den Hund um. Ich kann dir versichern, dass dich seine Besitzerin erledigen würde«, warne ich sie trotzdem.

»Das würde ich gerne sehen«, mischt sich Callahan mit dunkler Stimme ein. »Und jetzt komm.« Er verlässt den Raum, und ich marschiere ihm genervt hinterher.

»Also, was gibt's?«, will ich drängend wissen, als wir nebenan in der Küche stehen. Callahan schnappt sich eine Flasche Whisky vom Küchentresen und gießt etwas davon in zwei Kristallgläser. Wortlos schiebt er mir eines davon zu.

»Setz dich.«

Ich runzele die Stirn. Seine Miene verheißt nichts Gutes. »Was ist los?«

»Du solltest für ein paar Wochen untertauchen, bis sich die Lage ein wenig beruhigt hat«, rät er mir, woraufhin ich augenblicklich den Kopf schüttele.

Das kommt gar nicht in Frage. In einigen Wochen hätte mich Genevieve bestimmt schon vergessen, und wir müssten wieder bei null anfangen. Außerdem kann ich mir nicht vorstellen, sie so lange nicht zu sehen. Unmöglich. Sogar Baby würde mir fehlen, jetzt wo ich eine persönliche Beziehung zu ihr aufgebaut habe.

Ein Hund braucht Mutter und Vater, das weiß jeder. Sie musste schon lang genug ohne männliche Bezugsperson leben. Die Zeiten sind vorbei.

»Declan«, knurrt mein Bruder, was mich aus den Gedanken reißt. Seine Augen bohren sich förmlich in mich. »Das hier ist eine ernste Sache. Ich habe mich ein wenig umgehört. Diese Leute werden nicht aufhören, ehe sie ihr Ziel erreicht haben – und das ist dein Tod.«

»Warum?« Nun bin ich tatsächlich ein wenig angespannt. Nicht, weil ich Angst vor dem Kartell habe, sondern, weil ich absolut nicht verstehe, welches Problem diese Männer mit mir haben. Ich habe keine Zeit für so einen Scheiß. »Was weißt du?«

»Nicht sehr viel, aber Walsh hat ein wenig ermittelt und herausgefunden, dass uns das Kartell seit Längerem beschattet«, erzählt er mir sichtlich unzufrieden. »Oder eher dich. Das bedeutet, dass dein Mord bereits eine längere Zeit geplant ist. Und nachdem sie solche Umstände dafür auf sich genommen haben, anstatt dich einfach willkürlich anzugreifen, schließen Walsh und ich dabei auf einen persönlichen Hintergrund. Du musst eines der Mitglieder verärgert haben. Hast du eine Ahnung, womit?«

Ich denke angestrengt nach. Das ergibt überhaupt keinen Sinn. Ich habe in letzter Zeit tatsächlich nur Leute erledigt, die ich aus beruflichen Gründen erledigen musste. Und diese standen in keinem Zusammenhang mit dem Kartell. Das hätten wir gewusst, und dann hätten wir die Finger davon gelassen. Wir sind kluge Männer, die man sich nicht zum Feind machen will, die gleichzeitig aber auch wissen, wen wir uns nicht zum Feind machen sollten.

»Nein«, sage ich schließlich ernst. »Ich habe keine verdammte Ahnung.«

Callahan seufzt und nimmt einen Schluck von seinem Whisky. Ich tue es ihm gleich, nur leere ich mit einem Zug mein Glas. »Sie werden es wieder versuchen. Vermutlich schmieden sie bereits einen neuen Plan. Deswegen möchte ich, dass du für die nächste Zeit von der Bildfläche verschwindest. Das wäre das Beste, bis sich die Dinge beruhigen.«

»Wie sollen sie sich denn beruhigen, solange mein Kopf noch an meinem Körper festgewachsen ist?«, frage ich zweifelnd. »Diese Leute werden erst Ruhe geben, wenn ich tot bin.«

»Nun, du nervst mich zwar, aber ich hätte dich gerne

weiterhin lebend. Deswegen tu mir den Gefallen und tauch unter, bis ich zumindest mehr Informationen herausfinden und selbst einen Plan entwickeln konnte.«

Wenig begeistert und nicht gerade überzeugt starre ich ihn an, ehe ich mir nachschenke. »Lass sie uns doch einfach fragen, was ihr verdammtes Problem ist.«

»Solange wir nicht wissen, warum sie hinter dir her sind, können wir nicht in Kontakt mit ihnen treten. Ich gehe nicht bewusst in ein Mienenfeld und hoffe darauf, lebendig wieder herauszukommen«, gibt er mir zu verstehen. Nachdenklich nicke ich. Er hat recht, wie immer. »Wir brauchen mehr Informationen, mehr Hintergründe. Solange wirst du die Stadt verlassen.«

»Die Stadt verlassen?«, echoe ich überrumpelt. Jetzt übertreibt er aber doch maßlos. »Jaysus, ich lasse mich von niemandem aus meiner eigenen Stadt verjagen! Ich bin doch kein verdammter Feigling. Ich mache jeden dieser Motherfucker fertig, wenn es sein muss.«

Callahan reibt sich die Nasenwurzel, ehe er seinen Whisky leert und mich mit matten Augen anblickt. Dann blitzt Wut darin auf, und ehe ich blinzeln kann, hat er mich bereits am Saum meines Shirts gepackt und gegen den Kühlschrank gedonnert.

»Declan«, presst er unbeherrscht vor meinem Gesicht hervor. Nun erkenne ich Sorge hinter der harten Maske, die sein Gesicht ziert. Der Gedanke, ich könnte demnächst draufgehen, scheint ihm tatsächlich etwas auszumachen. »Tu nichts Unüberlegtes. Ich bitte dich – hör einmal in deinem verdammten Leben auf jemand anderen und bring dich nicht selbst in Gefahr. Ich weiß, dass du kein Feigling bist und es mit jedem dieser Kerle aufnehmen könntest, aber zu welchem Preis? Denk doch einmal wie ein normaler Mensch darüber nach. Reiß dich ein einziges Mal zusammen und lass mich das für dich klären. Wir reden hier nicht von irgendwelchen Möchtegern-Gangstern, sondern von einer Organisation aus Schwerkriminellen, die uns zahlenmäßig deutlich überlegen sind. Mit diesen Männern ist genauso wenig zu spaßen wie mit uns.«

Obwohl ich nicht will und sich alles in mir dagegen sträubt, nicke ich schließlich. Wenn ich es nicht tue, lässt mich mein Bruder nie in Ruhe. Er wird mir so lange auf den Geist gehen, bis ich vor seinen Augen meine Koffer packe. Also gebe ich ihm das, was er hören will.

»Verstanden. Ich werde noch heute Nacht verschwinden.« Ob ich es tatsächlich auch so meine, weiß ich noch nicht. Ich muss erst alle Faktoren berücksichtigen – der größte davon ist Vanilleblüte. Ich will nicht, dass sie denkt, ich hätte das Interesse an ihr verloren. Oder dass sie das Interesse an mir verliert, sofern das überhaupt vorhanden ist.

Gleichzeitig aber will ich auch nicht, dass sie weiß, dass mir ein Drogenkartell am Arsch hängt. Das könnte sie verschrecken.

»Und wenn dir etwas an dieser Frau liegt ...«, fügt er hinzu, nachdem er mich losgelassen hat und sich der Tür zuwendet. »Lässt du sie besser in Ruhe. Bring sie nicht mit dir in Zusammenhang. Am Ende leidet sie noch darunter.«

»Was zur Hölle soll das bedeuten?«, bin ich es nun, der wütend wird. »Ich würde sie niemals in Gefahr bringen, klar?«

»Das tust du aber, wenn du dich weiter mit ihr triffst«, meint er besserwisserisch. »Du weißt, wie es bei diesen Leuten läuft. Sie suchen deinen Schwachpunkt, wenn sie dich nicht in die Finger bekommen. Und dein einziger Schwachpunkt ist sie. Mit mir wollen sie sich offenbar nicht anlegen, sonst hätten sie es bereits getan.«

Frustriert, weil er wieder einmal recht hat, schweige ich bloß. Mein Bruder verlässt den Raum, für ihn ist alles gesagt.

Wut wallt in mir hoch. Das ist eine verdammte Scheiße, in der ich hier stecke. Diese Drogendealer ruinieren mir meine Beziehung. Dafür sollten sie alle sterben.

»Ähm, Declan?«, reißt mich Peaches laute und unsichere Stimme aus dem Nebenzimmer aus den tobenden Gedanken. »Du hast Besuch ...«

Oh. Automatisch verbessert sich meine Laune wieder, und ein Grinsen schleicht sich in mein Gesicht.

Genevieve liegt also doch etwas an ihrem Haustier. Das freut mich aus mehreren Gründen – einer davon ist, dass es mir beweist, dass sie sehr wohl dazu fähig ist, jemanden in ihr Herz zu schließen. Sei es einen Hund oder mich, das macht keinen großen Unterschied. Bald wird sie genauso an mir hängen wie an Baby.

Ich weiß nun auch, wie ich sie dazu bringe, und gleichzeitig diese lästige Sache regele, die mir zum Verhängnis werden könnte.

Die Spiele gehen in die nächste Runde.

KAPITEL 12

GENEVIEVE

*I*ch stürme in das Haus des Irren und bin kurz davon abgelenkt, wie groß und hübsch es ist. Ich hätte nie gedacht, dass Declan so teuer lebt. Oder sauber. Bereits von außen hat es mich beeindruckt – allein die Fläche des Anwesens ist bemerkenswert –, doch im Inneren geht mein gedankliches Staunen noch weiter.

Hohe Wände, aufwendige Verzierungen an den Vertäfelungen, edler Marmorboden und teure Kristallleuchter. Ich entdecke noch ein Stockwerk über mir und eine Treppe, die nach unten führt.

Er muss gutes Geld verdienen oder auf dem Konto haben. Auch sein Wagen ist von der extra teuren Sorte. Unwillkürlich fällt mir ein, dass ich gar nicht weiß, womit genau er seinen Lebensstil finanziert. Ich weiß, dass er ein Kämpfer ist, aber das ist nicht sein Beruf.

Ob das hier überhaupt sein Zuhause ist? Schwer zu glauben. Hier könnten drei Familien leben. Wenn dem so ist, schäme ich mich beinahe für meine unordentliche und kleine Wohnung. Im Vergleich zu ihm lebe ich wie eine arme Kirchenmaus. Eine arme und schmutzige.

Egal. Ich folge den Geräuschen, die ich leise wahrnehmen kann, durch den Flur, bis zu offenstehenden Türen. Sie führen zu einem Wohnraum, wie ich erkennen kann, als ich näherkomme. Kurz bevor ich ihn erreiche, lässt mich der Klang einer Frauenstimme irritiert das Gesicht verziehen.

Zur Hölle, der Typ hat mir doch nicht etwa meinen Hund geklaut und dann eine seiner Schlampen zu sich eingeladen, um sie mit Baby als Komplizin zu verführen?

Der Gedanke macht mich aus welchen Gründen auch immer rasend vor Wut.

Ich höre die Frau kichern, bevor sie »Du bist ja ganz schön stark« in einer niedlichen Stimme sagt, die man auch verwendet, wenn man mit Babys spricht. Mit menschlichen Babys.

Die Schlampe spielt mit *meinem* Baby.

Ruckartig stoße ich die Wohnzimmertür noch mehr zur Seite, als ich in den Raum stürme. Dabei flattert mein Mantel und enthüllt mein Nachthemd, welches zu tragen mir nun ein wenig peinlich ist. Ich hatte bloß mit dem Psycho hier gerechnet.

Innerlich tobe ich unwillkürlich noch mehr vor Wut, als ich die Frau mit Baby im Arm entdecke, wie sie ihr gerade einen Schnuller in den Mund schiebt. Oder versucht, ihn ihr aus dem Mund zu nehmen, keine Ahnung.

Zum Teufel, was soll denn dieser Scheiß? Was treiben die hier mit meinem Hund?!

Als sie mich entdeckt, sieht sie erschrocken zu mir auf und hält in der Bewegung inne. Ich starre mit verengten Augen auf sie herab. Obwohl sich eine große Couch hinter ihr befindet, hockt sie mit Baby auf dem Boden.

»Lass meinen verdammten Hund runter«, bringe ich bemüht beherrscht hervor, woraufhin sie nicht zögert und tut, was ich sage. Dabei mustert sie mich flüchtig, und ich tue dasselbe bei ihr.

Verdammt, sie ist scharf. Eine Granate. Dieser Umstand macht mich unwillkürlich noch zorniger. Sie scheint in meinem Alter zu sein, und ihre hellen, strahlenden Augen wirken keineswegs giftig oder böse. Im Gegenteil, sie blickt mich beinahe neugierig an. Sie strahlt absolut nichts Ablehnendes aus, eher etwas Freundliches, Offenes.

Es wird mir leidtun, ihr die hübsche Nase zu ruinieren.

»Ähm, Declan?«, ruft sie dann laut, wirkt unsicher. »Du hast Besuch …«

Baby dackelt währenddessen freudig und mit wedelndem Schwanz auf mich zu.

Diese kleine Verräterin. Ich will sie gar nicht ansehen. Wie kann sie sich so einfach stehlen lassen und dann auch noch mit dem Feind und seiner Schlampe vergnügen? Sie sah keineswegs so aus, als fühlte sie sich unwohl bei der Granate. Das ärgert mich.

Sofort hebe ich sie hoch und klemme sie mir unter den Arm, um sie nicht wieder zu verlieren. Ab jetzt werde ich mit einer Kette um meinen Fuß schlafen, an der ich sie befestige.

Als keine Sekunde später die hinteren Türen im Raum aufschwingen, runzele ich die Stirn. Ein Mann, der Declan zwar ähnlich sieht, aber ein wenig älter wirkt, betritt den Raum mit schweren Schritten. Auch seine Augen wandern sofort neugierig zu mir.

Das muss sein Bruder sein. Ich habe schon von den angeblich gefährlichen Mullan-Brüdern gehört. Der Kerl ist genauso groß, breit und attraktiv wie er. Nur sein Haar ist eine Spur weniger rötlich. Trotzdem ist er ein typischer Ire.

»Hallo«, sagt er mit rauer Stimme, bevor er der Granate vom Boden aufhilft. Dann stehen sie beide nebeneinander und starren mich an, als wäre ich eine Attraktion auf dem Jahrmarkt. »Du musst Genevieve sein. Freut uns, dich kennenzulernen.«

»Ich bin mir nicht sicher, ob ich das auch behaupten kann«, lautet meine Antwort, die die beiden nicht beleidigt, sondern amüsiert. Sie werfen sich ein Lächeln zu und scheinen telepathisch miteinander zu kommunizieren, bevor sie den Blick auf Declan richten, der nun ebenfalls den Raum betritt.

Sein dümmliches Grinsen lässt mich die Augen zusammenkneifen. Baby strampelt plötzlich unter meinem Arm und hüpft zu Boden, um geradewegs auf ihn zuzulaufen. Sie freut sich beinahe mehr über seine Rückkehr ins Zimmer als über meinen eigentlichen Besuch.

Ab jetzt nenne ich sie *Judas.*

»Vanilleblüte«, schießt es sichtlich erfreut aus Declan hervor, ehe er sich bückt und Baby hochhebt. Bei dem bescheuerten Kosenamen werfen sich sein Bruder und seine Freundin einen nicht deutbaren Blick zu. »Hast du Hunger? Wir könnten alle zusammen brunchen.« Sein Blick gleitet über mein Outfit und mein vermutlich zu Berge stehendes Haar. »Du bist wohl gerade erst aus dem Bett gefallen.«

Ich blinzele ein paar Mal. Der Kerl ist unglaublich. »Du hast mitten in der Nacht meinen verdammten Hund gestohlen, du Psychopath. Gleich wirst du fallen – aus einem Fenster des oberen Stockwerks.«

Die Granate lacht auf, wofür sie einen zurechtweisenden Blick von Declan erntet. »Sorry«, murmelt sie immer noch belustigt. »Ich mag sie jetzt schon.«

Erst da bemerke ich den Arm, den der Mann neben ihr um sie geschlungen hat. Sie ist also gar nicht Declans Schlampe, sondern seine.

Wobei sie nicht wie ein Flittchen wirkt, das er gerade aufgerissen hat. Die beiden wirken sehr vertraut, wie ein frisch verliebtes Pärchen. Sie sind wohl zusammen.

Unwillkürlich fällt jede Wut auf sie in mir ab. Offenbar war es der reine Gedanke, dass sie ihre Finger an Declan legen könnte, der sie in meinen Augen als gutes Ziel für meine Faust gemacht hat.

Was sagt das über mich aus? Ich mag den Kerl doch gar nicht, ich finde ihn bloß unterhaltsam.

»Ich bin Peaches, das ist Callahan«, stößt sie nun freundlich hervor und deutet auf den Mann neben sich. »Callahan ist Declans Bruder. Ich bin seine Schwägerin. Leider.« Das letzte Wort spricht sie nicht laut aus, sondern formt sie nur mit ihren Lippen, sodass Declan es nicht sehen kann.

Ich muss innerlich lächeln. Sie scheint in Ordnung zu sein. Bestimmt sind die beiden nicht annähernd so gestört wie der Psycho, der mich immer noch erwartungsvoll anglotzt.

»Sei nicht so nachtragend, Babe«, meint Declan nun verstörend gelassen. »Also, wollen wir jetzt alle zusammen frühstücken, oder was?«

»Ich glaube, das Einzige, das Genevieve fressen will, bist du«, erwidert sein Bruder, Callahan, ehe er Peaches Hand umschließt und sich mit ihr auf mich zubewegt. »Wir lassen euch mal alleine. Offenbar habt ihr ein paar Dinge miteinander zu klären.«

»Ich weiß, er ist verrückt, aber er ist ein Guter«, flüstert Peaches mir im Vorbeilaufen zu. Sie schenkt mir ein warmes Lächeln. »Sei nicht böse auf ihn. Er hat sich gut um deinen Hund gekümmert.«

Ich lächele sie an, dann verschwinden sie auch schon im Flur. Kurz darauf höre ich, wie die Haustür ins Schloss fällt.

»Du entführst meinen Hund also, um einen Familienbrunch zu veranstalten?«, platzt es unmittelbar aus mir heraus.

Declan schmunzelt und lässt sich lässig auf seiner ledernen, schwarzen Couch nieder. Baby setzt er neben sich darauf ab. »Es ist schön, dass du meine Familie bereits als deine ansiehst.«

Ich schnaube. »Komm schon, Baby, wir gehen.«

»Ich würde gerne hierbleiben. Mit dir.«

»Ich meinte nicht dich, sondern meinen Hund.« Kaum will ich mich abwenden, lässt mich seine gehetzte Stimme wieder innehalten.

»Warte! Geh noch nicht. Ich kann dich heute nicht noch mehr ärgern, als ich es schon getan habe, also kannst du auch gleich den Tag mit mir verbringen, oder?«

Mit einer hochgezogenen Augenbraue sehe ich zu ihm. »Du bist wirklich nicht ganz dicht. Das weißt du, oder?«

»Ja.« Er nickt ernst. »Aber ich glaube, dass dir das sogar an mir gefällt.«

Mist. Ich blinzele bestimmt ertappt, denn er hat recht. Einen ähnlich verrückten Kerl wie ihn habe ich noch nie zuvor getroffen, und ich muss zugeben, dass etwas an seiner dreisten Verrücktheit charmant ist. Zumindest in meinen Augen.

»Wusste ich's doch«, stößt er sichtlich zufrieden hervor, ehe er

Baby auf seinen Schoß hebt, die es sich sofort dort gemütlich macht. »Das Herz deines Hundes habe ich schon gewonnen, und deines wird auch noch folgen. Versprochen.« Er lächelt mich an, zum ersten Mal wirkt es sanft, fast schüchtern.

Trotzdem sage ich unromantisch: »Warum drohst du mir?«

Daraufhin lacht er auf, und ich tue es ihm gleich.

»Wenn du noch einmal meinen Hund stiehlst, breche ich ebenfalls nachts bei dir ein und steche dir im Schlaf beide Augen aus«, lasse ich ihn nüchtern wissen, woraufhin er kurz überrumpelt blinzelt. »Und dann verfüttere ich sie an Baby. Wie dir bestimmt schon aufgefallen ist, frisst sie so gut wie alles.«

»Wow«, murmelt er auf eine kranke Weise fasziniert. »Ich hätte nicht gedacht, dass du mich noch mehr anturnen könntest. Und doch bin ich jetzt noch mehr angeturnt.«

Mein Blick fällt auf seine Hose. Ich kann seine Erektion deutlich unter dem Stoff erkennen.

Das turnt wiederum mich irgendwie an.

»Wo ist jetzt mein Frühstück? Ich hatte keine Zeit, etwas zu essen, weil ein Irrer mich dazu gezwungen hat, mich sofort nach dem Aufwachen in ein Taxi zu setzen und eine Stunde hierherzufahren«, lenke ich davon ab und durchquere den Raum zu den Türen, aus denen er vorhin gekommen ist. Ich betrete seine Küche, als wäre es meine.

Declan blickt mir aufdringlich hinterher, ehe er hochspringt und mir folgt. »Fühl dich wie zu Hause, Vanilleblüte.«

»Ich hasse diesen Namen«, murmele ich und trinke das Glas Whisky leer, als ich es beim Umrunden der Kücheninsel entdecke.

»Du wirst dich daran gewöhnen müssen. So heißt du jetzt nämlich.«

»Kannst du mich nicht einfach bei meinem normalen Vornamen nennen?«

»Nein. Weil er nicht normal ist.«

Genüsslich schmatzend stelle ich das Glas zurück auf den Tresen und werfe einen Blick über meine Schulter. »Was an meinem Namen ist nicht normal?«

Er setzt Baby auf dem Boden ab und lehnt sich mit verschränkten Armen an die Kücheninsel. »Die Aussprache. Ich will mir nicht jedes Mal die Zunge brechen, wenn ich deinen Namen sage. Und ich habe vor, ihn oft zu sagen. Vorzugsweise, wenn du mich zu einem Orgasmus bringst.«

Ich seufze und ignoriere die sexuelle Andeutung. »Ich habe dich nicht für geistig beschränkt gehalten.«

Ein schiefes Lächeln bildet sich auf seinen vollen Lippen. »Bin ich auch nicht. Warum denkst du denn, lasse ich dich nicht mehr gehen? Eine Frau wie dich finde ich nie wieder. Nur ein Vollidiot würde etwas anderes glauben.«

Mein Herz macht einen kleinen Purzelbaum. Ich zögere mit meiner Antwort, weil mir seine Worte schmeicheln. Der Kerl scheint es tatsächlich ernst zu meinen. Er ist nicht bloß ein hobby-loser Versager, der aus Langeweile einer Frau nachstellt.

»Ich weiß, dass ich toll bin, danke«, lautet meine arrogante Antwort schließlich, doch ein Lächeln kann ich mir dabei nicht verkneifen. »Übrigens – du schuldest mir hundert Pfund für die Taxifahrt.«

Während ich in seinem Kühlschrank wühle, meint er amüsiert: »Kann ich meine Schulden auch anders abbezahlen?«

»Sie sind inzwischen zu hoch«, erwidere ich locker. »Erst das Entführen meines Hundes, dann bringst du mich um Geld … Deine Dienste müssten schon wirklich gut sein, um das zu begleichen.«

»Sind sie.« Ich spüre ihn dicht hinter mir und höre auf, mich durch die Lebensmittel zu wühlen. Sein harter, trainierter Körper presst sich an meinen, und sein Atem an meinem Nacken entlockt mir eine Gänsehaut, als er flüstert: »Das weißt du doch bestimmt noch, oder?«

»Ich erinnere mich vage«, lüge ich, woraufhin er mich entschlossen zu sich umdreht. Dann kesselt er mich zwischen seinen starken Armen ein und kommt mir mit dem Gesicht noch näher. Mein Blick fällt auf seine Lippen, als ich hauche: »Vielleicht musst du die Erinnerung auffrischen.«

Sein Lächeln ist sexy und selbstbewusst. Er zögert nicht, als er mich am Nacken packt und an sein Gesicht zieht, bevor er meinen Mund mit seinem verschließt.

Ich keuche auf und schmiege mich seinem Körper und seinem Kuss unwillkürlich willig entgegen. Sein angenehmer Duft umhüllt mich, während die Kälte, die aus dem Kühlschrank strahlt, der aufsteigenden Hitze in mir keinerlei Abhilfe schafft. Seine Zunge erobert mich, und seine Hände werden ganz gierig, als sie sich unter meinen Mantel schieben und meine Brüste durch den dünnen Stoff meines Nachthemdes kneten. Die Art, wie er mich berührt, verrät die Sehnsucht, die er nach mir hatte. Und auch, dass er kein sanfter, vorsichtiger Mann ist. Er ist eher ungestüm, ungeduldig und forsch.

Das gefällt mir.

»Ich will dich am liebsten gleich hier gegen diesen Kühlschrank ficken«, raunt er an meinem Mund. »Aber vielleicht wollen wir es diesmal ein wenig romantischer haben?«

Ich lache rau. Das Angebot ist niedlich. »Ich stehe nicht auf Romantik, also runter mit der Hose.«

Nun grinst er, als hätte er auf diese Antwort gehofft. Dann wirbelt er mich herum und reißt mir den Mantel vom Körper. Das Nachthemd schiebt er grob an meinem Körper nach oben, und gleich darauf höre ich, wie er seine Gürtelschnalle öffnet und seine Hose herunterlässt.

Bereitwillig strecke ich ihm meinen Hintern entgegen und zische, als er, anstatt mir das Höschen auszuziehen, seine flache Hand hart auf meine Pobacke sausen lässt. Die Stelle brennt unwillkürlich.

»Das war dafür, dass ich erst deinen Hund stehlen musste, damit du mir diesen süßen Arsch noch einmal zeigst.«

Ich beiße mir auf die Lippe. Ich sollte ihn öfter ärgern.

Er mich aber nicht – um seinetwillen.

Dann landet mein Höschen auch schon auf dem Boden.

Und dann passiert plötzlich gar nichts mehr.

»Worauf wartest du?«, frage ich ungeduldig, bin bereits erregt.

Es ist feucht zwischen meinen Schenkel und meine Mitte pocht, als würde sie nach ihm rufen.

Zwar hatte ich nicht geplant, den Iren noch einmal zu treffen und schon gar nicht zu vögeln, aber wenn es sich gerade so nett ergibt, sage ich gewiss nicht Nein. Ich muss ihn mir danach bloß wieder vom Leib halten, um meinen Job nicht zu gefährden.

Declan klingt unsicher, als er rau murmelt: »Keine Ahnung, es ist wegen ihr …«

Stirnrunzelnd drehe ich den Kopf und folge seinem Blick zu Boden. Er schaut auf Baby herab, die wie eine Voyeurin neben uns sitzt und uns mit ihren Glubschaugen und heraushängender Zunge beobachtet.

»Ich will sie nicht traumatisieren, oder so«, sagt er, was ich lustig finden würde, wäre ich nicht so horny und hätte es eilig, seinen Schwanz in mir zu spüren.

»Herrgott, sie ist bereits traumatisiert, weil sie einen ganzen Vormittag mit dir verbringen musste, also ficken wir jetzt oder nicht?«, entfährt es mir wieder plump.

Declan knurrt, packt mich von hinten an der Kehle und reißt meinen Kopf zurück, sodass sein Gesicht nah neben meinem schwebt. Dadurch biege ich automatisch den Rücken durch und strecke mich ihm noch einladender entgegen.

Ich spüre, wie sich seine beachtliche Erektion in meine Arschbacke bohrt, als er raunt: »Ja, wir ficken, aber weil du so frech bist, muss jetzt dein süßer Arsch dran glauben.«

Ich verstehe erst, was er meint, als er seine pralle Spitze an meiner runzligen Öffnung positioniert. Ich höre, wie er auf seinen Schaft spuckt und seinen Speichel grob darauf verteilt. Scharf ziehe ich die Luft ein, als er danach nicht zögert und sich mit festen Stößen vorarbeitet, sodass er kurz darauf bis zum Anschlag in mir steckt.

In meinem Hintern.

Grundgütiger.

Mein Stöhnen klingt gequält, als ich mich hilfesuchend an

irgendetwas im Kühlschrank klammere. Ich umfasse die Laden und hoffe, dass sie nicht abreißen, als er anfängt, in mich zu stoßen. Seine Stöße sind tief, aber nicht so hart wie beim letzten Mal. Trotzdem fühlt es sich an, als würde er mich von innen heraus zerreißen.

Ob er merkt, dass ich noch nie Analsex hatte? Davon ausgegangen ist er gewiss nicht, sonst hätte er sich nicht so selbstverständlich in meinem Hintern vergraben. Obwohl … Er ist ein Sadist. Bei ihm kann man nie wissen.

»Fuck, fuck, fuck«, entfährt es ihm mit einem Stöhnen, das zum Ausdruck bringt, wie gut es sich für ihn anfühlt. Seine Finger wandern zwischen meine Beine und finden meine Perle. »Entspann dich, Vanilleblüte. Du bist verkrampft.«

Kein Wunder. Da steckt ein Prügel in meinem jungfräulichen Arsch.

Seine Lippen saugen sich an meinem Hals fest, während seine Finger mein Nervenzentrum bearbeiten und sich sein Schwanz immer wieder bis zum Anschlag in mich bohrt. Ich wimmere, stöhne und keuche; die Schmerzen lassen schnell nach und meine Erregung nimmt zu. Es fühlt sich seltsam an, ihn in meinem Hintern zu spüren, irgendwie verboten – gleichzeitig aber genau deswegen so gut.

Außerdem ist es die Art, mit der er es getan hat, die alle richtigen Punkte in mir gedrückt hat. Er hat nicht um Erlaubnis gefragt, kein Vorspiel veranstaltet, das mich ohnehin nur gelangweilt hätte. Er hat sich einfach genommen, was er wollte.

Was genau das ist, was ich will.

»Ja, Babe«, raunt er mir zu, als immer mehr Nässe seine Finger benetzt. »Verdammt, weißt du, wie gut sich dein Arsch anfühlt? Ich könnte jederzeit abspritzen.«

Stöhnend wölbe ich mich ihm noch mehr entgegen und bewege verlangend meine Hüften, damit er seine Stimulation an meiner Klit intensiviert. Ich stehe kurz vor einem Höhepunkt, was mich überrascht. Es ist anders geil, auf diese Weise penetriert zu werden. Ich bin vollkommen entzückt.

Warum habe ich das nicht schon früher gemacht? Oder mit mir machen lassen?

Irgendwie bin ich mir sicher, dass ich es mit keinem anderen so sehr gefühlt hätte wie mit Declan. Er ist einfach anders. Einem anderen Mann hätte ich wahrscheinlich den Schwanz gebrochen, hätte er auch nur versucht, damit in die Nähe meines Hinterns zu kommen.

Declans Finger kneifen und massieren mich, während ich mich unruhig an die Regale im Kühlschrank klammere und das Gesicht ihm zuwende, um ihn ansehen zu können. Mir stockt beim Ausdruck in seinen blaugrauen Augen der Atem. Sie sind so wild und stürmisch, so verdammt begierig und besitzergreifend. Wie hypnotisiert starren wir einander an, mein Blick will seinen einfach nicht loslassen.

So hat mich noch kein Mann angesehen. Nicht auf diese Weise. Niemals so intensiv.

»Oh Gott, ich komme.« Im selben Moment entlädt sich mein Orgasmus bereits. Meine Beine erzittern, und meine Augen schließen sich flatternd. Ich kann spüren, wie heftig mein Herz in meiner Brust galoppiert. Auf eingerollten Zehen stöhne ich meine Erlösung lautstark hinaus, während ich nach hinten greife, um mich an Declan zu klammern.

Sofort schlingt er einen Arm um mich und zerrt uns ein Stück nach rechts, wo er mich über die Kücheninsel beugt. Nun finde ich besseren Halt, und so kralle ich mich an der Theke fest, während Declans Stöße schneller und drängender werden. Er knallt mich mit seinen Hüften gegen die Kücheninsel und vergräbt eine Hand in meinem Haar, um mich in Position zu halten. Es ertönt ein unanständiges Klatschen, jedes Mal, wenn er in mich stößt. Alles in mir vibriert und zittert von all den ungewohnten und überaus intensiven Empfindungen.

Meine Knie sind weich wie Pudding, und mein Atem flattert abgehackt in meiner Kehle, als Declan hinter mir aufstöhnt und kurz darauf tief in meinem Hintern ejakuliert. Ich kann fühlen, wie sich sein warmes Sperma in mir verteilt. Seine rohen, männlichen Laute gehen mir durch Mark und Bein.

»Jaysus«, presst er atemlos hervor, während sein Becken noch sanft gegen meinen Hintern zuckt. »Ich wollte noch gar nicht kommen, aber du machst mich so unnormal an.«

Ein Lächeln stiehlt sich auf meine Lippen. »Das ist die billigste Männerausrede der Welt, die es für mangelndes Durchhaltevermögen gibt.«

Er beißt mir grob in die Schulter. Ich zische.

»Glaub mir, Vanilleblüte, mir mangelt es an rein gar nichts.«

Ich glaube ihm. Ihm mangelt es höchstens an gesundem Menschenverstand, aber damit kann ich leben.

KAPITEL 13

GENEVIEVE

Ich habe kaum mein Haar gerichtet und meinen Mantel angezogen, da hält mir Declan ein paar Geldscheine entgegen, die er aus seiner Hose fischt, nachdem er sie sich wieder angezogen hat.

»Hier.« Er schenkt mir ein kleines Lächeln.

Verwirrt und kurz davor, beleidigt zu sein, blicke ich zwischen den Scheinen und seinem Gesicht hin und her. »Bezahlst du mich gerade für den Sex?«

Er lacht rau. »Nein, da du mir ja bereits früher zu verstehen gegeben hast, dass du keine käufliche Liebe anbietest.« Nun funkeln mich seine Augen an. Ich verdrehe bei der Erinnerung, wie er mir unverhohlen mitgeteilt hat, dass er dachte, ich sei eine Prostituierte, die Augen. »Und viel Liebe habe ich bisher von dir sowieso nicht bekommen.«

Ich verdrehe die Augen erneut und nehme ihm das Geld ab, um es auf den Tresen zu werfen. »Danke, aber du musst meine Taxifahrt nicht bezahlen. Mir mangelt es nicht an Geld.«

»Warum eigentlich nicht?«, will er prompt wissen. »Wie kannst du dir so eine nette Wohnung leisten? Da ich dich verfolge, weiß ich, dass du keinem Job nachgehst.«

Doch, aber keinem anständigen, und er hat es bloß nicht

mitbekommen, weil mein neuer Job erst heute Abend losgeht. Das behalte ich natürlich für mich. Dass er meine Wohnung als nett betitelt, schmeichelt mir, da ich mich gerade erst dafür geschämt habe, nachdem ich einen Blick auf sein Zuhause werfen durfte.

»Wie gesagt, du musst das Taxi nicht bezahlen«, lautet meine ausweichende Antwort, die ihm zu verstehen gibt, dass ich ihm keine Informationen über mich preisgeben will. Deswegen erspare ich mir auch die Frage, womit er sein Geld verdient, obwohl es mich interessiert.

Als ich mich abwende, um die Küche zu verlassen, greift er nach meinem Arm. »Schon gut, dann erzähl es mir halt nicht. Kann ich dann wenigstens endlich mal für ein Abendessen bezahlen?«

»Ich kann dein Geld nehmen und mir abends etwas davon zu essen kaufen«, schlage ich ihm vor. »Damit hättest du mein Abendessen bezahlt.«

Mürrisch blickt er mich an. »Im Ernst, warum willst du nicht mit mir ausgehen?«

»Ich will nicht mal Zeit mit dir verbringen«, lasse ich ihn wissen, was ihn tatsächlich ernsthaft zu beleidigen scheint. Verwirrt lache ich, um die unangenehme Stimmung zwischen uns zu überspielen. Ich will nicht auf einer so ernsten Basis mit ihm plaudern. Das hier fühlt sich zu sehr nach einem Dating-Kennenlernen an, zumindest will er genau das daraus machen.

»Komm schon, Declan, was denkst du denn, was das hier ist? Ganz sicher nicht der Beginn einer romantischen Liebesbeziehung«, bringe ich nun auch ernst hervor.

»Sie muss nicht romantisch sein.« Er verschränkt die Arme vor der Brust, wirkt immer noch beleidigt. »Aber ein bisschen Liebe wäre zwischen unseren Vögeleien durchaus nicht schlecht.«

»Das war das letzte Mal, das wir –«

»Mach dich nicht lächerlich«, fällt er mir ins Wort, was mich ärgert. Für ihn scheint es selbstverständlich zu sein, dass das mit uns weiterlaufen wird.

Provokant hebe ich eine Augenbraue und verschränke ebenfalls die Arme vor der Brust. »Nur weil du beschlossen hast, mich zu stalken, und ich mich davon auf eine besorgniserregende Weise geschmeichelt fühle, wodurch ich möglicherweise schwach geworden und mich dir hingegeben habe, bedeutet das noch lange nicht, dass wir hier irgendetwas am Laufen haben.«

»Ich mache dir nur Avancen und bleibe dabei konsequent«, verteidigt er sich. »So macht man das eben.«

»Deine konsequenten Avancen sind bereits nach kürzester Zeit von *charmant beharrlich* zu *unheimlich* gewechselt.«

»Unheimlich wäre es, würde ich dich einfach bei mir zu Hause einsperren, was ich durchaus tun könnte«, droht er mir, worüber ich lachen würde, wären seine Augen nicht so ernst und entschlossen. »Aber ich versuche es weiterhin auf die charmante Weise.«

»Hör einfach damit auf, es zu versuchen«, gebe ich ihm eindringlich zu verstehen. »Deine Versuche werden allesamt scheitern.«

Declans Augen blitzen auf, werden stürmisch. Meine andauernde Abweisung scheint ihn allmählich zu reizen. Unsere Blicke konkurrieren miteinander, als wir einen stillen Kampf ausfechten; beide entschlossen und nicht bereit, nachzugeben. Ich kann ihm deutlich ansehen, dass er nicht vorhat, lockerzulassen, ehe er bekommt, was er will.

Aber das geht nicht. Selbst wenn ich es auch wollte – was ein mickriger Teil in mir tut –, kann ich mich nicht auf ihn einlassen. Ich muss an meine Zukunft denken. Ich darf den Marionettenspieler nicht verärgern. Wie sollte ich Declan außerdem erklären, dass ich weiterhin verheiratete Männer treffe?

Eine Liebesbeziehung passt mir zurzeit so gar nicht rein, vollkommen gleich, ob Declan ein Kerl ist, den ich mir tatsächlich irgendwie in meinem Leben vorstellen könnte. Wie auch nicht? Er ist verdammt heiß, verrückt und kann kämpfen wie ein Tier. Er bringt so ziemlich alles mit, was ich mir von einem Mann wünsche.

Außerdem kann er mit mir umgehen. Er lässt sich nicht einschüchtern, abschrecken oder durcheinanderbringen. Sein Ego hält auch all meinen Zurückweisungen und Gemeinheiten stand. Declan ist ein Mann, der eine Frau wie mich durchaus händeln kann. Das kann man nur von den wenigsten Männern behaupten, wie ich aus Erfahrung weiß.

»Ich muss die Stadt für eine kurze Zeit verlassen und will, dass du mitkommst«, platzt es dann zusammenhangslos aus ihm heraus, woraufhin ich nicht weiß, ob ich weinen oder lachen soll.

Ich tue gar nichts von beidem, stattdessen sage ich erschöpft: »Ich kann es nur immer wieder betonen – du brauchst eine Therapie.« Ohne seine Antwort abzuwarten, schnappe ich mir Baby vom Boden und klemme sie mir unter den Arm.

Declan marschiert mir hinterher, als ich die Küche verlasse. Als er versteht, dass ich vorhabe, sein Haus zu verlassen, schneidet er mir den Weg ab und blockiert mit seinem breiten Körper den Durchgang zum Flur.

»Ich muss jetzt gehen«, seufze ich. »Mach kein Drama daraus, Rotschopf.«

Seine Miene ist unzufrieden, als er vorwurfsvoll fragt: »Willst du denn gar nicht wissen, warum ich die Stadt verlassen muss?«

Ich denke kurz darüber nach, bevor ich knapp »Nein« sage und ihn umrunde. »Viel Spaß jedenfalls. Wir sehen uns, oder auch nicht.«

Als ich die Haustür öffne, höre ich ihn sarkastisch murmeln: »Sei nicht immer so verdammt liebenswert. Da könnte man sich glatt in dich verlieben.«

Ich muss lächeln. »Das tust du doch offenbar sowieso bereits.« Mit diesen Worten verlasse ich mit gestrafften Schultern sein Haus und rufe mir ein Taxi.

Ich ignoriere den Stich in meiner Brust, der von Enttäuschung zeugt, da ich es tatsächlich schade finde, dass er die Stadt verlassen und mich in nächster Zeit nicht mehr verfolgen wird.

~

In einem meiner heißen und knappen Kleidchen treffe ich am selben Abend dieses Tages pünktlich auf die Minute vor dem Hotel ein, in dem ich mit Geldgeber X verabredet bin. Inständig hoffe ich, den Job heute über die Bühne zu bringen, damit ich den Widerling nicht noch einmal treffen muss. Mit ihm lief es bisher ziemlich unkompliziert, und ich hoffe, dass das so bleibt. Im Gegensatz zu den meisten anderen Kerlen hat er schnell zugestimmt, mich in einem von mir vorgeschlagenen Hotel zu treffen.

Ich brauche bloß das Beweismaterial, mehr nicht. Der Marionettenspieler wird immer ungeduldiger mit mir. Er macht mir solchen Druck, dass ich kurz überlegt habe, ebenfalls die Stadt zu verlassen, aber im Gegensatz zu Declan nie wieder zurückzukehren.

Zu flüchten habe ich noch nie in Betracht gezogen, weil ich nicht weiß, was mein Erzfeind dann mit dem Beweismaterial, das er gegen mich in der Hand hat, täte. Ich müsste damit rechnen, dass er es an die Behörden weiterleitet, und ich wäre somit für den Rest meines Lebens auf der Flucht.

Allmählich frage ich mich, ob das nicht besser wäre, als mein Leben lang seine Marionette zu sein. Er wird mich niemals in Ruhe lassen, das ist sicher. Durch mich hat er eine gewaltige Einnahmequelle gefunden und muss dafür keinen einzigen Finger rühren. Er wäre dumm, würde er sich diese Chance entgehen lassen.

Zwar ist der Job als seine Marionette auch für mich lukrativ, weil ich mir einen kleinen Teil des Geldes behalten darf – im Vergleich zu seinem Teil ist er klein; wenig Kohle ist es dennoch nicht –, aber so habe ich mir mein Leben nun wirklich nicht vorgestellt. Zum ersten Mal wird mir klar, dass ich niemals einen Mann aus tatsächlichem Interesse werde treffen können, und schon gar nicht werde ich eine Liebesbeziehung eingehen können.

Das wurde mir klar, als ich auf der Taxifahrt nach Hause darüber fantasiert habe, wie es wohl wäre, würde ich Declans größtem Wunsch nachgeben. Der Kerl nervt mich unglaublich. Seinetwegen weichen die Fantasien in meinem Kopf ins Unerträgliche ab! Szenarien, die ich mir nie ausgemalt habe, beeinträchtigen meine Gedanken.

Ich und er, ein Liebespaar. Wie wir zusammen mit seinem Bruder und seiner Freundin auf Dates gehen und unseren Spaß haben. Wie wir gemeinsame Ausflüge mit Baby machen.

Zur Hölle, nein. Zum Glück verlässt er die Stadt, und ich kann ihn aus meinen Gedanken und meinem Leben streichen und mich wieder auf das Wichtige konzentrieren.

Nämlich, nicht in den Knast zu wandern.

»Da bist du ja«, ertönt eine männliche Stimme hinter mir, ehe sich eine Hand besitzergreifend um meine Taille schlingt. »Ich habe mich schon die ganze Woche auf diesen Abend gefreut.«

Mit unangenehmer Gänsehaut auf dem nackten Rücken drehe ich mich zu dem Mann um, dessen Augen mich nicht lüsterner anstarren könnten. Es ekelt mich schier an, zu wissen, dass seine Frau zu Hause mit seinen Kindern auf ihn wartet, während er sich hier mit mir zu seinem Vergnügen trifft.

»Hallo«, presse ich dennoch verführerisch hervor und hauche einen Kuss auf seine bärtige Wange. »Es freut mich auch, dich zu sehen.«

Der reiche, notgeile Sack grinst mich schmierig an. Seine Finger betatschen mich weiterhin ungeniert, als er mich zum Eingang dirigiert. Es scheint ihm nichts auszumachen, dass uns jemand auf der Straße zusammen entdecken könnte. Das könnte ein Problem sein.

»Wollten wir uns nicht eigentlich erst in der Suite treffen?«, frage ich ihn.

»Ich konnte nicht widerstehen, als ich dich aus dem Taxi aussteigen sah«, raunt er mir zu, ehe er mich zur Seite schiebt und mir deutet, zu warten, während er eincheckt.

Ich mustere ihn flüchtig in seinem maßgeschneiderten Anzug und verziehe das Gesicht. Selbst die teuerste Kleidung, der beste Haarschnitt und der noch so perfekt sitzende Bart könnte den Umstand nicht wettmachen, dass er ein charakterloses Schwein ist.

Außerdem ist sein Gesicht hässlich, und sein Körper nicht unbedingt in bester Form.

Nachdem ich begonnen habe, Gefallen an Declan zu finden, dessen Gesicht himmelschreiend attraktiv ist und dessen Körper keinen Gramm Fett besitzt, wird mir wohl so bald kein anderer Mann mehr gefallen können. Im Vergleich mit ihm würde jeder schlecht abschneiden.

Das nervt mich.

»Bist du mit den Gedanken schon in unserer Suite?«, katapultiert mich Geldgeber X wieder ins Hier und Jetzt, als er auf mich zukommt und einen Arm um mich legt, ehe er mich zu den Fahrstühlen dirigiert. »Ich habe die beste Suite für uns reserviert. Sie wird dir gefallen.«

Das tut sie tatsächlich. Ich habe sie bereits öfter gesehen, als mir lieb ist.

Bevor wir in den Fahrstuhl steigen, sehe ich mich noch einmal um. Niemand hier, den ich kenne. Das ist gut. Meine Freundin hat heute keine Nachtschicht, aber das macht nichts. Sie kann mir die Videoaufzeichnungen morgen zukommen lassen, sobald sie ihren Dienst antritt. Für die anderen Videoaufnahmen sorge ich selbst.

Nachdem mir der Bastard die Suitenummer in einer Nachricht genannt hat, habe ich meiner Freundin Bescheid gegeben, sodass sie eine Kamera gut versteckt in der Suite platziert hat. Ich muss sie nur noch einschalten, und die Show kann losgehen.

Ihr gebe ich am Ende eines Jobs auch immer einen Teil des verdienten Geldes. Einfach, weil es ohne sie nicht möglich wäre. Zumindest erleichtert sie mir meinen Job immens. Wir sind nicht die besten Freundinnen, aber sie hat noch nie Fragen gestellt, was meine regelmäßigen Hotelbesuche mit reichen, verheirateten Männern angeht, was sie in meinen Augen zu einer sehr guten Freundin macht. Außerdem kann sie sich denken, was ich mit dem Bildmaterial vorhabe. Da sie ebenfalls davon profitiert, kann es ihr egal sein.

Kaum schließen sich die Fahrstuhltüren, fällt der Kerl förmlich über mich her. Widerwillig lasse ich zu, mich von seinen gierigen Fingern betatschen zu lassen, doch als er seinen Mund auf meinen pressen will, weiche ich ihm unauffällig aus. Er versucht es wieder, und so lächele ich unschuldig und schiebe ihn bemüht sanft von mir.

»Hast du es eilig?«, frage ich mit klimpernden Wimpern. »Sei doch nicht so ungeduldig, Süßer. Lass uns erst mal in der Suite ankommen.«

Gierig grinst er, ehe er seine Erektion in der Anzughose zurechtrückt. »Ich kann's kaum noch abwarten. Meine Frau lässt mich nicht mehr ran, und selbst wenn – ihr Körper ist nicht mehr das, was er einmal war. Aber deiner …« Fast sabbert er. »Deiner ist wirklich fickbar.«

Mir wird speiübel, und wütend werde ich auch, weil er so abfällig über die Mutter seiner Kinder spricht. Dadurch passiert es mir fast, dass ich das Gesicht verziehe, doch ich bin inzwischen ein Profi und überlächele meine tiefschwarzen Gedanken. Noch mehr Übelkeit steigt in mir auf, als der Kerl aus dem Nichts seine Hand zwischen meine Schenkel schiebt.

Ich zucke leicht, lächele aber konstant weiter, während er mir dreckige Sachen zuflüstert. Zu meinem und seinem Glück öffnen sich gleich darauf die Fahrstuhltüren, und wir marschieren zu unserer Suite.

Geldgeber X öffnet sie mit seiner Schlüsselkarte und deutet mir wie ein Gentleman, der er nicht ist, einzutreten. Ich gebe mich erstaunt und beeindruckt, als hätte ich die Suite noch nie zuvor gesehen, und weiche ihm erneut aus, als er direkt auf mich zukommen will.

Herrgott, der kann seine gierigen Finger wirklich nicht bei sich behalten.

»Lass uns ein Glas Champagner trinken«, stoße ich mit verführerischer Stimme hervor, lege meine Clutch ab und bewege mich in den hohen Schuhen zur Minibar, auf der die Kamera wie besprochen platziert ist. Sie befindet sich versteckt hinter einem

Schild, doch die Linse zeigt uneingeschränkt auf das Bett. »Um auf diesen Abend anzustoßen.«

»Ich hätte noch eine bessere Idee«, stößt er hinter mir hervor und ich höre, wie er sein Jackett ablegt und darin herumkramt. »Lass uns eine kleine private Party veranstalten, was sagst du?«

Stirnrunzelnd drehe ich mich mit dem Champagner und zwei Gläsern in der Hand zu ihm um, nachdem ich die Kameraaufnahme gestartet habe. Meine Augen zucken zu den Linien aus weißem Pulver, die er gerade mit seinen Fingern auf der Tischplatte zusammenschiebt.

»Hast du schon einmal gekokst?«, will er wissen. »Es wird unseren Abend noch viel besser machen, du wirst sehen. So können wir auch jede Sekunde dieser Nacht nutzen, weil wir hellwach sein werden.«

»Ich nehme keine Drogen«, sage ich, und gebe ihm damit zum ersten Mal eine Wahrheit über mich bekannt. »Aber tu dir keinen Zwang an.«

»Ach, komm schon«, will er mich überreden, ehe er eine der Pulverlinien in sein Nasenloch zieht. Er gibt dabei ein ekelhaftes Geräusch von sich und reibt sich danach schniefend über die Nase. Sofort weiten sich seine Pupillen, bis seine Augen schwarz erscheinen. »Du brauchst das, um mit mir mitzuhalten. Sonst bin ich dir zu viel, Süße.«

Ich lächele. Der Kerl ist süß. Wenn er bloß wüsste, dass ich ihn binnen weniger Minuten krankenhausreif prügeln könnte.

Kommentarlos gieße ich Champagner in beide Gläser und stelle eines davon auf dem Tisch ab, ehe ich einen Schluck aus dem anderen mache. Seine Gegenwart ist mir jetzt schon zuwider, also beschließe ich, die Sache zu beschleunigen. Ich brauche ihn bloß vor dem Bett, idealerweise nackt, und dann überrede ich ihn wie immer, sich von mir fesseln zu lassen. Das reicht erfahrungsgemäß aus. Zu mehr bin ich auch nicht bereit.

Mit einer Fingerbewegung, die ihn zu mir locken soll, bewege ich mich rückwärts in Richtung Bett. »Komm, lass uns –«

Plötzlich fliegt die Tür auf. Sie knallt mit einem lauten Geräusch an die Wand dahinter.

Ich erschrecke mich beinahe zu Tode und glaube im nächsten Moment tatsächlich, tot umzufallen, als ich in Declans verrücktes Gesicht blicke.

Herrgott, das darf doch wohl nicht wahr sein!

Seine Augen voller Wahnsinn mustern erst mich, dann den Mann auf dem Stuhl neben mir, der vor Schock kein Wort hervorbringt. Schließlich betrachtet er das Koks auf der Tischplatte, bevor er mit einem mörderischen Lächeln fragt: »Bin ich auch zur Party eingeladen?«

KAPITEL 14

DECLAN

»*W*as machst du denn hier?«, platzt es ungläubig, mehr aber wütend aus meiner Vanilleblüte heraus. Ich kann eine Ader an ihrem Hals pochen sehen, und ihre Hand ballt sich zur Faust.

Das macht mich für einen kurzen Augenblick sprachlos. Ich habe mit vielem gerechnet, aber nicht damit, dass sie mir Vorwürfe machen könnte, da *sie* es doch ist, die hier so einen Scheiß abzieht. Wie kann sie es wagen, wütend auf mich zu sein, obwohl ich sie gerade dabei erwischt habe, wie sie sich mit einem anderen Kerl in einem Hotelzimmer vergnügen wollte?

Diese Frau ist unfassbar. Hat sie denn gar kein Schamgefühl?

Da ich sie inzwischen ein wenig kenne, hatte ich nicht wirklich damit gerechnet, dass sie sich schämen würde, aber wenigstens damit, dass es ihr unangenehm wäre.

Zumindest hatte ich es gehofft. Jetzt zweifele ich tatsächlich daran, ob mich diese Frau auch nur im Geringsten mag. Sie macht keinerlei Anstalten, zu versuchen, mir die Situation zu erklären oder mich zu beschwichtigen.

Pf. Als ob sie mir nichts schuldig wäre. Was will sie unseren Kindern einmal erzählen – dass sie sich weiterhin mit irgendwelchen reichen Säcken getroffen hat, während Daddy bereits Teil ihres Lebens war? Das ist keine süße Geschichte, die auch unsere Enkelkinder einmal zu hören bekommen sollten.

»Die bessere Frage lautet wohl eher, was *du* hier machst«, entgegne ich genauso vorwurfsvoll. Mein Blick fällt angewidert auf die Koksnase. »Mit solchen Männern willst du dich also treffen, aber mit mir nicht?« Als mir sein Ehering am Finger auffällt, lächele ich wissend. »Ah, verstehe. Da kommt dein ehebrecherischer Fetisch wieder raus.«

Genevieve platzt beinahe vor Wut. Empört zeigt sie zur offenen Tür und schnauzt mich an: »Raus hier! Verschwinde, Declan.«

»Wer zum Teufel ist das?«, mischt sich die Koksnase verwirrt ein. »Und warum hat er die Scheißtür aufgebrochen? Ist das dein Freund?« Er starrt sie auf eine Erklärung wartend an. Seine Augen zucken unruhig umher, was am Kokain in seinem Kreislauf liegt.

»Er ist nicht mein Freund!«, stößt sie schnell hervor und wirkt beinahe verzweifelt, als ob sie Angst davor hätte, der Kerl könnte ihr nicht glauben.

Jaysus, warum ist ihr das wichtig? Wer ist dieser verdammte Kerl?

»Ich habe sie nicht aufgebrochen, ich habe sie eingetreten«, korrigiere ich ihn tonlos und wende mich ebenfalls wieder Genevieve zu. »Sag deinem Freund, dass er sich verpissen soll, bevor ich ihn seinen eigenen Schwanz fressen lasse.«

Durch meinen beinahe sachlichen Tonfall ist wohl beiden klar, wie ernst ich meine Worte meine. Ich mache keinen Spaß, denn ich verstehe keinen Spaß, wenn es um andere Männer im Leben *meiner* Auserwählten geht. Im Leben der Mutter meiner zukünftigen Kinder.

Dort ist nur Platz für mich, verdammt. Warum wehrt sie sich so sehr dagegen?

»Ich zähle bis drei«, informiere ich beide möglichst ruhig, wobei es mir wie immer schwerfällt, meine Selbstbeherrschung zu wahren. Ich bin bereits ziemlich überrascht davon, dass der Kerl überhaupt noch atmet. Das ist untypisch für meine impulsive, unberechenbare Natur.

Als sich keiner der beiden rührt, krempele ich die Ärmel meines Sweaters an meinen Armen nach oben. »Drei.«

Der Kerl erhebt sich, weil er wohl die Mordlust in meinen Augen erkennt. Doch Genevieve tritt augenblicklich auf ihn zu und entschuldigt sich für mich. Sie beteuert immer wieder, dass ich *niemand* bin und er nicht gehen soll.

Das macht mich beinahe ohnmächtig vor Wut. Gleich war es das mit meiner Selbstbeherrschung.

»Zwei.« Ich lege schon mal meine Uhr ab. Nur für alle Fälle. Sie war ein Geschenk von Callahan, und ich möchte sie nicht zerstören, während ich diesen koksenden Flachwichser in seine Einzelteile zerlege.

»Hau ab, Declan!«

»Eins.« Ich mache einen Schritt auf Koksnase zu, doch der Kerl ist klug, springt auf und hechtet förmlich zur Tür. Im Vorbeilaufen reißt er noch sein Jackett an sich.

»So eine Scheiße«, murmelt er wütend vor sich hin. Er wirft einen letzten Blick auf Genevieve, die absolut verzweifelt wirkt, und zischt: »Wehe, du meldest dich jemals wieder bei mir. Das ist doch echt das Letzte!«

Als er davongelaufen ist, verschränke ich abwartend meine Arme vor der Brust. Ich rechne wieder mit vielem, aber nicht damit, dass meine Vanilleblüte wütend auf mich zustampft und das Glas Champagner in meinem Gesicht ausleert. Er spritzt in alle Richtungen.

»Was sollte das, Declan? Herrgott, du hast mir alles versaut!« Sie schreit. Dann landet das leere Glas mit einem frustrierten Laut auf dem Boden.

Sie schreit mich tatsächlich an, nachdem sie mich in Champagner gebadet hat.

Irgendwie liebe ich das. Ihr Temperament kennt wie mein eigenes keine Grenzen. Außerdem würde es sonst niemand auf dieser Welt wagen, so mit mir umzuspringen.

»Was genau habe ich dir versaut?«, frage ich trotzdem ruhig, nachdem ich mir mit der Hand über das Gesicht gefahren bin. Überraschenderweise triggert mich ihr Verhalten kein bisschen.

Außerdem sträubt sich alles in mir dagegen, sie ebenfalls anzuschreien. So eine Beziehung will ich nicht führen. Ich will eine gesunde, harmonische Beziehung mit ihr haben, weil alles andere in meinem Leben bereits ungesund ist. Zudem habe ich andere gute Ventile für meine Wut. Meine Vanilleblüte wird sie niemals auf diese Weise zu spüren bekommen.

»Alles«, seufzt sie und fährt sich angestrengt über das hübsch geschminkte Gesicht. »Ich fasse es einfach nicht, dass du mir hierher gefolgt bist. Und dass du es wagst, diese Tür einzutreten und hier reinzuplatzen!« Ihr aschblondes Haar ist zu schönen Wellen geformt, die in der Luft flattern, während sie wild gestikuliert. Das rote Seidenkleid, das sie trägt, das ihren kompletten Rücken enthüllt, erweckt in mir das Bedürfnis, sie mit meinem Schwanz zum Schweigen zu bringen.

In ihrem Gemütszustand würde ihr das jedoch vermutlich das Bedürfnis entlocken, mir den Schwanz abzubeißen.

Mir fällt auf, dass ich sie bisher niemals so ungehalten und unkontrolliert gesehen habe. Sonst trägt sie diese perfekte Maske, die keinen ihrer Gedanken preisgibt, und gibt sich immerzu cool und unantastbar. Was genau steckt dahinter, dass sie nun ihre Coolness verliert?

»Können wir bitte wie zivilisierte Menschen miteinander umgehen?«, bitte ich sie eine Spur zu freundlich, was sie zu provozieren scheint, denn sie fletscht förmlich ihre Zähne.

»Zivilisierte Menschen treten keine Türen ein!«

Punkt für sie.

»Tut mir leid, dass ich dein heimliches Rendezvous mit der Koksnase gestört habe«, stoße ich nun sarkastisch hervor. »Der Typ ist widerlich. Was willst du von dem? Hast du tatsächlich eine Vorliebe für verheiratete Kerle? Das ist verdammt nochmal merkwürdig.«

»Ach, bitte«, zischt sie und marschiert in ihren verboten hohen

Schuhen zur Minibar. »Natürlich nicht. Von so einem Kerl will ich gar nichts, außer seine Kohle.«

Nun werde ich hellhörig. »Du lässt dich also doch für Sex bezahlen, verstehe ich das richtig? Nicht, dass ich dir einen Vorwurf machen würde.« Das meine ich ehrlich. Wenn das bislang ihr Job war, dann ist das so. Nur sollte sie jetzt damit aufhören. Das wäre auch nichts, das ich gerne unseren Kindern erzählen würde.

Genevieve verdreht dramatisch ihre Augen und blickt mich an, als wäre ich ein solches Kind, das absolut nichts versteht. Sie reißt eine Kamera von der Minibar und drückt auf einen Knopf, ehe sie genervt erklärt: »Ich hatte nie vor, mit diesem Kerl zu vögeln. Ich wollte bloß einen Beweis dafür, dass *er* das mit mir vorhat. Und danach wollte ich ihn damit erpressen.«

Das überrascht mich nun tatsächlich. Schockieren tut es mich allerdings nicht wirklich. Es braucht schon eine Menge, um mich zu schockieren. Und ich bin gewiss nicht in der Position, um darüber zu urteilen, wie jemand sein Geld verdient – schließlich verdiene ich meines mit weitaus unmoralischeren Dingen.

Dingen, die meine Kinder ebenfalls nie erfahren werden.

»Das hättest du ruhig mal sagen können«, werfe ich ihr genauso genervt vor. »Dann hätte ich mir diesen Auftritt erspart.«

Jetzt ist es an ihr, mich überrascht anzusehen. »Keine Moralpredigt?«

Ein Lächeln stiehlt sich auf meine Lippen. »Von mir? Babe, du kennst mich schlecht.«

»Offensichtlich.« Nun etwas versöhnlicher gestimmt, lässt sie sich seufzend auf die Bettkante sinken. Die Kamera wirft sie achtlos neben sich. »Ich hätte das Geld dringend gebraucht. Jetzt hast du mir alles versaut, Declan.«

»Wofür brauchst du das Geld?«, frage ich und nähere mich dem Bett. Unmittelbar vor ihr bleibe ich stehen. »Ich kann es dir geben. Ist kein Ding.«

Mit ihren großen, grünen Augen sieht sie zu mir auf, als sie den Kopf in den Nacken legt. »Du brauchst mir kein Geld zu geben, wie oft noch?« Sie sagt es schnippisch, doch ihre Gesichtszüge sind weich und der Ausdruck in ihren Augen weder wütend noch vorwurfsvoll.

»Aber du sagtest, du bräuchtest das Geld«, erinnere ich sie.

Die Andeutung eines Lächelns erscheint auf ihren vollen, rot geschminkten Lippen. Die Frau ist eine absolute Bombe. Optisch wie charakterlich. »Nicht von dir.«

»Immerzu beleidigst du mich.«

»Weil ich dein Geld nicht annehmen will?«

»Und weil du mich tatsächlich mit Beleidigungen überhäufst.«

Nun lächelt sie richtig, und ich tue es ihr gleich.

»Sorry, dass ich dir den Job versaut habe«, entschuldige ich mich bei ihr und streiche eine wellige Strähne ihres Haars aus ihrer Stirn. »Ich verstehe nicht, warum du mir das nicht gleich erzählt hast.«

Irritiert verzieht sie das hübsche Gesicht. Dabei kräuselt sich ihre Nase auf eine süße Weise. »Weil das ja auch etwas ist, womit man hausieren geht.« Nachdenklich betrachtet sie mich. »Außerdem hatte ich nie vor, dich öfter zu treffen. Ich hatte im Grunde gar nicht vor, dich *jemals* zu treffen.«

»Ja, aber darüber sind wir jetzt hoffentlich hinweg«, erwidere ich in forderndem Tonfall, der ihr zu verstehen geben soll, dass ich dieses Spielchen nicht länger spielen will. Zumindest nicht auf die Art, dass ich sie zwingen muss, sich überhaupt mit mir abzugeben. Sie will es, und das wissen wir beide. »Es wäre ein guter Anfang, wenn du endlich damit aufhören würdest, so zu tun, als ob du auf mich genauso wenig Lust hättest wie auf einen fiesen Tripper.«

Das bringt sie zum Lachen. Ihr Lachen ist rau, verführerisch. »Von mir aus«, seufzt sie dann. »Mit einem fiesen Tripper würde ich mich weniger gern herumschlagen als mit dir. Zufrieden?«

»Durchaus.« Ich grinse. »Den Rest kriege ich schon noch hin.«

»Das klingt wieder wie eine Drohung«, bemerkt sie, rutscht aber auf der Bettkante näher an mich heran, anstatt mir auszuweichen.

»Und es wirkt wieder, als würde dir das gefallen«, raune ich ihr zu, als ich mich mit dem Oberkörper zu ihr nach unten beuge. Sie hebt ihr Kinn an, sodass unsere Lippen gleich darauf nur wenige Millimeter voreinander schweben. Mein Blick fällt auf ihren Mund. »Weißt du, was mir jetzt gerade gut gefallen würde?«

Stumm schüttelt sie den Kopf, ihre Wangen bereits rosig und ihre Augen verdächtig glänzend.

»Wenn du mit diesem hübschen Mund meinen Schwanz umschließen würdest.«

Das dreckigste Lächeln, das ich je an einer Frau gesehen habe, ziert besagten Mund, woraufhin besagter Schwanz augenblicklich hart gegen meinen Reißverschluss drückt.

Jaysus, die Frau bringt mich irgendwann noch ins Grab.

Ich beschließe, dass das besser ist, als von irgendwelchen Drogenkartell-Wichsern um die Ecke gebracht zu werden.

»Du solltest dich sowieso noch angemessen dafür entschuldigen, dass du mir Champagner ins Gesicht geschüttet hast.«

Ohne den Blick von mir zu nehmen, greift sie an meine Hose und öffnet meinen Gürtel. Ich sehe ihr dabei zu, wie sie mich meiner Hose und Unterhose entledigt und vor mir auf die Knie fällt.

Nochmal Jaysus. Der Anblick bringt mich um den wenigen Verstand, den ich besitze.

Als sie meinen Schwanz in ihrer kleinen Hand umschließt und sich lächelnd über die rot geschminkte Lippe leckt, muss ich mich inständig beherrschen, nicht sofort zu kommen.

Dann beginnt sie, daran zu lecken. Verdammt. Sie tut es spielerisch, herausfordernd. Fast so, als wolle sie mich quälen. Ihre Zunge gleitet sadistisch langsam über meinen breiten Schaft, der so geschwollen ist, dass die Adern darauf deutlich zu erkennen sind. Dann neckt sie mit der Zunge meine pralle Spitze, lässt sie sanft vorschnellen und darauf kreisen.

Ich keuche auf und kralle mich mit der Faust in ihr dichtes Haar. Irgendwo muss ich mich festkrallen, während ich dieser bittersüßen Folter standhalte.

»Gefällt dir das?«, reizt sie mich.

Ich öffne den Mund, um ihr zu sagen, dass sie ihn lieber dafür verwenden soll, meinen Schwanz zu schlucken, da lässt uns ein Geräusch vor der Suite unsere Köpfe gleichzeitig in die Richtung drehen.

Die Tür steht noch sperrangelweit offen, und ein älterer Mann mit seiner sichtlich schockierten Frau stehen davor und glotzen zu uns herein.

Ich grinse schief. Gegen Zuschauer habe ich nichts.

»Wollt ihr mitmachen?«, rufe ich, woraufhin die beiden eilig das Weite suchen. So eilig es ihnen in dem Alter noch möglich ist. »Schade, wir hätten bestimmt unseren Spaß gehabt!«, rufe ich ihnen hinterher, worüber meine Blüte lacht.

»Du bist verrückt«, sagt sie, und zum ersten Mal erkenne ich so etwas wie ein verliebtes Funkeln in ihren grünen Augen, als sie zu mir aufsieht.

Ich schwöre, so hat sie mich noch nie angesehen. Hoffentlich verliebt sie sich gerade nicht bloß in meinen riesigen Schwanz.

»Das weißt du doch längst«, erwidere ich. Meine Stimme klingt rau und heiser, verrät meine Erregung.

Als ich ihren Kopf zurück in Position bringe, öffnet sie bereitwillig ihre Lippen. Ich wage es nicht einmal zu blinzeln, während ich mit starrem Blick beobachte, wie sie mich Zentimeter für Zentimeter in ihrem Mund aufnimmt, bis ich an ihrem Rachen anstoße und sie würgen muss.

Ein Knurren wirbelt in meiner Kehle.

Hat es mich schon jemals dermaßen angemacht, einen Blowjob zu bekommen? Nein. Genevieve kann mit mir tun und lassen, was sie will – alles davon würde mich anmachen. Es bringt mich sogar auf Touren, mich verbal mit ihr zu duellieren. Oder in einem Boxring.

Hingebungsvoll lutscht sie mich, als hätte sie nie etwas anderes gemacht. Sie saugt mich so tief und fest in den Mund, dass ich weiß, dass ich nicht lange durchhalten werde, wenn sie so fortfährt. Ihre Zunge massiert mich weiterhin, während sie ihren Kopf mit dem genau richtigen Tempo vor und zurück bewegt. Immer wieder würgt sie, weshalb ihre Augen schnell glasig werden. Es hindert sie nicht daran, mich immer tiefer in ihren Hals zu saugen, bis ich bis zum Anschlag in ihrer süßen Kehle stecke.

Mein Schwanz zuckt, und ich stöhne rau auf. Das ist das verfickt Beste, das ich in meinen dreißig Jahren auf dieser Erde erleben durfte. Ich bemerke, mich wie im Rausch zu fühlen – ähnlich wie wenn ich einen Menschen ausweide –, und genieße jede einzelne Sekunde davon. Bisher gab es nichts anderes als meinen Job, das mir diesen Kick gegeben hat. Nichts auf dieser Welt hat mein krankes Hirn so sehr befriedigt, wie meine Hände mit Blut zu besudeln.

Bis jetzt.

Plötzlich rollt eine Hitzewelle über meinen Rücken, meine Eier ziehen sich mit einem Ruck zusammen und mein Schwanz pulsiert. Sperma spritzt stoßweise in ihren Hals, dann fülle ich ihren kompletten Mund damit. Er ist von ihrem Lippenstift ganz verschmiert, was ihren Anblick noch um ein Vielfaches sexyer macht.

Wieder hatte ich nicht geplant, zu kommen. Jaysus, warum passiert mir das bei ihr ständig?

»Du schmeckst gut«, presst sie mit heiser Stimme hervor, nachdem sie anstandslos alles von mir geschluckt hat. Sie wischt mit dem Daumen über ihre dicke Unterlippe und steckt sich den Finger danach auf eine obszöne Weise in den Mund.

Sofort verhärtet sich mein Schwanz wieder. Er wird niemals genug von ihr bekommen, das ist sicher.

»Ich ficke dich jetzt«, lasse ich sie wissen, während ich ungeduldig aus meiner Hose und Unterhose steige. Meinen Sweater reiße ich noch ungeduldiger über meinen Kopf. »Du hast drei Sekunden, um dich zu entscheiden, ob ich die Tür schließen soll, oder wir hier eine Show für alle Hotelgäste hinlegen.«

Sie braucht keine drei Sekunden, um sich zu entscheiden.

»Lass sie offen.«

Knurrend ergreife ich ihren Nacken, zerre sie auf die Beine und an mein Gesicht. Meine Lippen prallen hart auf ihre, bevor ich ihr jeglichen Sauerstoff mit einem Kuss raube, der sie aufstöhnen lässt. Meine andere Hand reißt ihr das Kleid vom Leib, bevor sie sich auf eine ihrer nackten Brüste legt. Sie trägt keinen BH, was mich erneut knurren lässt.

Diese Brüste sind die reinste Perfektion.

»Revanchier' dich erst«, verlangt sie mit bebender Stimme von mir, ehe sie sich das Höschen auszieht und sich danach mit gespreizten Beinen auf die Matratze des großen Bettes legt. Auf diesen Seidenlaken sieht sie wie eine Göttin aus. Wie sie mir ihre Pussy präsentiert, lässt alle Synapsen in meinem Hirn reißen.

Ich blinzele kaum, da bin ich bereits zwischen ihren Beinen und presse meinen Mund auf ihre nasse Mitte. Sie stöhnt so laut auf, dass ich mir sicher bin, dass uns jeder auf diesem Stockwerk hören kann. Ich lecke gierig über ihr geschwollenes Geschlecht, sauge an ihrem Nervenbündel und stoße die Zunge immer wieder in ihren engen Eingang, bis sie sich wild auf der Matratze rekelt und meinen Namen stöhnt.

Das ist wie Musik in meinen Ohren.

»Oh Gott«, keucht sie, während sie ihr Becken verlangend an meinem Mund bewegt. Unsere Blicke treffen sich, und mein Schwanz wird spürbar härter, als er die unbändige Lust und Röte in ihrem Gesicht erkennt. Beinahe glüht sie. »Ich komme … Hör nicht auf.«

Das würde mir nicht im Traum einfallen. Stattdessen lege ich mir ihre Beine über die Schultern, hebe ihr Becken an und intensiviere mein Zungenspiel, bis ich spüre, wie sich ihr Körper verkrampft. Ihre Beine beginnen zu zucken, und ihre Zehen kräuseln sich an meinem Rücken. Ich nehme noch zwei Finger dazu, schiebe sie in ihre triefend nasse Pussy und krümme sie in Richtung ihrer Bauchdecke.

»Fuck!« Der heisere Schrei klingt gequält aus ihrem Mund, als ich sie mit meinen Fingern mit einer Komm-her-Bewegung penetriere und gleichzeitig ihre empfindsamste Stelle fest in den Mund sauge. »Declan!«

Ich kann förmlich spüren, wie der Orgasmus in ihr explodiert.

Und dann aus ihr heraus. Sie reißt ihren Körper nach oben, bevor sie laut stöhnend wieder auf der Matratze zusammensackt. Ihre Brust hebt und senkt sich so schnell, dass sie kaum atmen kann. Grob schlingen sich ihre Finger um die Bettlaken, während ihre Beine noch zu Ende zittern.

Als ich mich zurückziehe, bin ich nass, und diesmal nicht nur vom Champagner.

Meine Vanilleblüte wirft mir einen beinahe ungläubigen Blick zu. »Das hat noch keiner geschafft.«

Stolz und überaus zufrieden packe ich sie an den Knien und zerre sie ruckartig auf der Matratze näher zu mir. Ich beuge mich über sie, während ich meinen Schwanz in Position bringe, und raune vor ihrem Mund: »Und es wird auch nie wieder jemand anderer die Chance bekommen, es zu versuchen.«

Sie beißt sich auf die Lippe, und ich versenke mich mit einem tiefen Stoß bis zu den Hoden in ihr. Wir keuchen beide auf, bevor sich unsere Lippen finden und wir uns mit einem leidenschaftlichen Kuss verschlingen.

Wir fressen einander förmlich auf, während ich sie mit stetigen Schüben tief in die Matratze ficke. Ihre Hände sind überall auf mir, während meine sie unter mir festhalten. Wir ficken so wild und ausgelassen, dass wir alle Geräusche, die immer wieder unterschwellig vor der Suite ertönen, einfach ausblenden. Keiner von uns beachtet die Schritte, die sich mal nähern und mal entfernen. Beide zu high davon, den anderen zu spüren und sich in ihm zu verlieren.

Einen ähnlich intensiven Fick hatte ich noch nie. Es ist, als würde mich das Verlangen nach ihr und ihrem Körper förmlich verbrennen. Es tut beinahe weh, sie so sehr zu wollen, dass kein Ende dieses Verlangens in Sicht ist. Ich ficke sie nicht, um Erlösung zu finden, sondern um sie mir zu eigen zu machen. Ich will sie zu meinem machen und mich ihr gleichzeitig verschreiben. Will sie für mich beanspruchen und ihr gleichzeitig alles von mir geben.

Ich will nicht aufhören, will nicht, dass dieser Moment endet.

So nah waren wir uns noch nie, obwohl sich unsere Körper bereits zuvor miteinander vereint haben. Aber da war es anders.

Als plötzlich die Tür ins Schloss fällt, lassen wir kurz voneinander ab, beide außer Atem und mit einem Schweißfilm auf der Stirn. Ihre Haare sehen aus wie ein Vogelnest und jeder Muskel an meinem Körper ist so verdickt, dass er beinahe platzt.

Wir müssen wie zwei entlaufene Irre aussehen.

Doch niemand hat den Raum betreten. Irgendwer hat bloß die Tür geschlossen, weil ihn unsere perverse Showeinlage wohl gestört hat.

»Langweiler«, murmelt Genevieve mit einem Funkeln in den Augen, das ich bestimmt auf dieselbe Weise in meinen trage. »Küss mich«, fordert sie dann, als ich nicht sofort wieder da weitermache, wo wir aufgehört haben.

Wortlos presse ich meine Lippen auf ihre, ehe ich sie härter und schneller ficke. Ihre Beine schlingen sich fordernd um meine Hüften. Diesmal halte ich um einiges länger durch, weil ich mich zuvor bereits entleeren konnte. Ich habe nicht einmal das Bedürfnis, zu kommen; ich will sie bloß spüren. Trotzdem ist der Sex mit ihr so gut, dass ich mich mehrmals darum bemühen muss, meinen Orgasmus zurückzuhalten. Sie fühlt sich so verdammt gut an, so eng und nass, und ich fühle mich erneut wie in einem Rausch gefangen. Als würde ich in einer anderen Sphäre schweben.

Der Mord keines Menschen hat mir in letzter Zeit so viel Freude bereitet, wie mit Vanilleblüte zu ficken.

Ich befürchte, süchtig nach diesem Gefühl zu werden, was bedeutet, dass ich süchtig nach ihr werde.

Und das wiederum bedeutet, dass ich keinesfalls die Stadt verlassen und für ein paar Wochen untertauchen kann. Außer, sie käme mit.

Vielleicht sollte ich sie einfach jetzt fragen, wo sie benebelt und nicht ganz Herr ihrer Sinne ist. Möglicherweise stünden meine Chancen, sie zu überreden, mit meinem Schwanz in ihr besser.

Sie macht mir einen Strich durch die Rechnung, da sie ohne

Ankündigung ein weiteres Mal kommt. Es scheint einfach zu passieren. Ihre inneren Muskeln melken mich so heftig, dass es nur wenige Sekunden dauert, bis ich ebenfalls meine Erlösung finde.

Unsere Körper zucken unkontrolliert, wir keuchen und stöhnen uns ins Gesicht. Es fühlt sich so intim an, dass ich allmählich verstehe, warum mein Bruder so gerne mit seiner Blüte fickt. Denn mit meiner Blüte zu ficken, ist ganz anders, als mit irgendwelchen früheren Bekanntschaften gefickt zu haben. Zu diesen habe ich mich bloß hingezogen gefühlt, doch mit ihr fühle ich mich verbunden.

Unsere feuchte und erhitzte Haut klebt aneinander, als ich mich schließlich von ihr rolle, um sie nicht unter meinem gesamten Gewicht zu begraben. Immer noch atmen wir beide schwer, während wir nebeneinander liegend an die Decke der Suite starren. Unsere Finger berühren sich, und ich glaube zu spüren, dass sie ihre um meine krallt.

»Wolltest du nicht eigentlich die Stadt verlassen?«, bricht sie dann mit leicht angeschlagener Stimme unser Schweigen.

Ich bin fast noch zu fertig, um ein Gespräch zu starten. »Ja.«

Ihr Blick ist weiterhin auf die Decke gerichtet, als sie wissen will: »Warum bist du dann noch hier?«

»Ich hatte einen guten Grund, um zu bleiben.« Als ich den Kopf in ihre Richtung drehe, sehe ich, dass sie mich bereits anstarrt. Ihre grünen Augen durchleuchten mich forschend. »Sag jetzt nichts Unromantisches, Vanilleblüte.«

Ein Kichern stiehlt sich aus ihrem Mund. »Um den romantischen Moment nicht kaputtzumachen?«

Ich schmunzele. »Genau.«

»Tatsächlich wollte ich gar nichts Unromantisches sagen«, murmelt sie und dreht sich auf den Bauch, wodurch sie nun noch näher bei mir liegt. Ich lege eine Hand auf ihren nackten, knackigen Hintern. »Eigentlich wollte ich sagen, dass es sich jedenfalls gelohnt hat, hier zu bleiben.«

»Wow, war das gerade ein Kompliment?«, staune ich amüsiert.

»Ich meinte, dass es sich für dich gelohnt hat«, macht sie den Moment nun doch kaputt.

Ich gebe einen unzufriedenen Laut von mir.

»Für mich hat es sich auch gelohnt, dass du hiergeblieben bist«, schmeichelt sie mir dann doch.

»Für diesen Fick hätte es sich gelohnt, die halbe Weltbevölkerung auszuschalten«, spreche ich meinen Gedanken laut aus.

Wieder lacht sie, bevor sie ihre Augen verdreht. »Nur die halbe? Das ist enttäuschend.«

Ich lächele schief und drehe mich zur Seite, um ihr Gesicht zwischen die Finger zu nehmen und sie zu küssen. Sie protestiert nicht. Sie klopft auch keinen blöden Spruch, weil mein Kuss zärtlich ist, passend zur romantischen Stimmung zwischen uns.

»Willst du immer noch nicht fragen, warum ich die Stadt verlassen muss?«

Genevieve zieht sich leicht zurück, mustert mich kalkulierend. »Soll ich fragen?«

»Lieber nicht«, entscheide ich, als ich erkenne, dass sie durchaus fragen möchte. Es interessiert sie sehr wohl, weil *ich* sie interessiere. Mehr wollte ich nicht wissen.

»Gut.« Mit einer sexy Bewegung richtet sie ihr Haar und setzt sich danach auf. Ihre Brüste ragen mir einladend entgegen, als sie sich über mich beugt, um sich ihr Höschen zu schnappen. »Ich sollte gehen.« Obwohl sie den Anschein erweckt, als würde sie tatsächlich gehen wollen, verrät mir ein fremder Ausdruck in ihrem Blick, dass sie diesmal eigentlich bleiben und nicht direkt vor mir flüchten will. Außerdem lässt sie sich ziemlich viel Zeit damit, sich anzuziehen.

»Ist die Suite die ganze Nacht lang reserviert?«, will ich wissen.

Sie nickt und zögert.

Ich lächele. »Du wartest nur darauf, dass ich vorschlage, dass wir beide über Nacht hierbleiben sollen.«

»Was?« So, als wäre das völliger Unsinn, verzieht sie das Gesicht und steigt schließlich vom Bett. »Das hättest du wohl gern.«

Amüsiert greife ich nach ihr und zerre sie zurück ins Bett. »Lass uns über Nacht hierbleiben.«

»Na gut«, erwidert sie so schnell, dass ich kaum zu Ende sprechen konnte. Ich muss lachen und ernte dafür einen Klaps auf die Stirn. Dann greift sie sich den Hörer des Telefons vom Beistelltisch neben dem Bett. »Ich habe Hunger. Lass uns Abendessen auf die hinterlegte Kreditkarte der Koksnase bestellen.«

Jaysus, wenn ich nicht bereits verliebt in sie war, bin ich es spätestens jetzt.

KAPITEL 15

GENEVIEVE

*J*ch beobachte Declan im Schlaf und komme mir dabei fast so psychopathisch vor, wie er es ist. Er ist ein schöner Anblick, selbst am Morgen nach einer langen Nacht. Irgendwie schafft es der Kerl immer, gut auszusehen. Selbst, wenn sein Gesicht die Spuren eines Kampfes trägt. Sein rötliches Haar sieht wild aus, aber sexy, und sein markantes Gesicht ist zerknittert, aber makellos. Auch die Bartstoppeln, die über Nacht gewachsen sind, stehen ihm.

Ich will lieber nicht wissen, wie *ich* aussehe.

Es ist kurz vor zehn Uhr, was bedeutet, dass wir das Zimmer räumen müssen. Geschlafen haben wir nicht wirklich, da wir bis fünf Uhr morgens durchgehend gevögelt haben, bis sechs Uhr morgens zusammen in der Dusche standen und bis sieben Uhr morgens auf dem Zimmer gefrühstückt haben. Dementsprechend erschöpft bin ich jetzt. Die Müdigkeit kriecht förmlich in meine Knochen.

Declan wirkt unmenschlich fit, als ich ihn schließlich wecke, indem ich ihn mehrmals anstupse und als das nicht hilft, mit dem Fuß trete. Verwirrt richtet er sich auf, gähnt einmal und ist dann mit einem Schlag so munter, als könne er direkt in einen langen

Tag starten. Oder die letzte Nacht von vorne beginnen und bis zum Ende wiederholen.

»Müssen wir raus?«, fragt er mich mit einer so sexy verschlafenen Stimme, dass ich kurz überlege, ob wir es noch einmal miteinander treiben sollen. Meine Pussy kreischt bei dem Gedanken flehentlich auf. Sie ist so wund und geschwollen; sie braucht eine Pause.

»Ja«, sage ich somit einfach und erhebe mich vom Bett, um mich anzuziehen und meine Sachen einzusammeln.

Declan tut es mir gleich. Danach putzen wir uns zusammen im Bad die Zähne. Dabei stehen wir nebeneinander und starren uns durch den Spiegel unentwegt an. Irgendwie fühlt sich das komisch an, aber doch nicht ganz so komisch wie erwartet. Mit ihm fühle ich mich einfach wohl, was mich doch ein wenig verwundert. Noch nie war ich in einer ähnlichen Situation mit einem Mann.

Einer Pärchen-Situation.

Ich hatte als Teenagerin mal einen Freund, aber da war ich noch jung. Es war eine kindliche Beziehung ohne Tiefe und ernste Absichten. Danach folgten bloß unzählige Dates, die nirgendwohin führten. Ich war immer mehr auf mich und meine Hobbys konzentriert – Baby und den Kampfsport –, als auf irgendwelche Männergeschichten. Und danach passierte diese blöde Sache, was mir ohnehin einen Strich durch jede Rechnung gemacht hat.

Oh scheiße. Der Marionettenspieler! Er wird mich umbringen, wenn er vom gestrigen Ausgang meines Jobs erfährt. Bestimmt ahnt er schon, dass etwas schiefgelaufen ist, weil ich mich nicht bei ihm gemeldet habe, wie ich es sonst beim Verlassen des Hotels tue.

»Wer kümmert sich eigentlich um Baby?«, will Declan wissen, nachdem er sich das Gesicht gewaschen hat.

Ich spucke die Zahnpasta ins Waschbecken und murmele: »Meine Nachbarin geht mit ihr Gassi, wenn ich verhindert bin. Sie hat meinen Schlüssel und nimmt Baby auch mal zu sich, wenn ich über Nacht wegbleibe.«

Er nickt erleichtert, als wäre er bereits besorgt um sie gewesen. Das lässt mein Herz einen Takt schneller schlagen.

Verdammt, ich mag den Kerl. Was mache ich jetzt bloß?

»Kann ich zu dir ziehen?«

Ich halte in der Bewegung inne und bin froh darüber, dass das Handtuch mein Gesicht bedeckt, denn … was zur Hölle?

»Callahan darf nicht wissen, dass ich die Stadt gar nicht verlassen habe, also kann ich nicht zurück in mein Haus«, höre ich ihn seinen Anflug von geistiger Umnachtung erklären.

Ich lasse das Handtuch fallen und verziehe das Gesicht. »Du warst noch nicht mal zu Besuch bei mir und willst jetzt gleich bei mir einziehen?«

»War ich schon, du hast nur geschlafen«, erwidert er nüchtern und keineswegs so, als wäre ihm das unangenehm.

»Trotzdem kannst du nicht bei mir einziehen, du Stalker«, entgegne ich schnippisch wie immer. Seine Augen wirken frustriert, erhellen sich aber sofort wieder, als ich ihm großzügigerweise anbiete: »Aber du darfst mich jetzt endlich zum Abendessen einladen, wenn du noch willst.«

»Das steht außer Frage, Babe.« Er schlingt einen Arm um mich und zieht mich an seine Brust. Ich beiße mir auf die Lippe, als er mit funkelnden Augen auf mich herabblickt und flüstert: »Gleich morgen?«

Dass er so ungeduldig ist, mich wiederzusehen, schmeichelt mir. Aber überraschend ist es nicht, immerhin verfolgt er mich seit einiger Zeit Tag und Nacht. Er hat wohl Verlustängste.

»Morgen ist Halloween«, sage ich, als ob das ein Hindernis wäre.

»Wir könnten nach dem Essen Süßigkeiten an die Kinder verteilen«, schlägt er prompt vor.

Ich rümpfe die Nase. »Ich mag Kinder nicht.«

»Oh«, macht er verwirrt. »Dann bewerfen wir sie mit Süßigkeiten?«

»Klingt schon besser.« Ich lächele leicht. »Dann also morgen. Hol mich um sieben Uhr ab.«

»Aye.« Nur widerwillig lässt er mich los, ehe er mir zurück in die Suite folgt, wo ich mir meine Tasche schnappe und die kleine Kamera hineinstopfe.

Als ich einen Blick auf mein Handy werfe, dreht sich mir der Magen um. Sieben verpasste Anrufe vom Marionettenspieler. Meine Eingeweide verknoten sich beim Gedanken, wie er darauf reagieren wird, dass ich auch diesen Geldgeber verloren habe. Es ist das zweite Mal in Folge, das wird ihm nicht gefallen.

»Wenn ich nicht bei dir wohnen darf, wo soll ich dann schlafen?«, reißt mich Declan aus den unruhigen Gedanken. Ich werfe ihm einen Blick über die Schulter zu. »Ich meine, da bleibe ich extra deinetwegen in der Stadt, und du lässt mich so hängen …«, versucht er mich zu überreden, es mir doch noch einmal anders zu überlegen. Wir wissen beide, dass er genügend Möglichkeiten und Wege hat, sich einen Schlafplatz zu organisieren.

»Du hast ein nettes Auto.« Ich zwinkere, während sein Blick in sich zusammenfällt.

»Na gut, während ich dann in meinem Auto schlafe, kannst du in Ruhe deine Einstellung zu Kindern überdenken. Wir bekommen nämlich mindestens zwei.«

Ich ignoriere auch diesen Beweis seiner Psychose und verlasse die Suite, ohne mich von ihm zu verabschieden. Es würde sich einfach komisch anfühlen, ihm einen Abschiedskuss oder etwas in der Art zu geben.

Auf diesem Gebiet bin ich eine absolute Jungfrau. Das einzig Beruhigende für mich ist, dass ich ahne, dass Declan nicht unbedingt mehr Erfahrung auf dem Gebiet vorweisen kann als ich. Er wirkt nicht wie der Typ für ernsthafte Beziehungen, auch wenn er bei mir den Anschein erweckt, als wäre es das, was er wollte.

Schließlich meinte er gerade, dass er Kinder mit mir haben will.

Ich erlaube mir zu glauben, dass ich einfach etwas Besonderes für ihn bin.

Und gestehe mir innerlich ein, dass er das auch für mich ist.

Die Erkenntnis ist ziemlich bitter, da ich keine verdammte

Ahnung habe, wie ich damit umgehen soll. In meinem Leben gibt es aktuell aufgrund der Umstände keinen Platz für einen Freund oder was auch immer. Ich will Declan keinesfalls erzählen, dass mich jemand erpresst, denn dann müsste ich ihm auch erzählen, wie es dazu kam. Es reicht schon, dass er nun weiß, dass ich Männer um Geld erpresse. Von ihm weiß ich rein gar nichts, außer dass er therapeutische Hilfe benötigt.

Es fühlt sich nicht richtig an, jemanden dermaßen an mich heranzulassen. Ihm eine Angriffsfläche zu bieten, ihm meine Verletzlichkeit zu offenbaren. Das ist etwas, das ich mir nie erlaubt habe oder erlauben durfte. Mein Leben lang war ich so gut wie allein und auf mich gestellt. Ich weiß gar nicht, wie man an der Seite eines anderen Menschen existiert.

Eine traurige Tatsache, die mir bereits oft zu schaffen gemacht hat, was ich gekonnt verdränge. Die Einsamkeit ist inzwischen ein Freund, nicht mehr der Feind. Ich musste lernen, damit umzugehen. Mich damit anzufreunden, dass ich bereits früh nicht das Glück hatte, von Menschen umgeben zu sein, die mir Liebe und Sicherheit boten, und dass es mir auch nicht im Erwachsenenalter vergönnt war.

Deswegen macht es mir Declan auch so schwer. Durch seine Hartnäckigkeit bin ich hin- und hergerissen zwischen dem Bedürfnis, ihn von mir zu stoßen, um meine gewohnte Distanz zu wahren, mit der ich mich wohlfühle, und dem Bedürfnis nach Nähe, um das Gegenteil von Einsamkeit kennenzulernen. Und vielleicht sogar Zuneigung und Liebe zu erfahren.

Als mir klar wird, wie ekelhaft melodramatisch meine Gedanken sind, verziehe ich das Gesicht und wähle die Nummer des Marionettenspielers. Seine Stimme zu hören, vertreibt jede Emotion in mir, bis nur noch Hass zurückbleibt.

～

Als ich die Straßenseite wechsele und den Parkplatz betrete, der all die schlechten Erinnerungen von damals in mir aufsteigen lässt, entdecke ich ihn vor seinem Wagen. Unser Treffpunkt ist pure Absicht. Er will mich damit quälen und daran erinnern, dass er mich in der Hand hat. Wegen des Ereignisses an exakt diesem Ort vor ungefähr einem Jahr.

»Du bist spät dran«, lautet seine harsche Begrüßung.

»Mein Hund hat Durchfall.«

Der Kerl, dessen Namen ich bis heute nicht weiß, verzieht angewidert das Gesicht. Ich sehe mich währenddessen unauffällig in der Gegend um, um sicherzustellen, dass mich Declan nicht wieder verfolgt. Dieses Treffen ist keines, das er stürmen sollte. Ich bekäme ernsthafte Schwierigkeiten.

»Hast du Verfolgungswahn?«

Ich richte den Blick auf sein finsteres Gesicht. Ich kann es kaum erklären, aber da liegt etwas in seinen Augen, das mich ängstigt. Eine Dunkelheit, die er auch in sich trägt. »Nein.«

»Dann erzähl mir, was gestern schiefgelaufen ist«, fordert er mich auf. »Ich glaube langsam, dass du mich verarschen willst.« Eine Warnung schwingt in seinem Tonfall mit, bevor er sie laut ausspricht. »Ich hoffe, du hast nicht vergessen, dass ich dein Leben binnen kürzester Zeit für immer ruinieren könnte.«

Meine Augen verengen sich. »Wie könnte ich es vergessen, wenn du mich andauernd daran erinnerst?«

»Was ist schiefgelaufen?«, will er erneut wissen. Mir fällt auf, dass sein Haar kürzer geschnitten ist als sonst. Eigentlich hat er eine lange, dunkle Mähne, passend zu seinem dunklen Teint. Er ist Südländer, mehr weiß ich über ihn nicht. Die leichten Falten um seine Augen und auf der Stirn verraten, dass er ein wenig älter ist als ich. Vielleicht so alt wie Declan.

»Der Kerl spinnt«, flunkere ich schulterzuckend. »Er war voll auf Koks und hatte Paranoia. Dann ist er einfach aus der Suite gestürmt. Es lag wirklich nicht an mir.« Das ist sogar die Wahrheit, immerhin lag es an Declan.

Misstrauisch beäugt er mich. Dabei spielt er mit den vielen Ringen an seinen Fingern herum. Als er meinen Blick darauf bemerkt, lächelt er böse. »Willst du wissen, wie es sich anfühlt, wenn die in deiner Fresse landen?« Er hebt die Hand und bildet eine Faust. Die klobigen Ringe würden garantieren, dass meine Knochen brechen. »Wenn nicht, hast du bis nächste Woche besser einen neuen Hurensohn an der Angel und am besten auch schon sein Geld.«

Meine Brust verkrampft sich vor Zorn. Meine Hand zuckt ebenfalls in dem Bedürfnis, sie zur Faust zu ballen und ihm in seine hässliche Visage zu schlagen. Aber ich weiß es besser.

»Droh mir nicht«, warne ich ihn trotzdem, weil ich mich von niemandem so behandeln lasse. Außerdem lasse ich mir von so einem kleinen Bastard keine Angst einjagen. Wenn er mich verprügeln will, soll er es tun. Doch genauso gut wie ich weiß, dass er tatsächlich dazu fähig wäre, weiß er, dass ich mich zu verteidigen wüsste. Wir würden beide ziemlich viel einstecken.

»Sonst was?«, provoziert er mich.

»Komm und finde es heraus«, steige ich mit ein, mein Blick eine emotionslose Maske.

Ein hohles Lachen steigt seine Kehle empor. Er zündet sich eine Zigarette an und bläst mir den Rauch entgegen. Unwillkürlich steigt das Bedürfnis in mir auf, selbst eine zu rauchen. Meine letzte Zigarette ist schon zu lange her.

»Jetzt lachst du«, sage ich. »Aber mal sehen, wer zuletzt lacht.«

»Sei lieber nicht so vorlaut, Mädchen«, warnt er mich nun mit dunkler Stimme. »Du denkst zu wissen, wen du hier vor dir hast, hast aber eigentlich keine Ahnung.«

Ich runzele über diese kryptische Aussage die Stirn.

»Also, haben wir uns verstanden?«

Widerwillig nicke ich. »Ich gebe mein Bestes.«

»Dein Bestes ist nicht genug, wie man sieht«, kontert er gereizt und stößt sich von seinem Wagen ab. »Du kannst gehen.«

Genervt blicke ich ihm hinterher, als er in seinen Wagen steigt. Es ist ein roter Mustang, der beweist, dass er auch ohne meine erbrachten Einnahmen genügend Kohle besitzt. »Dieses Gespräch hätten wir nicht auch am Telefon führen können? Wofür hast du mich extra hierherbestellt?«

»Sei froh, dass ich dich nicht auch noch zwinge, meinen Schwanz zu lutschen«, ruft er mir aus dem offenen Wagenfenster zu, als er an mir vorbeifährt. »Wir wissen beide, dass du keine andere Wahl hättest, als es zu tun. Du tust alles, was ich sage.«

Kaum ist er auf der Straße verschwunden, wirbele ich herum und schlage die flache Hand mit einem wütenden Schrei auf den Parkautomaten neben mir.

Denn er hat recht – ich tue alles, was er sagt, weil ich keine andere Wahl habe.

KAPITEL 16

GENEVIEVE

Declan ist pünktlich auf die Minute, doch vermutlich hat er bereits stundenlang in seinem Auto vor meiner Wohnung gesessen. Vielleicht wohnt er nun tatsächlich darin, wer weiß.

Als ich in seinen Bugatti steige, lässt er augenblicklich seine Augen über mich und mein Outfit schweifen. Ihm scheint zu gefallen, was er sieht. Sie werden dunkler und funkeln verdächtig.

»Vanilleblüte«, begrüßt er mich mit diesem bescheuerten Kosenamen, den ich immer noch nicht mag, aber allmählich akzeptiere. Bleibt mir ja nichts anderes übrig. »Du hast keine Ahnung, wie sehr ich mich auf diesen Abend freue.«

Automatisch stiehlt sich ein Lächeln auf mein Gesicht, doch ich verberge es gekonnt. Er soll sich bloß nichts einbilden. Ich gurte mich an und mustere ihn ebenfalls, als er den Motor startet und auf die Straße fährt. Heute trägt er ein weißes Hemd zu dunklen Jeans, was ihm höllisch gutsteht. Er sollte öfter Hemden tragen. Seine Wangen sind wieder glattrasiert, und sein Haar ist ordentlich zurechtgemacht.

Ich würde lügen, würde ich behaupten, ich hätte mich nicht ebenfalls auf diesen Abend gefreut. Ich trage eines meiner besten Kleider, dazu meinen besten Schmuck und einen vom Ansatz weg geflochtenen Zopf, der mich bei der Länge meines Haars Stunden meines Lebens gekostet hat. Außerdem ein paar meiner wenigen Nerven.

»Wohin gehen wir?«, will ich wissen, um mich davon abzulenken, dass es mir gefällt, dass seine Hand wie selbstverständlich auf meinem Oberschenkel ruht.

»Wir fahren zum Vergnügungspark, dort ist heute an Halloween bestimmt was los. Ich habe einen Tisch in dem beliebten Restaurant neben der bekannten Geisterbahn reserviert. Dort findet heute eine Art Show statt.« Kurz blickt er zu mir. »Wir werden wohl die Einzigen sein, die nicht verkleidet sind.«

Ich zucke mit den Schultern. »Ich habe mein Medusa-Kostüm leider schon zu oft getragen.« Declan lacht rau. Es überrascht mich, dass er sich solche Gedanken gemacht hat. Bestimmt war das Restaurant schon ausgebucht. An Halloween ist dort die Hölle los. »Wie hast du so kurzfristig noch eine Reservierung bekommen?«

Er lächelt verschmitzt. »Ich kenne ein paar Leute.«

»Uh, wie geheimnisvoll«, sage ich amüsiert. »Wie mir zu Ohren kam, kennen die Leute eher dich.«

Nun tragen seine Augen einen Ausdruck, den ich nicht ganz zu deuten vermag. »Was hast du gehört?«

»Nicht viel«, entgegne ich wahrheitsgemäß. »Nur, dass man sich vor den Mullan-Brüdern in Acht nehmen sollte. Und dass du verrückt bist.«

Declan wirkt nicht sehr amüsiert, eher angespannt. Er nickt bloß, was mich unwillkürlich neugierig werden lässt.

»Willst du mir mehr darüber erzählen?«, frage ich ihn drängend.

Er sieht mich mit einem toten Blick an, als er schlicht »Nein« sagt.

Genervt kneife ich die Augen zusammen. »So ein Abendessen ist eigentlich dazu da, um sich besser kennenzulernen.«

»Wir essen noch gar nicht zu Abend«, neckt er mich. »Woher

hast du Baby eigentlich?« Der Themenwechsel könnte subtiler sein, aber ich lasse ihn damit durchkommen.

Bis wir den Vergnügungspark erreichen, erzähle ich ihm von Babys Rettung und einem lustigen Ereignis, das sich gleich zu Beginn meiner Zeit als Hundemama ereignet hat. Declan lacht so ausgelassen über die Geschichte, dass er beim Einparken beinahe den vorderen Wagen rammt. Der Wagenbesitzer beschimpft ihn wüst. Darüber lache wiederum ich ausgelassen.

»Was ist mit dir, kein Haustierliebhaber?«, frage ich ihn, als wir aussteigen. Hier ist wie erwartet die Hölle los, Hunderte von Menschen tummeln verkleidet durch die Gegend. Manche Kostüme sind ein Hingucker, andere wirken schlecht und billig. »Baby scheinst du ziemlich zu mögen.«

»Ich liebe sie«, sagt er, was mein Herz erwärmt. »Und Tiere im Allgemeinen. Aber Zeit für eigene Haustiere hatte ich nie.«

»Hattest du bei deinen Eltern zu Hause keine?«

»Zum Glück nicht«, meint er, bevor er an meine Seite tritt und mich an der Hand nimmt. »Mein Vater hätte vermutlich jedes meiner Haustiere gekillt. Er hasst mich.«

Entsetzt weiche ich von ihm. Nicht, weil sein Vater offenbar ein Tier-tötender Psychopath zu sein scheint, sondern weil er meine Hand gehalten hat.

»Was ist?«, will Declan verwirrt wissen.

»Was versuchst du da?«

Jetzt wirkt er noch verwirrter. »Ich wollte dir mit der Geschichte keine Angst machen. Du wirst meinen Vater nie kennenlernen, keine Sorge. Dafür mag ich dich zu gern.«

»Nicht das«, murmele ich durcheinander. »Du wolltest Händchen halten.« Mein angewiderter Gesichtsausdruck verrät, was ich davon halte.

»Entschuldige?«, fragt er so, als sei er nicht sicher, welche Reaktion darauf ich mir von ihm erwarte. »Sowas tut man halt.«

»Ich nicht«, erwidere ich entschlossen. »Sei nicht so ekelhaft, Declan.«

Wieder einmal nimmt er mir mein abweisendes Verhalten und

meine Worte nicht übel, stattdessen lacht er darüber. »Schon gut, Medusa. Kommt nicht mehr vor.«

Augenrollend lächele ich. Das gefällt mir an ihm. Dafür lasse ich ihn den Arm um mich legen, als wir uns durch die Menge der Leute quetschen und ein paar gruselig verkleideten Männern ausweichen, die uns anschreien, um uns zu erschrecken.

Unbeeindruckt gehen wir weiter, bis wir an einem Boxautomaten vorbeikommen, vor dem sich einige Jugendliche versammelt haben. Wir beobachten, wie sie mit all ihrer Kraft zuschlagen und die Ergebnisse vergleichen, um zu sehen, wer der Stärkste von ihnen ist. Anhand der Punktezahl, die rot am Automaten aufleuchtet, stelle ich amüsiert fest, dass ganz sicher keiner von ihnen so viel Kraft besitzt wie ich.

»Du schaust, als wolltest du mitmachen«, neckt mich Declan. »Der Letzte war halbwegs gut. Übertriffst du ihn?«

Amüsiert schnaubend neige ich den Kopf zu ihm. »Das fragst du überhaupt?«

»Na dann los.« Er schiebt mich in Richtung des Automaten und nickt mir zu. »Zeig denen, wie man richtig zuschlägt.«

Ich lache, zögere aber. Das ist mir irgendwie unter diesen Umständen peinlich. Außerdem will ich die Jungs nicht stören, sie scheinen ihren Spaß zu haben.

»Meine Freundin denkt, sie könne jeden von euch schlagen«, ruft Declan den Jungs zu, die sich erst verwirrt, dann amüsiert zu uns umdrehen. Sie mustern mich neugierig, wirken aber nicht so, als ob sie tatsächlich glauben, dass dieser Fall eintreten könnte. »Ich auch. Was denkt ihr?«

»Wie jetzt, sie will uns schlagen?«, hakt einer der jungen Burschen verwirrt lachend nach.

»Nein, Zahnspange. Ich rede von der Punktezahl«, erklärt Declan ihm. »Wer von euch denkt, dass er stärker ist als sie?«

Alle Jungs halten die Hand in die Höhe.

Declan lacht, während ich mich beleidigt fühle.

»Denen werde ich's zeigen«, zische ich ihm genervt zu, worüber er erneut lacht, bevor er mir einen Klaps auf den Hintern gibt, als ich an den Automaten herantrete. »Die höchste Punktezahl lag bei 792, richtig?«

»798«, korrigiert mich einer der Jungs. Er deutet auf seinen blonden Freund. »Die hat er vorhin geknackt.«

»Okay.« Ich ziehe meine Tasche von der Schulter und werfe sie Declan zu. Er fängt sie mit einer Hand auf, während ich mich in Position begebe.

Ich kann die Augen aller Jungs um mich herum auf mir spüren und lächele. 798 ist nicht schlecht, dennoch schwach. Ab 850 könnte man behaupten, wäre die Leistung akzeptabel. 900 Punkte aufwärts sind dagegen schon besser, und 999 ist die höchste Punktezahl, die man erreichen kann.

Ich strebe sie an, als ich aushole, meinen Körper gekonnt mit dem Schlag drehe und mein Gewicht so verlagere, dass jegliche Kraft in meine rechte Faust fließt. Ich treffe das Ding genau so, wie ich es wollte, und höre, wie die Jungs um mich herum ungläubig nach Luft schnappen.

»Oha!«, ruft einer von ihnen. »Das sah hart aus.«

»Woher kann die denn so gut zuschlagen?«, will ein anderer fasziniert wissen.

Als die rote Punktezahl auf dem Automaten erscheint, drehe ich mich lächelnd zu ihnen um. »Ihr seid alle Loser.« Die Jungs lachen, wirken immer noch baff.

Declan grinst amüsiert, bevor er mir anerkennend zunickt und mir die Tasche reicht. »939 Punkte, nicht schlecht.«

»Nicht schlecht?«, echoe ich verdutzt. »Geh und mach es besser.«

Die Jungs hetzen ihn auf, indem sie sagen, dass es peinlich wäre, gegen seine eigene Freundin zu verlieren. Oder gar nicht erst zu versuchen, zu gewinnen. Als einer von ihnen fragt, ob er zu Hause den Haushalt schmeißt, weil ich eindeutig der Mann in der Beziehung bin, flucht Declan auf. Ich kriege mich kaum ein vor Lachen.

Mit einer selbstbewussten Geschmeidigkeit, mit der nur er es tun könnte, tritt er an den Automaten heran und holt zum Schlag aus. Noch bevor die Punktezahl angezeigt wird, weiß ich bereits, dass er gewonnen hat.

»Oh Mann!« Die Jungs machen große Augen, als der Automat 999 Punkte anzeigt. »Das habe ich ja noch nie gesehen!«

»Jetzt schon.« Declan zwinkert ihnen zu, legt einen Arm um mich und marschiert vorwärts. »Ich bin sicher nicht die Frau in dieser Beziehung«, beschwert er sich dann über die Aussage der Jungs, klingt genervt. Ich lache ihn aus und verkneife mir den Kommentar, dass wir gar keine Beziehung führen. »Hat dich das jetzt angeturnt, Babe?« Schelmisch grinst er mich an.

»Ich bin entzückt«, murmele ich amüsiert. »Du bist stärker als eine Frau … und ein paar Vierzehnjährige.«

Er beißt mir knurrend ins Ohr. »Ich bin stärker als jeder hier.«

Kichernd weiche ich ihm aus. Manchmal ist er wirklich lustig, ohne es darauf anzulegen.

Gleich darauf erreichen wir das Restaurant. Sowohl der Innenbereich als auch der Außenbereich ist zum Bersten gefüllt. Declan spricht kurz mit einem der Kellner, ehe wir diesem zu einem Tisch am äußeren Rand des Außenbereichs folgen. Um uns herum ist es furchtbar laut, doch drinnen ist es nicht viel besser.

Heizstrahler erwärmen mich auf eine angenehme Weise, als ich meinen Mantel ablege und auf dem Stuhl gegenüber Declan Platz nehme. »Weißt du, was man viel eher tut als Händchen zu halten?«

Declan blickt von den Karten auf, die uns der Kellner gerade reicht. »Was?«

»Einer Frau den Mantel abnehmen.« Ich werfe ihn achtlos auf den Stuhl zwischen uns. »Oder ihren Stuhl zurechtrücken.« Fast wirkt es tatsächlich so, als täte ihm das unendlich leid. Ich muss lachen. »Das war nur ein Scherz.«

»Ich bin in der Tat nicht unbedingt ein Gentleman«, gibt er zu, was mich nicht sonderlich stört. »Ich habe einfach keine Erfahrung darin, eine Frau zu umgarnen.«

»Ach, sag bloß«, ziehe ich ihn auf. »Das fiel mir gar nicht auf, während du mich gestalkt, als Prostituierte bezeichnet hast und in meiner Wohnung eingebrochen bist.«

Der Kellner blinzelt ungläubig auf uns herab.

»Ich hätte gern eine Limo«, sage ich, ohne seine entgleisenden Gesichtszüge zu beachten. »Was nimmst du?«

Declan stört sich ebenfalls nicht an seinem schockierten Gesichtsausdruck. »Jameson Whisky, drei Finger breit. Ich trinke ihn pur.« Flüchtig zuckt sein Blick zu mir, ehe er nachordert: »Zweimal. Meine Begleitung wird ihn noch brauchen, wie Sie sich jetzt bestimmt denken können.«

Der Kellner verlässt wortlos unseren Tisch. Wir kichern.

»Es macht Spaß mit dir«, schießt mein Gedanke dann plötzlich aus mir heraus, und ich beiße mir auf die Zunge.

Declan lächelt frech. »Schlägst du mich, wenn ich jetzt über den Tisch nach deiner Hand greife?«

Ich tue so, als würde ich angestrengt darüber nachdenken, ehe ich keck sage: »Heute nicht.«

Er greift nach meiner Hand und verschränkt obendrein noch unsere Finger miteinander, und ich entscheide mich, ihn auch deswegen nicht zu schlagen.

Der Kellner kehrt mit unseren Getränken zurück und scheint sich von seinem kleinen Schock erholt zu haben. Er nennt uns seine heutige Tagesempfehlung, und wir bestellen jeweils eine Vor- und Hauptspeise.

Während wir auf das Essen warten, unterhalten wir uns zwanglos miteinander und beobachten die Leute um uns herum. Obwohl wir hier mit Abstand die verrücktesten Personen sind, wirken wir heute unter all den Verkleideten und Betrunkenen wie die Normalsten. Die angekündigte Show besteht daraus, dass immer wieder irgendwelche gruselig verkleideten Künstler zwischen den Tischen hantieren und tanzen oder aber aus einer Ecke springen und Leute beim Essen erschrecken. Eine Frau hustet daraufhin wild und erstickt beinahe an ihrem Essen, was jeder witzig findet, nur sie nicht.

Als ein kleiner Mord zwischen zwei Kellnern inszeniert wird, klatschen die Leute fröhlich.

»Ich habe noch nie erlebt, dass bei einem Mord Beifall applaudiert wird«, stoße ich amüsiert hervor und glaube, Declan »Ich schon« sagen zu hören, bin mir aber nicht sicher. Die Geräuschkulisse um uns herum ist laut, fast zu laut.

»Hast du außer Callahan noch andere Geschwister?«, frage ich ihn schließlich, weil ich zugegebenermaßen gerne mehr über ihn wüsste.

Er schüttelt den Kopf und bedankt sich beim Kellner, der uns das köstlich aussehende Essen reicht. »Lass es dir schmecken, Vanilleblüte.«

»Du auch.« Kaum mache ich den ersten Bissen, hebe ich eine Augenbraue und sehe ihn abwartend an. »Willst du mir keine Gegenfrage stellen?«

»Ob du Geschwister hast?«

Ich nicke.

Ein schalkhaftes Lächeln ziert seine Lippen. »Sorry, Babe, das weiß ich bereits.«

»Woher denn?«, frage ich verwirrt.

»Ich habe mich damals über dich erkundigt. Besser gesagt, habe ich unseren Privatdetektiven auf dich angesetzt«, gesteht er mir und wieder scheint er sich deswegen nicht blöd zu fühlen. Diesem Kerl ist einfach nichts unangenehm.

»Ach, und was hat der noch so herausgefunden?«, will ich ein wenig angespannt wissen.

»Nicht viel, ich habe ihn dich ja nicht beschatten lassen«, meint er.

»Weil du diese Aufgabe selbst übernommen hast.«

Er grinst. »So macht es doch viel mehr Spaß.«

»Du bist verrückt«, sage ich, und er lächelt sanft, weil er weiß, dass das eine Art Zuneigungsbekundung ist. Ich sage es nicht zum ersten Mal. Es ist meine Art, ihm zu verstehen zu geben, dass ich ihn mag – und ich mag es, dass er das zu wissen scheint, ohne dass ich es ihm erklären muss.

»Du bist auch ziemlich gewöhnungsbedürftig«, lässt er mich wissen, wie sehr er mich ebenfalls mag.

Ich nehme gerade einen Bissen vom Fleisch, da verschlucke ich mich an seinen nächsten Worten.

»Wie machen wir das jetzt mit den Kindern? Du magst keine, ich will aber welche haben.«

»Declan«, stöhne ich, nachdem ich wild gehustet habe. »Du schaffst es immer, schöne Momente kaputtzumachen.«

Empört starrt er mich an. »Wie denn? Indem ich romantische Sachen sage?«

»Romantisch?«, echoe ich entgeistert. »Du klingst wie ein besessener Freak.«

»Ich bin ein besessener Freak«, erklärt er trocken.

»Dann lass es mich nicht wenigstens gleich bei unserem ersten offiziellen Date wissen«, erwidere ich genauso trocken. »Das weckt in mir das Bedürfnis, kreischend davonzulaufen.«

»Vor mir oder vor unseren Kindern?«

Nun bin ich dankbar für den Whisky, den ich in einem Zug leertrinke. Ich ordere direkt einen neuen bei unserem Kellner. »Wir haben Baby. Wir brauchen keine Kinder«, sage ich dann, als ich mir erlaube, in seine wilden Fantasien miteinzusteigen. »Außerdem ist in meiner Wohnung kein Platz für Kinder.«

»Du ziehst ja sowieso zu mir, Babe«, sagt er mit ernster, aber charmanter Stimme, während er mich eindringlich mustert. »Ist doch logisch, oder nicht?«

Ich kaue zu Ende und denke auch darüber kurz nach. »Dein Haus ist schön, aber irgendwie zu groß.«

»Je mehr Platz, desto besser«, wirft er überzeugt ein.

Unschlüssig schüttele ich den Kopf. »Es wäre außerdem immer dein Haus. Ich würde wohl nicht zu dir ziehen.«

»Ich kann aber auch nicht zu dir ziehen. Deine Wohnung ist zu klein für drei«, gibt er zu bedenken. »Oder für mehr.«

Ich schiebe den leeren Teller von mir und nehme noch einen Schluck vom Whisky, als ihn der Kellner auf den Tisch stellt. »Lass uns dieses Problem ein andermal angehen. Zum richtigen Zeitpunkt.«

Declans blaugraue Augen funkeln, als er entschlossen sagt: »Für mich ist es der richtige Zeitpunkt. Ich weiß, dass ich dich eines Tages heiraten werde, worauf soll ich also noch warten?«

Das verschlägt mir für einen Moment die Sprache, obwohl er oft mit solch unverhohlenen Aussagen um sich schlägt. Es ist eher der Ausdruck in seinem markanten Gesicht, der mich ganz still bleiben lässt. Er wirkt so ernst, so entschlossen, so … zufrieden.

Als hätte er nun alles erreicht. Als wäre sein Leben nun vollkommen, weil er mich gefunden hat.

»Ich habe keine Ahnung von Beziehungen«, platzt es aufgrund meiner Panik, seinen Erwartungen nicht gerecht werden zu können, aus mir heraus. Plötzlich bröckelt diese Blockade tief in mir, die mich immerzu auf Abstand zu anderen bleiben lässt, und all meine wahren Emotionen kehren an die Oberfläche. »Ich hatte noch nie eine richtige. Ich habe auch keine Ahnung von Romantik. Oder richtiger Zweisamkeit. Ich bin bestimmt die unqualifizierteste Frau für den Job als Ehefrau und Mutter. Ich weiß ja nicht einmal, wie ich es schaffe, Baby am Leben zu erhalten. Eigentlich müsste sie schon dreimal gestorben sein.«

Declan starrt mich aus unergründlichen Augen an.

Deswegen plappere ich nervös weiter: »Ich meine, das hier ist ja alles schön und gut, aber ich weiß nicht, wohin das führen soll … Weil ich befürchte, dass ich mich nicht mal als stinknormale Freundin gut machen würde. Bestimmt vergesse ich zwischendurch einfach, dass es dich gibt, oder verhalte mich irgendwie unangemessen. Ich schaffe es ja nicht mal, deine Hand zu halten. Meine Eltern haben mich echt verkorkst.«

Als Declan den Kopf schief legt, erkenne ich, wie weich seine Augen geworden sind. Obwohl er nicht lächelt, wirken sie glücklich.

Hat er mir gerade überhaupt zugehört?

»Daran können wir arbeiten, Vanilleblüte«, sagt er dann mit rauer, aber warmer Stimme, und greift erneut nach meiner Hand auf dem Tisch. »Deine Eltern können dich nicht mehr verkorkst haben als meine mich, und ich bin genauso schlecht in diesen Dingen wie du. Das macht uns in meinen Augen zu einem perfekten Team.« Sein Daumen streicht über meinen Handrücken. »Außerdem haben wir noch einige andere Dinge gemein.«

Ich kann nicht anders und lächele. »Deine Beharrlichkeit nervt.«

Declan erwidert mein Lächeln, denn auch diesmal hört er die Worte zwischen den Zeilen.

Als plötzlich eine Kellnerin an unseren Tisch tritt, die uns zuvor nicht bedient hat, hebe ich den Blick. Sie schenkt mir kaum Beachtung, sondern fixiert Declan mit starren Augen. Ich bilde mir ein, sie vorhin noch draußen gesehen zu haben, als wir beim Boxautomaten waren, könnte mich aber irren. Sie stand, sofern sie das tatsächlich war, ein paar Meter von uns entfernt und hat uns zugesehen.

»Darf es für euch noch etwas zu trinken sein?«, fragt sie wie einstudiert.

»Wir nehmen noch zwei Gläser Jameson«, antwortet Declan und nickt ihr freundlich zu.

Sie marschiert wortlos davon. Grüblerisch blicke ich ihr hinterher. Dann suchen meine Augen unseren eigentlichen Kellner, den ich aber nirgendwo entdecken kann.

Ob er keine Lust mehr hatte, uns zu bedienen?

Declan reißt mich aus den Gedanken, als er mir eröffnet: »Falls es dich interessiert – ich wohne jetzt übrigens bei einem Freund. O'Sullivan heißt er. Du würdest ihn mögen.«

»Okay«, lautet meine Antwort darauf. »Soll ich jetzt fragen, warum?«

»Nein.«

»Okay.«

»Mein Bruder denkt, ich hätte die Stadt verlassen«, erzählt er mir. »Es ist besser so.«

Die Kellnerin kehrt mit unseren Getränken zurück. Sie hält das Tablett schief, sodass der Whisky beinahe verschüttet wird, als sie ihn uns auf den Tisch stellt. Das finde ich komisch. Kein anderer der Kellner wirkt so tollpatschig. Wieder bemerke ich zudem, wie eindringlich ihre Augen Declan fixieren. Erst halte ich es für Interesse und denke, dass sie deswegen so abgelenkt von ihrer Arbeit ist, doch der Ausdruck darin wirkt keineswegs angetan oder neugierig.

Declan beachtet sie nicht einmal, weil seine volle Aufmerksamkeit mir gilt. Erneut werfe ich einen flüchtigen Blick durchs Lokal. Immer noch ist es laut und voll, die engagierten Künstler huschen verkleidet zwischen den Tischen hindurch und unterhalten die Leute mit inszenierten Showeinlagen. Auf ihren Kostümen und Gesichtern klebt Kunstblut.

Unsere Kellnerin ist ebenfalls verkleidet. Sie trägt ein Hexenkostüm mit aufgebauschtem Kleidchen und Strumpfhaltern. Ihr ganzes Gesicht ist unpassend dazu als Geist angemalt, sodass man es nicht wirklich erkennt. Meine Augen mustern sie detailliert, während Declan irgendetwas von sich gibt, das ich nur unterschwellig wahrnehme. Ich entdecke den hölzernen Griff eines Messers unter einem der Strumpfhalter an ihren Beinen. Aus irgendeinem Grund zieht sich mein Magen zusammen.

Gehört das Messer zum Kostüm? Eine Hexe mit dem Gesicht eines Geistes und einem Messer? Wer hat sich das denn ausgedacht?

Im selben Moment, als ich stirnrunzelnd wieder in ihr Gesicht aufsehe, erkenne ich es.

Den Ausdruck in ihren Augen. Ich kenne ihn. Ich habe ihn selbst schon getragen und zuletzt im Gesicht des Mannes gesehen, gegen den Declan im Ring gekämpft hat.

Es ist ungefilterte Feindseligkeit.

Beunruhigt öffne ich den Mund, um etwas zu sagen, wobei ich gar nicht wüsste, was genau, da zucken meine Augen zu ihrer linken Hand, die sie hinter dem Tablett versteckt, das sie in der rechten Hand hält. Unmittelbar vor Declans Körper. Jetzt erkenne ich auch ein Tattoo an ihrem Handgelenk, weiß aber nicht, was das Symbol bedeutet.

Alles passiert in Sekundenschnelle. Es dauert einen Wimpernschlag, bis ich verstehe, was sie vorhat. Und noch einen Wimpernschlag, bis sie ihr Vorhaben in die Realität umsetzt, während Declan nichtsahnend über den Tisch nach meiner Hand greift und fragt, ob alles in Ordnung ist.

Ich reagiere schneller als sie. Kaum hat sie das Messer aus dem Strumpfband gezogen, springe ich bereits auf und greife danach. Dabei fällt ihr das Tablett aus der Hand und zu Boden. Ich versuche, an den Griff zu fassen, doch sie reißt die Hand zurück und so erwische ich genau die Klinge.

Schmerz explodiert in meiner Hand. Die Klinge bohrt sich durch meine Haut, der Schnitt verläuft über meine gesamte Handfläche. Blut spritzt unwillkürlich heraus und tropft zu Boden. All das nehme ich nur am Rande wahr, da nun auch Declan aus seinem Stuhl aufspringt, wodurch sie eine perfekte Angriffsfläche hat.

Wieder dauert es nur einen Wimpernschlag, bis sie mit dem Messer ausgeholt hat und es in Richtung seines Bauches rammen will.

Ich schnappe mir das Erstbeste, das ich vom Tisch zu greifen bekomme, und ramme es in ihre Taille. Es ist eine Gabel. Da Declan nun überrissen hat, was hier vor sich geht, reagiert er ebenfalls impulsiv und ohne ein Anzeichen des Zögerns. Er nutzt die Sekunde, in der sie von den Schmerzen abgelenkt ist, reißt ihr das Messer aus der Hand und lehnt sich gegen sie. Sein Blick ist starr, und etwas wirklich Düsteres überschattet seine Gesichtszüge. Ich kann erkennen, wie er seinen Arm mit besorgniserregender Ruhe vor und zurückzieht. Dann bewegt er ihn noch einmal kraftvoll nach vorne, wodurch ihr Körper gegen seinen sackt. Es wirkt, als würden sie kuscheln, während ihre Augen müde werden und aus ihrem Mund Blut rinnt.

Seine Augen treffen auf meine. Ein Sturm wütet darin, der gar nicht zu der Ruhe passt, mit der er diese Frau erstochen hat.

Ich schlucke.

Mein Blick wandert zwischen die beiden. Ich entdecke all das

Blut, das aus ihrem Bauch sickert. An ihrem schwarzen Kostüm ist es kaum zu erkennen, aber an Declans weißem Hemd sticht es einem förmlich ins Auge. Es schreit nach Mord in der Öffentlichkeit.

Wenn er sie jetzt loslässt, bricht sie tot auf dem Boden zusammen.

Plötzlich wird mir schmerzlich bewusst, dass uns alle Leute im Lokal anstarren. Es ist ein weniger ruhiger um uns herum geworden, wir genießen die volle Aufmerksamkeit unserer Zuschauer.

Adrenalin schießt durch meine Adern, und ich reagiere impulsiv. »Ta-da!« Mit einem aufgesetzt breiten Lächeln gebe ich der Schlampe einen Stoß auf die Schulter, sodass sie tatsächlich leblos auf dem Boden zusammenbricht, woraufhin die Gäste und Kellner große Augen machen. Auch Declan starrt mich an.

Ich greife nach seiner Hand, überkreuze meine Beine und verbeuge mich. Als Declan versteht, dass ich vorgebe, eine der Künstlerinnen zu sein, die eine Showeinlage zum Besten gibt, tut er es mir gleich und verbeugt sich vor den vielen Menschen. Er setzt ein Grinsen auf, das keinerlei Emotionen widerspiegelt, als sie alle zu lachen und klatschen beginnen.

»Wow, richtig gut!«, lobt uns ein Herr am Nebentisch. »Das sieht so echt aus.«

»Vielen Dank«, erwidere ich fröhlich. »Das war das Ziel.« Ich lächele konsequent weiter.

Die Leute applaudieren zu Ende, und meine Augen zucken zu Declans. Er fischt einige Scheine aus seiner Hose und wirft sie achtlos auf den Tisch. Nun hat er es eilig, von hier wegzukommen, bevor jemand unseren Bluff aufdeckt.

»Schönen Abend noch«, ruft er durch die Menge, als er die Frau vom Boden unter den Achseln packt und aus dem Lokal zerrt. »Wir müssen zu unserer nächsten Show.«

Wir werden verabschiedet und verschwinden schleunigst aus dem Lokal. Was für ein Glück im Unglück, dass heute Halloween ist. Nicht nur, dass wir vorgeben konnten, es handele sich um eine Showeinlage, sondern auch, dass jeder um uns herum ebenfalls

Blutflecken auf der Kleidung und Messer in seinem Bauch trägt, rettet uns gerade den Arsch.

Declan zerrt den leblosen Körper der falschen Kellnerin noch einige Meter durch den Vergnügungspark, ehe er vor einer Seitengasse innehält, die wie ausgestorben ist.

»Was machen wir jetzt mit ihr?«, frage ich ein wenig gehetzt, da ich befürchte, es könnte doch noch jemand herausfinden, dass das kein real wirkendes Schauspiel war.

»Wir werfen die Schlampe in den Müllcontainer«, sagt er emotionslos, bevor er sie durch die Gasse zu einem riesigen Container schleift. Schnell laufe ich ihm hinterher und packe sie an ihren Füßen, um ihm zu helfen. Ich bemerke, zu zittern, weil mich das hier an etwas erinnert, das ich mühevoll aus meinem Gedächtnis verdränge.

»Warte!«, schießt es dann abrupt aus mir hervor. Ich lasse ihre Füße wieder los und taste ihren Körper ab. »Ich will sehen, ob sie einen Ausweis bei sich hat.« Ein Seufzen stiehlt sich gleich darauf aus meinem Mund. Da ist weder ein Ausweis noch sonst etwas in ihrem Kostüm zu finden. Sogar in ihrem BH sehe ich nach, werde aber nicht fündig.

»Gut mitgedacht.«

Wir heben die Leiche zusammen hoch und werfen sie in den Müllcontainer. Mit einem dumpfen Geräusch landet sie auf all den übelriechenden Müllsäcken. Declan schließt den Deckel mit einem kraftvollen Ruck.

»Und jetzt komm, lass uns abhauen.«

Als er mich nun an der Hand nimmt, wehre ich mich nicht dagegen. Stattdessen kralle ich mich mit einem letzten Blick zurück zum Container fest hinein.

KAPITEL 17

DECLAN

*N*un, das kam unerwartet.

Mein Hirn leistet Überstunden, während die Bilder der vergangenen Stunde in meinem Kopf auf Dauerschleife laufen. Ich denke angestrengt darüber nach, wie es so weit kommen konnte, dass nun sogar jemand versucht, mich bei einem Rendezvous um die Ecke zu bringen. Und dann darüber, dass ich Callahan darüber informieren sollte, was ich aber nicht tue. Ich kann ihm nicht sagen, was geschehen ist, weil er denkt, ich hätte die Stadt verlassen. Seine Tirade darüber, wie dumm ich bin, hebe ich mir für später auf.

Denn allen voran herrscht in meinem Kopf die Frage, was Vanilleblüte nun denkt. Oder fühlt. Oder ob ich mir damit jegliche Chancen auf ein weiteres Date versaut habe.

Es ist wohl nicht gut, dass das zurzeit meine größte Sorge ist. Auch ist es nicht gut, dass ich durch sie abgelenkt und unachtsam bin. Gleichzeitig stelle ich mit Zufriedenheit fest, dass sie alles andere als unachtsam ist. Sie hat den Angriff schneller kommen gesehen als ich. Sie hatte die Kellnerin durchschaut und nicht gezögert, ihren Angriff auf mich abzuwehren. Dabei hat sie sogar eine Verletzung in Kauf genommen.

Der kleine Liebesbeweis verrät mir endgültig, dass sie mich

mag. Immerhin hat sie mir gerade zum zweiten Mal das Leben gerettet, und so viel Aufwand betreibt niemand ohne guten Grund.

Durch den Gedanken lächele ich vor mich hin, während wir schweigend in meinem Auto zu mir fahren. Das scheint die Frau an meiner Seite zu irritieren. Ihr Duft nach Vanille liegt in der Luft, er erdet mich. Ich habe mich bereits an ihn gewöhnt.

»Was genau bringt dich zum Lächeln?«, will sie wissen, und ihr Blick verrät, dass sie an meinem geistigen Zustand zweifelt.

»Ach, nichts.« Dann bemühe ich mich um einen lockeren Tonfall, als ich mit einem Scherz versuche, die Stimmung aufzulockern: »Das war doch mal ein unvergessliches Date, oder nicht?«

Genevieve blinzelt mich an. »In der Tat …« Ich bemerke, dass sie angespannt ist, auch wenn sie es ebenfalls hinter einem scherzhaften Tonfall zu verstecken versucht, als sie sagt: »So hatte ich mir unser erstes richtiges Date nicht vorgestellt, auch wenn ich bereits geahnt habe, dass es jedes meiner bisherigen Dates toppen wird.«

Ich grinse. »Mit mir wird es eben nie langweilig.«

»In der Tat«, sagt sie wieder, und jetzt klingt sie ernst. Ihre grünen Augen treffen mit einem unsicheren Ausdruck auf meine, während sie damit zögert, zu fragen: »Willst du mir sagen, warum sich eine Frau als Kellnerin ausgibt und in einem vollen Restaurant versucht, dich zu erstechen?«

»Keine Ahnung«, murmele ich nun ebenfalls angespannt.

»Kanntest du sie?«, bohrt sie nach.

»Nicht, dass ich wüsste.«

»Was soll das bedeuten? Ist sie womöglich eine ehemalige Liebhaberin von dir, die deine Abfuhr nicht ertragen konnte, oder was? Eine, die du schon wieder vergessen hast, weil es danach so viele gab?« Der Gedanke scheint ihr nicht zu gefallen. Sie versteift sich auf dem Sitz neben mir.

Amüsiert schüttele ich den Kopf. »Das mit Sicherheit nicht.«

Sie seufzt schwer. »Schon wieder musste ich dir den Arsch retten. Wann hört das endlich auf?«

Als sie mich anlächelt, lächele ich zurück. »Ich weiß. Sorry.«

»Entschuldigen musst du dich dafür nicht«, meint sie und blickt gedankenverloren aus dem Fenster.

»Danke«, sage ich stattdessen rau und greife an ihren Nacken, um ihren Kopf zurück zu mir zu drehen. Da liegt weiterhin etwas Unruhiges in ihrem Blick, als ich sie zu beruhigen versuche: »Ich hoffe, es kommt nicht wieder vor. Sonst käme ich mir nun wirklich wie die Frau in unserer Beziehung vor.«

Ich rechne damit, dass sie mich darauf hinweist, dass wir nie offiziell eine Beziehung eingegangen sind, doch stattdessen wiederholt sie angespannt: »Du hoffst?«

Mich räuspernd parke ich den Wagen vor meinem Haus und schalte den Motor aus. Ich möchte ihr etwas sagen, das sie beruhigt, doch mir fällt nichts ein, weil ich nicht lügen will. Irgendjemand aus diesem Kartell hat es auf mich abgesehen und setzt offenbar alles daran, seinen mörderischen Plan in die Tat umzusetzen. Wer weiß, was sich diese Person und seine Anhänger noch ausdenken, um mich zu erledigen.

Es reizt mich unglaublich, dass diese Bastarde so wenig Respekt haben, dass sie mein Date mit Vanilleblüte als perfekten Zeitpunkt für meinen Tod auserwählt haben. Wie peinlich wäre es gewesen, vor den Augen meiner Traumfrau abgestochen zu werden und elendig zu verbluten?

Das geht verdammt noch mal gar nicht. Damit haben sie maßlos übertrieben.

Der Gedanke, dass Callahan womöglich recht damit hatte, dass ich Vanilleblüte in Gefahr bringe, lässt das Blut in meinen Adern umgehend noch mehr kochen.

Diese Motherfucker meinen es ziemlich ernst. Eine Tatsache, die mir mehr als missfällt. Bevor ich Genevieve kannte, wäre mir jeder Zeitpunkt für einen Krieg mit einem Kartell recht gewesen, da ich in meinem Leben sowieso nichts Besseres zu tun hatte. Aber jetzt, wo ich einmal auch anders Spaß und Freude in mein Leben bringe, versauen sie mir alles. Ihre Taten zwingen mich dazu, mich auf sie und nicht meine Traumfrau zu konzentrieren.

»Was machen wir bei dir?«, reißt mich diese aus den vielen Gedanken.

»Deine Hand muss verarztet werden, und der Weg zu mir war kürzer«, erkläre ich ihr abwesend und steige aus dem Wagen. Ich sehe sie nicht an, als ich zum Eingang meines Hauses marschiere, weil ich mich zu sehr über mich selbst ärgere.

Ich hätte dieses Problem von Anfang an ernster nehmen sollen, aber ich bin nun mal kein ernsthafter Mensch. Wenn ich mir wegen jedem potenziellen Problem in die Hosen machen würde, bräuchte ich durchgehend neue. Mein Leben ist eine Gefahr an sich, weil mein Job ein großes Risiko mit sich bringt, und mein Name sorgt zwar für Ehrfurcht, garantiert mir aber auch Feinde.

Zum ersten Mal im Leben stört mich das.

Weil es *ihr* zum Verhängnis werden könnte.

Wie soll ich meine Pläne von einer Familie mit ihr in die Realität umsetzen, wenn wir nicht mal ein lockeres Abendessen unbeschadet und ohne blutige Ereignisse überstehen? So hatte ich mir das nicht vorgestellt.

»Du musst mich nicht verarzten. Der Schnitt ist nicht so tief.«

Ich ignoriere ihren Protest, nehme sie an der anderen Hand und ziehe sie mit mir ins Badezimmer im unteren Stockwerk. Dort drücke ich sie auf die Badewanne herab und krame den Erste-Hilfe-Koffer unter dem Waschbecken hervor. Als ich vor ihr in die Hocke gehe, streckt sie mir resigniert ihre blutende Hand entgegen. Meine Brust verkrampft sich.

»Tut mir leid«, murmele ich, während ich beginne, den Schnitt zu desinfizieren. Weder zischt noch zuckt sie, aber nichts anderes habe ich von ihr erwartet. Meine Vanilleblüte ist kein Sensibelchen und gewiss keine Heulsuse.

»Mach dir nichts draus«, lautet ihre abgestumpfte Antwort.

Ich hebe den Kopf, und unsere Blicke treffen sich. Mit Zufriedenheit erkenne ich, dass sie immer noch angespannt ist, als ob es ihr ernsthaft zu denken geben würde, dass und warum mich jemand erledigen wollte. Das deute ich als ein gutes Zeichen.

»Mach dir keinen Kopf um mich, Vanilleblüte«, stoße ich

hervor, als ich ihre Hand bandagiere. »Und um deine Hand auch nicht. Das wird bald verheilen.«

»Ich weiß«, sagt sie nur leise, dabei röntgen mich ihre Augen weiterhin. Ich kann ihren durchdringenden Blick förmlich auf meiner Haut spüren und weiche ihm genau deswegen aus. »Denkst du, jemand hat uns gesehen? In der Gasse?«

»Nein.«

»Bist du dir sicher?«

»Wer soll uns gesehen haben? Dort war niemand, und die Leute im Park waren alle mit anderen Dingen beschäftigt«, meine ich überzeugt.

»Man weiß nie, wer zuschaut.«

Aufgrund dieser kryptischen Aussage und ihrem verbitterten Tonfall sehe ich sie nun doch an. »Niemand hat uns gesehen«, versichere ich ihr, um ihr die Angst zu nehmen, die offenbar deswegen in ihr schlummert. »Keiner außer uns beiden weiß, was da vorhin geschehen ist.«

Genevieve überrascht mich ein weiteres Mal mit ihrem Weitblick, der mir ganz offensichtlich fehlt. Deswegen ist auch Callahan derjenige von uns, der sich um alles Organisatorische kümmert, während ich die Drecksarbeit erledige. Ich war noch nie ein Stratege.

»Irgendwann wird irgendjemand die Leiche im Container finden. Und sollte ihr Gesicht in den Nachrichten erscheinen, werden sich die Leute aus dem Restaurant an uns erinnern.«

Ihre Bedenken sind durchaus begründet. Das wäre in der Tat nicht gut. Wir waren nicht verkleidet, somit könnte man uns gut beschreiben und nach uns fahnden. Zwar habe ich genügend Gefallen in petto, die ich bei den richtigen Personen einfordern kann, um Schlimmeres zu vermeiden, aber heraufbeschwören müssen wir diese unglückliche Situation nicht bewusst, wenn sie vermeidbar ist.

»Ich kümmere mich darum«, verspreche ich ihr und zücke mein Handy. Ich wähle O'Sullivans Nummer. »Warte hier.«

Dann verlasse ich den Raum, um ungestört mit ihm telefonieren zu können. Dabei marschiere ich unruhig durch mein Haus und trommele mit den Fingern auf meinen Oberschenkel.

»Aye«, meldet er sich.

»Du musst mir einen Gefallen tun«, sage ich, obwohl er in seiner Position als meine rechte Hand nichts anderes tut als das. Es ist sein Job, dafür wird er bezahlt. Aber er ist auch mein Freund. »Ich schicke dir eine Adresse. Dort wirst du einen Müllcontainer mit der Leiche einer brünetten Frau entdecken. Sie trägt ein Hexenkostüm und das Tattoo am Handgelenk. Du musst die Leiche loswerden.«

O'Sullivan ist ein paar Sekunden lang still, bevor er wie der beste Freund, den man haben kann, sagt, ohne Fragen zu stellen: »Ist so gut wie erledigt.« Er zögert erneut. »Ich nehme an, dein Date lief nicht so wie geplant?«

»Nein«, murre ich.

»Soll ich Callahan anrufen?«

Nun ist es an mir, zu zögern. Ich brauche ihn, denn ich brauche einen Plan. Dieses Problem verlangt nach einer baldigen und radikalen Lösung. »Nein«, entscheide ich mich trotzdem dagegen. »Ich schaffe das schon allein.«

»Wo bist du jetzt?«, will er wissen.

»Bei mir.«

Sein Tonfall klingt drängend, als er mir seine unerwünschte Meinung mitteilt: »Du solltest Callahan informieren. Er wird wissen, was zu tun ist. Sei kein kleines Mädchen und versteck dich vor ihm, weil du ihn belogen hast. Das wäre dumm.«

Ich beende das Gespräch, weil es nervt. Dennoch ärgere ich mich über mich selbst, weil ich weiß, dass er recht hat. Es ist dumm, meinen Bruder nicht zu informieren.

Aber im Augenblick ist Genevieve meine oberste Priorität. Erst kläre ich die Lage mit ihr, und dann kümmere ich mich um den Rest.

Mit einem schiefen Grinsen, das meine Gedanken verbergen soll, betrete ich das Badezimmer, in dem sie immer noch sitzt und gedankenverloren auf ihr Handy blickt. Kaum bemerkt sie mich, steckt sie es ruckartig in ihre Tasche.

Misstrauisch runzele ich die Stirn. Ich befürchte nicht, dass sie jemanden darüber in Kenntnis gesetzt haben könnte, was geschehen ist, aber irgendetwas verheimlicht sie mir. Ob es sich wieder um einen verheirateten Kerl dreht, den sie sich geangelt hat, um ihn zu erpressen?

Warum sollte sie das jedoch vor mir verheimlichen wollen? Ich weiß doch nun über ihren Job Bescheid.

Nachdenklich taxiere ich sie, während sie schweigend an die Wand starrt. Ihr Anblick lässt all meine Muskeln sich aus zweierlei Gründen verhärten: zum einen, weil sie so verfickt heiß in diesem cremefarbenen Kleid aussieht, und zum anderen, weil sie nicht wirkt, als wäre sie in der Stimmung für ... naja, auch nur irgendetwas.

»Soll ich dich nach Hause bringen?«, biete ich ihr an und hoffe, dass sie verneint, doch sie nickt leicht. Unzufrieden nicke ich ebenfalls und marschiere aus dem Bad, nachdem sie es verlassen hat.

Kurz bevor wir die Haustür erreichen, dreht sie sich plötzlich zu mir um und sagt so, als hätte sie das gerade entschieden: »Warte, nein. Ich will noch nicht nach Hause.«

Überrascht halte ich inne, bevor ich gespannt auf die nächsten Worte aus ihrem Mund warte.

Ihre grünen Augen funkeln, als sie sie über mich gleiten lässt, ehe sie mir fest in die Augen blickt und sagt: »Ich will eigentlich wissen, was zur Hölle das heute Abend war.«

Tja, das kann ich ihr nicht sagen.

»Warum hat man bereits zweimal versucht, dich zu töten?«, verlangt sie zu wissen. »Du kannst mir nicht erzählen, dass das ein Zufall ist. Oder dir das für gewöhnlich alle paar Wochen mal passiert.«

»Babe, mach dir keine Gedanken«, versuche ich, ihr auszuweichen, und ziehe sie am Nacken zu mir. Ich will sie küssen, doch sie macht sich entschlossen von mir los. »Willst du unser Date wirklich damit beenden, über solche Dinge zu plaudern, anstatt stöhnend in meinem Bett?«

Ein weiteres Mal überrascht sie mich, als sie mit wilder Entschlossenheit »Ja« sagt. Ihre Augen fordern mich heraus, endlich mit der Sprache herauszurücken, während ihre Körperhaltung signalisiert, dass sie nicht aufhören wird, bis sie weiß, was sie wissen will.

»Ich weiß im Grunde genommen einen Scheiß über dich«, wirft sie mir mit verschränkten Armen vor. Selbstsicher hebt sie ihr Kinn an. »Wenn du all diese Dinge mit mir willst, von denen du ständig redest, dann musst du mich langsam einweihen. Du musst mir ein paar Infos geben, Declan, sonst wird das mit uns beiden nichts. Am besten, du erzählst mir *alles*. Ich habe ein Recht, zu wissen, worauf ich mich da eigentlich einlasse, verdammt noch mal.«

Es fühlt sich an, als würde sie einen Dolch in mein Herz stoßen. *Sonst wird das mit uns beiden nichts.* Ich fühle mich erpresst, und das gefällt mir nicht.

»Und was ist mit dir, Miss Geheimnisvoll?«, teile ich nun ebenfalls aus. Sie blinzelt ertappt. »Was weiß ich denn über dich? Für einen Stalker weiß ich immer noch ziemlich wenig, und das liegt einzig und allein daran, dass du etwas davon verstehst, Geheimnisse zu wahren. Du weihst mich genauso wenig ein.«

»Hör auf, mich so niederzustarren«, schnappt sie, um abzulenken. »Willst du mit mir kämpfen, oder was?«

»Können wir gern«, sage ich. »Wer verliert, erzählt dem anderen jedes noch so verfickt kleine Geheimnis aus seinem Leben.«

Genevieve schluckt. Ich würde behaupten, dies ist das erste und letzte Mal, dass sie sich einer Herausforderung nicht stellt und stattdessen den Schwanz einzieht.

Das beweist mir, dass sie mir sehr wohl etwas verheimlicht.

»Sieh an, sieh an«, säusele ich. »Sonst würdest du nie zögern, mit mir zu kämpfen. Oder mit irgendjemandem sonst.«

Sie lässt ihren Fuß seitlich gegen meinen Oberschenkel sausen und hebt dann beide Fäuste. »Du willst kämpfen? Bitte.«

Ich knurre und weiche ihrem nächsten Schlag aus. Jetzt ist sie wütend, ich habe sie provoziert. Außerdem ist es eine perfekte Ablenkung, um nicht zugeben zu müssen, dass ich ins Schwarze getroffen habe. Um mir nicht tatsächlich ihre Geheimnisse anvertrauen zu müssen.

»Na komm schon, deinetwegen vernachlässige ich sowieso mein Training«, fordert sie mich auf, mitzumachen, aber sie ist verrückt, wenn sie denkt, dass ich sie mit bloßen Fäusten schlagen werde. So gestört bin nicht mal ich.

Um mich nicht weiter von ihr provozieren und anstacheln zu lassen, drehe ich mich einfach um und marschiere in Richtung der Küche.

»Feigling.«

Ich fluche.

»Ich hätte dich nicht für einen Mann gehalten, der davonläuft.«

»Jaysus«, stoße ich gereizt hervor und wirbele zu ihr herum. »Du willst nicht wirklich mit mir kämpfen, Babe. Aber wirklich mit mir zusammen sein, willst du auch nicht. Warum also bist du überhaupt noch hier?«

Ihre angriffslustige Haltung verändert sich, wirkt nun eher defensiv. Das Grün in ihren Augen ermattet. Lange sagt sie nichts darauf, bevor sie ungewohnt versöhnlich und leise murmelt: »Will ich schon, denke ich.«

Meine Wut ebbt unwillkürlich ab. »Was?«

»Mit dir zusammen sein, keine Ahnung.« Sie wirkt zum ersten Mal richtig verlegen, was ich sofort niedlich finde. Sonst ist sie immer so taff, kühl und schlagfertig. »Ich finde es nett mit dir.«

Das ist wohl das größte Kompliment, das ich je aus ihrem Mund zu hören bekommen werde. Sie ist keine Frau großer Worte. Das stört mich aber auch nicht.

»Dann ist es wohl für uns beide an der Zeit, ehrlich zueinander zu sein«, schlage ich vor, klinge ebenfalls versöhnlich dabei.

»Wenn wir uns nicht vertrauen, hat das alles keinen Sinn. Dann verschwenden wir nur unsere Zeit.«

»Ich dachte, du wolltest mich irgendwann einmal heiraten«, erinnert sie mich.

Anstatt zu lachen, runzele ich die Stirn. »Ja. Deswegen versuche ich doch gerade, das Fundament dafür zu legen. Ich weiß zwar nicht viel über Beziehungen, aber ich weiß, dass sie ohne die grundlegenden Dinge wie Vertrauen nicht funktionieren.«

Etwas blitzt in ihren Augen auf. Seufzend fährt sie sich über die Stirn, dann richtet sie ihren geflochtenen Zopf. Ihre Bewegungen sind nervös, angespannt. Sie betrachtet den Verband um ihre Hand, bevor sie schwer ausatmet und beschließt: »Ich will dir vertrauen. Aber erst musst du beweisen, dass du es wert bist.«

Nachdenklich mustere ich sie, bevor ich einen Schritt auf sie zu mache. »Und wie soll ich das deiner Meinung nach tun?«

Genevieve macht ebenfalls einen Schritt auf mich zu. »Vertrau mir etwas an. Etwas, das dich genauso angreifbar macht wie mich mein Geheimnis.«

Nun verstehe ich, worum es ihr geht. »Du willst etwas gegen mich in der Hand haben, bevor du mir etwas gegen dich in die Hand legst?«

Entschlossen nickt sie. »Hör mal, ich bin nicht dumm. Über dich und deinen Bruder wird viel geredet … aber du hast wenig dazu gesagt. Es reicht nicht, nur all diese Gerüchte zu kennen, denen ich sowieso kaum Beachtung geschenkt habe. Gib mir etwas, für das es sich lohnt, dir ebenfalls etwas zu geben. Ich will Tatsachen. Fakten. Beweise.«

Ein verbittertes Lachen steigt meine Kehle empor. »Babe, ich würde vieles für dich tun, aber meinen Bruder belaste ich selbst für dich nicht. Egal, was ich dir erzählen könnte, du hättest damit auch etwas gegen Callahan in der Hand. Und er würde mich deswegen umbringen.« Mein Blick wird ernst. »Das ist nicht nur so dahergesagt.«

Als sie plötzlich entschlossen auf mich zukommt, spanne ich mich ein wenig an. Dicht vor mir bleibt sie stehen, legt beide

Hände um meine Wangen und sieht mit einer Aufrichtigkeit in meine Augen, die meinen Entschluss gegen meinen Willen bröckeln lässt. »Vertraust du mir, Declan?«

»Ja.« Für diese Antwort brauchte ich nicht einmal nachzudenken, und ich könnte sie auch nicht begründen.

»Dann vertrau darauf, dass ich niemals jemandem etwas davon erzählen würde. Dass alles, was wir besprechen, unter uns bleibt. Dass es niemanden gibt, der sich zwischen uns stellen könnte«, bittet sie mich, und aufgrund ihrer plötzlich so ernsthaften und zugänglichen Art spüre ich, wie mein Herz härter gegen meinen Brustkorb schlägt. Die Art, wie sie mich berührt, so vertraut und zärtlich … es stellt irgendetwas mit mir an. Diese Frau hat so viele Facetten, die ich allesamt noch kennenlernen will.

In die ich mich allesamt noch verlieben will.

In ein paar wenige habe ich mich bereits verknallt, das ist unbestreitbar.

Ein tiefes Seufzen stiehlt sich aus meinem Mund. Ich will etwas sagen, doch sie legt ihre Lippen auf meine und bringt mich zum Schweigen. Sie küsst mich, wie sie mich noch nie geküsst hat, und ich kann nicht anders und schlinge beide Arme um sie, um sie bei mir zu behalten.

Es ist, als würde dieser Moment eine Ewigkeit andauern. Und doch ist er viel zu kurz.

Als Genevieve von mir ablässt, lächelt sie mich an. Mein Blick fällt auf ihre sanften Lippen und die Weichheit ihrer Augen.

Herrgott, sollte sie mich gerade nur zu manipulieren versuchen, hat sie Erfolg damit.

»Ich befürchte, dass du mir nicht vertrauen wirst, wenn ich mich dir erst einmal anvertraue«, spreche ich schließlich meinen Gedanken laut aus und gebe ihr die ehrliche Begründung dafür, warum ich damit zögere, sie in die dreckigen Details meines Lebens einzuweihen. Sie runzelt die Stirn. »Zwar weiß ich, dass die Chancen bei keiner anderen Frau größer stünden, dass sie all das verdauen könnte, was ich zu beichten habe, und dennoch … ich will nicht, dass du kreischend davonläufst, wenn du erst einmal erkennst, dass es wahr ist, was du immer zu mir sagst.«

»Was genau?«, haucht sie.

Ich gehe ein paar Schritte rückwärts, nähere mich meinem Keller. »Dass ich ein Psycho bin, ein besessener Freak, dass ich eine Therapie brauche …« Ich halte vor der Kellertür inne. »All das entspricht nämlich der Wahrheit. Damit lagst du verdammt richtig.«

Ich lasse ihr keine Möglichkeit, etwas darauf zu sagen. Stattdessen deute ich ihr mit einem Nicken, mir zu folgen. Mein ganzer Körper spannt sich an und krampft, als ich die Tür zum Keller mit meinem Fingerabdruck öffne. Mit schweren Schritten steige ich die Stufen herab und taste nach dem Lichtschalter an der Wand. Die grellen Neonröhren an der Decke flackern unheilvoll auf.

Ich höre ihre Schritte dicht hinter mir, als ich eine ausschweifende Handbewegung durch meinen Folterkeller mache, den noch nie zuvor eine andere Person als mein Bruder und unsere beiden Handlanger betreten hat. »Du willst etwas gegen mich in der Hand haben? Beweise für Verbrechen, die ich begangen habe? Beweise, die mich garantiert lebenslänglich in den Knast wandern lassen?«

Ich halte auf der letzten Stufe der hölzernen Treppe inne und starre sie in all meiner Verletzlichkeit, die ich ihr nun offenbare, an. Keine Deckung mehr, keine Verteidigung. Jetzt bin ich zu einhundert Prozent angreifbar für sie. »Hier hast du eine Million Beweise, Babe. An den Wänden, dem Boden, dem Abfluss … sogar in der verdammten Luft findest du sie. Überall dort findest du DNA-Spuren. Wenn jemand von diesem Raum erfährt, bin ich mir sicher, führen sie die Todesstrafe wieder ein. Reicht dir das, um mir zu vertrauen?«

KAPITEL 18

GENEVIEVE

*P*uh.

Je länger mich Declan erwartungsvoll von der Seite ansieht, desto nervöser werde ich.

Dieser Keller ist … gewöhnungsbedürftig.

Er bereitet mir Unbehagen, und das soll etwas bedeuten.

Es ist nicht die Tatsache, dass Declan tatsächlich ein verrückter Psycho ist, der Menschen killt, die mich irritiert, sondern die Tatsache, dass er sich dafür einen Hobbykeller zugelegt hat, der mit jedem Folterkeller aus Horrorfilmen mithalten könnte.

Das ist in der Tat etwas verstörend.

»Das ist mein Job«, erklärt er mir, seine Stimme dunkel und unruhig. »Wir sind Problemlöser. Während Callahan sich um das ganze Drumherum kümmert, kümmere ich mich um das Problem an sich, wenn du verstehst, was ich meine.«

Oh, und wie ich das verstehe. Es ist ganz eindeutig. All die Folterinstrumente sprechen eine eigene Sprache.

»Kann sein, dass ich manchmal mehr Arbeit in ein Problem investiere als unbedingt nötig«, gesteht er, als er meinem Blick zu einigen chirurgischen Instrumenten folgt, die man nirgendwo sonst zu Gesicht bekommt als in einem OP-Saal.

»Wie viele solcher Probleme hast du bisher schon beseitigt?«, höre ich mich fragen, während ich krankhaft fasziniert ein paar Schritte in die Mitte des Kellers mache und mich genauer umsehe.

Ich halte über einem rostigen Abfluss inne. Meine Augen verengen sich, als ich darauf herabstarre. Dann wird mir klar, dass die Verfärbungen nicht nur von Rost stammen.

Eklig.

»Viele«, sagt er hinter mir. »Ich würde es dir sagen, wenn ich es wüsste, aber die genaue Anzahl ist mir unbekannt.«

»Du hast irgendwann aufgehört zu zählen«, schlussfolgere ich, was er nicht abstreitet. Ich trete an einen rollbaren Beistelltisch heran, auf dem Bohrer zu finden sind. Aus irgendeinem Grund muss ich lachen, bevor ich einen davon in die Hand nehme und mich damit zu Declan umdrehe, dessen Augen mit einem besorgniserregend hungrigen Ausdruck auf mich gerichtet sind. »Ein Bohrer, wirklich? Das ist verdammt creepy, Declan.«

Ein Schmunzeln zupft an seinen Lippen, bevor er mit den Händen in den Hosentaschen die Schultern zuckt. Fast wirkt er verlegen. Als ob es eine riesige Sache für ihn wäre, mir seine große Leidenschaft anzuvertrauen. Und alle Details davon. Ist es immerhin auch.

Ich bin nicht blöd – ich hatte bereits damit gerechnet, dass Declan und sein Bruder Dreck am Stecken haben. Dreck der üblen Sorte. Aber das hier … das übersteigt jede meiner Vorstellungen.

»Du musst mir tatsächlich vertrauen, wenn du mir all das hier zeigst … oder darauf, dass ich genauso abgefuckt bin wie du«, meine ich und lege den Bohrer wieder an seinen Platz. »Jede andere Frau wäre mit Sicherheit schon kreischend davongelaufen, wie du befürchtet hast.«

Ich kann aus dem Augenwinkel sehen, wie er lächelt. »Aber du stehst noch hier.«

»Ja.« Ich wende mich ihm zu. »Was deutlich zeigt, dass du hier nicht der Einzige bist, der eine Therapie braucht.«

Jetzt grinst er mich an, und obwohl dieser Raum für Ekel und Unbehagen bei mir sorgt, spüre ich, wie mein Herz in der Brust zu flattern beginnt. Irgendetwas flattert auch in meinem Magen, passend zu dem Licht an der Decke, als Declan auf mich zu marschiert, bevor er mich am Nacken zu sich zieht und seine Lippen über meine streicht. Er küsst mich nicht, als ob er darauf warten würde, dass ich es tue. Dass ich diesen Schritt auf ihn zu mache, nachdem er einen so gewaltigen auf mich zu gemacht hat, indem er mir seinen Folterkeller gezeigt hat.

Ich tue es. Ich küsse ihn und blende dabei komplett aus, dass um uns herum die Geister vieler toter Menschen toben. Menschen, denen er solch grausame Dinge angetan hat, dass er recht damit hat, wenn er denkt, sie würden extra für ihn die Todesstrafe wiedereinführen.

Warum zur Hölle ändert das jedoch keineswegs mein Bild von ihm?

Das hier ist eine Nummer größer als alles, was ich zuvor mit ihm erlebt habe. Für manche Frauen ist es beim Dating bereits ein Dealbreaker, wenn der Kerl heimlich einen Blick in ihr Handy wirft oder sich mal ein paar Tage nicht meldet. Und für mich? Ich ziehe nicht mal beim Stalking und der Ermordung von Menschen eine Grenze.

Als ich bemerke, dass sein Kuss leidenschaftlicher wird und seine Hände forscher an meinem Körper, stoppe ich ihn dann doch.

»Übertreib es nicht«, murmele ich und schiebe ihn sanft von mir. »Nur weil ich damit leben kann, dass du deine Freizeit in einem Folterkeller verbringst, bedeutet das nicht, dass ich meine auch hier verbringen will – indem ich Sex mit dir auf diesem Operationstisch habe.«

Sein Lachen hallt an den weiß gefliesten Wänden wider. »Damit kann wiederum ich leben.«

»Gut«, säusele ich und sehe mich noch einmal interessiert um. Es ist total morbide, aber all das hier fasziniert mich aus einem vermutlich sehr ungesunden Grund, den ich nicht näher erforschen möchte.

»Für die Nägel«, erklärt er mir, als ich mir eine der vielen Zangen an der Wand ansehe. »Tut ziemlich weh.«

»Darauf bist du wohl aus«, murmele ich vor mich hin und blinzele beim Anblick einer Säge, die bereits bessere Tage gesehen hat. »Sind die Wände schallisoliert? Es muss ziemlich laut hier drin werden.«

»Klar«, meint er leichthin. »Meine Fenster im Haus sind außerdem schussfest. Meine Autoscheiben auch. Ich habe mir das Haus so bauen lassen, wie es für mich am praktischsten ist.«

Ich nicke vor mich hin. Der Kellerraum ist nur mit einer Vorrichtung für seinen Fingerabdruck zu öffnen, was ich für sehr sicher und modern halte. »Deswegen möchtest du also, dass ich zu dir ziehe«, wird mir dadurch klar.

Wieder lacht er leise. »Es wäre in der Tat vorteilhafter für mich. Wir können aber auch jedes andere Haus oder jede andere Wohnung so umbauen lassen, dass ich gut darin arbeiten kann.«

Meine Augen schweifen zu ihm. »Du willst im selben Haus, in dem unsere Kinder aufwachsen, Menschen abschlachten?«

Darüber hat er scheinbar noch nie nachgedacht, was ich an der tiefen Denkfalte auf seiner Stirn erkennen kann. »Guter Einwand. Wenn die Kinder nach mir kommen, sind sie unerziehbar und verhaltensgestört. Das würde garantieren, dass sie den Keller aufbrechen und darin herumschnüffeln.«

»Vielleicht solltest du dir einen anderen Ort zum Arbeiten suchen«, schlage ich spontan vor. »Wir können dich dort ja mal besuchen kommen.« Ich gluckse. Es macht mir immer mehr Spaß, in seine Zukunftsfantasien miteinzusteigen. Langsam finde ich Gefallen an ihnen.

»Erst einmal möchte ich nun dein Geheimnis wissen, Vanilleblüte.« Entschlossen lässt er sich auf den Stuhl neben der Operationsliege fallen und breitet lässig die breiten Arme auf den Lehnen aus. Er fühlt sich hier augenscheinlich sehr wohl. »Du schuldest mir nun ebenfalls ein paar dreckige Details aus deinem Leben.«

Ein Seufzen stiehlt sich aus meinem Mund. Ich komme seinem stillen Befehl nach und setze mich auf seinen Schoß, bevor ich mich überwinde, ihm mein größtes Geheimnis anzuvertrauen. Mein Magen krampft, obwohl ich mir nun sicher bin, diesen Mann mit nichts je schockieren zu können.

»Es war vor ungefähr einem Jahr. Damals ging ich einem ähnlichen Job nach wie dem von heute, nur dass mich Frauen engagiert haben, um ihre untreuen Ehemänner zu überführen. Ich sollte Beweismaterial für ihren Ehebruch besorgen, mehr nicht. Meist habe ich mich mit Männern in Bars getroffen und unsere Gespräche aufgezeichnet. Bei meinem letzten Auftrag ging dann etwas mächtig schief.«

Ich räuspere mich. »Ich habe diesen Kerl in einer recht abgeschiedenen Bar getroffen. Er war ziemlich unangenehm, wollte dauernd mit mir auf der Toilette verschwinden und hat sich mir unverschämt aufgedrängt. Ich habe den Job schnell zu Ende gebracht und wollte mit dem Beweismaterial verschwinden. Aber er ist mir auf den Parkplatz gefolgt und hat mich dort weiter bedrängt.«

Ich kann spüren, wie sich Declans Körper unter mir anspannt. Die Vorstellung scheint ihm nicht zu gefallen.

»Nicht wie du mich bedrängt hast, sondern tatsächlich so, dass ich aufhören musste, vorzugeben, ich sei nur eine süße Frau, die er durch einen Zufall kennengelernt hat. Ich wurde wütend und habe ihm immer wieder gesagt, dass er mir aus dem Weg gehen und mich nicht anfassen soll. Aber er hat mich stattdessen gepackt und zu seinem Wagen gezerrt. Da wurde ich dann richtig wütend.«

»Kann ich nachfühlen«, kommt es ihm düster über die Lippen, seine Augen lodernd auf meine gerichtet. »Was ist dann passiert? Hast du ihn umgelegt?«

»Nicht mit Absicht«, erwidere ich wahrheitsgemäß. »Ich habe ihn geschlagen, um ihn mir vom Leib zu halten, aber er hat anders reagiert als die meisten Männer. Er war nicht überrascht oder überrumpelt davon, dass ich mich verteidige und offensichtlich auch weiß, wie ich das richtig tue. Es hat ihn förmlich dazu animiert, mit mir zu kämpfen. Er hat zurückgeschlagen, und dann ging alles irgendwie ganz schnell.«

Ich atme schwer aus. Die Erinnerung lässt alten Zorn in mir aufflackern. »Ich war noch nie in einer solchen Situation ... in der ich meine Fähigkeiten tatsächlich dazu einsetzen musste, um mich zu verteidigen. Ich habe mein Leben lang Kampfsport trainiert, ohne ihn ein einziges Mal im Alltag einsetzen zu müssen, um mich vor jemandem zu schützen. Und das obwohl ...«

Ich stoppe mich an der Stelle, weil ich ihm nichts von meiner Kindheit erzählen will. Ihm nicht den Grund dafür nennen will, warum ich überhaupt erst damit begonnen habe, Kampfsport zu trainieren. Warum ich heute bin, wie ich bin.

»Der Mann wusste jedenfalls, was er tat. Ich habe es sofort an seiner Haltung erkannt. Er war erfahren darin, zu kämpfen, und das hat sich bestätigt, als ein Kampf zwischen uns ausgebrochen ist. Mir wurde schnell klar, dass ich gegen ihn weniger Chancen habe als gegen einen Mann in einem Ring. Keine Handschuhe, keine Pausen, keine Regeln. Noch nie hat mich jemand mit der Absicht geschlagen und getreten, mich tatsächlich zu verletzen. Er schon. Er wurde immer wütender, je mehr ich seinen Schlägen standgehalten und zurückgeschlagen habe. Je mehr er einstecken musste, desto mehr hat er auch ausgeteilt. Es wurde schnell ziemlich übel, und er hat mich einige Male hart erwischt. Trotzdem hat er mich nicht zu Boden gebracht.«

Ich schließe die Augen und schlucke die Magensäure, die mir den Rachen hochsteigt, krampfhaft hinunter. Declan beobachtet mich immer noch aufmerksam und mit solch einer lodernden Wut in den Augen, dass sie mit der mithalten könnte, die ich an diesem Tag verspürt habe.

»Ich sah meinen Vater in dem Kerl vor mir. Plötzlich war es sein Gesicht, in das ich geschlagen habe. Immer und immer wieder, bis meine Hand ruiniert und blutüberströmt war. Ich habe ihn über den ganzen Parkplatz geprügelt, bis er irgendwann gestolpert ist. Dann ... habe ich einen Stein genommen und sein Gesicht damit eingeschlagen. Er lag einfach so da.«

»Der Stein oder der Kerl?«

»Beide«, sage ich und muss unangebrachterweise lachen. »Erst lag der Kerl einfach so da, war ungeschützt und mir ausgeliefert, und dann lag da dieser Stein neben ihm. Ich habe einfach rotgesehen. Alles hat von seinen Schlägen und Tritten geschmerzt, und ich wusste, dass dieser Kampf nur enden würde, wenn einer von uns draufgeht. Natürlich musste er das sein.«

»Natürlich«, pflichtet Declan mir bei. »Deswegen musst du dich doch nicht schlecht fühlen, Babe. Der Kerl hatte diese Abreibung verdient. Und hättest du nicht getan, was getan werden musste, hätte er dich wahrscheinlich nachhaltig verletzt. So wie du das beschreibst, hätte der Kampf nicht mehr lange andauern können.«

»Nein, hätte er nicht. Ich habe es da bemerkt – ich hätte nicht mehr lange durchhalten können. Ich hatte ganz schön etwas abbekommen und war am Ende meiner Kräfte. Das hat mich auch so sauer gemacht. Ich war so enttäuscht von mir.«

Declan verzieht das Gesicht. »Enttäuscht von dir?«

»Ja!« Ich werde wieder wütend auf mich selbst. »Ich trainiere seit meinem sechsten Jahr jede Form von Kampfsport. Wie konnte es passieren, dass mich jemand in wenigen Minuten so fertigmacht? Ich habe mit der letzten Kraft, die ich hatte, diesen Stein auf seinen Schädel geschlagen. Danach bin ich zusammengebrochen, aber erst, als ich vom Tatort geflohen bin.«

»So etwas Dummes habe ich noch nie gehört«, presst er tadelnd hervor. »Ist dir klar, dass die meisten anderen Frauen nicht einmal diese Minuten überstanden hätten, wenn ein Mann mit seiner vollen Kraft und der Absicht, sie zu verletzen, auf sie einschlägt? Geschweige denn hätten sie ihn abwehren und sich mit denselben Schlägen verteidigen können. Was denkst du denn, dass du der Hulk bist? Du bist trotz deiner Erfahrung immer noch eine Frau, die einem Mann aufgrund ihrer Statur körperlich unterlegen ist. Diese Geschichte beweist bloß, dass du genauso ein Motherfucker bist wie dieser Kerl. Es macht mich verdammt noch mal heiß, mir vorzustellen, wie du ihn verdroschen hast.«

»Du bist gestört.« Kopfschüttelnd lächele ich. »Ich erzähle dir hier von dem schlimmsten Ereignis meines Lebens als Erwachsene und dich macht das horny.«

Schuldbewusst blinzelt er, bevor er die Arme um mich schlingt. »Sorry, Babe. Geht die Geschichte noch weiter?«

»Ja.« Jetzt kommt der ausschlaggebende Teil. »Dass ich so dumm war, einfach zu fliehen, anstatt die Polizei zu rufen und zu sagen, es sei Notwehr gewesen, habe ich kurz darauf bitter bereut, als mich ein Kerl aufgesucht und mir ein Video von dem Kampf gezeigt hat, das er heimlich gemacht hat. Auf dem Video sieht man bloß die letzten zwei Minuten. In denen wirkt es nicht, als hätte ich mich verteidigt, sondern angegriffen. Man sieht auch ganz genau, wie ich am Ende zu dem Stein greife und ihn in sein Gesicht schmettere. Und wie ich ihn einfach da liegen lasse und weglaufe.«

Jetzt schweigen wir beide.

»Seither erpresst er mich damit. Deswegen muss ich verheiratete Männer treffen. Er zwingt mich dazu, weil er ihr Geld will. Außerdem glaube ich, macht es ihm Spaß, mich in der Hand zu haben. Er scheint nicht angewiesen auf die Kohle zu sein.«

»Das war's?«, überrumpelt mich Declan mit einer Reaktion, mit der ich nicht gerechnet habe. Ein bisschen Mitleid wäre nett gewesen. »Ich meine, dieses Problem können wir doch heute noch lösen. Du sagst mir, wer der Kerl ist, und ich lasse ihn Bekanntschaft mit meinem Keller schließen.«

Dass er jemanden für mich umbringen würde, schmeichelt mir. Das ist süß.

»So einfach ist das nicht«, erkläre ich ihm dennoch gepresst. »Der Kerl ist nicht dumm, und ganz ohne ist er auch nicht, glaube ich. Er hat sich jedenfalls für den Fall, dass ihm etwas zustoßen sollte, abgesichert, sodass die Beweise sofort an die Behörden wandern.«

Declan gibt ein unzufriedenes Geräusch von sich. »Das ist in der Tat ein nerviges Detail. Ich hatte mich bereits gefreut.«

»Ja«, stimme ich seufzend zu. »Sonst hätte ich ihn wahrscheinlich sowieso schon unabsichtlich überfahren, oder so.«

»Logisch«, murmelt er nachdenklich vor sich hin. Dann setzt er sich plötzlich ein wenig aufrechter hin, blickt mir tief in die Augen und seufzt schwer. »Na gut, wie es aussieht, kleben uns beiden irgendwelche Bastarde am Arsch.«

Beunruhigt runzele ich die Stirn. »Es ist also wirklich jemand hinter dir her? Und du weißt, wer es ist?«

»Naja, irgendwie«, meint er kryptisch. »Ich habe wohl jemanden aus einem Drogenkartell, das hier bei uns ihr Unwesen treibt, gegen mich aufgebracht, und seither versuchen sie, mich fertigzumachen.«

Mein Blick fällt in sich zusammen. »Na toll.«

»Ja«, stimmt er genervt zu. »Eine ziemlich lästige Sache, weil ich mich nun darum kümmern muss, das in Ordnung zu bringen, anstatt meine Zeit mit dir zu verbringen.«

Ein Lächeln stiehlt sich auf meine Lippen, und ich lege eine Hand auf seinen Hinterkopf und fahre ihm durchs rötliche Haar. »Wie wär's, wenn wir das zusammen erledigen?«

Declan legt den Kopf schief, wirkt von meiner Idee entzückt. »Du meinst, dass wir uns zusammentun und erst dein Problem und dann meines lösen? Als Killer-Pärchen?«

»Genau. Immerhin sagtest du selbst, wir seien ein gutes Team«, erinnere ich ihn. »Aber ich schlage vor, dass wir uns zuerst um dein Problem kümmern. Es könnte uns mehr zum Verhängnis werden als meines.«

»Uns?«, fragt er hoffnungsvoll nach.

Ich beuge mich zu seinem Gesicht herab und nicke. »Wer ein Problem mit dir hat, hat jetzt auch eins mit mir. Ich habe nämlich begonnen, meine Zeit mit dir zu genießen, und echt keine Lust darauf, dass dich schon morgen jemand umlegt. Das würde mich hart nerven, sage ich dir ehrlich.«

»Ach, Vanilleblüte«, kommt es ihm theatralisch über die Lippen. »Du willst das vermutlich nicht hören, aber ich glaube irgendwie, dass ich dich liebe.«

Ich öffne den Mund, um seine maßlose Übertreibung mit einer unromantischen Aussage zu kommentieren, da fliegt plötzlich die Tür zum Keller auf. Ruckartig springe ich von Declans Schoß, der sich genauso ruckartig aus dem Stuhl erhebt, und greife impulsiv nach einem der Bohrer neben mir.

Als es bloß Callahan ist, der die Treppe mit schweren Schritten heruntersteigt, seufzt Declan auf. Ich lege den Bohrer umgehend wieder zurück.

»Interessante Wahl«, neckt er mich. »Und vorher nanntest du mich noch creepy.«

»Declan«, unterbricht sein Bruder uns laut. An seiner Körperhaltung erkenne ich, dass er wütend ist. »Was zur Hölle hast du dir dabei gedacht?«

»Hat O'Sullivan mich verpetzt?«, will Declan unzufrieden wissen. »Ehrlich, Brudi, du hast gerade einen wirklich schönen Moment unterbrochen. Wir –«

»Ist mir scheißegal«, fährt ihm Callahan zornig über den Mund. Ich schlucke, als seine Augen zu mir wandern. »Würdest du uns kurz entschuldigen? Meine Freundin ist oben. Geh zu ihr.«

Ich will mich bereits in Bewegung setzen, da greift Declan nach meinem Handgelenk und feuert einen wütenden Blick in die Richtung seines Bruders. »Sag ihr verdammt noch mal nicht, was sie zu tun hat, hörst du?«

Oh je. Ich kann spüren, wie sich die Stimmung im Raum verändert. Sie wird explosiv. Die Spannung zwischen den beiden Brüdern ist förmlich greifbar.

Nun ertönen weitere Schritte auf der Treppe. Peaches, die Granate alias seine Freundin, stößt mit einem unsicheren, angespannten Gesichtsausdruck zu uns. Auf der letzten Stufe bleibt sie stehen und fragt: »Ist hier alles in Ordnung?«

»Nein.« Callahan baut sich wie eine bedrohliche Statue in der Mitte des Raumes auf. »Was fällt dir überhaupt ein, sie hierherzubringen? Bist du jetzt völlig durchgedreht?«

»Ich kann sie hinbringen, wo ich will«, entgegnet Declan

herausfordernd. »Deine Blüte durfte unsere Geheimnisse ebenfalls erfahren, warum also nicht meine?«

»Jaysus, Declan«, flucht Callahan. »Du kennst die Frau doch gar nicht.«

»Hey«, mische ich mich beleidigt ein. »*Du* kennst mich nicht. Aber Declan weiß, dass ich vertrauenswürdig bin.«

»Ist das so?«, fragt er, und der dunkle, warnende Ausdruck in seinen Augen bereitet mir tatsächlich ein wenig Angst. Mir wird klar, dass ich mich in der Tat vor beiden Brüdern fürchten würde, hätte ich sie auf eine andere Weise kennengelernt. Mit diesen Männern ist nicht zu spaßen.

Da ich immer nur meinen Spaß mit Declan habe, habe ich auch nie gesehen, was ich jetzt gerade sehe: einen blutrünstigen Bären. Er wirkt so roh und rau, so mächtig und angsteinflößend. Allein die Art, wie er seinem Bruder gegenübertritt, lässt all meine Muskeln krampfen.

Wenn die beiden Männer aufeinander losgehen, wüsste ich nicht, wie es einen Überlebenden geben sollte.

»So ist es«, knurrt Declan. »Was ist also dein verdammtes Problem?«

»*Du* bist mein Problem«, erwidert Callahan rasend. »Schön und gut, dass du dein verdammtes Leben gefährdest, aber jetzt gefährdest du auch meines und das von Peaches.«

»So ein Unsinn«, weist Declan seine Anschuldigung von sich. »Ich muss dich nicht bei jeder Kleinigkeit in meinem Leben um Erlaubnis bitten, klar? Wenn ich Genevieve in meinen Job einweihen will, dann tue ich das. Und wenn ich nicht wie ein Feigling davonlaufen will, dann ist das auch meine Sache.«

Callahan marschiert auf ihn zu. Declan macht ebenfalls einen Schritt nach vorn. Ich werfe mich vor ihn – ein simpler Reflex – und stelle mich wie eine Blockade zwischen die beiden Männer.

»Ich habe ihn gezwungen, mir alles zu erzählen!«, platzt es aus mir heraus. »Er musste mir den Raum zeigen.«

»Declan kann man zu gar nichts zwingen, das er nicht will«, entfährt es Callahan mit bebender Stimme, die Augen hart auf seinen Bruder gerichtet. »Hast du ihn auch gezwungen, in der Stadt zu bleiben, anstatt wie besprochen unterzutauchen?«

»Ja«, sage ich einfach. »Ich bin ziemlich überzeugend, wenn ich will.«

Callahans Augen zucken zu mir, dann wieder zu seinem Bruder. »Weiß sie, warum du die Stadt verlassen solltest?«

»Ja«, knurrt Declan. »Und jetzt weich verdammt noch mal zurück.«

Callahan tut, wie ihm geheißen, sodass nun ein Meter Abstand zwischen uns herrscht, während ich zuvor zwischen ihren Körpern eingequetscht war. »Dir ist klar, dass du dich damit selbst in Gefahr bringst?«, stellt er mir eine rhetorische Frage, deren Antwort er bereits kennt.

»Das macht nichts«, meine ich gelassen. »Mein Leben war bisher sowieso langweilig.«

»Wir haben einen Plan«, eröffnet Declan seinem Bruder und blickt dabei auch zu Peaches, die immer noch weiter hinten im Raum steht und sichtlich unschlüssig zwischen uns allen hin und herblickt. Als ihre Augen jedoch auf meine treffen, lächelt sie leicht. »Dafür könnten wir euch vielleicht gebrauchen.«

»Wer ist euch?«, will Callahan wissen, eine böse Vorahnung in den Augen. »Wenn du damit meine Frau meinst, kannst du das gleich vergessen.«

»Warte«, presst diese eilig hervor. »Lass uns doch erst mal anhören, welchen Plan sie haben.«

Callahan zögert. Dann nickt er, wirkt ein wenig versöhnlicher gestimmt.

Als beide darauf warten, dass wir mit unserem tollen Plan herausplatzen, blinzeln Declan und ich uns überfordert an.

»Ihr habt noch gar keinen Plan«, stellt Callahan genervt seufzend fest und reibt sich den Nacken. »Das war ja klar.«

»Ich bin mir sicher, dass wir zu viert einen guten Plan schmieden könnten«, meine ich prompt und lächele mein bestes Lächeln. »Oder?« Ich schiele hilfesuchend zu Peaches.

Diese zögert kurz, ehe sie zu uns marschiert und Callahan an der Hand nimmt. Sie blickt zu ihm auf, lächelt und sagt: »Klar können wir das.«

Als ob sich ein Schalter in ihm umlegt, atmet Callahan tief aus und all die Wut fällt sichtbar von ihm ab. Er blickt abwechselnd zwischen mir und seinem Bruder hin und her, ehe er sich mit seiner Freundin an der Hand abwendet und die Treppe hochsteigt. »Lasst uns dafür nach oben gehen und ein Glas Whisky trinken. Wir müssen nicht wie eine verdammte Freakshow in einem Folterkeller Mordpläne schmieden.«

Ich lächele. Ich glaube, mit ihm als Schwager könnte ich mich arrangieren.

KAPITEL 19

GENEVIEVE

»*B*ist du bereit?«, frage ich Peaches, als ich mein nuttiges Kleid zurechtzupfe.

Sie bindet sich das schöne, braune Haar zu einem Zopf zusammen und bessert ihren Lippenstift nach. »Klar. Ich habe so was schon mal gemacht, mit Callahan.«

Überrascht mustere ich sie, während wir beide unsere Perücken aufsetzen. Sie trägt nun einen schwarzen Bob und ich habe lange, rote Locken. »Echt? Du hast ihn in eine Bar verfolgt und verführt?«

Amüsiert reicht sie mir daraufhin ihren Lippenstift, doch ich lehne ab. Rosarot ist nicht meine Farbe, aber ihr steht sie ausgezeichnet. »Ja und nein. Ich hatte die Absicht, ihn zu verführen, aber es hat nicht ganz so funktioniert, wie es sollte. Aber gefolgt bin ich ihm öfter, so wie Declan dir.« Sie gluckst. »Wir sind alle ganz schön verkorkst, wenn du mich fragst.«

Ich muss lachen. »Die Geschichte würde ich gern mal zu Ende hören.«

»Oh, die kann ich dir gerne mal erzählen. Sie ist wirklich spannend«, meint sie, worüber ich mich freue. »Jetzt lass uns auf unsere Mission konzentrieren.«

Ich nicke und begutachte ihr Erscheinungsbild, bevor ich mein eigenes in dem Spiegel eines Geschäftes in einer Seitengasse kontrolliere. Dann werfe ich einen Blick zurück zu den Männern. Sie warten zusammen mit ihren beiden Handlangern, die ich bereits damals im Studio gesehen habe und vorhin kurz kennenlernen durfte, in einem schwarzen SUV auf unser Zeichen. Als ich ihnen zunicke, fahren sie davon.

Gleich darauf betreten Peaches und ich die Bar, die das Stammlokal der Männer dieses Drogenkartells sein soll, das Declan am Arsch klebt. Wir haben einen guten Plan, wie ich finde, um herauszufinden, warum zur Hölle diese Leute ihn tot sehen wollen.

»An die Bar?«, schlage ich vor, während ich mich unauffällig umsehe. Ich entdecke die gesuchten Leute sofort. Die Tattoos an ihren Handgelenken verraten, wer sie sind.

Peaches folgt meinem Blick und nickt. Die Bar befindet sich genau gegenüber dem Tisch dieser Männer. Es sind ziemlich viele, und sie sind ziemlich laut.

Als wir uns setzen, lege ich meine Tasche auf meinen Schoß und überkreuze meine nackten Beine, während Peaches auf ihrem Handy eine Nachricht tippt. Sie lehnt sich an meine Schulter und flüstert: »Sie sind vor dem Hintereingang und warten auf uns.«

»Gut.« Leicht drehe ich mich in die Richtung des Tisches ein paar Meter hinter uns. »Sie haben uns bereits bemerkt.«

»Das ging ja schnell«, murmelt sie hörbar zufrieden. »Callahan hat mir damals gar keine Beachtung geschenkt.«

Irritiert verziehe ich das Gesicht. »War er da vorübergehend blind?«

Sie lacht laut auf, wodurch sie auch die Aufmerksamkeit der restlichen Männer hinter uns auf sich zieht, die uns sofort mit ihren Blicken verschlingen.

Willkürlich wähle ich einen von ihnen als unser Opfer aus. Er wirkt am harmlosesten. Es ist ein Kerl Mitte dreißig mit starkem Bartwuchs, dunklem Teint und behaarter Brust, die das schwarze Hemd, dessen obere Knöpfe offenstehen, preisgibt. Irgendetwas an ihm verrät mir, dass er für gewöhnlich keine Aufmerksamkeit von Frauen wie uns bekommt.

Das macht ihn zu einem leichten Ziel.

Als seine dunklen Augen auf meine treffen, schenke ich ihm ein schüchternes Lächeln. Dann wende ich mich umgehend gespielt verlegen ab und deute dem Kerl hinter der Bar, dass wir eine Bestellung aufgeben möchten.

»Whisky?«, frage ich Peaches, die gerade ebenfalls ihre Tasche beiseitelegt.

Angewidert rümpft sie ihre perfekte Nase. »Bitte sag mir nicht, dass du auch so gern dieses harte Zeug trinkst.«

»Du nicht?«, frage ich verwirrt. Entschieden schüttelt sie den Kopf. »Du bist mit einem Iren zusammen, dessen Familie eine Whisky-Destillerie besitzt, und magst keinen irischen Whisky? Wie ironisch.«

Das ist etwas, das ich gestern ebenfalls über Declan erfahren durfte. Nachdem wir zusammen mit Callahan und Peaches einen Plan geschmiedet haben, wie wir herausfinden könnten, warum dieses Drogenkartell hinter Declan her ist, haben wir den Abend zu viert ausklingen lassen. Wir haben bis spät in die Nacht getrunken und geredet, uns Geschichten erzählt und besser kennengelernt.

Einen ähnlich netten Abend hatte ich lange nicht mehr. Es fühlte sich so vertraut und beinahe familiär an, Zeit mit Declan und den beiden Turteltäubchen zu verbringen. Ich habe mich dabei erwischt, mir vorzustellen, wie wir öfter solche Abende zusammen genießen.

Geendet hat der Abend damit, dass Declan mich überredet hat, bei mir übernachten zu dürfen, nachdem er mich wegen Baby nach Hause bringen musste. In letzter Zeit war sie oft bei meiner Nachbarin, was ihr zwar gefällt, aber mir nicht. Ich vermisse sie.

Schließlich haben wir in jedem Zimmer meiner Wohnung gevögelt, bis wir mit Baby zusammen im Bett eingeschlafen sind. Sie lag zwischen unseren Körpern und hat es genossen, von zwei Händen zur selben Zeit gekrault zu werden.

Auch das ist etwas, das ich mir vorstellen könnte, in Zukunft zu wiederholen. Baby gewiss auch.

Dafür jedoch muss erst einmal dafür gesorgt werden, dass dieses Drogenkartell nicht weiter versucht, den einzigen Mann zu killen, den ich länger als ein paar Stunden in meinem Leben ertrage.

»Die Drinks der Damen gehen auf mich«, ertönt just in dem Moment, in dem der Bartender zu uns stößt, eine männliche Stimme hinter uns.

Peaches und ich schielen unauffällig zueinander, ehe wir uns gleichzeitig mit einem gespielt überraschten Lächeln zu dem Kerl umdrehen. Bingo. Es ist derselbe, den ich als unser Opfer auserwählt habe.

»Das ist nett«, meint Peaches geschmeichelt. »Vielen Dank.«

Die Augen des Kerls ruhen auf mir, als er »Gerne« brummt, bevor er sich erkundigt, was wir trinken wollen.

»Wir nehmen, was du uns empfiehlst«, erwidere ich und drehe mich etwas mehr in seine Richtung. Da er sehr nah hinter mir steht, berühren sich unwillkürlich unsere Körper. Seiner müffelt ein wenig, wie mir auffällt, als er den Arm ausstreckt und auf eine der Flaschen an der Wand deutet.

»Dann gib uns drei davon«, weist er den Barkeeper an, ehe er uns wie ein Schalk angrinst. »Setzt euch zu uns an den Tisch. Meine Freunde wollen euch ebenfalls kennenlernen.«

Peaches und ich schielen zu ihnen rüber. Dann blicken wir uns flüchtig an und kommunizieren telepathisch miteinander, ehe sie entschuldigend die Lippen aufeinanderpresst. »Das sind uns dann doch ein paar Männer zu viel ...«

»Wir hätten dich gern für uns allein«, füge ich verführerisch hinzu. »Komm, stell dich zu uns.« Ich rutsche mit meinem Hocker ein Stück zur Seite, sodass zwischen Peaches und mir genügend Platz für ihn ist.

»An meinem Tisch ist es gemütlicher«, hält er zu unserem Unmut dagegen. »Ihr werdet meine Freunde mögen.«

Als er sich bereits abwenden will, handelt Peaches impulsiv

und greift nach seinem Arm. »Eigentlich …«, beginnt sie, zu flüstern, woraufhin er sie neugierig mustert. »Haben meine Freundin und ich heute die Absicht, nicht alleine nach Hause zu gehen.«

Nun wirkt er noch neugieriger.

»Wir wollten gerne einmal etwas Neues ausprobieren«, flüstere ich ihm von der anderen Seite zu und berühre dabei sanft seine Schulter. »Wenn du verstehst, was ich meine.«

»Ihr seid auf der Suche nach einem Dreier?«, spricht er unsere Andeutung laut aus, woraufhin wir verlegen lächeln und nicken. Peaches ist gut darin, zu schauspielern, denn die schüchterne, aber angetane Art, mit der sie sich auf die Lippe beißt und ihn dabei fast unterwürfig anblickt, wirkt durchaus glaubwürdig.

»Du bist uns gleich ins Auge gesprungen«, bearbeite ich ihn weiter, indem ich sein Ego streichele. »Also, was sagst du? Erfüllst du uns den Wunsch?«

Ein dreckiges Grinsen breitet sich auf seinem Gesicht aus. »Damit erfüllt eher ihr mir einen Wunsch.«

Zufrieden lächeln wir beide und machen ihm erneut Platz, damit er sich zwischen uns stellen kann. Gleich darauf bekommen wir unsere Drinks serviert und stoßen mit ihm an.

»Auf den Abend«, sage ich und reibe mich unauffällig an dem Kerl, der bereits einen Harten hat. »Ich bin mir sicher, dass er unvergesslich wird.«

Peaches Augen funkeln hinterhältig, als sie zustimmt: »Oh ja, mit Sicherheit.«

Der Kerl grinst wieder dreckig und nimmt einen großen Schluck von seinem Drink.

Minuten vergehen, in denen wir ihn gezwungenermaßen bezirzen und mit ihm flirten, doch es ergibt sich keine Möglichkeit, ihm etwas in den Drink zu schütten, wie wir es geplant haben. Dafür liegen wir viel zu sehr im Blickfeld der Männer hinter uns, die immer wieder neidisch zu uns rüber spähen. Peaches versucht es dennoch, greift unauffällig in ihre Tasche und holt das kleine Plastikfläschchen heraus, doch ich bemerke, wie uns einer der Männer beobachtet und trete sie leicht mit dem Fuß.

Sie versteht meine Warnung sofort und holt stattdessen ihr Parfum aus der Tasche.

»Hier ist es ziemlich laut«, bemerke ich unzufrieden und sehe mich im Lokal um. »Oh, da hinten ist ein Tisch frei. Wollen wir uns dorthin setzen?«

Der Mann folgt meinem Blick zu einem unbesetzten Tisch nahe den Toiletten und des Notausganges. Durch diesen müssen wir ihn später nach draußen bringen.

»Dann müsstest du auch nicht die ganze Zeit über stehen«, gibt Peaches mit einem charmanten Lächeln ihren Senf dazu.

»Von mir aus«, stimmt der Mann zu unserer Zufriedenheit zu und schnappt sich unsere Getränke, was uns wiederum unzufrieden macht. »Nach euch, Ladies.«

Widerwillig gehen wir voraus, und er folgt uns, nachdem er sich bei seinen Freunden verabschiedet hat. Als sie alle dreckig auflachen, weiß ich, dass er ihnen von unserem geplanten Dreier erzählt hat.

Stattdessen wird das heute noch eine nette, blutige Orgie für ihn.

Peaches gibt mir ein Zeichen, kaum dass sie sich setzt, und ich bemerke das Plastikfläschchen in ihrer rechten Faust. Sie zieht hastig die Kappe ab und wartet auf den richtigen Moment.

Den ich ihr verschaffe, indem ich mich mit meinem Körper vor den Mann schiebe, nachdem er unsere Gläser auf den Tisch gestellt hat. Er weicht einen Schritt zurück und starrt mich lüstern an.

»Setz dich hier neben sie«, meine ich und greife mit beiden Händen nach ihm. Dann schiebe ich ihn ein Stück beiseite, sodass er den Tisch von der anderen Seite umrunden muss. »Ich komme gleich nach und setze mich dann neben dich.«

»Okay.« Ich kann die Vorfreude förmlich in seinem Blick sehen. Er malt sich bereits aus, wie es wäre, mit uns beiden zu ficken.

Lächelnd wende ich mich ab, um auf die Toilette zu gehen.

Dabei fällt mein Blick auf Peaches, die sich zwingt, den Kerl anzulächeln, als er sich aufdringlich nah neben ihr niederlässt.

Sie nickt mir kaum merklich zu.

Zufrieden setze ich meinen Weg zur Toilette fort, sperre mich in eine der Kabinen und verfasse eine Textnachricht an Declan, in der ich die Männer wissen lasse, dass wir gleich durch den Hintereingang kommen werden. Sie sollen sich vorbereiten. Alles muss schnell gehen.

Dann kehre ich zu den beiden zurück und presse mich von der anderen Seite an den Mann, der immer noch fit und munter wirkt. Das wird sich hoffentlich gleich ändern.

»Lasst uns austrinken und gehen«, schlägt Peaches vor, was mir zu verstehen gibt, dass der Kerl bereits aus seinem Glas getrunken hat. Sicherheitshalber haben wir aber vorhin entschieden, dass er alles von dem Pulver zu sich nehmen muss.

»Das ist eine gute Idee«, stimme ich zu und hebe mein Glas, um noch einmal mit ihm anzustoßen. »Bei uns werden wir mehr Spaß haben können als hier.«

»Ihr habt es aber ganz schön eilig, mit mir allein zu sein«, presst der Kerl grinsend hervor und greift nach dem Glas, das ihm Peaches drängend zuschiebt. »Ich beschwere mich darüber nicht.« Er stößt damit gegen meines, dann gegen ihres. »Ich nehme euch aber mit zu mir.« Mit diesen Worten trinkt er sein Glas leer.

Peaches und ich lächeln ihn an und setzen unsere Gläser wieder ab. »Gerne«, sagt sie, greift sich ihre Tasche und erhebt sich. Ich tue es ihr gleich, dabei hake ich mich bei dem Kerl unter.

»Uff«, macht er plötzlich, als er auf beiden Beinen steht, und greift an den Tisch, um sich daran zu stützen. »Der Drink war wohl gerade etwas zu viel für mich.«

»Oh nein«, murmele ich gespielt mitfühlend und schiebe ihn unauffällig nach vorne. Peaches greift nach seinem anderen Arm und zieht ihn förmlich zum Notausgang, während sie sich hektisch umsieht. »Dann sollten wir uns lieber noch mehr beeilen.«

»Wartet mal«, nuschelt er vor sich hin, als wir ihn nun mit ein wenig Gewalt durch die Tür nach draußen schieben. »Warum ist mir so schwindelig?«

Er wird immer schwerer, weil seine Beine immer weicher und sein Körper immer schlaffer wird, also beeilen wir uns damit, ihn nach draußen zu bekommen. Zum Glück hat uns niemand beobachtet.

»Scheiße, habt ihr etwas in meinen Drink getan?«, nuschelt er jetzt und beginnt, sich gegen uns zu wehren. »Ihr Schlampen.«

»Na, na«, ertönt es plötzlich hinter uns, kaum fällt die Tür zum Notausgang zu und wir stehen auf dem dunklen Parkplatz dahinter. »So spricht man doch mit keinen Ladies.« Declan stößt sich von der Mauer ab und marschiert auf uns zu. Dass mich seine Augen hungrig in meinem nuttigen Kleid mustern, verdränge ich gekonnt. Wir müssen uns auf Wichtigeres konzentrieren.

»Nimm den mal, er wird schwer«, murmelt Peaches, als auch Callahan von der anderen Seite auf uns zu marschiert. »Und er stinkt.«

Declan und Callahan greifen nach dem Kerl und schleifen ihn zum Wagen. Er sträubt sich ein wenig dagegen, doch nun setzt die volle Wirkung des Betäubungsmittels ein und macht ihn wehrlos. Ich entdecke O'Sullivan hinter dem Steuer des SUVs und Donovan, den anderen Handlanger, auf dem Beifahrersitz.

»Beeilen wir uns, bevor uns seine Freunde nach draußen folgen«, höre ich Callahan sagen, als Declan den Kofferraum aufreißt. Sie werfen den bewusstlosen Mann achtlos hinein. Er stößt sich unsanft den Kopf, was keiner von uns sonderlich beachtet.

Mit einem freudigen Grinsen, das nur Declan in solch einer Situation im Gesicht tragen würde, donnert er den Kofferraumdeckel wieder zu und legt einen Arm um mich, ehe er mich mit sich auf die Rückbank des Wagens zieht. Peaches und Callahan folgen uns.

»Das ging ja rekordverdächtig schnell«, merkt Declan stolz an.

Ich schenke ihm ein selbstsicheres Lächeln. »Hast du etwas anderes erwartet? Wir sind heiß.«

Peaches grinst mich an. »Und ein gutes Team, wenn du mich fragst.«

»Das sind wir.« Ich hebe meine Hand, und sie gibt mir ein High-Five.

Callahan schmunzelt ein wenig.

Declan hingegen kneift die Augen zusammen und funkelt Peaches beinahe eifersüchtig an. »Wehe, du versuchst, mir meine Freundin streitig zu machen. Du warst es schließlich, die unbedingt wollte, dass ich mir eine suche.«

Augenrollend lehnt sich Peaches an Callahan, während sie murmelt: »Und es wundert mich mehr als alles andere, dass du eine gefunden hast.«

Ich kichere, während Declan besitzergreifend nach meiner Hand greift. Er ist wie ein kleines Kind, das nicht teilen kann – und irgendwie mag ich auch das an ihm.

KAPITEL 20

DECLAN

*I*ch trällere vor mich hin, während Donovan und O'Sullivan den Kerl vor mir auf der metallenen Liege festbinden. Wie immer brodelt heiße Vorfreude in meiner Brust, als ich mir ein paar der Instrumente von den Wänden schnappe, um sie für später auf dem Tisch neben der Liege vorzubereiten.

Ich liebe meinen Job, obwohl ich heute im Grunde genommen in meiner Freizeit tätig werde. Noch mehr aber liebe ich es, dass Vanilleblüte entschieden hat, mir beim Ausweiden dieses Kerls Gesellschaft zu leisten. Zuerst müssen wir ihn natürlich verhören, dafür ist er schließlich hier. Umsonst elendig krepieren soll er nun auch nicht.

Ich will Informationen.

»Möchtest du nicht lieber doch oben bei Peaches warten?«, höre ich Callahan fragen.

Meine Augen zucken zu Genevieve, die auf der letzten Stufe der Treppe hockt, die Arme lässig auf ihren Knien abgestützt. Beinahe kann ich einen Blick unter ihr Kleid und zwischen ihre Beine werfen. Das lenkt mich zugegebenermaßen ein wenig ab.

»Nicht nötig«, erwidert sie leichthin. »Ich möchte Declan gerne mal in seinem Element erleben.«

Während ich zufrieden vor mich hin lächele, weil mir das

beweist, dass sie in der Tat meine Traumfrau ist, runzelt Callahan ein wenig beunruhigt die Stirn. Er scheint es gar nicht glauben zu können, dass es auf diesem Planeten tatsächlich eine Frau zu geben scheint, die wie für mich geschaffen ist. Niemals wird eine andere Frau ihr das Wasser reichen können, das ist sicher. Wer sollte sich schon so sehr auf meine Verrücktheit und meine Hobbys einlassen können wie sie?

»Na dann, los«, gibt Donovan von sich, als der Kerl auf der Liege zuckt. »Unser Ehrengast wacht auf.«

»Was willst du zuerst?«, fragt O'Sullivan und schiebt den metallenen Tisch näher an die Liege heran. »Seit wann hast du hier eine Hantel?«

Ich lasse mich auf den Stuhl fallen und rolle mich an die Liege heran. »Die ist neu. Ich dachte, dass man damit vielleicht etwas anfangen könnte.«

»Wie zum Beispiel?«, hakt Donovan nach.

Ich greife mir die Hantel, mustere den halb nackten Körper des Kerls vor mir und schlage sie dann spontan auf sein Knie.

Jetzt ist er endgültig wach. Und schreit wie ein kleines Mädchen.

»Sowas zum Beispiel«, erkläre ich, woraufhin die Männer nicken. »Sehr effektiv.«

»Kannst du ihm etwas in den Mund stopfen?«, höre ich Genevieve von hinten fragen. Sie klingt genervt. »Seine Schreie tun mir in den Ohren weh, Herrgott.«

»Babe, wir können ihn wohl schwer verhören, wenn er den Mund voll hat«, erinnere ich sie und beuge mich über den kleinen Schreihals. »Könntest du bitte etwas leiser sein? Meine Freundin bekommt Kopfschmerzen.«

»Du Hurensohn!« Er spuckt mich beinahe an, während er kreischt. »Das wirst du bereuen!«

»Mal sehen«, meine ich optimistisch und wedele mit der Hantel vor seinem Gesicht herum. »Sei bitte jetzt etwas ruhiger, sonst muss ich dir die in die Fresse schlagen.«

Mit wutverzerrtem Blick hält er den Mund. Na, geht doch.

»Also«, beginne ich und schenke ihm ein aufrichtiges Lächeln. »Erst einmal danke für deinen Besuch in meinem Keller. Du bereitest mir damit eine große Freude.«

»Zögere es nicht wieder so hinaus, Declan«, unterbricht mich mein Bruder unverzüglich. »Ich habe heute noch Besseres zu tun, und du wohl auch.« Ich kann sehen, wie er zu Genevieve sieht, die uns aufmerksam beobachtet.

»Stimmt.« Ich seufze leise und zucke mit den Schultern. »Na gut, dann muss es heute wohl etwas schneller gehen als sonst. Aber das macht nichts. Ich bin auch in kurzer Zeit zu außerordentlichen Leistungen fähig.« Durch meinen dreckigen Gedanken kann ich nicht anders und grinse in Genevieves Richtung. Sie verdreht die Augen. »Was denn, willst du sagen, dass das nicht stimmt? Denk doch nur mal an unseren Analsex in der Küche. Der hat auch nicht lange gedauert, und trotzdem habe ich dich zum –«

»Jaysus, Declan«, unterbricht mich Callahan erneut. »Keiner von uns ist an solch privaten Details eurer Beziehung interessiert.«

»Ich schon«, grunzt O'Sullivan, was mich nicht überrascht. »Analsex? Nicht schlecht. Hatte ich ewig nicht mehr.«

»Ich auch nicht«, meint Donovan nachdenklich. »Irgendwie steht da keine Frau drauf.«

»Meine Vanilleblüte schon«, sage ich stolz. »Was ist mit Pfirsichblüte?«

Callahan feuert mir einen warnenden Blick zu.

Ich hebe eine Augenbraue. »Siehst du so finster drein, weil sie nicht darauf steht, oder weil du es mir nicht verraten willst?«.

»In was für einer Scheiße bin ich hier gelandet?«, schreit unser Gast und unterbricht damit das spannende Gespräch. »Wenn meine Freunde euch finden, werden sie euch auch in den Arsch ficken.«

»Du meinst deine Freunde aus dem Kartell? Tja, genau wegen denen sind wir hier«, entgegne ich gelassen. »Aber noch mal zurück zum wichtigeren Thema – wie sieht es bei dir aus, stehst du auf anal? Da lässt sich bestimmt etwas machen.« Ich schaue zu meinen Instrumenten.

Die Augen des Kerls tragen nun zum ersten Mal den Wunsch, zu sterben. Sehr gut.

»Na gut«, seufze ich und kann nicht anders, als ihm die Hantel in die Weichteile zu rammen. »Das war dafür, dass du so unhöflich bist.«

Der Kerl flucht auf.

»Weißt du eigentlich, dass das mein erstes Mal anal war?«, reißt mich plötzlich Genevieves verführerische Stimme von meiner Arbeit los, als ich gerade damit anfangen wollte, den Kerl ein bisschen zu verstümmeln.

Abrupt halte ich inne. Dann drehe ich mich ruckartig auf dem Stuhl zu ihr um. »Wirklich?« Das kann ich kaum glauben. Sie hat meinen Schwanz wie eine Weltmeisterin aufgenommen. »Hätte ich das gewusst, wäre ich vorsichtiger gewesen, Babe.«

Entspannt zuckt sie mit den Schultern. »Ich wollte dir den Spaß daran nicht verderben.«

Die Männer starren abwechselnd zwischen uns hin und her, ehe sie sich einen nicht deutbaren Blick zuwerfen. Anscheinend finden es auch meine beiden Handlanger merkwürdig, dass Genevieve so gar nicht wie alle anderen Frauen ist.

Sie ist einfach besser.

»Warum wollen deine Leute meinen Bruder tot sehen?«, stellt Callahan die alles entscheidende Frage und ruiniert mir damit die ganze Freude an meiner Arbeit. Er tritt an den Tisch heran und starrt mit einem harten Blick auf unseren Gast herab. »Ihr habt zweimal versucht, ihn zu töten, und ich will wissen, warum. Jetzt.«

Der Kerl lächelt zu uns hoch. »Er hat sich einfach mit den Falschen angelegt.«

»Inwiefern?«, bohrt Callahan nach.

»Er hat einen von uns zum Gespött gemacht«, eröffnet uns der Kerl, und irgendwie finde ich ihn dumm, weil er sofort so redselig ist. Andererseits weiß er sowieso, dass er heute sterben wird, und ist vielleicht bloß so klug, das Unvermeidbare nicht hinauszuzögern. Ansichtssache.

»Daran erinnere ich mich nicht«, sage ich, als mich alle im Raum abwartend anstarren. »Keine Ahnung, wovon er spricht.«

»Den Sohn unseres Bosses«, wird der Kerl deutlicher. »Du hast ihn öffentlich bloßgestellt. Das wagt keiner und kommt ungeschoren damit davon.«

»Hä?«, mache ich ernsthaft verwirrt. »Wer ist der Motherfucker denn?«

»Roman Jiménez.«

»Kennst du ihn?«, will Callahan umgehend wissen.

»Noch nie von ihm gehört«, murmele ich nachdenklich.

Der Kerl auf der Liege lacht, wodurch sie unangenehm scheppert. »Du bist so dumm und legst dich mit Leuten an, ohne dich vorher über sie zu erkundigen. Das kann nur mit deinem Tod enden.«

»Heute zumindest bist du der Einzige, der stirbt«, lasse ich ihn gereizt wissen. »Erzähl mir mehr.«

Jetzt schweigt er wie ein Grab, was mich provoziert.

»Ich will wissen, wovon du sprichst«, knurre ich.

»Triff dich mit ihm und finde es selbst heraus.«

Callahan und ich werfen uns einen Blick zu. Dann schiele ich zu O'Sullivan, der mir kommentarlos ein Skalpell reicht.

Ich nehme es ihm aus der Hand und steche es genauso kommentarlos in den Oberschenkel des Mannes, wobei ich darauf achte, keine wichtige Hauptschlagader zu erwischen. Sonst verblutet er uns zu schnell.

Stöhnend und fluchend windet er sich, doch die Fesseln an seinen Händen und Füßen halten ihn an Ort und Stelle gefangen.

Ich ziehe das Messer durch seinen Oberschenkel und steche dann noch ein paar Mal wahllos zu, bis ihm vor Schmerz der Kaltschweiß auf der Stirn steht.

»Ich bin immer noch neugierig auf die Geschichte«, meine ich beiläufig.

»Du hast ihn im Ring geschlagen«, stößt er schwer atmend hervor. »Vor einigen Wochen. Ihr habt gegeneinander gekämpft, du hast gewonnen. Aber das hat dir nicht gereicht. Du hast ihn danach auch noch zum Gespött vor allen anwesenden Männern gemacht.«

Irritiert runzele ich die Stirn. Das überrascht mich nun tatsächlich etwas. Nicht die Tatsache, dass ich gegen ihn im Ring gewonnen habe – da wäre eher alles andere überraschend –, sondern die Tatsache, dass ich mich überhaupt nicht an den Kerl erinnere. So unwichtig erschien er mir.

»Du hast ihm die Hose runtergezogen, als er verdroschen und halb ohnmächtig auf der Matte lag, und gesagt – ich zitiere: *Jetzt wundert mich gar nichts mehr, dem Kerl baumeln ja nicht einmal Eier zwischen den dürren Schenkeln.*«

Ja, das klingt nach mir.

Genevieves Lachen hallt durch den Keller.

»Klingt ganz nach dir«, bestätigt O'Sullivan meinen Gedanken gleich darauf. »Und jetzt erinnere ich mich auch an den Vorfall. Das war zu der Zeit, in der du so gelangweilt warst, weil Callahan ständig nur mit Peaches beschäftigt war.«

»Ach, stimmt ja«, murmele ich, als mir nun endlich ein Licht aufgeht. »Ich habe den Kerl in der Tat ein wenig geärgert. Und ein paar andere auch, die meine üble Laune abbekommen haben.« Meine Augen zucken herausfordernd zu meinem Bruder. »Alles deine Schuld. Wegen dir gehe ich jetzt also drauf.«

»Warum meine Schuld?«, echauffiert sich mein Bruder. »Ich kann nichts dafür, dass du keine Kontrolle über dich hast.«

»Aber du weißt von meinem Problem und hast mir trotzdem keine Beschäftigung gegeben«, meine ich überzeugt. »Ich habe dich förmlich angebettelt, einen neuen Job anzunehmen. Hätte ich mich zu dieser Zeit anderweitig austoben können, wäre ich nicht jeden Abend im Gym gewesen und hätte einen Motherfucker nach dem anderen im Ring fertiggemacht.«

»Konzentrier dich wieder auf das Wesentliche«, mischt sich meine Vanilleblüte ein.

Widerwillig blicke ich auf den blutenden Kerl ab. »Na gut, dann hab ich diesen Romeo eben geärgert –«

»Roman. Und du hast ihn gedemütigt«, korrigiert er mich. »Es hat seinem Vater nicht gefallen, davon zu hören, wie du seinen Sohn öffentlich bloßgestellt hast. Deswegen hat er entschieden, dasselbe bei dir zu tun. Auch unsere Leute fanden das nicht so witzig wie deine Freundin. Immerhin haben wir einen Ruf zu wahren.«

Callahan nickt vor sich hin, sein Gesichtsausdruck eine düstere Maske. »Natürlich. Wie würde es auch aussehen, wenn sich herumspricht, dass man eure Leute einfach so demütigen und damit davonkommen kann.«

»Deswegen auch der erste Angriff im Ring«, sagt Donovan nachdenklich. »Das hätte ja gut gepasst.«

Mürrisch schnappe ich mir den Bohrer. »Aber warum verdammt noch mal musstet ihr mir ausgerechnet bei meinem Date eine Irre an den Hals hetzen? Alles hat Grenzen, und damit habt ihr meine definitiv überschritten.«

»Hat deine Schlampe offenbar auch nicht davon abgehalten, dich weiter zu ficken«, lautet sein ungerührter Kommentar dazu, der mich dazu bringt, ihm ein Loch ins Knie zu bohren.

»Nenn sie noch einmal so und du lernst Schmerzen kennen, die dich noch im Tod verfolgen«, drohe ich ihm und meine es mit jeder Faser meines Körpers ernst. Ich setze den Bohrer an seiner Stirn an. »Sie ist keine Schlampe, verstanden?«

Weil er mich so ekelhaft überlegen anlächelt, kann ich mich nicht mehr beherrschen und bohre seinen Schädel auf.

»Sag das den Männern, die sie in Hotels trifft«, ist das Letzte, das er von sich gibt, bevor er unverständliche Laute ausspuckt. Sein Gesicht verzerrt sich, als hätte er einen Schlaganfall, dann zappelt er wie bei einem epileptischen Anfall.

»Was?« Ich halte abrupt inne. »Woher weißt du das?« Ich schlage auf seine Brust, doch der Kerl ist endgültig hinüber.

»Was meint er damit?«, hakt Callahan nach, und ich bemerke aus dem Augenwinkel, dass Genevieve von der Treppe aufgestanden ist. Ihr Blick wirkt beunruhigt.

Angespannt sehe ich zu ihr. »Wieso weiß er das von dir?«

»Keine Ahnung«, murmelt sie sichtlich verwirrt. »Und fragen können wir ihn jetzt auch nicht mehr.«

Wir starren alle gleichzeitig auf unseren Gast herab. Gehirnmasse tropft aus dem tiefen Loch an seiner Stirn. Da war ich wohl etwas zu voreilig. Verdammt.

»Vielleicht haben die auch mich beschattet und nicht nur dich«, schlussfolgert sie grüblerisch vor sich hin. »Oder …«

Wir wenden uns ihr alle zu. »Oder was?«, hake ich aufdringlich nach.

Ihre grünen Augen verdunkeln sich, als sie noch einen Blick auf den Kerl wirft. »Der Marionettenspieler ist auch ein Südländer«, murmelt sie dann gedankenverloren vor sich hin, bevor sie schluckt. »Vielleicht gehört er auch zu diesen Leuten.«

»Was zur Hölle ist ein Marionettenspieler?«, will mein Bruder wissen.

»Ein Kerl, der sie erpresst«, erkläre ich ihm knapp. Ich werfe den Bohrer achtlos auf den Toten und erhebe mich. »Aber das wäre ein zu großer Zufall, meinst du nicht?«, frage ich sie dann angespannt.

Genevieve seufzt, ehe sie sichtlich genervt die Treppe nach oben steigt. »Mein Leben war schon immer wie ein schlechter Film – wundern würde es mich also nicht.«

Steif sehe ich ihr hinterher. Sie könnte recht haben. Das würde unseren weiteren Plan durchaus ändern.

Callahan tritt an meine Seite, nachdem ich mir den Plastikmantel vom Leib gerissen habe und Genevieve nach oben folge. Donovan und O'Sullivan kümmern sich wie immer um den Rest. »Weihst du mich ein?«

Ich nicke. Sieht ganz so aus, als müssten wir nun erst einmal noch weitere Informationen einholen, bevor wir wieder tätig werden.

Der Gedanke, dass meine Vanilleblüte tiefer in der Scheiße sitzt, als ich dachte, stößt mir bitter auf. Dabei ist mir mein eigenes Schicksal egal. Sollte sie mit ihrem Verdacht richtig liegen, gibt es gleich noch einen Grund mehr für mich, diese Kartellbastarde zu erledigen.

KAPITEL 21

GENEVIEVE

»*D*addy!«, *schreie ich ängstlich, doch er beachtet mich gar nicht. »Daddy, nicht!«*

Mummy weint, während sie auf dem Boden liegt. Sie liegt da erst seit kurzem, und ich glaube nicht, dass sie weint, weil sie dort liegt. Sie hat auch vorher schon geweint, als Daddy ihre Haare ausgerissen hat. Sie liegen neben mir auf dem Boden unter dem Tisch, unter den ich schnell gekrabbelt bin, als Daddy wieder wütend geworden ist. Dorthin verkrieche ich mich immer, weil ich sonst auch etwas von Daddys Wut abbekomme. Einmal hat mich ein Stuhl getroffen, aber Daddy hat später gesagt, dass er das gar nicht wollte. Mummy hat ihn da zum ersten Mal auch gehauen. Sie hat ganz laut gesagt, dass sie ihn umbringen wird, wenn er das noch einmal macht. Ich habe das nicht verstanden, denn Daddy hat es ja nicht mit Absicht gemacht.

Aber trotzdem bleibe ich jetzt besser unter dem Tisch. Ich will nicht, dass Mummy Daddy umbringt. Deswegen soll er auch aufhören, ihre Haare auszureißen und sie auf den Boden zu werfen, weil sonst wird Mummy ja auch wütend werden.

Aber sie wirkt nicht wütend. Sie wirkt traurig und so, als ob sie auch so viel Angst hätte wie ich. Ich kann ihr genau in die Augen schauen, während sie neben dem Tisch auf dem Boden liegt. Sie sind feucht und geschwollen – so wie meine, wenn ich wieder viel geweint habe, nachdem mir Daddy meine Spielsachen weggenommen hat.

Sie gibt komische Geräusche von sich, als Daddy mit dem Fuß auf ihren Bauch steigt. Solche Geräusche habe ich noch nie gehört. Sie machen mir Angst, so wie Daddys Blick, der so böse ist wie der des Mannes aus dem Fernsehen, von dem Film, den wir heute Abend zusammen geschaut haben. Nur ist Daddys Gesicht noch rötlicher, als wäre ihm sehr heiß. Er hat sich nun über Mummy gebeugt und ihr Gesicht in seine große Hand genommen.

Als er mit seiner anderen genauso großen Hand auf ihre Nase haut, weine ich ganz laut. Warum macht er das? Mummys Nase ist klein, und seine Hand ist so groß. Er zerquetscht sie.

»Daddy, hör auf! Du tust Mummy weh!«, schreie ich wieder, als er jetzt seine großen Hände um ihren Hals schlingt. Seine Finger sind so lang, dass sie fast ganz rundherum greifen können. Mummys Hals ist auch klein, irgendwie dünn.

Ich fürchte mich und zittere. Auch wenn Mummy immer sagt, dass ich nicht weinen soll, kann ich nicht damit aufhören. Es wird immer schlimmer, als sie wieder diese Geräusche von sich gibt, während sie ihre Hände um die von Daddy legt. Dann strampelt sie mit den Füßen auf dem Boden, und ich erschrecke mich, als dabei der Stuhl neben mir gegen den Tisch knallt. Sie hat ihn mit dem Fuß erwischt.

Gut so, Mummy!, denke ich mir, als Daddy sie deswegen loslässt. Sie muss also mit dem Fuß gegen den Stuhl strampeln, dann hört Daddy auf, sie so festzuhalten, dass ihr Gesicht rot wird. Jetzt hustet sie, und ich bekomme wieder Angst. Warum kriegt sie keine Luft? Sie kann nicht gut atmen.

»Mummy«, weine ich und will zu ihr kriechen, als sie mich ansieht. Ihre Augen schauen zu mir, aber irgendwie sieht sie mich doch nicht richtig, glaube ich. Daddy hat seine schweren Stiefel an, fällt mir auf, als er ihr noch mal auf den Bauch steigt. Fast hüpft er darauf. Er ist so viel größer und schwerer als meine Mummy. Das muss wehtun.

Ich zucke zusammen, als Mummy nun aufschreit. Daddy hat wieder auf ihren Bauch getreten. Ihr Schrei tut in meinen Ohren weh und bringt mich dazu, selbst zu schreien. Davon tut dann mein Hals weh.

Ich schreie und weine so viel in letzter Zeit, was Daddy ärgert. Er sagt, ich soll nicht wie Mummy werden. Deswegen darf ich nicht frech sein oder zurückreden. Er sagt, mir wird es später einmal nicht gut gehen, wenn ich wie Mummy werde. Er sagt auch, dass Mummys sich nicht immer aufregen dürfen und immer lieb zu Daddys sein müssen.

Meine Mummy redet aber zurück und regt sich manchmal über Daddy auf. Sie mag es nicht, wenn er seine Freundinnen trifft. Daddy hat viele davon. Er trifft sie immer ganz spät, wenn Mummy mich schon zum Schlafen gelegt hat. Dann kommt er lange nicht mehr nach Hause. Ich mag es, wenn er seine Freundinnen trifft. Dann darf ich mit Mummy im Bett schlafen.

Heute würde ich auch gerne mit Mummy im Bett schlafen.

»Genevieve, Süße.« Daddys Stimme klingt jetzt viel netter und leiser. Mit Mummy hat er vorhin viel lauter und gemeiner geredet. »Komm zu mir.« Er lockt mich unter dem Tisch hervor, aber ich will jetzt nicht zu ihm gehen. Ich will zu meiner Mummy. »Komm her, habe ich gesagt!« Jetzt ist sie wieder lauter. Ich mag es nicht, wenn er so laut redet.

Mit Mummys Haarsträhnen in der Hand krabbele ich unter dem Tisch hervor. Mummy liegt immer noch auf dem Boden und weint. Sie hält sich den Bauch, dreht sich aber weg, als ich anstatt zu Daddy, zu ihr krabbeln will.

»Aua«, wimmere ich, als Daddy meinen Arm packt und mich auf dem Boden zu sich zieht. Das tut weh.

»Umarme deinen Daddy«, verlangt er von mir, aber ich will nicht. Er zwingt mich und atmet ganz laut und hektisch an meinem Ohr. »Siehst du, Süße, was passiert, wenn Mummys frech werden? Das ist alles Mummys schuld. Sie darf nicht immer so böse zu Daddy sein.«

Ich schiele zu Mummy und sehe, wie sie uns anstarrt. Da sind rote Flecken auf dem hellen Küchenboden neben ihr. Sonst ist sie viel hübscher und lächelt immer. Jetzt lächelt sie nicht.

»Versprichst du mir, dass du brav sein wirst, wenn du einmal groß bist?«

Ich schaue Daddy an und nicke.

»Dass du ein gutes Mädchen sein wirst? Ein besseres als Mummy?«

Wieder nicke ich. Ich mag meine Mummy, aber ich will nicht wie sie sein, wenn ich groß bin. Sie weint und schreit so viel. Noch mehr als ich, aber ich bin noch klein und sie ist schon groß. Die Mummys meiner Freundinnen weinen und schreien nie.

»Ich will später einmal anders sein als Mummy«, murmele ich und glaube, Mummy damit wehgetan zu haben. Plötzlich weint sie wieder. »Tut mir leid, Mummy.«

»Schon gut«, sagt sie endlich etwas zu mir. Ihre Stimme klingt anders als sonst, irgendwie müde, und sie zittert auch. Vielleicht, weil sie genauso hektisch atmet wie Daddy. »Du sollst niemals so werden wie ich, Liebling. Versprichst du mir das?« Jetzt schaut sie Daddy an, und ihre Augen werden ganz leer.

Wieder nicke ich. »Versprochen, Mummy.«

Dann trägt mich Daddy in mein Zimmer, und ich klammere mich an den großen Traumfänger, den Mummy wegen meiner Albträume an die Wand neben meinem Bett gehängt hat. Ich streiche über die langen, weichen Federn und schließe die Augen, als Mummy draußen wieder zu schreien beginnt.

Hastig sauge ich Luft in meine Lunge, als ich aus dem Traum gerissen werde, der nur eine von vielen Kindheitserinnerungen in mir aufwühlt, die ich im Laufe der Jahre bewusst zu verdrängen gelernt habe. Im ersten Moment kann ich kaum atmen, weil mein Körper so dermaßen verkrampft ist. Mein Nachthemd klebt wie eine zweite Haut an mir. Ich bin schweißgebadet und glühe, als hätte ich Fieber.

Wann werde ich diese Albträume endlich los?

»Baby?« Declans Stimme klingt verschlafen, aber beunruhigt. Ich spüre, wie er sich neben mir im Bett aufsetzt und weiche seiner Berührung aus, noch ehe er die Hand nach mir ausstrecken kann.

Gerade kann ich es nicht ertragen, von ihm berührt zu werden. Mein Körper schmerzt, weil er sich vor Angst und Zorn so sehr verkrampft hat, als hätte ich die Minuten unter diesem Tisch noch einmal erlebt. Diesmal aus erwachsener Perspektive, obwohl mich die Träume meine Kindheit aus Kindesperspektive erneut durchleben lassen. Doch meine Gedanken währenddessen stammen von meinem jetzigen Ich.

Während ich unter diesem Tisch hocke und weine, weil mein Vater meine Mutter verprügelt, schreie ich gedanklich immer wieder vor lauter Hilflosigkeit: »Steh auf und mach was!« Doch weder ich noch meine Mutter tun etwas. Niemand stoppt meinen Vater.

Dieser spezielle Traum, in dem sie mir sagt, ich solle niemals werden wie sie, verfolgt mich am häufigsten. In meiner Jugend hat er mich beinahe nächtlich begleitet – wie eine Art permanente Erinnerung während meines Erwachsenwerdens. Damit ich ja nicht vergesse, zu welcher Art von Frau ich mich entwickeln soll. Und zu welcher nicht.

Es ist der einzige Ratschlag, den ich je von ihr befolgt habe.

Die Ratschläge meines Vaters habe ich auch immer im Hinterkopf behalten – um genau das Gegenteil davon zu befolgen. Um keinen anderen Männern wie ihm den Gefallen zu tun, es ihnen so leicht zu machen, indem ich eine genauso schwache, hilflose Frau werde wie meine Mutter.

Wobei sie in meinen Augen nie schwach war. Die Dinge, die sie mit meinem Vater durchlebt hat – die sie *überlebt* hat – machen sie in meinen Augen zu der stärksten Person, die ich kenne.

Kannte.

Bis sie sie irgendwann nicht mehr überlebt hat.

Wieder reißt mich Declan aus den tiefschwarzen Gedanken. Er hat mir ein paar Minuten gewährt, um mich zu beruhigen.

Währenddessen hat er auch Baby zurück in das Bettchen gebracht, das er für sie gekauft hat, damit sie auch in seinem Haus ein Plätzchen hat. Nun döst sie wieder vor sich hin und schnarcht wie immer leise.

Meine Atmung normalisiert sich allmählich wieder, und mein Körper entspannt sich spürbar. Der Schweiß tropft nicht mehr von meiner Stirn und meinem Rücken.

»Wovon hast du geträumt?«, will Declan leise wissen, seine Stimme rau und angespannt.

»Von meinen Eltern.« Ich schlucke. Ich spreche niemals über sie. Die letzte Person, mit der ich Erinnerungen an sie geteilt habe, war mein Onkel. Seit er gestorben ist, habe ich nie wieder den Namen meiner Mutter oder meines Vaters in den Mund genommen.

Das ist nun vier Jahre her.

»Verstehe«, murmelt er, bevor er an mich heranrutscht und mich von der Seite anblickt. Er versucht nicht wieder, mich anzufassen, wofür ich ihm dankbar bin. »Vielleicht sollten wir deine Traumfänger auch hier bei mir aufhängen.«

Ich schließe die Augen. Das ist gar keine schlechte Idee.

»Ich habe auch oft Albträume aus meiner Kindheit.«

Nun sehe ich ihn an. In der Dunkelheit des Raumes erkenne ich fast nur die Umrisse seiner beachtlichen Statur. Ich kann die schöne Form seiner Muskeln an den Armen und Schultern erkennen, und als er den Kopf neigt, auch die markanten Züge seines Gesichts.

Ich teile mir das Bett mit einem wirklich schönen Mann. Diese unnütze Erkenntnis beruhigt meine aufgewühlte Seele. Die Tatsache, dass er auch ein tödlicher Mann ist, lässt mich auf einer fundamentalen Ebene ruhig werden. Kurz stelle ich mir vor, wie es wäre, hätte er meinen Vater auf seiner Liege im Keller und würde ihn für all das büßen lassen, was er getan und mir genommen hat.

Meine Kindheit, meine Mutter.

»Warum?«, frage ich schließlich.

Declan zuckt mit den Schultern und meint knapp: »Mein Vater ist ein Hurensohn.«

»Verstehe«, zitiere ich ihn einfach. »Meiner war auch einer.«

»Dann ist es ja gut, dass er tot ist.«

Ich runzele die Stirn. »Er ist nicht tot. Er ist im Gefängnis.«

Declan wirkt äußerst verwirrt. Sein Gesicht verzerrt sich entschuldigend. »Tut mir leid, das wusste ich nicht. Als ich mich damals über dich erkundigt habe, habe ich die Information erhalten, dass deine Eltern beide verstorben sind.«

Verbittert schüttele ich den Kopf. »Meine Mutter ist gestorben, als ich sechs war. Mein Vater sitzt seither im Gefängnis.«

Stille. Die unausgesprochenen Worte zwischen den Zeilen schweben wie eine dunkle Wolke zwischen uns.

»Ihretwegen?«, will er dann vorsichtig wissen.

»Ja.« Ich hole tief Luft und betrachte innig sein Gesicht, weil es mich irgendwie tatsächlich beruhigt, ihn anzusehen. Seine Nähe, auch wenn er mich nicht berührt, gibt mir Halt.

Das merke ich selbst erst, als ich ganz untypisch anfange, etwas so Intimes aus meinem Leben zu teilen, indem ich ihm erzähle: »Mein Vater war immer schon gewalttätig meiner Mutter gegenüber. All meine Kindheitserinnerungen sind Situationen, in denen ich irgendwo verkrochen Schutz gesucht habe, während er sie durch die Wohnung geprügelt hat. Ihre Schreie, ihr Weinen, ihr Flehen … Es macht mich heute noch krank, daran zu denken. Und ständig träume ich davon. Davon, wie sie mir sagt, dass ich niemals so werden soll wie sie, wenn ich groß bin – etwas, woran ich hart gearbeitet habe, wie du sehen kannst.«

Declan betrachtet mich aufmerksam. Seine blaugrauen Augen stürmen, obwohl sie traurig wirken. Traurig wegen des kleinen Mädchens, das ich einmal war, und das unter solch unwürdigen Verhältnissen aufwachsen musste.

»Irgendwann hat er sie dann so heftig geschlagen, dass sie hirntot war«, fahre ich fort und spüre, wie mein Hals bei der Erinnerung eng wird. »Ich werde nie vergessen, wie mein Vater daraufhin einfach in sein Auto gestiegen und weggefahren ist,

237

während ich noch drei Tage lang mit meiner Mutter im Haus eingesperrt war, bis mein Onkel vorbeikam, weil er sich Sorgen gemacht hat, da meine Mutter keinen seiner Anrufe beantwortet hat. Ihr Bruder war die einzige Familie, die sie noch hatte. Er lebte nicht in unserer Stadt, wir haben ihn nicht oft gesehen. Später hat er mir erzählt, dass ihm meine Mutter nie etwas von den Auseinandersetzungen mit meinem Vater erzählt hat. Dabei hätte er ihr helfen können – vermutlich aber hätte er meinen Vater einfach umgebracht.«

»Dein Onkel, der Kämpfer?«, hakt Declan interessiert nach.

Ich nicke. »Ironisch, oder? Meine Mutter hatte einen Bruder, der sein Geld damit verdient hat, Frauen in Kampfsport auszubilden, damit sie sich in solchen Situationen zu helfen wissen, nachdem er jahrelang selbst ein erfolgreicher Kämpfer war. Und sie hat ihn nicht ein einziges Mal um Hilfe gebeten.«

»Vermutlich genau deswegen«, murmelt er. »Sie hat sich geschämt.«

»Ja.« Ich reibe mir über das Gesicht. »Und ihre Scham hat sie ins Grab gebracht.«

»Warum hast du keine Hilfe gerufen?«, will er wissen, klingt aber weder anklagend noch vorwurfsvoll dabei. »Du sagtest, du seist drei Tage lang mit ihr im Haus eingesperrt gewesen.«

»Weil ich wirklich eingesperrt war. Mein Vater hat abgeschlossen, bevor er gegangen ist, wodurch ich zu keiner Nachbarin gehen konnte. Ich habe drei Tage gebraucht, um das Ladekabel meiner Mutter zu finden, weil ihr Handy keinen Akku mehr hatte.«

Wir starren einander an. Eintausend Emotionen wüten in Declans Augen. Ich könnte nicht sagen, welche sich die Vorherrschaft erkämpft.

»Als ihr Handy wieder Akku hatte, habe ich einen Krankenwagen gerufen. Doch bevor dieser eintraf, kam bereits mein Onkel vorbei. Meine Mutter lag danach noch ein paar Tage im Koma, bevor man die Geräte abgestellt hat. Mein Vater war noch drei Monate lang auf der Flucht, ehe sie ihn in einem anderen Bundesstaat ausfindig gemacht haben. Er wurde wegen Totschlags und schwerer Kindeswohlgefährdung zu dreißig Jahren Haft verurteilt.«

»Das ist eine ziemlich harte Nummer«, stößt Declan mit einem Seufzen hervor, das ausdrückt, wie wenig er weiß, was er dazu sagen soll. »Jetzt verstehe ich dich um einiges besser.«

»Ach ja?«

Er schenkt mir ein friedliches Lächeln, bevor er seine Hand an meine kalte Wange legt und sanft darüberstreicht. »Du hast das Beste aus dir herausgeholt und gemacht, Vanilleblüte. All das, was deine Mutter nicht war, bist du heute. Keiner dieser Motherfucker da draußen könnte dich je so unterkriegen. Nicht psychisch und nicht physisch. Du bist einfach kein Opfer-Typ, und das ist genau, was ich an dir mag. Deine Mutter wäre stolz auf dich.«

Meine Kehle schnürt sich bei seinen aufrichtigen, heilenden Worten zu. Ich kann spüren, wie sich Druck hinter meinen Augen bildet, was mir sofort unangenehm ist.

»Hey, hey«, sagt er sanft lächelnd und nimmt mein Gesicht in beide Hände. »Jetzt werd' aber nicht doch noch zur Heulsuse, klar?«

»Nein«, schniefe ich und lächele, obwohl eine Träne über meine Wange kullert. »Es ist nur … Ich habe nie darüber nachgedacht, ob meine Mutter heute stolz auf mich wäre. Ich bin mir nicht sicher.«

»Was?« Beinahe ungläubig starrt er mich an. »Wie könnte sie es nicht sein? Sieh dich doch nur mal an.« Er zeigt auf meinen Körper in dem Nachthemd. »Schau dir diesen Körper an. Du bist eine Maschine.«

Ich muss lachen, während noch ein paar lächerliche Tränen aus meinen Augen kullern. Ich erinnere mich nicht, wann ich zuletzt geweint habe. So etwas tue ich für gewöhnlich nicht.

»Im Ernst«, betont er verschwörerisch. »Dieser Körper besteht aus Muskeln. Muskeln, die du dir antrainiert hast, mit einer Kraft, die du dir selbst angeeignet hast. Dieser Körper hat alle Fähigkeiten, die der Körper einer Frau haben sollte. Er kann sich verteidigen, aber auch angreifen. Er kann einstecken, aber auch austeilen. Aber was viel wichtiger ist, spielt sich hier drin ab.«

Er tippt mir auf die Stirn, ehe er die Tränen von meinen Wangen fortwischt. Bei der Berührung bekomme ich eine Gänsehaut auf den Armen. »All das Training, deine Kraft und deine körperlichen Fähigkeiten wären völlig nutzlos, wärst du nicht auch hier drin eine Kämpferin. Es ist wie bei einem Boxkampf – dein Geist und deine mentale Verfassung, deine Glaubenssätze und deine Einstellung, all das spielt eine riesige Rolle bei deinen Chancen, zu gewinnen. Und du bist verdammt nochmal eine Badass Bitch.«

Seine Worte und der stolze Ausdruck in seinen Augen machen mich sprachlos. Die Art, wie er über mich spricht, über mich denkt, und mit mir fühlt – das ist etwas, das ich nicht kenne.

»Ich habe Mitleid mit dem kleinen Mädchen, das du einmal warst«, presst er rau und bitter hervor, bevor er mein Kinn anhebt, es in eine stolze Position bringt und mir genauso stolz in die Augen blickt. »Aber niemals mit der Frau, die du heute bist. Das kleine, hilflose Mädchen hat dich zu ihr gemacht, und dafür kannst du ihr dankbar sein. Sie wird immer ein Teil von dir sein, und du solltest auch diesen Teil von dir lieben, anstatt zu versuchen, ihn zu vergessen. Du solltest ihn dir sogar täglich vor Augen halten, damit du nie vergisst, zu würdigen, welche Frau aus ihr geworden ist.«

Er drückt einen zärtlichen Kuss auf meinen Mund, der wie seine Worte eine absolute Liebkosung für meine Seele ist. »Trotzdem wünschte ich, ich könnte deinem Vater all die Schmerzen zurückgeben, die er deiner Mutter und dir zugefügt hat. Ich wünschte, ich könnte ihn in meinen Keller schleifen und für all das bezahlen lassen.« Mordlust verdunkelt seine Stimme und Miene.

Ich ziehe ihn an mich und küsse ihn. Nicht zärtlich, nicht sanft, sondern regelrecht ungestüm und so hart, als ob ich in dem Kuss ein Ventil für all die Emotionen finden würde, die seine

Worte in mir auslösen. Ich implodiere förmlich aufgrund all dieser fremden Gefühle in mir.

Ich war noch nie jemandem so verbunden, noch nie einem anderen so nah, dass ich meine seelischen Wunden mit ihm geteilt habe – und er meinen Schmerz aufgenommen und zu seinem gemacht hat. Ich habe es noch nie erfahren dürfen, wie es ist, sich nicht allein damit zu fühlen. Wie es ist, sich aufgefangen und beschützt zu fühlen. Ich weiß, dass ich niemanden brauche, der auf mich aufpasst und sich um mich kümmert; niemanden, der mich heilt und Frieden in mein Leben bringt. Ich kann all das selbst. Ich kann gut allein sein.

Aber mir wird in diesem Moment klar, dass ich das nicht mehr will.

Und noch weniger will ich jemals diese Vertrautheit und Verbindung verlieren, die ich inzwischen zu Declan fühle. Diese Sicherheit, die ich bei ihm gefunden habe.

Ich will *ihn* nicht verlieren. Um keinen Preis.

»Ich habe es mir anders überlegt«, platze ich hervor, als ich von ihm ablasse. Durch meinen Überfall und die Erregung, die dieser in ihm ausgelöst hat, dauert es ein paar Wimpernschläge, bis er auf meine Worte reagiert.

»Was denn?« Er rückt seine Erektion zurecht, die seine Unterhose zu sprengen droht.

»Wir bekommen Kinder. Irgendwann. Aber wenn es Schreihälse sind, kümmerst du dich um sie.«

Mit seinem typisch schiefen Grinsen fällt er über mich her. Seine Hände packen mich, drücken mich auf die Matratze, und sein Körper begräbt mich unter seinem Gewicht. Ich zische, als er mir in die Kehle beißt, und schlinge meine Beine um seine Hüften, als er sich dazwischendrängt. In wenigen Sekunden hat er sich die Boxershorts vom Leib gerissen und seine Erektion befreit. Wie glühender Stahl drängt sie sich gegen mich. Dann fühle ich sie auch schon in mir.

Wir stöhnen beide gleichzeitig auf, bevor wir einen Moment innehalten und uns tief in die Augen schauen.

Ich weiß nicht, warum, aber mit einem Mal nimmt Declan all die stürmische Grobheit aus seinen Berührungen. Sein Verlangen nach mir ist unbezwingbar und fast schon irrational, ich kann das Feuer in seinen Augen lodern sehen. Sie verbrennen mich mit ihrem intensiven Blick. Doch seine Hände sind sanft, als sie das Nachthemd an meinem Körper hochschieben und meine Nacktheit ertasten. Sie gleiten über meine Rippen, meine Brüste und meinen Hals. Zärtlich schlingen sie sich darum, während seine Härte sich langsam in mir zu bewegen beginnt.

Ich keuche, und meine Augen schließen sich flatternd. Seine überraschend zurückhaltende Inbesitznahme fühlt sich besser an als erwartet. Ich kann jede seiner Berührungen intensiver wahrnehmen, mich noch mehr auf das übermannende Gefühl tief in mir konzentrieren. Ich spüre seine glorreiche Männlichkeit in jedem Winkel meiner Weiblichkeit, als er seine Hüften gekonnt kreisen und immer wieder langsam vorschnellen lässt.

Dann drängt sich seine Zunge in meinen Mund, um mich mit dem Geschmack seiner Lust und Sehnsucht zu füllen. Sein Mund nimmt den meinen in Besitz, macht es auf eine leidenschaftliche, aber zärtliche Weise. Sein Zungenspiel bringt mich dazu, an seinen Lippen aufzustöhnen. Meine nasse Pussy pulsiert, und meine Hände krallen sich in seine Schultern. Sanft bohre ich meine Nägel in seine stramme Haut. Alles, was ich rieche, fühle und woran ich denke, ist er.

Ich glaube, wir machen gerade Liebe miteinander.

Weil mich das Bedürfnis überkommt, drehe ich uns zur Seite und drücke ihn auf die Matratze hinunter. Ich setze mich auf seinen Schoß und lasse seine gesamte Länge Zentimeter für Zentimeter in mich gleiten. Meine Hände stützen sich an seiner prallen, angespannten Brust ab, als er meine Hüften nimmt und seine Finger in meinen Hintern bohrt. Wieder verheddern sich unsere Blicke ineinander, wollen den des anderen nicht loslassen.

Dann reite ich ihn, während wir uns unentwegt in die Augen starren. Sie sagen so viel mehr aus, als es Worte je könnten. Es gab bisher keinen intimeren Moment zwischen uns. Nichts, das sich auch nur annähernd so schön angefühlt hat.

Ein Orgasmus entlädt sich in mir, lässt mich auf ihm zucken und stöhnen. Ich kralle mich an ihm fest, lasse den Oberkörper auf seinen sinken und vergrabe mein Gesicht in seiner Halsbeuge. Sein maskuliner Duft umhüllt mich, während mein glühender Körper erbebt.

Declan übernimmt für mich und bewegt seine Hüften rhythmisch nach oben, während seine starken, rauen Hände über meinen nackten Rücken gleiten. Er hält mich unentrinnbar fest bei sich, als auch er kurz darauf zu einem Orgasmus kommt. Ein heftiger Schauer durchfährt seinen Körper, an dem jeder Muskel verdickt ist. Seine Finger zerquetschen dabei mein Fleisch, und sein Sperma markiert mich als seins.

Ein paar Sekunden liegen wir nur schwer atmend da, ehe ich spüre, wie seine Fingerkuppen sanft über meinen Nacken streichen. Er spielt mit meinem Haar und scheint diesen friedlichen, stillen Moment zwischen uns zu genießen. Im Haus herrscht nun Totenstille, nur unser beides Herzklopfen ist zu hören. Sein Herz wummert förmlich gegen meines.

Dann raunt er leise an meinem Ohr: »Du weißt, dass ich für dich durch die Hölle gehen würde, oder?«

Ich öffne die Augen und starre in der Dunkelheit an die Wand gegenüber. Mein Herz macht bei seinem Geständnis einen Purzelbaum, obwohl er mir kürzlich erst gesagt hat, dass er denkt, mich zu lieben.

Aber das hier ist anders. Eine völlig andere Situation, eine ganz andere Art von Aussage.

Und ich weiß, dass er ernst meint, was er sagt.

Das Schlimme ist aber der Gedanke, der daraufhin in meinem Kopf aufblitzt.

Dass ich ihm jederzeit dorthin folgen würde.

KAPITEL 22

DECLAN

» $\mathcal{I}$st er dabei?«, will ich ungeduldig wissen, als ich aus dem Wagenfenster nach draußen spähe.

Die vielen Männer huschen wie von der Biene gestochen umher, während sie ihre Drogenlieferung entgegennehmen und aus den Containern laden, um sie dann in ihr geheimes Lager zu bringen. Es war der einfachste Zug, mich zusammen mit Genevieve auf Stalking-Tour zu begeben, um herauszufinden, ob sie mit ihrer Annahme richtig liegt. Sollte der Kerl, der sie erpresst, zu der Organisation gehören, die mich auf dem Kicker hat, werden wir es jetzt herausfinden. Bei Lieferungen versammeln sich für gewöhnlich alle Anhänger eines Kartells.

Genevieve beißt von ihrem Sandwich ab und hält es danach Baby vors Maul, die sie auf dem Schoß hat. »Keine Ahnung«, murmelt sie mit vollem Mund und folgt meinem Blick durch die Wagenscheibe. »Ich sehe ihn nicht.«

Ich seufze. »Vielleicht irren wir uns auch.«

»Isch auwe nükt.«

»Was?«

Sie kaut zu Ende und überlässt Baby den Rest ihres mit Käse belegten Sandwiches. Diese schlingt es gierig hinunter, als hätte sie tagelang nichts zu futtern bekommen. »Ich glaube nicht. Mein

Gefühl sagt mir, dass der Marionettenspieler zu diesen Leuten gehört.«

»Das wäre verdammt noch mal schlecht«, meine ich genervt und lehne mich im Sitz zurück. Meine Hand findet sie selbstverständlich Genevieves Nacken und spielt mit ihrem Haar. »Ich kann den Kerl unmöglich erledigen, wenn ich dir damit Probleme bereite.«

»Du kannst den Kerl so oder so unmöglich erledigen«, wendet sie ein. »Dann wäre das ganze Kartell hinter dir her.«

»Ist es doch sowieso schon.«

»Was genau würde sein Tod dann ändern? Gar nichts. Das ist somit keine Lösung für dein Problem.«

Mein Kopf neigt sich in ihre Richtung. Ich betrachte sie in all ihrer Schönheit und stelle fest: »Es nervt, dass du so ein Klugscheißer bist wie mein Bruder.«

Keck lächelt sie mich an. »Du meinst wohl, dass es nervt, dass ich immer recht habe – so wie dein Bruder.«

Meine Finger krallen sich fester um ihren Nacken. »Sei nicht so frech, sonst reiße ich dir die Klamotten vom Leib und ficke dich gegen –«

Ich verstumme, als sie prompt Baby auf die Rückbank befördert und ihre Trainingshose nach unten zerrt.

»Was machst du da? Wir sind gerade auf einer Mission«, sage ich halb lachend, halb verwirrt. »Ich kann mich schwer darauf konzentrieren, diese Männer zu beobachten, wenn ich meinen Schwanz in dich schiebe.«

»Du musst dich auf gar nichts konzentrieren. Du weißt doch nicht mal, wie der Marionettenspieler aussieht«, klugscheißert sie erneut und behält wieder recht damit. »Also, Hose runter und Schwanz rein.«

Ein raues Lachen steigt meine Kehle empor. »Geht das nicht ein wenig romantischer, Babe?«

Augenrollend krabbelt sie auf meinen Schoß und nestelt an meiner Hose herum. »Liebster Declan, würdest du mir den Gefallen tun und mich mit deinem prächtigen Schwanz ausfüllen?«

»Du hast überhaupt keinen Sinn für Romantik«, werfe ich ihr vor.

»Du doch auch nicht«, kontert sie zu Recht.

Baby starrt uns von der Mitte der Rückbank aus mit ihren großen Glubschaugen an.

Just in dem Moment, in dem Genevieve meinen Schwanz in sich schieben will, stoßen ein paar weitere Männer dazu. Sie sind mit einem anderen Wagen vorgefahren und überprüfen nun die Warenlieferung.

»Ist er dabei?«, frage ich wieder hastig, woraufhin Genevieve tief seufzt und von meinem Schoß klettert. Nur in ihrem Höschen bekleidet verengt sie die Augen und starrt aus der Scheibe.

»Nein. Jetzt hast du die Stimmung umsonst ruiniert.«

Über ihre Beschwerde muss ich schmunzeln. »Babe, das hier ist wichtig. Ich will wissen, mit wem wir es hier zu tun haben. Außerdem haben wir es heute schon zwei Mal gemacht.«

»Na und?«, schnappt sie beleidigt und greift quasi drohend nach ihrer Trainingshose, die auf der Fußmatte liegt. »Lässt du jetzt schon nach, nur weil du mich endlich so weit gebracht hast, dass ich freiwillig Zeit mit dir verbringe? Man hört das schließlich immer wieder, dass Männer sich nur zu Beginn Mühe geben und dann später … Naja, nur noch existieren.«

Mit verschränkten Armen wende ich mich ihr zu. »Ich bin gerade dabei, ein Drogenkartell auszuspionieren, um herauszufinden, welcher dieser Männer dich erpresst, damit ich ihn danach aus dem Weg räumen kann, sodass du frei bist. Zählt das nicht auch als Mühe?«

Kurz denkt sie darüber nach, bevor sie schulterzuckend meint: »Du hast ja selbst ein Problem mit denen, also nein.«

Empört verziehe ich das Gesicht. »Man hört auch immer wieder von Frauen, die man nie zufriedenstellen kann …«

Sie schlägt nach mir, doch ich packe ihre kleine Faust blitzschnell und drücke einen Kuss auf ihren Handrücken, um sie zu besänftigen.

»Spreiz deine Beine«, befehle ich ihr, als sie mich nach wie vor unzufrieden niederstiert.

Etwas blitzt in ihren Augen auf. »Du willst es mir besorgen? Hier im Auto?«

»Ja, verdammt noch mal. Sonst hörst du nie auf, zu nerven.«

Zufrieden grinsend lehnt sie sich mit dem Rücken an die Autotür, stellt ihre Füße auf dem Sitz ab und spreizt ihre Beine. Ihr Blick ist auf die Männer in einiger Entfernung gerichtet, während ich mich an die Arbeit mache.

Ich kralle mich in ihre weichen Schenkel und vergrabe das Gesicht zwischen ihren Beinen. Mit den Zähnen ziehe ich ihr Höschen beiseite, bevor ich mit der Zunge der Länge nach über ihre bereits feuchte Muschi lecke.

»Gott«, stöhnt sie vor Wonne auf. Ihre Hände legen sich auf meinen Hinterkopf, während sie ihr Becken ein wenig anhebt, um es mir leichter zu machen. »In solchen Momenten glaube ich, dich auch zu lieben, aber ich bin gerade nicht ganz zurechnungsfähig.«

Ich will den Kopf bereits heben, um ihre Aussage zu kommentieren, da drückt sie mich unsanft wieder nach unten. Meine Vanilleblüte ist wirklich keine sehr zärtliche, romantische Frau.

Meine Lippen saugen sich an ihrem geschwollenen Nervenbündel fest, und meine Zunge schnellt immer wieder dagegen. Ich bearbeite sie immer schneller und intensiver, bis Genevieve auf dem Sitz zu zucken anfängt. Ich lecke die Lust von ihr, ertrinke förmlich darin, und schiebe zwei Finger in ihren Eingang, als ihre Beine zu zittern beginnen.

»Fuck«, stöhnt sie und verkrampft sich ein wenig. »Wenn du nicht willst, dass ich dir den Sitz versaue, nimm die Finger lieber wieder weg.«

Ich schmunzele an ihrem heißen, feuchten Fleisch. Genau das will ich. Sie soll diesen Sitz als ihren markieren. Keine andere Frau wird diesen Platz je einnehmen. Deswegen bearbeite ich sie immer fordernder mit den Fingern, krümme sie in ihr und sauge ihre Klit dabei fester in den Mund. Es dauert nicht lang und ich spüre, wie ihre inneren Muskeln zu pulsieren anfangen.

Dann explodiert sie mit einem lauten Schrei, den ich ruckartig mit meiner Handfläche dämpfe. Ich presse ihr die Hand auf den weit geöffneten Mund und quetsche sie dabei gegen die Autotür hinter sich. »Leise.«

Genevieve keucht in meine Handfläche, ihr Körper erzittert heftig. Das Grün ihrer Augen wirkt stürmisch und verschleiert wie der Himmel an einem Gewittertag, und ihr Gesicht glüht verdächtig.

So finde ich sie am schönsten.

»Jetzt ist der Sitz versaut«, nuschelt sie gegen meine Handfläche, woraufhin ich von ihr ablasse. Ein erschöpftes, zufriedenes Lächeln ziert ihre sündigen Lippen.

»Macht nichts«, raune ich ihr entgegen und drücke einen harten Kuss auf ihren Mund. Ich will, dass sie in den süßen Geschmack ihrer eigenen Lust kommt.

Abrupt reißt sie den Kopf zurück und weitet ihre Augen. Dann zeigt sie genauso ruckartig mit dem Finger nach draußen. »Da! Das ist er!«

Mein Kopf schnellt herum. Mit zusammengekniffenen Augen betrachte ich die Männer auf der Straße und erkenne einen von ihnen sofort wieder.

Ramon, Romeo, Roman – wer auch immer – Jiménez.

Der Kerl, den ich blamiert habe und wegen dem ein beschissenes Kartell hinter mir her ist.

»Der Marionettenspieler«, reißt mich Genevieve von seinem Anblick los. »Er gehört tatsächlich zu denen! Und er scheint den anderen irgendwie überlegen zu sein. Schau nur, wie er sie herumkommandiert.« Verwirrung ziert ihr immer noch glühendes Gesicht.

»Du meinst den Kerl in der schwarzen Hose, dem grauen Shirt und dem Haar, das aussieht wie ein Toupet?«

»Ja! Das ist er.«

Ich blinzele mehrmals ungläubig. Das kann doch nicht wahr sein.

»Kennst du ihn?«, will sie wissen, als sie sich wieder bekleidet.

»Das ist Jiménez«, eröffne ich ihr. »Der Kerl, den ich im Ring fertiggemacht habe. Der Sohn des Kartellbosses.«

Ihre grünen Augen werden tellergroß. »Erzähl keinen Scheiß.«

»Tue ich nicht«, entgegne ich genauso überrumpelt wie sie. Was ist das denn für ein absurder Zufall?

»Das bedeutet, dass wir beide denselben Kerl an der Backe haben?«, schlussfolgert sie ungläubig. »Der Marionettenspieler ist derselbe Kerl, wegen dem dich all diese Männer tot sehen wollen?«

»Sieht ganz danach aus«, sage ich gedankenverloren. Mein Hirn arbeitet auf Hochtouren.

»Ich weiß nicht, ob ich lachen oder weinen soll«, meint sie trocken.

Ich starte den Motor. Wir sind hier fertig und verschwinden besser, bevor man uns womöglich noch entdeckt. »Lachen, Vanilleblüte. Denn nun ist eines sicher.«

Genevieve schnallt sich an und schnappt sich danach Baby von der Rückbank, um sie wieder auf ihren Schoß zu nehmen. Sogar der Hund wirkt verwirrt über diese neueste Erkenntnis. »Was ist sicher?«

»Dass das mit uns beiden Schicksal ist und einfach so sein sollte«, erkläre ich ihr überzeugt. Noch nie war ich mir einer Sache sicherer. »Man sagt doch immer, man solle nicht suchen. Das, was zu einem gehört – was für einen bestimmt ist –, wird einen früher oder später finden. So wie du mich zufällig damals genau bei dem Kampf zwischen dem Ami und mir, der von demselben Kerl angeheuert wurde, mich zu töten, der auch dich seit einiger Zeit erpresst. Und du aus einem Impuls heraus beschlossen hast, mich zu retten, wodurch sich diese oscarreife Romanze zwischen uns entwickelt hat. Das ist kein verdammter Zufall. Das ist Schicksal. Wir gehören einfach zusammen.«

Ich bin mir sicher, dass meine Augen verliebt funkeln, als sie in ihre blicken. Durch meine Gedanken lächele ich, so wie auch mein Herz lächelt.

Genevieve betrachtet mich ein paar Sekunden lang nur schweigend, ehe sie mit einem toten Blick emotionslos sagt: »Ehrlich, Declan, mir kommt gleich das Sandwich wieder hoch.«

~

Später am selben Tag fahre ich zu meinem Bruder. Ich muss mich mit ihm besprechen. Durch die neuesten Erkenntnisse bin ich absolut planlos und weiß nicht, wie es nun weitergehen soll. Der eigentliche Plan, den wir bereits ausgeheckt hatten, kommt nicht mehr infrage. Ich werde keinesfalls riskieren, Genevieve damit zu gefährden.

Im Grunde habe ich eine Idee, aber diese muss ich erst von Callahan absegnen lassen.

Wie immer platze ich einfach bei ihnen herein, ohne mich vorher anzukündigen. Auch zu klopfen erspare ich mir. Die beiden werden mich schon bemerken.

Zielstrebig marschiere ich in die Küche, um mir etwas zu essen zu holen, weil das Essen bei ihnen besser schmeckt als bei mir zu Hause.

Als ich über die beiden auf dem Boden stolpere – nackt –, seufze ich. »Wie unhygienisch.«

»Declan!«, kreischt die Freundin meines Bruders und greift hastig nach den Klamotten, die wild verstreut auf dem Küchenboden liegen. Sie bedeckt sich damit und sieht empört zu mir auf. »Was zur Hölle? Kannst du nicht anklopfen wie normale Menschen?«

»Damit reicht es jetzt wirklich«, herrscht mich mein Bruder an, als er sich vom Boden erhebt, doch ich kann ihn nicht ernstnehmen, wenn sein schlaff werdender Pimmel zwischen seinen Beinen hin und her baumelt. »Wir lassen morgen die Schlösser tauschen.«

»Als ob mich das in irgendeiner Weise aufhalten würde«, merke ich unbeeindruckt an, bevor ich mir einen Donut von der Theke schnappe und mich dann entspannt dagegen lehne. Ich mache einen großen Bissen davon und nuschele mit vollem Mund: »Wir müssen reden. Es geht um Genevieve.«

»Hat sie dich verlassen? Würde mich nicht wundern«, höre ich Peaches vor sich hinmurmeln, während sie mit geröteten Wangen und tollpatschig in ihre Kleidung steigt. Sie versteckt sich hinter der Kücheninsel vor mir, doch ich habe gar keine Augen für ihre Nacktheit. Die einzige Frau, die mich nackt interessiert, ist meine Vanilleblüte.

»Augen zu mir, Declan«, knurrt mein Bruder dennoch, damit ich ja nicht auf blöde Gedanken komme. Er hat es weniger eilig damit, sich etwas überzuziehen, macht es aber dennoch, als mein Blick immer wieder auf sein Gehänge fällt. »So habe ich das eigentlich nicht gemeint.«

Ich kichere. »Ist er größer geworden? Als ich ihn zuletzt gesehen habe, wirkte er noch nicht so fett.«

Peaches verzieht das Gesicht. »Du bist so geschmacklos, Declan.«

»Das fällt dir erst jetzt auf?« Ich mache noch einen Bissen vom Donut, bevor ich mir den Rest komplett in den Mund schiebe.

»Bevor du gleich vorschlägst, dass wir die Länge unserer Schwänze vergleichen – worüber wolltest du mit mir reden?«, entgegnet Callahan seriös wie immer.

Ich schlucke hinunter und krame eine Flasche Whisky aus einer der Küchenladen. Mein Bruder bunkert dieses Zeug, als befürchte er, dass uns eine Pandemie bevorsteht und er monatelang nicht außer Haus gehen könnte. »Wir haben heute die Männer des Kartells beschattet. Dabei haben wir festgestellt, dass der Sohn des Bosses – dieser Flachwichser Jiménez – derselbe Kerl ist, der Genevieve erpresst.«

»Ernsthaft?«, fragt Peaches verwundert. »Wow, was für ein Zufall.«

Callahan schnappt sich zwei Gläser aus einem der Schränke. »Das ist interessant. Ihr habt also ein Problem mit demselben Kerl.«

»Naja, Declan hat wohl eher ein Problem mit der ganzen Organisation«, korrigiert ihn Peaches.

»Stimmt«, bestätige ich ihr. »Aber das ist mir egal.«

Mein Bruder zieht die Augenbrauen streng zusammen. »Declan, wir können den Drecksack nicht einfach erledigen.« Ich nehme das Glas an mich, das er mir über den Küchentresen zuschiebt. »Es würde dein Problem nicht lösen und stattdessen ihr Probleme bereiten.«

»Warum?«, will Peaches wissen.

»Wegen der Versicherung, die der Kerl hat«, sagt mein Bruder. »Er hat Beweismaterial, das sie ziemlich schlecht dastehen lässt. Und dieses wandert laut seiner Aussage zu den Behörden, wenn ihm etwas zustößt.«

»So ein Wichser«, murmelt sie verächtlich.

»Andererseits«, wende ich ein, »haben wir genügend Kontakte bei den Behörden. Mir ist egal, dass sich mein Problem damit nicht löst. Mir ist bloß wichtig, dass ihr Problem gelöst wird und sie keine weiteren hat.«

Callahan betrachtet mich misstrauisch. Er kennt mich zu gut und ahnt, was mir vorschwebt. »Komm gar nicht auf die Idee, Declan.«

»Ich kann doch nicht einfach untätig bleiben, wenn da draußen ein Kerl herumläuft, der meine Frau bedroht«, entgegne ich mit Wut in der Stimme. »Was würdest du tun, wenn es sich um Peaches handeln würde?«

Da habe ich einen wunden Punkt getroffen. Seine Augen zucken zu ihr, werden dunkel.

»Sag schon. Was würdest du an meiner Stelle tun?«, dränge ich.

Sein Kiefer spannt sich deutlich an. »Ich würde ihn einfach umlegen.«

»Eben«, murmele ich und mache einen Schluck vom Whisky. »Wir wissen beide, dass seine Versicherung eigentlich kein Problem darstellt. Für sie schon, aber nicht für uns.«

Peaches lehnt sich an meinen Bruder und runzelt die Stirn. »Wie meinst du das?«

»Wir könnten Gefallen einfordern«, erklärt ihr mein Bruder. »Wir haben genügend Leute in den Behörden, die uns etwas schulden. Wir könnten dafür sorgen, dass das Beweismaterial gegen Genevieve sofort abgefangen und vernichtet wird, noch ehe es irgendjemand zu Gesicht bekommt.«

»Sofern es überhaupt der Wahrheit entspricht, dass der Kerl sich abgesichert hat«, füge ich hinzu. »Vielleicht wollte er sie bloß noch mehr einschüchtern.«

Mein Bruder nickt vor sich hin, während Peaches unsicher zwischen uns hin und her sieht. »Also was? Du hast vor, diesen Jiménez einfach auszuschalten?«, fragt sie.

Meine Augen treffen auf Callahans. Er kennt die Antwort bereits.

»Aber … aber dann ist wirklich das ganze Kartell hinter dir her«, schießt es hart schluckend aus ihr hervor. Ich erkenne Angst in ihren Augen. »Ich meine, das würdest du nicht überleben … oder doch? Wie viele Anhänger hat diese Organisation überhaupt?«

»Zu viele, um ihnen zu entkommen«, gebe ich ihr eine aufrichtige Antwort. »Früher oder später würden sie mich erwischen.« So ehrlich muss ich zu mir selbst sein.

»Dann ist das doch kein Plan, der infrage kommt«, meint sie verwirrt und starrt Callahan auffordernd an. »Sag doch etwas dazu! Das klingt nach einem verdammten Himmelfahrtskommando. Das können wir ihn doch nicht machen lassen.«

»Wenn es um dich ginge, würde ich dasselbe tun«, gesteht Callahan. »Und aktuell sehe ich auch keine andere Lösung. Zumindest nicht für Genevieves Problem.«

»Dreht ihr jetzt beide durch?«, geht Peaches an die Decke. Ich finde es süß, dass sie sich um mich sorgt.

»Wir wissen nicht, was passieren wird«, versucht mein Bruder sie zu beruhigen. »Aber eines wissen wir – wir haben keine Wahl, als zurückzuschlagen. Bestimmt planen sie bereits ihren nächsten

Mordversuch an Declan, und einfach zu ihnen zu gehen und mit ihnen zu reden wird nichts bringen. Wollten sie über das, was geschehen ist, reden, hätten sie es getan. Aber sie haben sich für einen anderen Weg entschieden.«

»Kümmerst du dich um den Rest?«, bitte ich ihn, woraufhin er nickt.

»Ich werde mich gleich heute daranmachen. Am besten statte ich ein paar Leuten einen persönlichen Besuch ab, um sicherzugehen, dass sie ihre Aufgabe auch tatsächlich verstehen«, stimmt er zu.

»Sehr gut«, sage ich dankbar und exe den Whisky. Auf Callahans Wort ist Verlass, somit bin ich nun erleichtert.

Seine blaugrauen Augen bohren sich in meine, als er dennoch fragt: »Du weißt, dass du damit endgültig dein Todesurteil unterschreibst?«

Meine Zähne knirschen, als ich sie aufeinanderpresse. »Ist mir egal. Ich opfere mich für die Liebe.«

Über die Theatralik in meiner Aussage muss er die Augen verdrehen, bevor er mir auf die Schulter klopft.

Ich bin zufrieden damit, dass mein Bruder meinem Plan zustimmt, wenn auch widerwillig. Er versteht meine Beweggründe. Außerdem ist er vermutlich überrascht davon, dass ich ihn überhaupt erst einweihe, anstatt wie immer impulsiv zu handeln.

In letzter Zeit habe ich mich ziemlich gut unter Kontrolle, und ich frage mich, ob es an der Frau an meiner Seite liegt. Als wäre sie Balsam für meine unberechenbare Seele; ein allgemeines Ventil für mich. Durch sie habe ich andere Emotionen kennengelernt, die mich nun beherrschen und ein paar schlechte in den Hintergrund rücken. Dadurch kann ich klarer denken.

»Weiß Genevieve von deinem grandiosen Plan? Dir selbst ein Grab zu schaufeln, um ihr zu helfen?«, fragt Peaches sichtlich außer sich. »Könnt ihr nicht einfach zusammen weglaufen, oder so?«

»Nein und nein«, entgegne ich entschieden. »Ich werde

bestimmt nicht vor irgendwelchen Motherfuckern weglaufen, und Genevieve wird nichts von meinem Plan erfahren. Verstanden?«

»Ich werde es ihr sagen.« Entschlossen wendet sie sich ab, woraufhin ich Callahan einen Blick zuwerfe.

Er greift nach ihr, packt sie am Handgelenk und sagt schlicht: »Nein.«

Peaches blinzelt ihn verständnislos an. »Sie muss es wissen, Callahan. Ich bin mir sicher, dass sie nicht einverstanden damit ist. Wir brauchen nur mehr Zeit und können dann einen neuen Plan schmieden und –«

»Declan hat eine Entscheidung getroffen. Und wir werden vorbereitet sein«, unterbricht er sie in einem Tonfall, der ihr zu verstehen gibt, dass es keinen Platz für Einwände gibt. »Natürlich lassen wir nicht zu, dass sie ihn erwischen. Aber im Moment hat für ihn Priorität, seiner Freundin aus der Patsche zu helfen. Das wäre bei mir auch der Fall. Also respektiere das, Liebling.«

Erst zögert sie, bevor sie resigniert schnaubt. Dann kommt sie ganz unerwartet auf mich zu und schlingt ihre Arme um mich. »Ich finde es wirklich ehrenhaft, dass du dich für eine Frau, die du magst, opfern willst, aber ich mag dich auch, also … pass bitte auf deinen Arsch auf.«

Ich lächele und sehe, wie sich auch auf den Lippen meines Bruders ein Lächeln bildet. »Mach dir um mich mal keine Sorgen, Kleines. Ich habe vor, dir noch eine sehr lange Zeit auf den Geist zu gehen.«

KAPITEL 23

GENEVIEVE

*A*ls Declan abends zu mir nach Hause kommt, beende ich gerade mein Telefonat mit Peaches. Ich lege das Handy beiseite, erhebe mich mit Baby im Arm und gehe in den Flur.

Declan schlüpft aus seinen Schuhen und schenkt mir ein verführerisches Lächeln. »Hallo, Vanilleblüte. Sorry, dass es später wurde – ich war noch beim Training.«

Noch ein Grund, um wütend auf ihn zu sein. Warum geht er nicht mit mir zusammen zum Training? Ich vernachlässige meines seit Wochen seinetwegen.

»Wollen wir gleich essen? Oder fressen wir zuerst einander auf?«, fragt er schelmisch grinsend und kommt auf mich zu.

»Halte sie mal, bitte«, sage ich und drücke ihm Baby an die Brust, die er verwirrt an sich nimmt.

Dann gebe ich ihm eins auf die Nase.

»Jaysus!«, entfährt es ihm überrumpelt, ehe er sich schmerzerfüllt an die Nase greift. »Wofür war das denn?«

»Dafür, dass du ohne mein Wissen beschlossen hast, zu sterben«, erwidere ich hart und reiße ihm Baby wieder aus dem Arm. »Du Dummkopf. Außerdem wäre es nett gewesen, hättest du mich gefragt, ob ich mit zum Training kommen möchte.«

Sein Schnauben klingt erschöpft. »Peaches hat es dir erzählt. War ja klar.«

»Sie scheint hier die einzige Vernünftige zu sein!« Ich stemme mir eine Hand in die Hüfte. »Und zur Sache mit dem Training sagst du nichts?« Das ärgert mich tatsächlich auch ungemein, wobei es neben der anderen Sache wie eine banale Nebensächlichkeit wirkt.

Seine graublauen Augen wirken überfordert, als er mich unruhig mustert. Er reibt sich angespannt den Nacken und murmelt: »Sorry, ich habe gar nicht daran gedacht, dass wir eigentlich zusammen trainieren könnten … Ich bin es nicht gewohnt, mit einer Frau zusammen meinen Hobbys nachzugehen. Ab jetzt gehen wir gemeinsam zum Boxen. Macht sowieso mehr Spaß.«

Ein wenig der Wut fällt von mir ab, doch der Großteil wütet noch in mir.

»Ich habe nicht beschlossen, zu sterben«, versucht er mich weiter zu besänftigen. »Ich habe beschlossen, dass dieser Wichser sterben wird.«

»Was garantiert, dass dich das Kartell umlegt!« Fuchsteufelswild wende ich mich ab und tigere durch die Wohnung. Sein grandioser Plan verdirbt mir die Laune.

»Na und? Das versuchen sie auch jetzt schon«, höre ich ihn hinter mir sagen. Er folgt mir ins Wohnzimmer. »Für mich ändert sich also nichts, aber für dich schon.«

Ich wirbele zu ihm herum. Baby wackelt dabei wild in meinen Armen hin und her. »Wir brauchen einen Plan, der *uns beiden* hilft! Nicht nur mir. Auf deine Hilfe kann ich verzichten. Du brauchst hier nichts im Alleingang tun, verstanden?«

Jetzt wirkt er vor den Kopf gestoßen. Wie eine Statue baut er sich vor mir auf und verschränkt die breiten Arme vor der Brust. »Warum solltest du auf meine Hilfe verzichten? Wer außer mir soll dir denn sonst helfen?«

»Niemand muss mir helfen«, presse ich entschlossen hervor. »Ganz sicher brauchst du mir nicht zu helfen, wenn du dabei draufgehst!«

Verärgert verengt er seine Augen. Seine markanten Gesichtszüge werden noch schärfer, als er mir zu verstehen gibt: »So läuft das aber nun einmal. Du bist meine Frau, also helfe ich dir.«

»Wir sind nicht verheiratet, Declan.«

»Ich muss dir keinen hässlichen Klunker an den Finger stecken, um dich zu meiner Frau zu machen.«

»Eigentlich schon«, sage ich schnippisch.

»Was soll das bedeuten? Dass du einen Ring von mir haben willst?«, fragt er durcheinander. »Ist das der eigentliche Grund, warum du böse auf mich bist?« Wieder wirkt er überfordert.

Ich seufze. »Herrgott, nein. Ich bin böse, weil du dich für mich opfern möchtest!«

Declan reibt sich über das Gesicht und atmet schwer aus. »Sollte dir das nicht eigentlich schmeicheln?«

Fluchend wende ich mich ab. Es hat keinen Sinn, mit ihm zu diskutieren.

»Jetzt warte doch mal«, seufzt er und holt mich ein, als ich mein Schlafzimmer betrete. Er nimmt mir Baby aus dem Arm, setzt sie in ihrem Körbchen ab und zieht mich dann an seinen harten Körper, an dem noch jeder Muskel vom Training verdickt ist. »Ist das gerade unser erster richtiger Streit als Paar?«

Über diese sinnlose Frage verziehe ich das Gesicht.

»Macht mich irgendwie heiß«, murmelt er mit einem neckischen Schmunzeln, das ich ihm gerne aus dem Gesicht wischen würde. Mein Blick verrät ihm das wohl, denn er bringt schnell mit ernsterer Stimme hervor: »Okay, okay. Ich hätte dich in den Plan einweihen sollen.«

»Declan«, stöhne ich genervt auf. Dieser Kerl strapaziert meine Nerven. »Darum geht es nicht. Du hättest so einen dummen Plan gar nicht erst schmieden sollen. Was denkst du dir denn dabei?«

»Ich denke mir, dass das dein Problem lösen wird.« Er greift wieder nach mir, als ich mich ihm entziehe. »Callahan und ich werden einige Gefallen einfordern, um sicherzustellen, dass das Beweismaterial gegen dich vernichtet wird. Du brauchst dir keine Sorgen zu machen, Vanilleblüte.«

»Ich mache mir Sorgen um *dich*, nicht um mich«, gebe ich ihm zu verstehen. Resigniert lasse ich mich an seine Brust ziehen und blicke frustriert zu ihm auf. »Ich will nicht, dass du stirbst.«

Declans Augen erhellen sich unwillkürlich und werden regelrecht weich. »Das ist vermutlich das größte Zugeständnis, das du je im Zusammenhang mit mir gemacht hast.«

Widerwillig muss ich lachen. »Im Ernst. Ich bin nicht einverstanden mit deinem Vorhaben.«

»Ich will dich aber beschützen«, murmelt er und beugt den Kopf zu mir hinunter. Unsere Blicke verheddern sich ineinander, und mein Herz klopft spürbar schneller, als er sagt: »Und wenn es sein muss, beschütze ich dich mit meinem Leben.«

Ich sollte ihn dafür küssen, stattdessen will ich ihm wieder eins auf die Nase geben.

»Nein, Schluss damit«, zische ich also und mache mich von ihm los. Ich beginne, die gewaschene Wäsche zu falten. »Diesen Plan kannst du vergessen.«

»Ich werde ihn durchziehen.«

Mit dem Rücken zu ihm halte ich inne, bevor ich ihm einen düsteren Blick über die Schulter zuwerfe. Allmählich spielt er mit dem Feuer.

Declan weicht automatisch einen Schritt zurück. »Hau mich jetzt nicht wieder.«

Ich verenge meine Augen zu Schlitzen.

»Wow, ich weiß nicht, ob es richtig ist, dass ich Angst vor meiner eigenen Frau haben muss«, entfährt es ihm leicht amüsiert. »Oder sofort, wenn ich nach Hause komme, eins auf die Nase bekomme. Wird das jetzt immer so sein, wenn du wütend auf mich bist?«

Ich lächele ihn falsch an. »Darüber musst du dir ja keine Gedanken machen, denn du lebst schließlich nicht mehr lang.«

Nun fällt sein Blick in sich zusammen. Genervt reißt er sich das Shirt von der Brust und verlässt den Raum.

Ich trotte ihm sofort hinterher. »Keine Argumente mehr?«

»Ich bin beleidigt, dass du tatsächlich denkst, diese Bastarde könnten mich so leicht umlegen«, gibt er verärgert von sich, ehe er im Badezimmer stehenbleibt und sich den Rest seiner Kleidung vom Körper reißt.

Mit verschränkten Armen bleibe ich im Türrahmen stehen.

»Immerhin war ich bei ihren letzten Versuchen dabei und wäre ich es nicht gewesen, würden wir das Gespräch gerade gar nicht führen.«

Empört starrt er mich an. Dann verzieht er fluchend das Gesicht, reißt den Duschvorhang beiseite und steigt in die Dusche. Er dreht das Wasser auf und stellt sich unter den Strahl. Mein Blick klebt eindeutig zu lange an seinem knackigen Hintern.

Aus einem Impuls heraus entscheide ich, es anders anzugehen. Ich muss meine weiblichen Waffen gegen ihn einsetzen, um ihn umzustimmen. Muss ihn empfänglicher für meine Worte machen, und es ist ganz klar, wie ich das am besten anstellen kann.

Als ich mich aus meiner Kleidung schäle, spüre ich seinen Blick auf mir. Mit einem Lächeln steige ich nackt zu ihm unter die Dusche und schließe die Glastür hinter mir. Dann presse ich meinen Körper förmlich an seinen, als ich nach dem Duschgel greife.

Sein Schwanz wächst in Sekundenschnelle zu seiner imposanten Größe heran und bohrt sich in meinen Bauch.

»Versuchst du mich jetzt weichzukochen, indem du –«

Ich unterbreche ihn mit einem Kuss. Währenddessen schäume ich seinen Körper ein und arbeite mich immer weiter nach unten, bis ich seine Erektion zu greifen bekomme. Als ich die Faust darum schließe, stöhnt er an meinen Lippen auf.

»Funktioniert es denn?«, raune ich ihm zu.

Declan knurrt und weicht von mir. Sein Blick ist vor Lust verzerrt und in seinen Augen brennt ein Feuer, von dem mir unwillkürlich heiß wird.

»Gib dir noch ein wenig mehr Mühe«, fordert er mich rau auf und drückt mich im selben Atemzug an den Schultern hinunter, bis ich auf meinen Knien vor ihm sitze.

Das Wasser läuft über mein Gesicht, als ich den Mund für ihn öffne und seinen Schwanz hineingleiten lasse. Declan keucht, greift an meinen Hinterkopf und streicht mit der anderen Hand die nassen Haarsträhnen aus meiner Stirn. Er zieht mich ein wenig näher an sich heran, sodass der Wasserstrahl nicht direkt auf mein Gesicht gerichtet ist, und starrt mit dunklen, verschleierten Augen auf mich herab, als ich beginne, an ihm zu lecken und zu saugen.

»Das ist schon besser«, stößt er heiser hervor. Er nimmt meine Hand und legt sie sich auf seine prall gefüllten Hoden. »Und so ist es am besten.«

Ich sehe wie hypnotisiert zu ihm auf, während ich seine Hoden massiere und seinen Schwanz lutsche. Immer tiefer lasse ich ihn in meine Kehle gleiten, bis ich würgen muss. Seine Größe und Breite sind enorm, fast zu viel für meinen Mund. Trotzdem höre ich nicht damit auf, es ihm zu besorgen, und werde immer hingebungsvoller dabei. Es macht mich an, zu sehen, wie sehr ihm gefällt, was ich mit ihm anstelle.

Declan hält meinen Kopf unnachgiebig fest, als ich mich zurückziehen will, weshalb ich huste, als er mich wieder freigibt. Speichel tropft aus meinem Mund und läuft über mein Kinn.

»Jaysus.« Er atmet schwer, seine Brust hebt und senkt sich hart und schnell. »Das ist so viel besser als jedes verdammte Training.«

Als er mich wieder an sein Becken drücken will, weiche ich ihm aus. Meine Augen fest auf seine gerichtet, bringe ich möglichst bittend hervor: »Leg den Kerl nicht um. Versprich es mir.«

Etwas flackert in seinen Augen auf und ich spüre, wie sich seine Finger fester in mein nasses Haar krallen. »Babe …«

»Sonst ist das das letzte Mal, dass ich deinen Schwanz in den Mund nehme, solltest du überhaupt überleben«, greife ich wieder zu einer Drohung.

Hin und hergerissen blickt er auf mich herab, bevor er widerwillig nickt. »Von mir aus. Und jetzt hör auf, mich zu foltern.«

Zufrieden lächele ich zu ihm hoch, bevor ich seinen Schwanz wieder zwischen die Lippen nehme und an ihm sauge. Meine Zunge massiert ihn zusätzlich, während meine Finger an seinen

Hoden spielen, und ich spüre gleich darauf, wie sie sich ruckartig zusammenziehen.

Declan presst mich unnachgiebig an sein Becken, als sein Schwanz zu pulsieren anfängt. Bis zum Anschlag vergräbt er sich in meiner Kehle, was mich erneut zum Würgen bringt. Ich kann fühlen, wie sein Schwanz meinen Hals verstopft.

Er stöhnt auf. Der erste Tropfen Sperma spritzt tief in meinen Rachen. Declan erschaudert heftig über mir, als er mir auch den Rest davon gibt. Ich kämpfe währenddessen gegen den Würgereiz an. Ich bin mir sicher, dass das seine Strafe ist, lasse sie aber protestlos über mich ergehen.

Immerhin habe ich gewonnen. Das ist alles, was zählt.

Als er sich keuchend zurückzieht, huste ich wild und schlucke mehrmals hintereinander. Tränen kullern aus meinen Augenwinkeln. Declan braucht ein paar Sekunden, um sich zu sammeln, ehe er mir auf die Beine hilft und seinen kräftigen Arm um meine Taille schlingt.

Dann presst er mich an sich und starrt mir tief in die Augen. »Du machst mich verrückt, weißt du das?«

»Mach mich nicht verantwortlich für deine nicht diagnostizierte Psychose«, weise ich seine Anschuldigung mit einem Lächeln von mir.

»Ist es dir wirklich so wichtig, dass ich den Kerl am Leben lasse?«, will er mit gedämpfter Stimme wissen.

»Ja, das ist es«, entgegne ich ernst.

Sein Körper wird weicher an meinem, entspannt sich merklich. »Vorsicht. Das könnte einen fast darauf schließen lassen, dass du etwas für mich übrighast.«

Ich kann seinem Blick kaum standhalten, so intensiv ist er. »Das ist ja auch so.«

Gespielt schockiert reißt er die Augen auf, und ich lache.

»Ich habe mich gezwungenermaßen inzwischen an dich gewöhnt und will mich nicht wieder entwöhnen müssen«, erkläre ich leise. »Also tu mir den Gefallen und bleib am Leben, okay?

Wenn nicht für mich, dann für Baby. Sie hatte noch nie einen Daddy.«

»Für dich und Baby«, wiederholt er mit funkelnden Augen.

»Ja. Wir sind noch nicht bereit, dich loszuwerden.« Ich lege meine Hände auf seine pralle Brust und streichele darüber. »Unser Leben ist mit dir irgendwie besser. Wer hätte das gedacht?«

Declan sagt nichts mehr dazu, sondern küsst mich einfach mit solch einer Hingabe und Leidenschaft, dass mir die Luft wegbleibt.

KAPITEL 24

DECLAN

Seit Tagen tue ich nichts anderes, als die Leute des Kartells zu beschatten. Das macht deutlich weniger Spaß, als es mir bereitet hat, meine Vanilleblüte zu stalken.

Ich weiß gar nicht, was ich mir davon erhoffe, aber ich kann die Füße nicht länger stillhalten. Ich habe Genevieve versprochen, Jiménez nicht auszuschalten, und daran will ich mich halten. In meinem Leben geht es jetzt nicht mehr nur um mich. Sie spielt nun die wichtigste Rolle darin, somit muss ich ihre Wünsche berücksichtigen. Und wenn sie sich wünscht, dass ich am Leben bleibe, setze ich verdammt noch mal alles daran, das zu gewährleisten.

Außerdem erscheint es mir besser, den Leuten, die mich tot sehen wollen, dicht auf den Fersen zu bleiben. Anstatt mich also von ihnen beschatten zu lassen, verfolge ich sie auf Schritt und Tritt. Ich merke mir jedes ihrer Gesichter, um nicht wie im Restaurant von einem von ihnen überrumpelt zu werden. Das passiert mir kein zweites Mal.

Trotzdem langweile ich mich hier zu Tode. So viel Zeit in meinem Auto wie in den vergangenen Wochen habe ich noch nie verbracht. Erst die Verfolgung meiner Blüte, dann die Beschattung dieser Männer.

Mein Handy gibt ein Piepen von sich, und ich fische es aus der Hosentasche. Bevor ich über das Display streiche, stelle ich die Tüte Süßigkeiten und Chips beiseite, mit denen ich mir meine Zeit angenehmer gestalte. Ich lecke meine Finger sauber und lese die Nachricht, die mir meine Blüte geschickt hat.

> Wann kommst du nach Hause?

> Vermutlich wieder spät.

Ich kann vor meinem inneren Auge sehen, wie sie genervt die Augen verdreht. Sie hat sich bereits gestern bei mir beschwert, dass ich kaum noch Zeit mit ihr verbringe. Wieder hat sie mir vorgeworfen, mich gar nicht mehr um sie zu bemühen, obwohl ich es ihr in der Nacht zuvor dreimal hintereinander besorgt habe.

Diese Frau ist nicht leicht zufriedenzustellen.

Wieder piept mein Handy.

> Dann brauchst du gar nicht mehr zu kommen.
> Ich schließe ab.

> Die Wohnungstür?

> Ja.

Ich lache. Warum denken alle Menschen, dass es ein Hindernis für mich darstellen würde, wenn sie abschließen oder ihre Schlösser wechseln? Wie lächerlich. Ich bin doch kein Amateur.

· · ·

Auch okay, dann komme ich eben wieder durch die Balkontür rein.

Die schließe ich auch ab.

Dann breche ich sie eben auf.

Das wirst du gefälligst sein lassen!

Bis später dann, Babe.

Von mir aus. Dann gehst du aber die letzte Runde mit Baby. Sie muss noch kacken.

Ich drücke die Nachrichten weg und lege das Handy in die Mittelkonsole. Während ich den Männern draußen wieder Aufmerksamkeit schenke, sinniere ich darüber, ob es normal ist, dass so ein kleiner Hund dreimal pro Tag solch große Haufen macht. Hat Baby möglicherweise Probleme mit ihrer Verdauung?

Ich will das gerade googeln, um mich zu beschäftigen, da erregt eine Frau auf der Straße meine Aufmerksamkeit. Sie ist groß, hat rötlich-blondes Haar und sehr helle Haut. Eindeutig eine Irin. Ihre Haltung wirkt erhaben und anmutig, als wäre sie eine verdammte Königin. Auch ihre Kleidung wirkt teuer.

Erst richtig neugierig werde ich, als ich sehe, mit wem von den Kartellanhängern sie verabredet ist.

Es ist Jiménez.

Die beiden fallen förmlich übereinander her, kaum treffen sie aufeinander.

Überrascht hebe ich meine Augenbrauen. Das ist interessant. Von einer Frau in Jiménez' Leben habe ich bisher nichts mitbekommen. Diese Information ist Gold wert.

Denn nun kenne ich seinen Schwachpunkt und weiß, mit wessen Beschattung ich die nächsten Tage verbringen werde.

Zufrieden will ich bereits den Motor starten und meine heutige Stalking-Mission beenden, da verabschieden sich die beiden auch schon wieder voneinander. Sie besprechen noch kurz etwas und küssen sich erneut, bevor die Frau über die Straße läuft und in einen schwarzen Wagen steigt, der dort auf sie wartet. Er gehört zum Kartell. Sie sieht sich währenddessen verdächtig um, als ob sie nicht wollte, dass sie jemand dabei beobachtet.

Das ist gleich noch mal interessanter. Warum wirkt sie, als wolle sie unentdeckt bleiben? Eine Königin will für gewöhnlich immer gesehen werden.

Aus einem Impuls heraus folge ich dem Wagen, als er mit ihr davonfährt. Ich bleibe immer drei Autos hinter ihnen, um nicht selbst entdeckt zu werden, und beginne mich wieder zu langweilen, als die Fahrt an Länge zunimmt. Irgendwann hält der SUV in einer dunklen Seitengasse, und die Irin steigt aus.

Wieder sieht sie sich verdächtig um, als sie die Straßenseite wechselt und sich zu Fuß davonmacht.

Rasch parke ich den Wagen und steige aus, um ihr zu folgen.

Mit einer schwarzen Kappe auf dem Kopf, die ich tiefer in meine Stirn ziehe, und meiner Waffe im Hosenbund laufe ich über die Straße und sehe mich nach ihr um. Ich entdecke die Irin am Ende einer Seitengasse. Ich beschleunige mein Tempo, um sie einzuholen, bleibe aber auf Abstand.

Jetzt steigt sie plötzlich in einen anderen Wagen, diesmal lässt sie sich auf dem Fahrersitz nieder.

Jaysus, will diese Frau mich verarschen? Ich bin fit, aber nicht so fit, dass ich ihr zu Fuß folgen könnte, während sie in einem Fahrzeug davondüst.

Unzufrieden blicke ich mich um. Als ein Taxi auf der Hauptstraße vorbeifährt, sprinte ich darauf zu. Mit etwas zu viel Kraft schlage ich auf die Fensterscheibe, sodass der Wagen ruckartig zum Stillstand kommt. Dann reiße ich die Tür auf und werfe mich auf die Rückbank.

267

»Folgen Sie dem weißen Bentley da vorne. Los!«, befehle ich dem dunkelhäutigen Fahrer, der sichtlich irritiert ist, aber nicht zögert, meiner Anweisung nachzukommen.

Die Frau fährt einen teuren Wagen. Das ist ebenfalls spannend. Wir befinden uns hier jedoch in einer nicht unbedingt sehr teuren Gegend. Vermutlich war es beabsichtigt, den Wagen hier abzustellen, um unentdeckt zu bleiben. Die Leute, von denen sie nicht möchte, dass sie wissen, dass sie einen Kerl aus einem bekannten Drogenkartell trifft, werden sich wohl nicht in dieser Gegend herumtreiben.

Wieder dauert die Fahrt ein wenig an, bis wir das Stadtviertel wechseln. Nun befinden wir uns in einer der guten Gegenden. Allerdings ist es auch eine Gegend, die von anderen berüchtigten Männern regiert wird.

Das macht das Ganze ja gleich noch viel spannender.

Sofern ich mit meinem Verdacht richtig liege, hat es sich heute durchaus gelohnt, den ganzen Tag in meinem Wagen zu verbringen und mich zu langweilen. Und dadurch Genevieves Frust auf mich zu ziehen.

Ich halte es fast für unmöglich, dass ich recht behalten könnte, doch dann parkt die Frau ihren Wagen, steigt aus und stolziert auf ihren hohen Schuhen auf eines der prächtigen Häuser zu, die sich vor uns erstrecken.

»Anhalten«, befehle ich dem Taxifahrer hastig.

Ich lehne mich näher zur Autotür und starre aus dem Fenster. Dann beobachte ich, wie die Frau vor einem Sicherheitstor anhält, das sich ihr gleich darauf öffnet. Drei Männer patrouillieren über das Anwesen, die sie mit einem Nicken begrüßt.

Ein böses Lächeln bildet sich auf meinen Lippen.

Scheiße, das ist besser als jeder Film, den ich in letzter Zeit gesehen habe. Die Wendung kommt so unerwartet, dass sie mich beinahe sprachlos zurücklässt.

»Wollen Sie hier raus?«, will der Fahrer von mir wissen und deutet auf das Haus, dessen Haustür sich nun öffnet.

Ein anderer, mir durchaus bekannter Mann nimmt die Irin in

Empfang. Sie küssen sich. Nicht so leidenschaftlich wie die kleine Schlampe Jiménez geküsst hat, aber leidenschaftlich genug, um zu wissen, dass sie hier zu Hause ist und zu diesem Mann gehört. Dann schließt sich die Tür hinter ihnen.

»Nein«, sage ich durch und durch zufrieden. »Bringen Sie mich dorthin zurück, wo Sie mich eingesammelt haben. Ich werde meinen Bekannten an einem anderen Tag einen Besuch abstatten.

Oh, und wie ich das werde.

Ich bin mir sicher, dass Fionn Collins, ein Mitglied der irischen Mafia, gerne über die Freizeitaktivitäten seiner Frau Bescheid wüsste.

KAPITEL 25

DECLAN

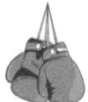

ionn Collins empfängt uns in einem seiner Stammlokale. Es ist eine irische Bar, die wir früher auch besucht haben, bevor wir unser Stammlokal gefunden haben. Rian, der Besitzer, war uns irgendwie sympathischer als der Ire, dem dieses Irish Pub gehört.

Collins sitzt mit seinem Vater und einem Handlanger an demselben Tisch, an dem er auch früher bereits immer saß. Er erblickt uns sofort, als wir durch die Tür marschieren, und erhebt sich zum Gruß. So auch die beiden anderen Männer.

Callahan und ich marschieren selbstbewusst auf den Tisch zu. Das Treffen mit den Männern des *Irish Mob* bereitet uns weder Sorge noch Unbehagen. Diese Männer haben dieselbe Herkunft wie wir, und noch wichtiger – einige ältere Generationen meiner Familie gehörten ebenfalls einmal zu ihnen. Damals, noch bevor sie sich mit der Whisky-Destillerie zur Ruhe gesetzt haben.

Dadurch hat unser Name in ihrer Welt immer ein Gewicht, und wir werden immer mit offenen Armen empfangen.

Oder wie jetzt mit einem vollen Glas irischen Whisky.

»Die Mullans«, stößt Fionns Vater, Oisín, hervor und reicht erst Callahan, dann mir seine große, behaarte Hand. »Lange nicht gesehen. Ich hoffe, eurem Vater geht es gut?«

»Er erfreut sich bester Gesundheit«, antwortet Callahan. *Leider*, denke ich mir.

Wir reichen auch seinem Sohn die Hand, danach setzen wir uns. Mein Blick schweift durch das Lokal, und ich kann einige weitere Mitglieder des Clans erkennen. Nur wenige Touristen haben sich hierher verirrt, diese sitzen an der Bar.

Kein Mann wie wir würde jemals wie ein billiger, unwillkommener Gast an der Bar sitzen.

»Wie laufen die Geschäfte?«, fragt Fionn mit einem Blick auf uns beide. Er ist in unserem Alter und recht ansehnlich, da er wie wir auf seinen Körper achtet. Nur verziert er diesen gerne mit Tattoos. Die schwarze Tinte stellt einen enormen Kontrast zu seiner bleichen Haut dar. »Wie man hört, nach wie vor recht gut.«

»Wir können uns nicht beschweren«, meine ich entspannt. »Probleme zu lösen, gibt es immer, und wir sind die erste Anlaufstelle dafür.«

Die Männer nicken vor sich hin, trinken von ihren Gläsern.

»Es ist eine Schande, dass ihr unter euch bleiben wollt«, meint der junge Collins. »Wir würden gut zusammenarbeiten. Unsere Tür steht euch nach wie vor offen.«

»Das ist schön zu hören.« Callahan nimmt den Whisky an sich und fixiert Fionn mit einem eindringlichen Blick. »Wir hoffen, dass sich das auch nicht ändert, nachdem, was wir dir gleich erzählen werden. Wir sind hier lediglich die Botschafter, vergiss das nicht.«

Sein Vater wirkt unwillkürlich misstrauisch und lehnt sich über den Tisch näher zu uns. Der alte Mann hat mehr Falten im Gesicht als Baby. »Wir sind ganz Ohr. Ich habe schon damit gerechnet, dass euer Anruf einen Grund hatte.«

Callahan schielt zu mir. »Das stimmt. Declan hat gestern eine außerordentlich interessante Entdeckung gemacht, die wir euch aus Gründen des Respekts nicht vorenthalten wollen.«

Fionn Collins verengt seine Augen. Etwas an seiner Ausstrahlung ist immer bedrohlich und mächtig, doch nun gehen noch ganz andere Schwingungen von ihm aus. »Welche Art Entdeckung?«

»Eine, die dir nicht gefallen wird«, entgegne ich und nehme einen Schluck von meinem Glas. »Ich habe aus privaten Gründen Interesse an den Anhängern des Wiksha-Kartells entwickelt und dadurch in den letzten Tagen viel Zeit mit der Beobachtung dieser Leute verbracht. Dabei ist mir eine Frau ins Auge gefallen, die dort nichts zu suchen hat.«

Fionns Blick verändert sich nicht, bleibt starr und reglos. Da ich ihn fixiere, während ich spreche, muss er jedoch bereits ahnen, welche Frau ich meine. Er ist wohl eher wie mein Bruder und nicht wie ich. Immer ruhig und beherrscht.

»Es ist deine Frau, Fionn«, gibt ihm Callahan zu verstehen und lehnt sich in seinem Stuhl zurück. Wie immer strahlt auch er eine entspannte Ruhe aus, als könne ihn nichts aus der Bahn werfen. »Sie trifft sich mit dem Sohn des Kartellbosses. Roman Jiménez.«

Fionn hält in der Bewegung inne, als er nach seinem Glas greift. Die beiden anderen Männer versteifen sich merklich.

»Ich habe sie beobachtet. Es ist keine freundschaftliche Beziehung«, werde ich noch deutlicher. »Obwohl bereits diese nicht zu dulden wäre.«

Die irische Mafia fickt nicht mit irgendwelchen Drogenkartellen. Das hat sie nie, und das wird sie nie. Deswegen ist es eine Schande, dass eine der Frauen wortwörtlich mit dem Feind unter einer Decke steckt.

Fionns Vater bekommt hektische, rote Punkte im Gesicht und am Hals. Ein Zeichen der unfassbaren Wut, die gerade in ihm hochbrodelt. Seine dunklen, hasserfüllten Augen zucken zu seinem Sohn, durchbohren ihn förmlich. »Wusstest du davon, Fionn?«

»Nein.« Fionns Stimme hat an Dunkelheit gewonnen. Sie bebt. »Ich hatte keine Ahnung.«

Selbst der Handlanger kann seine Entrüstung über diese Information nicht verbergen. Er wirkt angewidert, gleichzeitig regelrecht ungläubig.

Tja, mit der irischen Mafia sollte man sich nicht anlegen. Das hätte Roman Jiménez wissen sollen. Ich muss über diese Ironie innerlich lachen, da man mir ebenfalls vorgeworfen hat, ich hätte mich besser informieren sollen, wen ich blamiere, bevor ich es tue.

Ich bin mir sicher, dass Jiménez weiß, wen er damit blamiert, seine Frau heimlich zu ficken. Es ist ihm bloß egal. Ein großer Fehler.

»Danke für diese Information«, presst Fionn hervor, und es wirkt, als würde er sich zu jedem weiteren Wort zwingen, weil er keine Sekunde länger in diesem Stuhl aushält. Seine Körperhaltung schreit förmlich danach, dass er sich sofort um dieses Problem kümmern will. Ich kann es ihm nicht verdenken. »Ich nehme an, die Anhänger dieses Kartells sind dir nicht wohlgesonnen?«

Callahan übernimmt für mich, als er knapp erklärt: »Es gab einen kleinen Konflikt, der ein wenig ausgeartet ist.«

»Zwischen Declan und einem dieser Männer«, sagt Fionns Vater wie eine Frage. Dabei klingt er trotzdem nicht, als ob er daran zweifeln würde, dass ich ein Problem bereitet habe und nicht mein Bruder.

Ich nehme es ihm nicht übel. »Zwischen Jiménez und mir«, gebe ich ihm bekannt.

Fionn Collins' Augen schweifen zu mir. Er nickt vor sich hin. Ich bewundere, wie gefasst er diese Information aufnimmt, weiß aber auch, dass das bloß eine Täuschung ist.

»Nun, wie es scheint, haben wir nun denselben Feind«, stößt der alte Ire hervor. Seine Augen funkeln irre, als er das Glas hebt, um mit uns anzustoßen. »Einen Umstand, den ich zu ändern gedenke.« Wir prosten ihm zu. »Anscheinend müssen wir diese Leute daran erinnern, dass man sich mit Männern, durch deren Adern irisches Blut fließt, nicht anlegt.«

»Es freut uns, dass wir uns in dieser Gelegenheit zusammentun können«, meint Callahan zufrieden. »Und ebenso, dass ihr uns euer Vertrauen so blind entgegenbringt.«

»Ihr seid Mullans«, erwidert Fionn, nachdem er sein Glas leergetrunken hat. »Auch wenn ihr kein aktiver Teil unserer Vereinigung seid, gehört ihr dennoch zu uns. Durch unsere Adern ist einst dasselbe Blut geflossen, und eure Familien haben mit unseren an einem Tisch gegessen. Sie haben sich den Rücken gestärkt. Etwas, das wir auch heute noch stillschweigend tun.«

So ist die Mafia im Laufe der Jahrzehnte gewachsen und gewachsen. Sie ist mehr um Freunde als Feinde bemüht, und auch heutzutage noch weit verbreitet in Irland, England und Amerika. Wir Iren sind eine eingeschworene Gemeinschaft, die all unseren Leuten den Rücken freihält und stärkt.

Callahan nickt. »So ist es.«

»Also, wie willst du diesen Motherfucker fertigmachen, der heimlich deine Frau fickt?«, platzt es aus mir heraus, weil ich wie immer meine Klappe nicht halten kann.

Fionns Kiefer mahlen aneinander, als er sich düstere Szenarien in seinem Kopf ausmalt, was mir seine nach Rache lechzenden Augen verraten. »Erst einmal werde ich den Parasiten los. Dann kümmere ich mich um den Rest.«

Mit *Parasit* meint er seine Frau. Ich bin mir sicher, dass er trotz der Gleichgültigkeit, mit der er über sie spricht, einen Schmerz der anderen Art ihretwegen verspürt. Sie hat ihm ein Messer in den Rücken gerammt, und das muss wehtun.

»Es wird ein Krieg ausbrechen«, sage ich, obwohl das allen Anwesenden hier klar ist. »Wir wollen kein Teil davon sein, stärken euch aber den Rücken, sollte es nötig sein.«

»Wir haben jetzt Frauen«, begründet Callahan das. »Und leben ein wenig ruhiger.«

Oisín sieht mich tatsächlich ein wenig verwundert an. »Du hast eine Frau gefunden, Declan?«

Warum zur Hölle klingt er so überrascht? Wie beleidigend.

»So ist es. Und nicht nur irgendeine.« Ich muss lächeln, als ich an meine Vanilleblüte denke. Nein, gewiss ist sie nicht wie andere Frauen. Sie könnte es mit jedem dieser Männer hier aufnehmen. Und das könnte so gut wie keine andere.

»Herzlichen Glückwunsch«, sagt Fionn aufrichtig. »Achte gut auf sie. Besser als ich auf meine.« Er klingt verbittert, hat aber bereits mit ihr abgeschlossen. So sind Männer wie er nun einmal. Diese Frau wird ihren Verrat nicht überleben, und es ist mir scheißegal, weil meine Frau dadurch in Ruhe weiterleben wird.

»Vertraue ihr nicht blind«, gibt mir sein Vater einen Tipp. Warum er Callahan nicht denselben gibt, weiß ich nicht. Als ob er davon ausginge, dass mein Bruder mehr Verstand als ich und sein Sohn besitzt und man ihn niemals so täuschen könnte. Dabei hat er sich erst kürzlich von seiner Frau hinters Licht führen lassen, aber das ist eine andere Geschichte.

Peaches ist eine gute Frau. Sie hatte ihre Gründe.

Meine Vanilleblüte würde mir so etwas niemals antun. Sie würde mich nie hintergehen oder dermaßen verraten, indem sie mit einem anderen Mann ins Bett steigt.

Oder?

Die Gedanken machen mich unruhig, und so bekomme ich den Rest der Unterhaltung der Männer nicht mit. Es ist auch nicht wichtig. Das Wesentliche haben wir besprochen und geklärt.

Damit lösen sich all unsere Probleme in Luft auf. Dass ich diese Affäre aufgedeckt habe, hat mir gut in die Karten gespielt. Denn nun werden sich die beiden Organisationen gegenseitig bekriegen und versuchen, aus dem Weg zu räumen – wobei außer Frage steht, wer hier als Gewinner vom Schlachtfeld geht – und somit sind Genevieve und ich aus dem Schneider. Keiner wird sich mehr darum kümmern, uns auf den Sack zu gehen, weil sie jetzt ein größeres Problem haben. Eines, das ihnen zum Verhängnis werden wird.

Eines, das sie endgültig vernichten wird.

Im Vergleich zur irischen Mafia ist dieses Drogenkartell ein Witz. Diese Leute sind vielleicht Callahan und mir zahlenmäßig überlegen, aber sie haben weitaus weniger Anhänger und sind viel schwächer aufgestellt als die Iren. Sie haben hier in England ebenso keine Sicherheiten, keine anderen Kontakte. Nichts, das ihnen irgendwie dabei helfen würde, sich mit diesen Männern zu messen. Oder sie gar zu besiegen. Während die Iren zudem sogar noch in anderen Ländern Sicherheiten und Rückhalt genießen. Das Kartell ist auf sich gestellt.

Und das wird es nicht überleben.

Wie man so dumm sein und sich die Iren zum Feind machen kann, ist mir tatsächlich ein Rätsel. Ich hätte mir nicht einmal wissentlich das Kartell zum Feind gemacht. Es war ein unglücklicher Zufall, aus dem ich gelernt habe.

Und jetzt lernen auch diese Leute ihre Lektion auf die harte Tour.

Erst, als Callahan und die Männer dabei sind, das Thema zu beenden, bringe ich mich wieder in das Gespräch ein und bringe etwas hervor, das mir wichtig ist.

»Ich hätte gerne einen Gefallen von euch«, sage ich und schaue zu Fionn. »Da ich dir diese Information mitgeteilt habe, könntest du auch etwas für mich tun. Es ist quasi eine Bedingung.«

»Eine Bedingung?«

»Ja.« Ich lächele ihn an. »Ein Geschenk für meine Frau.«

Fionn fordert mich auf, ihm den Gefallen zu nennen, und ich erkläre ihm, was ich mir vorstelle. Er stimmt zu, und somit ist hier alles für mich erledigt.

Als wir später das Irish Pub verlassen, klopft mir mein Bruder auf die Schulter. Er wirkt zufrieden und irgendwie stolz, als er sagt: »Gute Arbeit, Declan. Ich hätte dir nicht zugetraut, dass du tatsächlich einmal einen rational klugen Plan schmiedest, ohne ihn bereits vorab zu ruinieren, weil du dich wieder einmal nicht unter Kontrolle hast.«

»Es liegt an ihr«, lautet meine Erklärung dafür, als wir in seinen Wagen steigen. »Ich kann jetzt nicht mehr nur an mich denken.«

Callahan betrachtet mich ein wenig überrascht, als er den Motor startet. »Ich glaube, diese Frau tut dir besser, als ich dachte. Du wirst erwachsener, reifer. Endlich ein richtiger Mann.« Er fährt auf die Straße und schenkt mir ein kleines Lächeln. »Du trägst jetzt einmal in deinem Leben eine Verantwortung, und du machst dich wirklich gut.«

»Wirst du jetzt rührselig?«

Er lacht. »Nein, ich finde es nur zur Abwechslung einmal schön, dass ich dich loben kann und nicht mit dir schimpfen muss. Das hat allmählich begonnen, zu nerven.«

Schmunzelnd sehe ich aus dem Wagenfenster. »Ab jetzt will ich nie wieder hören, dass du der kluge Kopf von uns beiden bist und ich bloß geeignet für die Drecksarbeit.«

»Du warst nie nur geeignet für die Drecksarbeit.« Sein Tonfall ist ernst, und wir sehen uns an. »Du hast es bloß nie geschafft, deine Energie in die richtigen Bahnen zu lenken. Jetzt hast du dank dieser Frau, der ich auf ewig dafür dankbar sein werde, endlich einen Weg gefunden. Früher wärst du sofort losgezogen, hättest Jiménez um die Ecke gebracht und nicht über die Konsequenzen nachgedacht. Und wieder einmal hätte ich diese mit dir ausbaden dürfen.«

»Wir hätten auch ohne die Iren einen Weg gefunden, mit diesem Problem umzugehen«, wende ich ein.

»Natürlich hätten wir das«, stimmt er überzeugt zu. »Aber dieser hier ist mit Abstand der Beste, denn unsere Finger bleiben sauber, während wir uns entspannt zurücklehnen und andere die Drecksarbeit für uns machen lassen können. Gleichzeitig schulden wir niemandem irgendetwas. Besser sogar noch – wir haben etwas bei den Iren gut. Das schadet nie.«

»Ich bin einfach ein Genie, sag es doch gleich«, erwidere ich grinsend, woraufhin Callahan die Augen verdreht. »Wie auch immer. Bring mich jetzt bitte nach Hause zu meiner Frau. Sie vergisst allmählich schon, wie ich aussehe.«

»Keine Sorge, Bruder. Dein verrücktes Gesicht kann niemand so leicht vergessen.«

KAPITEL 26

GENEVIEVE

*E*s ist heute noch gar nicht so spät, als Declan bei mir zu Hause eintrifft. Die letzte Woche war er ständig unterwegs und kam erst nachts zurück. Das hat mich höllisch genervt.

Jetzt habe ich endlich mal einen Freund, und dann bekomme ich ihn nie zu Gesicht. Wofür habe ich mich zu dieser Beziehung überreden lassen, wenn ich keine Vorteile daraus ziehen kann?

Verraten, was er den ganzen Tag lang treibt, hat er mir auch nicht. Ich kann nur hoffen, dass er keinen Unsinn im Schilde führt.

Zufrieden drehe ich mich im Bett um, als ich höre, dass Declan durch die Wohnung marschiert. Baby springt sofort auf und hüpft vom Bett, dann höre ich ihre Pfötchen ganz schnell über den Parkettboden huschen. Wie immer freut sie sich mehr über Declans Erscheinen als über meine Existenz.

»Hallo, meine Süße«, nehme ich seine tiefe, maskuline Stimme im Wohnzimmer wahr. Ohne ihn zu sehen, weiß ich, dass er sich bückt und sie hochhebt. »Warst du schon ein Häufchen machen?«

»Ja«, rufe ich ihm zu, damit er nicht unnötig noch einmal mit ihr nach unten geht.

In dieser Hinsicht ist er ein ziemlich vorbildlicher Freund. Er kümmert sich um Baby, als wäre sie sein eigener Hund, und beschwert sich nie, wenn er noch spät abends oder nachts mit ihr raus muss. Dafür erntet er Pluspunkte bei mir.

Seine Schritte nähern sich dem Schlafzimmer, bevor er mit Baby im Arm an den Türrahmen gelehnt stehenbleibt und mich im Bett betrachtet. Seine Lippen verziehen sich automatisch zu einem Lächeln. »Hast du schon geschlafen?«

»Nein«, erwidere ich und lege das Buch beiseite, in das ich vertieft war. »Ich habe gelesen.«

»Du kannst lesen? Immer wieder lerne ich neue Dinge über dich kennen«, neckt er mich, woraufhin ich das Buch nach ihm werfe. Lachend hebt er es vom Boden auf und setzt Baby gleichzeitig dort ab. Mit einem Stirnrunzeln liest er den Titel des Buches laut vor: »Zehn Wege, um ihre Beziehung aufregender zu gestalten.«

Ich presse die Lippen aufeinander, um nicht loszulachen.

»Warum zur Hölle holst du dir Beziehungstipps aus einem Ratgeber?«, schießt es beleidigt aus ihm hervor. »Was willst du mir damit mitteilen? Dass unsere Beziehung langweilig ist?«

»Naja, wir verbringen ja kaum noch Zeit miteinander«, ärgere ich ihn. »So weit ist es schon gekommen, dass ich mir Tipps aus einem Buch holen muss, um diese Beziehung am Leben zu erhalten.«

»Du willst mich doch verarschen.«

»Will ich tatsächlich«, sage ich lachend und quietsche, als er sich wie ein wildes Tier auf mich stürzt. »Ich habe das Buch heute zufällig in einem Schaufenster entdeckt und hielt es für eine nette, subtile Art, dir mitzuteilen, dass du mir mehr Aufmerksamkeit schenken sollst.«

Declan beißt mir in den Hals. Lachend winde ich mich unter ihm. »Aber gelesen hast du es trotzdem.«

»Ich wollte nur mal reinlesen und fand es dann eigentlich ziemlich interessant«, gebe ich zu. »Ich bin gerade an einer Stelle, an der Pärchen geraten wird, mindestens einmal am Tag Sex miteinander zu haben.«

Declan weicht zurück und wirft einen Blick auf die Uhr

zwischen all meinen Traumfängern. »Es ist noch nicht Mitternacht.«

»Worauf wartest du dann?«, stachele ich ihn mit verführerischer Stimme an. »Sonst muss ich mir einen Hausfreund zulegen, der mich beglückt, wenn du weg bist.«

Obwohl das offensichtlich nur ein Scherz ist, verändert sich Declans Miene mit einem Wimpernschlag. Dunkelheit überschattet seine scharfen Gesichtszüge, und sein Griff um meine Handgelenke wird fester, während er mich auf die Matratze unter sich drückt.

»Sag das nicht«, presst er mit bebender Stimme hervor. Der Gedanke scheint ihn aufzuwühlen. »Sollte ich jemals erfahren, dass du einen anderen Mann zwischen deine Beine gelassen hast, nimmt das für euch beide kein gutes Ende.«

Aufgrund der Ernsthaftigkeit in seiner Drohung weicht die Belustigung aus meiner Miene. Ich bin überrumpelt davon, dass ihm mein kleiner Scherz so dermaßen die Stimmung vermiest.

»Ich würde das nicht überleben«, erklärt er seine Worte düster. In seinen Augen wüten nur dunkle Emotionen. »Du bist die erste Frau, für die ich so empfinde; die erste Frau, die ich auf diese Weise in mein Leben lasse. Also lass mich das nicht bereuen.«

Ich blinzele zu ihm hoch, weiß nicht, was ich sagen soll. »Das war nur ein Scherz«, murmele ich schließlich leise.

»Aber ich meine es ernst«, betont er. »Es gab nie jemanden wie dich in meinem Leben. Du hättest die Macht, mich zu zerstören. Und ich weiß nicht, wozu ich fähig wäre, wenn du es tätest.«

»Declan …«

»Sag es«, fordert er mich auf. »Sag, dass du mich niemals hintergehen würdest.«

»Würde ich nicht«, gebe ich ihm das, was er offenbar dringend braucht, um sich zu entspannen. Ich meine es so, als ich hinzufüge: »Ich hatte auch noch nie jemanden wie dich in meinem Leben und ich habe nicht vor, mir das zu versauen.«

Nun entspannt er sich merklich wieder. Seine Gesichtszüge

glätten sich, und der Ausdruck in seinen Augen wird sanfter. »Okay.«

»Okay«, zitiere ich ihn leise.

Unsere Blicke haften noch einige Sekunden lang aneinander, ehe er sich zu mir hinunterbeugt und seine Lippen zart auf meine drückt. Ich küsse ihn genauso zart zurück.

»Ich habe eine Überraschung für dich«, flüstert er mir dann zu, was mich neugierig werden lässt. »Du musst dich nur noch ein wenig gedulden. Ein paar Tage, schätze ich.«

»Okay«, sage ich wieder und schenke ihm ein kleines Lächeln. »Ist deine schlechte Laune jetzt wieder weg?«

»Ich habe nie schlechte Laune, wenn du bei mir bist.« Er küsst mich erneut, diesmal drängender. Ich spüre, wie sich sein Schwanz in der Hose verhärtet. »Außerdem bin ich immer horny.«

Mein Lächeln wird schmutzig, als er beginnt, mich auszuziehen. Ich zerre ihm ebenfalls die Kleidung vom Körper und betrachte anschließend das Meisterwerk vor mir. Jeder seiner Muskeln ist perfekt geformt und stahlhart. Seine Haut ist stramm und rein. Sein Duft umhüllt und erdet mich. Inzwischen ist er mir so vertraut. Vertrauter als jeder andere.

Als er meine Beine spreizt und sich dazwischen kniet, ragt sein mächtiger Schwanz zwischen uns empor. Ich lecke mir über die Lippen, als er eine Faust darum schließt und sachte beginnt, ihn zu reiben, während seine graublauen Augen verlangend über meinen nackten Körper gleiten. Meine Brustwarzen ziehen sich unter der feurigen Intensität seines Blickes fest zusammen.

»Mein Schwanz ist genauso verliebt in dich wie ich.«

Die Worte kommen ihm leise und rau über die Lippen, seine Stimme verrät seine unbändige Erregung. Dennoch kann ich ihm ansehen, wie ernst er sie meint.

Außerdem spüre ich es bei jedem seiner Blicke und jeder seiner Berührungen. Ich weiß genau, wie Declan für mich empfindet. Ich weiß, dass mir sein Herz gehört. Und das nicht erst seit heute.

Bisher konnte ich das weder zulassen noch annehmen. Doch

dieses Mal lasse ich seine Aussage nicht unkommentiert und blocke sie auch nicht mit einem unromantischen Spruch ab.

Weil ich inzwischen möchte, dass mir sein Herz gehört. Und ich will ihm meines geben. Niemand anderer soll es besitzen, nur er.

»Uns geht es genauso«, erwidere ich sein Liebesgeständnis auf meine Weise. Ich lasse meine Hand zwischen meine Schenkel gleiten und spiele mit den Fingern an meiner empfindlichen Perle. »Wir sind auch verliebt.«

Als ich das sage, blitzen seine Augen auf. Ich kann förmlich hören, wie sich sein Herzschlag verändert.

Weil es mich dennoch nervös macht, meine Gefühle zum Ausdruck zu bringen, da es etwas ist, das ich nicht kenne, füge ich rasch hinzu: »Deswegen ist es auch so furchtbar, dass du nie da bist. Wir vermissen dich.«

Declan weiß, dass ich nicht möchte, dass er eine große Sache aus meiner Liebeserklärung macht. Ich fühle mich noch nicht wohl damit, so verletzlich und zugänglich zu sein. Ich war nie so, und ich kenne es nicht, einen Menschen dermaßen nah an mich heranzulassen.

Deswegen schenkt er mir bloß ein Lächeln, bevor er verspricht: »Ab jetzt werde ich immer da sein. Ich werde so sehr an dir kleben, dass du dir wünschen würdest, du hättest dich gar nicht erst über meine Abwesenheit beschwert.«

Ich schmunzele, da küsst er mich auch schon wieder. Gleichzeitig legt er sich meine Beine um die Hüften und dringt in mich ein. Wir stöhnen uns in den Mund. Er packt meine Pobacken und zieht mich heftig an sich, sodass er bis zum letzten Millimeter in mich gleitet.

Dann fickt mich er mich tief und hart in die Matratze, bringt mich in kürzester Zeit zu einem Orgasmus. Keuchend kralle ich mich an ihm fest und vergrabe die Zähne in seiner Schulter.

Als er mich umdreht und meine Hüften nach oben zerrt, sodass ihm mein nackter Hintern entgegenragt, presst er keuchend hervor: »Du hast keine Ahnung, wie oft ich in letzter Zeit davon geträumt habe, diesen süßen Arsch wieder zu ficken.«

Noch ehe ich auf seine Worte reagieren kann, zwängt er die pralle Spitze seines Schwanzes in meinen Anus. Da er noch nass von meiner Lust ist, fällt es ihm leicht. Stöhnend schließe ich die Augen und biege den Rücken durch. Immer weiter schiebt er sich in mich und greift dabei zwischen meine Beine, um meine Klit zu stimulieren. Er reibt sie grob, was mich von den leichten Schmerzen ablenkt, die sein Eindringen mir verursacht. Mein zartes Gewebe umklammert ihn, während er tiefer und tiefer in mich eintaucht. Als er bis zum Anschlag in meinem Hintern verharrt, packt er mein Haar und reißt meinen Kopf zurück.

»Jaysus, ich liebe deinen Arsch.« Er keucht die Worte an meinem Ohr, bevor er hineinbeißt. Wimmernd biege ich den Rücken noch mehr durch, um das Brennen auf meiner Kopfhaut zu lindern. »Ich will ihn zerstören.«

Ein heiserer Laut entfährt mir, als er gleich darauf nicht zögert und die Hüften zurückzieht, um sie hart gegen mich knallen zu lassen. Er wiederholt das Manöver und stöhnt dabei gutural auf.

Mein Körper zittert und bebt, wird erschüttert von all den intensiven Empfindungen in mir. Obwohl sein Eindringen hart und ungestüm ist, spüre ich, wie sich noch mehr Feuchtigkeit zwischen meinen Schenkeln sammelt. Meine Mitte ist geschwollen und pocht vor Lust.

»Oh Gott.« Ich sacke nach vorne und vergrabe das Gesicht atemlos in den Bettlaken, als er mein Haar freigibt. Es fühlt sich tatsächlich an, als würde er mich zerstören.

Declan krallt seine Finger grob in meine Hüften und stößt immer wieder zu. Sein Schwanz fühlt sich wie harter, heißer Stahl in meinem Hintern an. Das Gefühl ist unbeschreiblich. Meine Beine beginnen gleichzeitig vor Erschöpfung und endlosem Verlangen zu zittern.

»Ja, Babe, komm für mich«, raunt er gedämpft, während er immer weiter in mich hämmert. Fast ist es zu viel, und gleichzeitig fehlt noch etwas. Ich spüre, wie sich ein Orgasmus in mir hocharbeitet. Er brodelt in mir, bricht aber nicht aus. »Komm mit meinem Schwanz in deinem Hintern. Ich weiß, dass du nicht mehr dazu brauchst.«

Seine Hände packen mich wieder, ziehen mich hoch. Dann schließt er sie um meine Brüste, knetet sie und zupft an meinen verhärteten Brustwarzen. Dabei reiben unsere Körper aneinander. Seiner ist heiß und verströmt Hitze wie ein Ofen.

Sternchen flirren vor meinem inneren Auge, als sein Schwanz noch eine Spur tiefer in mich gleitet, während er das Becken nach oben stößt. Bei jedem Stoß entfährt ihm ein maskuliner, lustverzerrter Laut. Dann finden seine Finger meine Kehle und schließen sich darum.

Ich schreie erstickt auf, als ich explodiere. Wahnsinnig erregt dadurch, dass er mich alleine durch die Penetration meines Hinterns zum Kommen bringen kann. Bei Declan spüre ich unterschwellig immer ein sehnsüchtiges Verlangen, und so fällt es ihm leicht, meinen Körper in Ekstase zu versetzen. Er schafft es wie kein anderer Mann zuvor, mich zu befriedigen.

Ich bin bereits unterschwellig erregt, wenn er bloß in der Nähe ist.

Declan findet seine eigene Erlösung kurz nach mir. Während er mich markiert, verharrt er reglos und schwer atmend in mir. Ich kann trotzdem spüren, wie ein heftiger Ruck durch seinen Körper geht. Seine Finger lockern sich um meine Kehle, und ich schnappe hastig nach Luft.

Nachdem er sich aus mir gezogen hat, fängt er mich mit seinen starken Armen auf, als mein Körper sofort schwach auf die Matratze fallen will. Er zieht mich an seine Brust und legt eine seiner großen Hände auf meinen Hinterkopf, bevor er mir durchs Haar streichelt. Eine sehr intime und schöne Geste, die meinen ohnehin bereits wilden Herzschlag nur noch mehr durcheinanderbringt.

Müde schließe ich die Augen und genieße seine Nähe und Wärme. Als wir uns zusammen hinlegen, hält er mich weiterhin in seinen Armen und drückt mich fest an sich. Ich klammere mich ebenfalls an ihn; nicht bereit, loszulassen.

Wir sagen beide kein Wort, liegen einfach nur so da und genießen den vertrauten Moment absoluter Zweisamkeit.

Bis Baby auf das Bett springt und einen Spielzeugknochen winselnd vor uns ausspuckt.

KAPITEL 27

GENEVIEVE

*E*in paar Tage später entführt mich Declan abends zu einem Date der besonderen Art, wie er es nennt. Er sagt, dass es nun an der Zeit für die Überraschung wäre, die er mir versprochen hat. Mich dafür schick zu machen, sei laut ihm nicht nötig. Daher trage ich bloß Leggings und einen weiten Pulli, den ich ihm geklaut habe.

Dass man Kleidung klauen und zu seiner eigenen machen kann, verbuche ich als großen Vorteil einer Beziehung.

Da wir hier von Declan sprechen, weiß ich nicht, ob ich mich auf die Überraschung freuen soll. Wer weiß, was er sich in seinem verrückten Hirn für uns ausgedacht hat.

»Freust du dich auf unser Date?«, fragt er aufgeregt, als könne er meine Gedanken lesen.

Ich beschließe, zu lügen, um seine Gefühle zu schonen. »Total.«

»Du hättest Baby zu Hause lassen sollen«, meint er nachdenklich, während wir in seinem schnittigen Wagen ins Ungewisse fahren. »Ich will nicht, dass sie ein Trauma erleidet.«

Mein Magen zieht sich zusammen. Innerlich schnaube ich auf. »Warum sollte sie auf einem Date, zu dem du mich entführst, ein Trauma erleiden?« Er gibt mir keine Antwort darauf, was mich zum Seufzen bringt. »Declan … Was genau ist denn das *Besondere* an diesem Date?« Böse Vorahnungen schleichen sich in meinen Kopf.

Schmunzelnd legt er eine Hand auf meinen Oberschenkel. »Entspann dich, Babe. Wirst du dann schon sehen.«

»Wer sich in deiner Gegenwart entspannt, bereut es kurz darauf«, murmele ich vor mich hin, woraufhin er mir in den Schenkel kneift. »Kannst du es mir nicht langsam verraten? Wir sind doch schon auf dem Weg dorthin.«

»Nein«, erwidert er entschlossen. »Ich will die Überraschung nicht versauen.«

Wieder will ich seufzen. »Na gut. Zurück zu Baby – ich hätte sie nicht *zu Hause* lassen können, da wir nicht zu Hause waren.«

Nun kneift er die Augen zusammen und schielt zu mir. »Baby fühlt sich auch bei mir zu Hause wohl. Und mein Zuhause ist auch dein Zuhause, also ist es genauso auch ihr Zuhause.«

Ich blinzele. »Nein. Meine Wohnung ist unser Zuhause.«

Missmutig starrt er wieder geradeaus. »Was magst du an meinem Haus nicht?«

»Gar nichts.«

»Hä?«

»Also ich meine, es gibt nichts, das ich an deinem Haus nicht mag«, korrigiere ich mich rasch. »Ich mag meine Wohnung nur eben mehr.«

»Und ich mag deine Wohnung nicht besonders«, lässt er mich zum zehnten Mal wissen.

Wir haben in den vergangenen Tagen andauernd darüber diskutiert, ob wir bei mir oder bei ihm schlafen sollen. Letztendlich haben wir uns mit den Schlafplätzen abgewechselt, aber einen Kompromiss haben wir noch nicht gefunden.

»Dann war es das wohl mit kuscheligen Abenden zu dritt«, sage ich trocken. »Ich ziehe nicht zu dir, wie oft noch?«

»Und ich kann nicht zu dir ziehen, wie oft noch?« Er klingt angestrengt. Dieses Thema nervt uns beide ungemein, weil keiner von uns nachgeben will. »Du wohnst viel zu weit von Callahan und Peaches weg. Auch von meinem Gym. Eigentlich von allem.«

»Bei mir gibt es auch Boxstudios«, erkläre ich ihm ebenso angestrengt. »Und wenn du willst, boxe ich dich jeden Abend vor dem Schlafengehen K. O. Das ist kein Problem für mich.«

»Ha ha«, macht er und kneift mich wieder, was mich dann doch zum Lachen bringt. »Wir müssen uns bald mal entscheiden. Dieses Hin und Her geht mir auf den Geist. Immer fehlen mir irgendwelche Sachen, weil sie bei dir sind, und du hast nicht genügend Sachen bei mir.«

Das stimmt. Nur Baby fehlt es an nichts. Declan hat ihr alles gekauft, was sie brauchen könnte, und noch viel mehr.

»Dann müssen wir uns eben gemeinsam eine neue Wohnung suchen«, beschließe ich spontan und zucke mit den Schultern. »Lass uns die Suche gleich morgen starten.«

»Wirklich?« Er wirkt vollkommen überrascht, mehr aber entzückt. »Ich dachte nicht, dass du zu solch einem großen Schritt schon bereit wärst. Ich hatte vor, das hinter deinem Rücken zu machen und dich einfach damit zu überfallen.«

Empört blinzele ich. »Du wolltest hinter meinem Rücken eine Wohnung für uns mieten?«

»Nein«, meint er, und ich entspanne mich wieder. »Ich wollte eine kaufen.«

Mir entfährt ein lautes Schnauben. »Da hattest du ja gerade noch mal Glück, mein Freund.«

Seine blaugrauen Augen funkeln mich an, als er verständnislos fragt: »Warum? Andere Frauen würden sich über solch eine große und vor allem bedeutsame Geste freuen.«

»Andere Frauen wären gar nicht erst mit dir zusammen, Declan.«

»Uff.« Gespielt betroffen greift er sich an die Brust. »Es gab durchaus Frauen, die mit mir zusammen sein wollten. Ich aber nicht mit ihnen.«

Ich hebe eine Augenbraue. »Welche geistige Behinderung hatten die denn?«

Erbost reißt er den Kopf zu mir herum. »Damit deutest du an, dass auch du nicht ganz bei Sinnen bist, das ist dir klar, oder?«

»Bin ich auch nicht.« Ich lächele zuckersüß. »Denn ich bin schließlich mit dir zusammen.«

»Dieses Gespräch fängt an, mein Ego anzugreifen«, meint er und stellt das Radio lauter. »Hör auf, mich immer so zu attackieren, sonst attackiere ich dich. Nur anders.«

Automatisch lächele ich schief und schiebe seine Hand zwischen meine Beine. »Niemand hält dich davon ab.«

Declan schmunzelt mich an. Dann wirft er einen Blick geradeaus durch die Scheibe und nimmt die Hand zu meiner Enttäuschung weg. »Später. Wir sind gleich am Ziel.« Er lenkt den Wagen an den Straßenrand und dann durch eine enge Abzweigung, die in ein Waldstück hineinführt.

Verdutzt sehe ich mich um. »Unser supertolles Date findet in einem Wald statt?« Meine Stimme klingt nicht sehr begeistert.

»Warte es ab.«

Ich warte geduldig, während wir durch die Dunkelheit des Waldes fahren, aber meine Begeisterung nimmt immer mehr ab, anstatt zu. Der Wagen ruckelt immer wieder, als wir über abgebrochene Äste und große Steine fahren, und schließlich drosselt Declan das Tempo.

»Ist die Überraschung, dass wir ab jetzt im Wald leben?«, necke ich ihn. »Würde irgendwie zu dir passen.«

Er antwortet nicht, sondern konzentriert sich auf den Weg vor sich. Man sieht nicht sehr viel, und ich befürchte, dass wir gleich gegen einen Baumstamm knallen. Zur Sicherheit schnappe ich mir Baby von der Rückbank.

Allmählich befürchte ich zudem, dass ich tatsächlich gleich ein großes Zelt vor Augen habe und Declan mir eröffnet, dass wir von nun an hier hausen sollen. Da er sich für stärker als jeden Bären hält, würde ich ihm auch diese Verrücktheit zutrauen.

»Bist du bereit?«, reißt er mich aus den Gedanken, als der Wagen schließlich anhält. Unsicher nicke ich. Für Declans

Verrücktheiten kann man nie wirklich bereit sein. »Dann genieß die Show, Babe.«

Er stellt das Fernlicht an, und so wird der Wald auch weiter weg in der Entfernung erleuchtet. Meine Augen werden groß, als ich einige Gestalten vor uns ausmachen kann. Seitlich gehen nun auch die Scheinwerfer zweier anderer Wagen an, wodurch ich nun einen uneingeschränkten Blick auf das habe, was sich exakt in der Mitte aller Autos befindet. Wie auf dem Präsentierteller.

Der Marionettenspieler. Geknebelt und gefesselt auf dem dreckigen Waldboden.

»Was zur Hölle?«, entfährt es mir verwirrt. »Hatten wir nicht besprochen, dass du den Kerl nicht umlegst, damit —«

»Tue ich auch nicht«, versichert er mir, bevor er mir kurz zusammenfasst, was in den Tagen geschehen ist, in denen er ständig unterwegs war. Er erklärt mir, wie er eine Lösung für unser beider Problem gefunden hat, und ich könnte ihn vor Freude küssen.

Was für eine überraschend nette Wendung. So viel Köpfchen hätte ich ihm gar nicht zugetraut.

»Wow«, sage ich ehrlich begeistert. »Und jetzt lässt du mich sogar bei seiner Hinrichtung zusehen?«

»Na klar. Ich dachte mir schon, dass du dir das nicht entgehen lassen möchtest.« Er lächelt mich schief an, und ich gebe dem Bedürfnis nach und küsse ihn leidenschaftlich.

Ein Geräusch aus dem Wald reißt uns voneinander los. Es ist ein groß gewachsener Kerl mit rötlichem Haar. Er ist stark tätowiert. Vermutlich ist es dieser Fionn Collins aus der irischen Mafia, von dem er mir gerade erzählt hat. Der Kerl, der von seiner eigenen Frau hintergangen wurde.

Seine Augen schauen zu unserem Auto, als er ruft: »Kann es losgehen?«

Declan fährt unsere Wagenfenster hinunter. Dann greift er hinter seinen Sitz und zieht eine Tüte Popcorn hervor, die er mir auf den Schoß legt. »Aye«, ruft er dann zurück.

Ich lächele. »Das ist wirklich ein besonderes Date.«

Er scheint sich zu freuen, dass ich zufrieden bin – oder dass er mich mal nicht zum Meckern gebracht hat –, und reißt die Tüte Popcorn auf, bevor er sich eine Hand voll in den Mund stopft. Ich tue es ihm gleich. »Halte Baby die Augen zu, wenn's blutig wird«, nuschelt er noch, dann geht die Show auch schon los.

Der Ire lässt den Marionettenspieler in so ziemlich jeder Form, die einem Menschen einfallen könnte, dafür büßen, dass dieser seine Frau gevögelt hat. Stellenweise zucke ich aufgrund seiner Brutalität während der Folter ein wenig zusammen. Es ist ungewohnt, jemand anderem als Declan dabei zuzusehen, wie er einem Menschen solches Leid zufügt. Es lässt mich nicht kalt, bereitet mir sogar etwas Unbehagen. Aber mit Declan an meiner Seite fühle ich mich beschützt und sicher.

Während ich dem Marionettenspieler dabei zusehe, wie er sich quält und gegen den Tod ankämpft, erinnere ich mich an all die Wut zurück, die mir der Kerl entlockt hat. An all die Dinge, zu denen er mich gezwungen hat. Er hat mein Leben beherrscht, als wäre es seines.

Und er wollte meinen verdammten Freund abmurksen.

Plötzlich höre ich mich »Warte!« rufen und handele impulsiv. Meine Kehle ist wie zugeschnürt, als ich die Wagentür aufreiße und herausspringe. Baby lege ich auf dem Sitz ab, dann marschiere ich impulsiv drauflos.

Declan springt ebenfalls aus dem Wagen und hechtet mir hinterher. Er deutet den Männern, die sich mir sofort bedrohlich nähern, auf Abstand zu bleiben. »Was hast du vor?«

»Ich will ihn auch leiden lassen«, höre ich mich grummeln. »Wenigstens ein einziges Mal will ich ihm etwas zurückzahlen. Ihn meine Wut spüren lassen.« Das konnte ich zuvor nie, und das Bedürfnis danach ist geradezu überwältigend stark.

»Was will deine Frau?«, fragt der Ire, seine Augen zucken dunkel zu mir. Rachsucht und Mordlust spiegeln sich darin wider. »Es war ausgemacht, dass ihr stille Zuschauer seid.«

»Ich brauche nicht lang«, erkläre ich ihm. »Ich will ihn nur einmal spüren lassen, was ich für ihn empfinde.«

Der Ire sieht zu Declan, welcher zögerlich nickt. »Dann nur zu«, sagt er und tritt beiseite, sodass ich Zugang zu dem Häufchen Elend habe, das erbärmlich auf dem Boden kniet. Er hält sich ziemlich gut, das muss man ihm lassen, sieht aber dennoch bereits übel zugerichtet aus.

»Du kleine Schlampe«, spuckt er hervor, als ich mich ihm nähere. Er sieht mit geschwollenen Augen zu mir auf und lächelt wie eine Bestie. Seine Zähne sind voller schleimigem Blut. Sein Anblick widert mich schier an. »Du steckst also auch mit diesen Bastarden unter einer Decke. Wer hätte das gedacht?«

»Nur mit einem von ihnen«, sage ich und blicke zurück zu Declan, der einen Schritt nach vorne macht, sodass ihn der Marionettenspieler zu Gesicht bekommt. »Erkennst du ihn?«

Ungläubig verzerrt sich sein Gesicht. »Declan Mullan?! Dass ich dich nochmal wiedersehe, hätte ich ebenso wenig gedacht.«

»Tja, wie es das Schicksal so wollte, war ich immer da, wenn einer deiner Leute versucht hat, ihn umzulegen«, meine ich hasserfüllt, lächele dabei aber. »Und jetzt will es das Schicksal wohl so, dass ich auch dabei bin, wenn du stirbst.«

»Hast du kleine Fotze vergessen, dass dein Leben ruiniert ist, wenn ich draufgehe?«, blafft er höhnisch.

»Hast du vergessen, wer wir Mullan-Männer sind?«, höre ich Declan überlegen hinter mir antworten. »Egal, auf welche Weise du versuchen könntest, ihr zu schaden – es wird nicht dazu kommen, dass sie tatsächlich Schaden davonträgt.«

Der Marionettenspieler flucht vor sich hin. Ich hole mit dem Fuß aus, um in seine hässliche Visage zu schlagen, da taucht plötzlich Baby neben mir auf und läuft schnüffelnd um ihn herum.

Scheiße, ich habe die Autotür nicht geschlossen.

»Nehmt den Drecksköter weg!«, schreit er und beginnt, wild herumzuzappeln, als hätte er Angst vor so einem kleinen, süßen Fellknäuel.

Baby schnuppert noch einmal an ihm, rümpft die Nase und hebt ihr Beinchen.

Dann pisst sie ihn an.

»Dieses Drecksvieh!«, kreischt er angewidert und versucht strauchelnd, zur Seite auszuweichen, aber Baby hat sich bereits auf seinem Bein erleichtert.

Declan lacht als Erster auf, bevor der Ire mit einstimmt und auch die anderen Männer um uns herum zu grunzen beginnen. Ein hysterisches Kichern wirbelt in meiner Kehle.

»Gut gemacht, Baby.« Ich nehme sie in den Arm. »Das war sogar besser als jeder Tritt, den ich ihm hätte verpassen können.«

»Lasst mich das hier zu Ende bringen«, stößt der Ire immer noch amüsiert hervor. »Danke, dass ihr mir meine Rache noch ein wenig mehr versüßt habt.« Er wirft einen Blick auf Baby. »Guter Hund.«

Declan legt einen Arm um mich. »Gehen wir nach Hause?«

Mit einem letzten Blick auf den Kerl, der mir das letzte Jahr meines Lebens versaut hat, nicke ich. Wir wenden uns ab und marschieren zurück zum Wagen.

»Wir sehen uns in der Hölle«, höre ich den Iren emotionslos sagen, dann ertönt plötzlich ein ekelhaftes Röcheln hinter uns. Das Geräusch verursacht mir eine Gänsehaut.

Als ich den Kopf impulsiv nach hinten drehen will, zieht mich Declan fester an sich. »Das ist nichts, das du sehen musst«, meint er rau. »Glaub mir, so ein Bild bleibt dir lange im Kopf.«

»Hat er ihm die Kehle durchgeschnitten?«

»Ja.«

Aus irgendeinem Grund muss ich maliziös lächeln.

Declan blinzelt mich irritiert von der Seite an, bevor er mir Baby abnimmt, damit ich in den Wagen steigen kann. »Manchmal bin ich etwas überfordert damit, dass du so …«

»Dass ich wie bin?«, bohre ich nach und gurte mich an.

Er zuckt mit den Schultern, setzt Baby auf meinem Schoß ab und beugt sich für einen Kuss in den Wagen. »So wie ich eben.«

Meine Lippen kommen seinen wie automatisch entgegen. »Ist das etwas Schlechtes?«

Er zieht sich zurück, stützt sich mit einer Hand am Autositz hinter mir ab und betrachtet mich aus unergründlichen Augen. Sein Blick verwächst mit meinem, als er sanft beschließt: »Nein, Vanilleblüte. Das ist etwas für die Ewigkeit.«

EPILOG

DECLAN

 *rei Monate später*

»Du hast sie angerufen und ihnen Bescheid gesagt, oder?«
Genevieve wirft mir einen auffordernden Blick von der Seite zu.
Weil ich bloß die Lippen aufeinanderpresse, vermutet sie: »Oh
nein, du hast ihnen gar nichts gesagt, stimmt's?«

»Sie hätten Nein gesagt«, meine ich überzeugt. »Ich halte das
hier für den besseren Weg.«

Augenrollend zerrt sie ihren riesigen, schweren Koffer aus dem
Kofferraum meines Wagens. »Vielleicht sollten wir doch diese
Wohnung im Zentrum nehmen«, schlägt sie vor. »Die war doch
gar nicht so schlecht.«

Irritiert sehe ich sie an. »Baby hat dort reingepinkelt. Ihr hat
die Wohnung nicht gefallen.«

»Und dieses Haus am Stadtrand?«

»Zu weit weg. Da könnten wir gleich in deine Wohnung
ziehen«, lautet meine Antwort.

Nachdenklich schnappt sie sich Baby und zerrt ihren Koffer

auf den Gehweg. »Du hast recht. Außerdem hat es dort irgendwie gemüffelt.«

Ich schnappe mir meinen Koffer und schließe die Heckklappe. »Und alle anderen Häuser und Wohnungen waren einfach abscheulich.«

»Oh Gott, erinnere dich an die Wohnung, in der diese alte Frau mit ihren zwanzig Katzen gelebt hat.« Sie schüttelt sich und verzieht angeekelt ihr hübsches Gesicht. »Oder die, in der dieser Junkie verendet ist.«

Ich schüttele mich ebenfalls und schließe den Wagen ab, bevor ich mir unsere beiden Koffer schnappe. »Wir tun das einzig Richtige. Das hier ist die beste Option für uns, Babe.«

»Du hast recht«, meint sie glücklich und spaziert neben mir her, als wir auf das Haus meines Bruders zusteuern. »Peaches und Callahan werden sich schon an uns gewöhnen.«

»Bleibt ihnen ja nichts anderes übrig«, sage ich locker und denke kurz nach, bevor ich einen Blick durch das Fenster neben der Eingangstür werfe. »Vielleicht solltest du zur Sicherheit um das Haus herum zur hinteren Eingangstür gehen.«

Verwirrt nimmt sie Baby in den Arm. »Befürchtest du etwa, dass uns die beiden nicht reinlassen, wenn sie unsere Koffer entdecken? Und wir gegen ihren Willen eindringen müssen?«

»Liegt im Bereich des Möglichen.«

Genevieve zögert, denkt nach. Dann schiebt sie unsere Koffer so weit zur Seite, dass man sie von der Haustür aus nicht sehen kann. Sie klopft an der Tür. »Die Koffer holen wir einfach später heimlich ins Haus«, flüstert sie mir zu, als sich Schritte der Eingangstür nähern. »Am besten, wir lassen die beiden gar nicht wissen, dass wir bei ihnen einziehen. Irgendwann merken sie dann sowieso, dass wir bei ihnen wohnen, aber dann ist es schon zu spät.«

Ein Grinsen bildet sich auf meinen Lippen. »Ich liebe deine Art zu denken.«

Als die Tür aufschwingt, setzen wir beide unser schönstes

Lächeln auf. Callahan wirkt verwirrt, da er nicht mit uns gerechnet hat. Aber das ist schließlich nichts Neues für ihn.

»Hallo«, begrüßt er uns. »Wart ihr in der Nähe?«

»Ja, und wir dachten, wir statten euch einen Besuch ab«, antwortet Genevieve zuckersüß. »Ist Peaches da?« Sie drängt sich rasch an ihm vorbei ins Haus.

Ich tue es ihr gleich.

»Sie ist oben«, erwidert Callahan und dreht sich zu uns um. »Wir wollten eigentlich gleich in unser Lieblingsrestaurant fahren, um dort zu Abend zu essen.«

»Oh, tut euch keinen Zwang an«, meint Genevieve und winkt Peaches, als diese oben vom Treppengeländer zu uns heruntersieht. Sie lächelt automatisch erfreut, so wie immer, wenn sie auf meine Frau trifft. Die beiden verstehen sich richtig gut, sind Freundinnen geworden.

»Eigentlich wollten wir fragen, ob wir ein paar Tage bei euch bleiben können«, flunkere ich. »Diese Wohnungssuche ist furchtbar anstrengend, und mein Haus habe ich letzte Woche ja verkauft.«

»Du hast dein Haus verkauft?«, fragt Callahan überrumpelt.

Ich nicke. »Genevieve wollte dort nicht wohnen.«

»Was ist mit ihrer Wohnung?«, will er durcheinander wissen.

»Dort wollte ich nicht wohnen«, sage ich knapp.

»Der Mietvertrag ist außerdem inzwischen ausgelaufen«, lügt Genevieve, ohne mit der Wimper zu zucken. Sie umarmt Peaches, als diese die Treppe herunterkommt. »Wir brauchen somit für eine kurze Zeit einen Schlafplatz. Vielleicht für eine Woche, höchstens zwei.«

»Klar«, sagt Peaches und wirft einen Blick zu meinem Bruder. »Das stört uns nicht.«

Dieser gibt einen unwilligen Laut von sich. »Mich schon.«

»Callahan, sei nicht so unhöflich«, ermahnt sie ihn. »Die beiden sind doch auf der Suche. Bestimmt finden sie bald eine neue Bleibe.«

Genevieve und ich blicken uns unauffällig an. Innerlich lachen wir hinterhältig.

Wenn die beiden nur wüssten, dass wir unsere neue Bleibe bereits gefunden haben. Wir haben nicht vor, hier jemals wieder auszuziehen. Callahans Haus ist genau das, was wir uns vorstellen, und die Lage ist ebenfalls perfekt. Im Idealfall nerven wir ihn und Peaches so sehr, dass sie stattdessen ausziehen und uns das Haus überlassen. Falls nicht, leben wir eben wie eine große, glückliche Familie alle zusammen hier. Baby scheint sich hier ebenfalls wohlzufühlen, sie hat sich bereits ins Wohnzimmer verabschiedet. Bestimmt will sie in den Garten.

»Na gut, wo sind eure Sachen?«, stößt mein Bruder widerwillig hervor, als er die Haustür schließen will. »Ich helfe euch beim Reintragen.«

Als er einen Schritt nach draußen macht, hält Genevieve ihn sofort auf. »Nein, nicht nötig! Wir holen sie später.«

Misstrauisch beäugt uns mein Bruder. Dann tritt er instinktiv nach draußen und entdeckt unsere beiden Koffer in Menschengröße. Er stößt einen Fluch hervor.

»Die wollen uns reinlegen«, sagt er zu seiner Freundin, die die Stirn runzelt. Er reißt einen der Koffer an sich und deutet vorwurfsvoll darauf. »Wer zur Hölle braucht für ein paar Übernachtungen so viele Sachen?«

»Ich«, lügt Genevieve mit hoher Stimme.

»Wo hätten wir unser Zeug denn sonst hinbringen sollen?«, liefere ich ihm rasch eine Erklärung dafür, dass wir unser ganzes Leben eingepackt und mitgeschleppt haben. »Wir haben kein Zuhause mehr.«

Genevieve setzt ihren traurigsten Hundeblick auf. »Wir sind obdachlos …«

Mein Bruder knurrt. »Geht verdammt noch mal in ein Hotel. Ich bezahle auch dafür.«

Unauffällig entferne ich mich rückwärts aus der Haustür und schnappe mir den anderen Koffer, während Peaches und mein Bruder Genevieve ins Kreuzverhör nehmen, um herauszufinden, ob wir vorhaben, hier einzuziehen. Die beiden kennen mich einfach zu gut.

Deswegen packe ich die beiden Koffer am Griff und renne los, kaum bin ich wieder im Haus. »Lauf!«, rufe ich Genevieve zu, die nicht zögert und mir die Treppe nach oben hinterhersprintet. Die Rollen der Koffer prallen auf jeder Stufe lautstark auf.

»Scheiße, die wollen sich hier einnisten!«, schreit Peaches entsetzt, bevor sie uns hinterherstürmt. »Callahan, halte sie auf! Wenn sie erst einmal drin sind, werden wir sie nie wieder los! Sie sind wie Parasiten.«

Mein Bruder rennt uns wie bei einem Marathonlauf hinterher.

Genevieve stolpert auf der letzten Stufe, fängt sich aber rechtzeitig und schafft es, die Tür zum Gästezimmer aufzureißen, sodass ich die beiden schweren Koffer unsanft hineinschleudern kann. Dann stürmen wir ins Zimmer und knallen die Tür genau in dem Moment zu, in dem die beiden uns erreichen.

Ich drehe das Schloss und weiche keuchend zurück.

»Verdammt, öffnet die Tür!«, schreit Peaches und rüttelt am Türgriff.

»Declan, ich warne dich«, knurrt mein Bruder und hämmert dagegen. »Ihr könnt hier nicht einziehen.«

»Sind wir jetzt aber«, entgegnet Genevieve zufrieden und wirft mir ein teuflisches Lächeln zu. »Keine Sorge, ihr werdet euch an uns gewöhnen! Und auch daran, dass Baby seit Neuestem nachts lautstark in der Wohnung randaliert. Das legt sich bestimmt wieder.«

Callahan flucht hinter der Tür.

»Alles halb so wild«, rufe ich ihnen beruhigend zu. »Also, wir sehen uns dann später, wenn ihr vom Abendessen zurück seid! Wir hätten jetzt gern ein bisschen Ruhe, um uns einzugewöhnen.«

»Ach und Baby muss in spätestens einer Stunde raus, um ihr großes Geschäft zu machen! Bedenkt das, wenn ihr sie mit ins Restaurant nehmt, sonst war das die längste Zeit euer Stammrestaurant«, fügt Genevieve noch freundlich hinzu.

Die beiden beschimpfen uns durch die Tür, bis sie irgendwann aufgeben und resigniert davonmarschieren.

Ich werfe meiner Frau ein zufriedenes Grinsen zu, ehe ich einen Arm um ihre Taille schlinge und sie in Richtung des King-Size-Bettes schiebe. »Was sagst du, Vanilleblüte, wollen wir unser neues Bett einweihen?«

»Ich sage Ja … schon wieder«, raunt sie mir lächelnd entgegen und schlingt ihre Arme um meinen Hals. Als sie das tut, fällt mein Blick auf ihren Ringfinger. Der hübsche Diamant funkelt im Licht. »Wann erzählen wir ihnen, dass wir gestern spontan geheiratet haben?«

Ich denke kurz darüber nach, bevor ich beschließe: »Wenn sie sich an uns als Mitbewohner gewöhnt haben.«

»Klingt nach einem guten Plan«, sagt meine Ehefrau, dann legt sie sich mit gespreizten Beinen auf das Bett. »Ein noch besserer Plan wäre es, wenn du jetzt erst mal zwischen meinen Schenkeln verschwindest und es mir mit dem Mund besorgst, bevor wir das Bett zerstören.«

Ich gebe ein zufriedenes Seufzen von mir. Diese Frau erfüllt all meine Träume. Ich wusste seit unserer ersten Begegnung, dass ich es ihr für den Rest meines Lebens besorgen will, und jetzt kann ich das auch ganz offiziell tun.

Gedanklich schicke ich jeden Tag einen Dank an den Ami raus, dafür, dass er mir bei unserem Kampf den Kopf umdrehen wollte.

Hoffentlich treffe ich ihn irgendwann in der Hölle wieder, um ihm persönlich dafür zu danken.

Peach Blossom: Dark Romance (Blüten-Reihe 1)

DARK ROMANCE
S. H. ROXX

Düster und spicy ... Eine enemies to lovers-Romanze!

In meiner Familie gibt es einen ungelösten Kriminalfall nach dem anderen. Erst wurde mein Vater auf brutale Weise ermordet und nun ist mein Bruder spurlos verschwunden. Seit Monaten erhalte ich kein Lebenszeichen von ihm und alles deutet darauf hin, dass es ihm wie unserem Vater ergangen ist. Doch in seinem Fall gibt es eine wichtige Spur, die mich nach London führt. Zu einem Mann, dessen dreckige Geschäfte eine Warnung für jeden sind, sich besser nicht mit ihm anzulegen. Callahan Mullan. Der attraktive Ire ist kein unbeschriebenes Blatt in England. Sein Job ist es, Probleme jeder Art aus dem Weg zu räumen. Welch seltsamer Zufall, dass mein Bruder wie vom Erdboden verschluckt ist, seit er Kontakt zu diesem ominösen Kerl aufgenommen hat. Und ich glaube nicht an verdammte Zufälle. Ich bin entschlossen, zu tun, was nötig ist, um herauszufinden, was hinter Parkers Verschwinden steckt. Selbst wenn ich dafür auch ein paar dreckige Dinge tun muss …

Wie mit dem Feind ins Bett zu steigen.

Als E-Book und Taschenbuch auf Amazon erhältlich.